चुग़लख़ोर दिल

और अन्य कहानियाँ

विश्व के प्रसिद्ध लेखकों की श्रेष्ठ कथाएँ

चुग़लख़ोर दिल
और अन्य कहानियाँ

अनुवाद एवं संकलन : मदन सोनी

MANJUL

मंजुल पब्लिशिंग हाउस

MANJUL

मंजुल पब्लिशिंग हाउस

कॉरपोरेट एवं संपादकीय कार्यालय

द्वितीय तल, उषा प्रीत कॉम्प्लेक्स, 42 मालवीय नगर, भोपाल-462003

विक्रय एवं विपणन कार्यालय

7/32, अंसारी रोड, दरियागंज, नई दिल्ली-110002

वेबसाइट : www.manjulindia.com

वितरण केन्द्र

अहमदाबाद, बेंगलुरू, भोपाल, कोलकाता, चेन्नई,
हैदराबाद, मुम्बई, नई दिल्ली, पुणे

चुग़लख़ोर दिल और अन्य कहानियाँ

पुस्तक की 13 कहानियाँ उनके अंग्रेजी संस्करणों से अनूदित हैं

यह संस्करण 2018 में पहली बार प्रकाशित

अनुवाद एवं संकलन : मदन सोनी

ISBN 978-93-87383-14-2

मुद्रण व जिल्दसाज़ी : थॉमसन प्रेस (इंडिया) लिमिटेड

अनुक्रम

अनुवादक की ओर से

यूँ कहानी तो गद्य में प्रस्तुत संक्षिप्त आख्यान की प्राचीनतम और सार्वभौम विधा है, लेकिन इसका व्यवस्थित आधुनिक विधागत रूप उन्नीसवीं सदी में विकसित हुआ और बीसवीं सदी में, विशेष रूप से रूस, जर्मनी, फ्रांस और अमेरिका में परवान चढ़ा।

कहना न होगा कि वैश्विक कथा-परिदृश्य इतना व्यापक और समृद्ध है कि, बावजूद इसके कि मेरे सामने कम से कम साठ वर्ष पूर्व दिवंगत हो चुके लेखकों के बीच से चुनाव करने का दायित्व था, उसमें से चौदह कहानियों का चुनाव करना एक बेहद मुश्किल चुनौती रही है। विश्व की श्रेष्ठ कहानियों का एक सम्यक् और प्रतिनिधि संग्रह एक बड़े और एकाधिक खंडों वाले संचयन की माँग करता है।

सत्रहवीं सदी से लेकर आरंभिक बीसवीं सदी के प्रदीर्घ अंतराल को समेटने के नाते और कहानी की विधा को आविष्कृत-परिभाषित करने वाली कालजयी विभूतियों की उपस्थिति के नाते यह संचयन बेहतर बन पड़ा है।

मूल अँग्रेज़ी कहानियों के साथ-साथ सभी ग़ैरअँग्रेज़ी भाषी कहानियों के अनुवाद इन कहानियों के अँग्रेज़ी अनुवादों पर आधारित हैं।

कहानियों के चयन में सहयोग के लिए और अनेक कहानियाँ उपलब्ध कराने के लिए हिंदी के अपने कथाकार मित्र जयशंकर का मैं अत्यंत आभारी हूँ।

—मदन सोनी

ज़ानू और कोलाँ

वॉल्तेयर (फ्रांस)

बहुत से विश्वसनीय लोगों ने ज़ानू और कोलाँ को देखा था जब वे अपने कॉलेज और केतलियों के लिए मशहूर नगर उवेरनी स्थित ईस्वाख़ में स्कूल जाया करते थे। ज़ानू खच्चरों के एक बहुत प्रसिद्ध व्यापारी का बेटा था; कोलाँ अपने जन्म के लिए एक सम्मानित किसान का ऋणी था जो नगर के बाहरी हिस्से में रहता था, और चार खच्चरों की मदद से अपनी खेती किया करता था। वह महसूल और टालिज़, स्कुटिज़ और नमक-कर, पाउण्डेज, पोल-टैक्स, और दशमांश कर जैसे करों को चुकाने के बाद साल के आख़िर में ख़ुद को ख़स्ता हालत में पाता था।

ज़ानू और कोलाँ उवेरनी के निवासियों के लिए बहुत ख़ूबसूरत छोकरे हुआ करते थे; वे एक दूसरे से बहुत स्नेह करते थे, और अपने छोटे से छोटे रहस्यों तथा निजी जानकारियों में साझा करते थे, उस तरह की चीज़ों - जिनको पुराने साथी हमेशा मज़े-मज़े में याद करते हैं जब बहुत दिनों बाद अपेक्षाकृत बड़ी दुनिया में उनकी मुलाक़ातें होती हैं।

उनके स्कूल के दिन अपने अंत की ओर पहुँच रहे थे, जब एक दिन एक दर्जी ज़ानू के लिए उत्कृष्ट अभिरुचि से मेल रखने वाले लियों सिल्क के वेस्टकोट के साथ वेल्वेट का तीन रंगों वाला कोट लेकर आया। इस सूट के साथ एक ख़त भी था जो मोश्यू दे ला ज़ानू तेख़ को संबोधित था। कोलाँ ने कोट की सराहना की, और उसको ज़रा भी ईर्ष्या नहीं हुई; लेकिन ज़ानू ने श्रेष्ठता का ऐसा भाव ओढ़ रखा था जिसने कोलाँ को दुखी कर दिया। उसके बाद से ज़ानू का ध्यान पढ़ाई से हट गया, वह हमेशा आईने में अपना प्रतिबिंब देखता रहता, और अलावा अपने हर किसी से नफ़रत करता। कुछ समय बाद एक नौकर भागता हुआ आया, जिसके हाथ में एक दूसरा ख़त था, जो इस बार हिज़ लॉर्डशिप द मार्क़ी दे ला ज़ानू तेख़ को संबोधित था;

इसमें उसके पिता की ओर से नौजवान रईस, यानी उसके बेटे को पेरिस भेजे जाने का एक आदेश था। जब ज़ानू जाने के लिए बग्घी पर सवार हुआ, तो उसने कोलाँ की ओर अपना हाथ बढ़ाया, जिसके साथ उसके चेहरे पर उसकी अभिजात्य हैसियत के अनुकूल कृपाभाव की वह मुस्कराहट थी। इस तरह ज़ानू अपने समूचे ठाटबाट के साथ विदा हुआ।

जो पाठक स्थितियों के बारे में सब कुछ जानना चाहते हैं उनको सूचित किया जा सकता है कि मोश्यू ज़ानू, यानी पिता, ने अपने कारोबार में भारी दौलत हासिल कर ली थी। आप जानना चाहते हैं कि यह संपत्ति किस तरह हासिल हुई? यह सब भाग्य पर निर्भर करता है। मोश्यू ज़ानू तेख़ सुंदर व्यक्तित्व का धनी था, और ऐसी ही उसकी पत्नी थी; इसके अलावा उसकी पत्नी के रूपरंग में ताज़गी और प्रफुल्लता थी। वे लोग एक मुक़दमे के सिलसिले में पेरिस गए हुए थे, जो उनको बरबाद किए दे रहा था। जब भाग्य, जो अपनी मर्ज़ी से मनुष्य को उठाता-गिराता रहता है, ने उनकी मुलाक़ात सैनिक-अस्पताल के एक कॉन्ट्रैक्टर की बीवी से करा दी, एक ऐसे महान प्रतिभाशाली आदमी की बीवी से, जो एक साल में उससे ज़्यादा सैनिकों को मार गिराने का गर्व कर सकता था जितने किसी तोप ने दस साल में मारे होंगे। ज़ानू ने उस महिला को आकर्षित किया, और ज़ानू की बीवी ने उस भद्रपुरुष को लुभाया। ज़ानू जल्दी ही कारोबार में भागीदार हो गया और दूसरे सौदों में शामिल हो गया। जब कोई व्यक्ति किसी धारा के प्रवाह में आ जाता है, तो इतना भर काफ़ी होता है कि वह ख़ुद को बहने दे, और इस तरह कभी-कभी बिना किसी कठिनाई के विपुल दौलत खड़ी की जा सकती है। जब आपकी नाव पूरे वेग से बह रही होती है, तो किनारे बैठे भिखारी अचरज से अपनी आँखें फाड़े देखते रह जाते हैं; वे आश्चर्य से सोचते हैं कि आप कैसे आगे बढ़ रहे होंगे; वे हर हाल में आपसे ईर्ष्या करते हैं और आपके ख़िलाफ़ पर्चे लिखते हैं जो आप कभी नहीं पढ़ते। यही ज़ानू सीनियर के साथ हुआ, जिसको जल्द ही मोश्यू दे ला ज़ानू तेख़ की उपाधि मिल गई, और छह महीने बाद मार्क़्विस की उपाधि ख़रीदने के बाद उसने अपने नौजवान अभिजात्य बेटे को पेरिस की फ़ैशनेबल दुनिया में उतारने के लिए स्कूल से निकाल लिया।

कोलाँ ने, जोकि उसके प्रति हमेशा ही अनुराग का भाव रखता था, अपने स्कूल के इस पुराने साथी के लिए बधाई का पत्र लिखा। छोटे मार्क़्विस ने कोई जवाब नहीं दिया, जिससे कोलाँ को बहुत दुख हुआ।

इस भद्र नौजवान के लिए उसके माँ-बाप ने जो पहला काम किया वह था उसके लिए ट्यूटर रखने का। यह ट्यूटर, जोकि अपने व्यवहार में बहुत ही कुशल और परम अज्ञानी था, अपने शिष्य को कुछ भी नहीं सिखा सका। मार्क़्विस चाहता था कि उसका बेटा लैटिन सीखता, लेकिन मार्क़्विस की पत्नी इस बात को सुनने को ही तैयार नहीं थी। उन्होंने एक लेखक-विशेष से परामर्श के लिए संपर्क किया जिसने उन दिनों अपनी लिखी किन्हीं लोकप्रिय कृतियों की वजह से ख़ासी ख्याति अर्जित की थी। उसको डिनर पर बुलाया गया, और घर के मालिक ने उससे कहना शुरू किया :

"सर, चूँकि आप लैटिन जानते हैं, और राजदरबार के आचार-व्यवहार से भलीभाँति वाक़िफ़ हैं –"

"मैं, सर! लैटिन! मैं तो उसका एक शब्द भी नहीं समझता," उस चतुर व्यक्ति ने जवाब दिया; "और मेरे लिए यह अच्छा ही है कि मैं नहीं समझता, क्योंकि आदमी अपनी ही जुबान को ठीक से बोल सकता है, बशर्ते कि उसका ध्यान उसकी अपनी जुबान और पराई जुबानों के बीच बँटा हुआ न हो। हमारी तमाम महिलाओं को देखिए; वे अपनी बातचीत में मर्दों के मुक़ाबले कहीं ज़्यादा आकर्षक लगती हैं, उनके ख़तों में अभिव्यक्ति की सौ गुना ज़्यादा गरिमा होती है। वे इस मामले में हमसे श्रेष्ठ हैं तो लैटिन के उनके अज्ञान के सिवा इसकी और कोई वजह नहीं है।"

"ये बात! क्या मेरा कहना सही नहीं था?" महिला ने कहा। "मैं चाहती हूँ कि मेरा बेटा मेधावी बने, और इस दुनिया में अपनी जगह बनाए। आप जानते हैं कि अगर वह लैटिन सीखता तो यह उसकी बर्बादी होती। क्या आप मुझे मेहरबानी करके बता सकेंगे कि लैटिन में नाटक और ऑपेरा खेले जाते हैं? क्या जब कोई मुक़दमा चलता है, तो क्या अदालत की कार्रवाई लैटिन में चलती है? क्या लोग लैटिन में प्रेम करते हैं?"

इन तर्कों से घबराकर मार्क़्विस ने फ़ैसला सुना दिया कि उसका नौजवान अभिजात बेटा सिसरो, होरेस, और वर्जिल का अध्ययन करने में अपना वक़्त बरबाद नहीं करेगा।

"लेकिन तब फिर वह क्या पढ़े? क्योंकि, तब भी, मेरा ख़याल है, उसको कुछ तो जानना ही होगा। क्या उसको थोड़ा-सा भूगोल ही नहीं पढ़ा देना चाहिए?"

"इससे उसका क्या भला होगा?" ट्यूटर ने जवाब दिया। "जब मेरे मालिक मार्क़्विस अपने गाँव जाएँगे, तब क्या उनके आगे चलने वाला घुड़सवार रास्ता नहीं पहचानेगा? उनके भटकने का कोई डर नहीं होगा। यात्रा करने के लिए आपको सैक्सटैन्ट उपकरण की ज़रूरत नहीं होती, और अक्षांश-देशांश की जानकारी के बिना भी पेरिस और उवेरनी के बीच यात्रा करना क़तई मुमकिन है।"

"बहुत सही कहा," पिता ने जवाब दिया; "लेकिन मैंने लोगों के मुँह से एक आदर्श विज्ञान का नाम सुना है, जो, मेरा ख़याल है, खगोलशास्त्र है।"

"अहा!" ट्यूटर ने तपाक से उत्तर दिया। "क्या हम इस दुनिया में अपने व्यवहार को नक्षत्रों से नियंत्रित करते हैं? मेरे मालिक मार्क़्विस ग्रहण का हिसाब लगाते हुए अपने आप को क्यों थकाएँ, जबकि वे एक पल में पंचांग देखकर उसकी ठीक-ठीक तिथि की जानकारी हासिल कर सकते हैं, जो उनको इसके अलावा तमाम महत्त्वपूर्ण पर्वों की, चंद्रमा की आयु की, और यूरोप की तमाम शहज़ादियों की आयु की जानकारी भी दे सकता है?"

मार्क़्विस की पत्नी ट्यूटर की राय से पूरी सहमति रखती थी, बालक मार्क़्विस आनंद की पराकाष्ठा पर था, और उसका बाप बेहद अनिश्चय की हालत में था।

"तब फिर मेरे बेटे को क्या पढ़ाया जाना चाहिए?" उसने कहा।

"ऐसा कुछ जो उसको स्वयं को आनंदप्रद बनाए," उनके उस दोस्त ने कहा जिससे वे सलाह ले रहे थे; "क्योंकि, अगर वह ख़ुश करने का तरीक़ा सीख गया, तो वह जानने लायक़ सभी चीज़ें जान जाएगा; ये वो कला है जो वह तत्र भवती, अर्थात् अपनी माँ से सीख लेगा, और इसमें दोनों को ही कोई कठिनाई नहीं होगी।"

इन शब्दों को सुनकर मार्क़्विस की पत्नी उस सभ्य अज्ञानी की ओर देखकर मुस्कराई, और बोली : "इस बात को बहुत आसानी से समझा जा सकता है, सर कि आप अत्यंत पारंगत भद्रपुरुष हैं; मेरा बेटा अपनी सारी शिक्षा के लिए आपका ऋणी होगा। लेकिन, तब भी मेरा ख़याल है कि अगर वह थोड़ा-सा इतिहास सीख ले तो यह उसके लिए बुरा नहीं होगा।"

"नहीं, मैडम - इससे उसका क्या भला होगा?" उसने जवाब दिया। "निश्चय ही एकमात्र मनोरंजक और उपयोगी इतिहास गुज़रते हुए वक़्त का

इतिहास ही होता है। जैसाकि हमारे चतुर-सुजान लेखकों ने लक्ष्य किया है, सारे प्राचीन इतिहास किंवदंतियों के सिवा और कुछ नहीं माने गए हैं; और हम आधुनिकों के लिए यह एक पेचीदा गुत्थी है। इससे इस नौजवान भले मानुष, आपके इस बेटे को, क्या फ़र्क़ पड़ेगा अगर वह यह जान लेगा कि चार्ल्स द ग्रेट ने फ़्रांस के बारह पेलाडिनों की व्यवस्था की शुरुआत की थी, या उसका उत्तराधिकारी अपने भाषण के दौरान हकलाया था?"

"इससे ज़्यादा अक़्लमंदी की बात कभी नहीं कही गई!" ट्यूटर ने कहा। "बच्चों का दिमाग़ बेकार की जानकारियों के अंबार से दबा दिया जाता है; लेकिन तमाम विज्ञानों में सबसे ज़्यादा बेहूदा जो विज्ञान मुझे लगता है, और जिसको प्रतिभा की एक-एक चिंगारी को बुझा देने के लिए अपनाया गया है, वह है ज्यामिति। यह हास्यास्पद विज्ञान सतहों, रेखाओं, और बिंदुओं से ताल्लुक रखता है जिनका प्रकृति में कोई अस्तित्व ही नहीं है। कल्पना में किसी वृत्त से गुजरने के लिए सौ हज़ार वक्र रेखाएँ और उसको छूने वाली एक सीधी रेखा खींची जा सकती है, जबकि वास्तविकता में आप एक तिनका भी प्रविष्ट नहीं करा सकते। ज्यामिति, दरअसल, एक भद्दे मज़ाक़ से ज़्यादा कुछ नहीं है।"

ट्यूटर जो कुछ भी कह रहा था उसका कोई ख़ास मतलब मार्क़्विस और उसकी पत्नी को समझ में नहीं आ रहा था; लेकिन तब भी वे उसके विचारों से सहमति रखते थे।

"हमारे मालिक जैसे कुलीन व्यक्ति को," उसने अपनी बात जारी रखते हुए कहा, "इस तरह की बेकार पढ़ाइयों में अपना दिमाग़ ख़र्च नहीं करना चाहिए। अगर किसी दिन उनको अपनी ज़मीन का कोई नक़्शा तैयार कराने के लिए ऐसे किसी पहुँचे हुए ज्यामिति विशेषज्ञ की ज़रूरत पड़ जाती है, तो वे अपने पैसे से उससे यह काम करा सकते हैं। अगर उनकी इच्छा अपनी वंशावली की प्राचीनता को जानने की हुई, जो अत्यंत प्राचीन युगों तक चली गई है, तो उनको कुल मिलाकर इतना करना होगा कि वे किसी पढ़े-लिखे बेनेडिक्टाइन से यह काम करा लें। यही दूसरी कलाओं के साथ भी है। एक सौभाग्यशाली नक्षत्र में जन्मा एक नौजवान नवाब न तो चित्रकार होता है, न संगीतकार होता है, न वास्तुकार होता है, और न ही मूर्तिकार होता है; लेकिन वह अपने उदार समर्थन से इन तमाम कलाओं को प्रोत्साहित कर उनको फलने-फूलने का मौक़ा दे सकता है। निश्चय ही इन चीज़ों को ख़ुद बरतने से

बेहतर इनकी सरपरस्ती करना है। इतना ही अपने में पर्याप्त होगा अगर मेरे मालिक नौजवान मार्क़्विस में अभिरुचि हो; यह कलाकारों की ज़िम्मेदारी है कि वे उनके लिए काम करें, और इस तरह इस बात में बहुत बड़ी सच्चाई है कि गुणी लोग (यानी, अगर वे काफ़ी धनी हैं) बिना किसी चीज़ को सीखे हर चीज़ जानते हैं, क्योंकि वस्तुतः और अंततः वे उस सारे ज्ञान के अधिकारी होते हैं जिसको वे नियंत्रित कर सकते हैं और ख़रीद सकते हैं।"

इसके बाद शिष्ट अज्ञानी ने बातचीत में हिस्सा लेते हुए कहा :

"आपने ठीक कहा, मैडम, समाज में कामयाबी हासिल करना आदमी का सबसे बड़ा लक्ष्य है। अब बताइए कि क्या इनमें से किसी भी विज्ञान के प्रति ख़ुद को समर्पित करने से इस कामयाबी को हासिल करने में कोई मदद मिल सकती है? क्या चुनिंदा समुदाय का कोई भी व्यक्ति कभी भी ज्यामिति के बारे में बात करने की सोचता है? क्या एक कुलीन भद्रपुरुष ने कभी यह सवाल किया है कि सूरज के साथ आज कौन-सा नक्षत्र उदित हुआ है? क्या रात के भोजन की मेज़ पर बैठा कोई व्यक्ति कभी यह जानने की इच्छा रखता है कि क्या क्लॉडियों द लांग-हेयर्ड ने राइन को पार किया था?"

"निश्चय ही नहीं!" श्रीमती मार्क़्विस दे ला ज़ानू तेख़ ने चिहुंकते हुए कहा, जिसका सौंदर्य फ़ैशन की दुनिया में उसका पासपोर्ट रहा था; "और मेरे बेटे को यह सब कचरे को पढ़ने में अपनी प्रतिभा का दम नहीं घोंटना चाहिए। लेकिन, आख़िरकार, उसको क्या पढ़ाया जाए? क्योंकि यह अच्छी बात है कि जब अवसर आए तो एक नौजवान नवाब को अपनी चमक दिखाने के क़ाबिल होना चाहिए, जैसाकि मेरे कुलीन पति ने कहा। मुझे याद पड़ता है कि मैंने एकबार एक मठाधीश को कहते सुना था कि सबसे रोचक विज्ञान है... मैं उसका नाम भूल रही हूँ - उसका नाम बी से शुरू होता है।"

"बी से, मैडम? क्या वह बॉटनी नहीं थी, यही थी न?"

"नहीं, वह जिसका ज़िक्र कर रहा था वह बॉटनी तो निश्चय ही नहीं थी; उसका नाम शुरू होता था, जैसा कि मैंने कहा बी से और अंत होता था ऑनरी से।"

"आह, मैडम, मैं समझ गया! वह ब्लेज़ॉनरी, या कुलचिह्न विज्ञान था। वह निश्चय ही अत्यंत गंभीर विज्ञान है; लेकिन अब वह फ़ैशन में नहीं रहा क्योंकि अपनी घोड़ा-गाड़ी के दरवाज़े पर अपने कोट या कुलचिह्न को चित्रित

करने का रिवाज़ अब ख़त्म हो चुका है; एक सुव्यवस्थित राज्य के भीतर वह ऐसी सबसे उपयोगी चीज़ हुआ करती थी जिसकी कल्पना की जा सकती थी। इसके अलावा, अध्ययन की वह दिशा अंतहीन होगी, क्योंकि आज के समय में एक नाई भी ऐसा नहीं है जो अपनी कुलचिह्न संबंधी छवि के बिना हो, और आप तो जानती ही हैं कि जो चीज़ आम हो जाती है वह अपना आकर्षण खो देती है।"

अंततः जब विभिन्न विद्याओं की अच्छाइयों-बुराइयों को जाँच-परख लिया गया, तो यह फ़ैसला लिया गया कि नौजवान मार्क़्विस को नाचना सीखना चाहिए।

प्रकृति माता ने, जो अपनी इच्छा और आनंद से सब कुछ देती है, उसको एक ऐसी योग्यता से नवाज़ा था जिसने जल्दी ही ख़ुद को चमत्कारपूर्ण सफलता के साथ विकसित कर लिया; वह थी बहुत ही आकर्षक शैली में गायन-युक्त स्ट्रीट-बैले की योग्यता। उसके तरुण आकर्षण ने इस उत्कृष्ट प्रतिभा के साथ मिलकर उसको अत्यंत उदीयमान नौजवान के रूप में प्रतिष्ठित कर दिया। वह महिलाओं की ख़ास पसंद था, और, गीतों से भरे अपने दिमाग़ के चलते उसके पास ऐसी प्रेयसियों की कमी नहीं थी जिनको वह अपने गीत संबोधित कर सकता। उसने एक बैले से एक पंक्ति उठाई, 'बाकस विद द लव्स एट प्ले;' और उसकी तुक एक और बैले से लिए गए पद 'नाइट ऐंड डे' से मिला दी, वहीं एक तीसरे बैले ने उसको 'चार्म्स' और 'अलार्म्स' शब्द मुहैया करा दिए। चूँकि हमेशा ही कुछ चरण ऐसे होते थे जो उसके छंदों की ज़रूरत से ज़्यादा या कम होते थे, उसने उनको प्रति गीत बीस पौण्ड की दर से ठीक करा लिया। और द लिटरेरी इयर ने उसको वही दर्ज़ा प्रदान किया जो लै फ़ाख़, शोल्यू, हेमिल्टन, सग़र्जां, और वॅचुएग़ को मिला हुआ था।

तब तत्र भवति श्रीमती मार्क़्विस को यह भरोसा हो गया कि वे दरअसल एक महान प्रतिभाशाली व्यक्ति की माँ हैं, और उन्होंने पेरिस के तमाम मसखरों को रात के भोजन पर आमंत्रित किया। इस नौजवान का दिमाग़ फिर गया, वह जो कुछ बोलता था उसका मतलब जाने बिना बात करने की कला उसने सीख ली, और वह न कुछ के लायक़ होने की आदत में पारंगत हो गया। जब उसके बाप ने उसको इस क़दर वाक्पटु पाया तो उसको उसे लैटिन न पढ़ाने का, या उसके लिए क़ानून में कोई ऊँचा ओहदा न ख़रीद पाने का

गहरा पछतावा होने लगा। उसकी माँ ने, जो कहीं ज़्यादा वीरतापूर्ण भावनाएँ रखती थी, अपने स्तर पर अपने बेटे के लिए एक रेजिमेंट माँगने का फ़ैसला किया; इस बीच उसने प्रेम किया – और प्रेम कभी-कभी रेजिमेंट के मुक़ाबले ज़्यादा ख़र्चीला होता है। उसने खुले हाथों अपना पैसा लुटाया, जिस दौरान उसके माँ-बाप भव्य ढंग से ज़िंदगी जीते हुए अपने बटुए और साख को निचले से निचले स्तर पर खलास करते गए।

उनके पड़ोस में अच्छी हैसियत वाली एक नौजवान विधवा थी, जिसकी मात्र साधारण-सी आमदनी थी। वह नौजवान मार्क़्विस के साथ विवाह कर मार्क़्विस दे ला ज़ानू तेख़ और उनकी श्रीमती की दौलत को पूरी तरह बरबाद होने से बचाने तथा इस तरह बची हुई दौलत को हथियाने का इरादा रखती थी। उसने नौजवान मार्क़्विस को फुसलाकर अपने घर में बुलाया, उसको अपने साथ प्रेम करने की इजाज़त दी, उसको यह महसूस करने की गुंजाइश दी कि वह उसके प्रति पूरी तरह से उदासीन नहीं है, उसको धीरे-धीरे विश्वास में लिया, उसको सम्मोहित किया, और बिना किसी ख़ास कठिनाई के उसको अपना समर्पित गुलाम बना लिया। कभी वह उसकी सराहना करती, कभी उसको मशविरा देती; वह उसके पिता और उसकी माँ की सबसे अच्छी दोस्त बन गई। एक पुरानी पड़ोसन ने विवाह का प्रस्ताव किया, और माँ-बाप इस गठबंधन की चमक से चौंधियाकर ख़ुशी-ख़ुशी इस योजना से राज़ी हो गए, और उन्होंने अपने इकलौते बेटे के लिए उसकी सबसे प्रिय महिला दोस्त सौंप दी। इस तरह नौजवान मार्क़्विस एक ऐसी औरत से शादी करने वाला था जिसको वह पूजता था, और बदले में जिससे उसको प्यार मिलता था। परिवार के दोस्तों ने उसको बधाई दी, विवाह के अंतिम दस्तावेज़ पर हस्ताक्षर होने को थे, वधू के विवाह के वस्त्र और विवाह गीत पूरी तैयारी पर थे।

एक सुबह हमारा नौजवान कुलीन अपनी उस जादूगरनी के सामने घुटनों के बल झुका हुआ था जिसको अनुरागमय लगाव और सम्मान बहुत जल्दी ही उसका अपना बना देने वाले थे; वे प्रफुल्ल और मधुर बातचीत करते हुए भावी सुख के पहले फल को चख रहे थे; वे तय कर रहे थे कि वे किस तरह संपूर्ण आनंद से भरा हुआ जीवन जिएँगे, तभी नौजवान की माँ के नौकर ने वहाँ प्रवेश किया, जो बेहद डरा हुआ था।

"एक ऐसी ख़बर है जो आपको अचरज में डाल देगी!" उसने कहा; "मेरे मालिक और मालकिन के घर में सरकारी नाज़िर आए हुए हैं जो फ़र्नीचर हटा रहे हैं। सारा सामान साहूकारों ने ज़ब्त कर लिया है। वे व्यक्तियों की गिरफ़्तारी की चर्चा भी कर रहे हैं, और मेरे लिए मेरी पगार का भुगतान कर दिया जाए इसके लिए मैं भरसक कोशिश कर रहा हूँ।"

"देखते हैं क्या हुआ है," मार्क्विस ने कहा, "और पता करते हैं कि इस सबका क्या मतलब है।"

"हाँ," विधवा ने कहा, "जाइए और उन मक्कारों को सज़ा दीजिए - जल्दी जाइए!"

वह तेज़ी से घर की ओर भागा, वह मकान पर पहुँचा, उसका बाप पहले से जेल जा चुका था, सारे नौकर अलग-अलग दिशाओं में भाग चुके थे और जो कुछ भी उनके हाथ लग पाया उसको ले गए थे। उसकी माँ अकेली थी, असहाय, दुखी और आँसू बहाती हुई; उसके पास अपनी विगत समृद्धि, अपनी सुंदरता, अपनी ग़लतियों, और अपने मूर्खतापूर्ण भोगविलास की यादों के अलावा कुछ भी नहीं बचा था।

अपनी माँ के साथ देर तक शोक मनाने के बाद अंत में बेटे ने कहा :

"हमें दुखी नहीं होना चाहिए; यह नौजवान विधवा मुझे तंग कर देने की हद तक प्यार करती है; मैं आपको आश्वस्त कर सकता हूँ कि वह जितनी धनी है, उससे कहीं ज़्यादा उदार है; मैं उसके पास मदद के लिए भागता हूँ, और उसको आपके पास लेकर आता हूँ।"

इस तरह वह अपनी प्रेयसी के पास लौटता है, और पाता है कि वह एक आकर्षक नौजवान अधिकारी के साथ गुफ़्तगू में मुब्तिला है।

"अरे! क्या आप हैं, मेरे लॉर्ड दे ला ज़ानू तेख़? आपको मुझसे क्या काम है? आप अपनी माँ को इस हालत में कैसे छोड़कर आ गए? जाइए और जाकर उस दुखियारी के साथ ठहरिए, और उसको कहिए मेरी शुभकामनाएँ हमेशा उसके साथ रहेंगी। मुझे फ़िलहाल एक परिचारिका की ज़रूरत है, और मैं ख़ुशी-ख़ुशी उसको प्राथमिकता दूँगी।"

"मेरे छोकरे," उस अधिकारी ने कहा, "तुम ख़ासे लंबे और ईमानदार लगते हो; अगर तुम मेरी कंपनी में आना चाहो, तो मैं तुमको उपयोगी नौकरी पर रख सकता हूँ।"

मार्क़्विस आश्चर्य से सुन्न और मन ही मन गुस्से से भरा हुआ, अपने भूतपूर्व ट्यूटर के पास गया, उसको अपनी सारी मुश्किलों के बारे में बताया, और उसकी सलाह माँगी। उसने सलाह दी कि वह भी उसी की तरह नौजवानों का ट्यूटर बन जाए।

"आह! मैं तो कुछ भी नहीं जानता; आपने मुझको कुछ भी तो नहीं सिखाया, और आप ही हैं जो मेरे सारे दुखों की बुनियादी वजह हैं।" यह सब कहते हुए वह सुबकने लगा।

"उपन्यास लिखो," वहाँ मौजूद किसी मसखरे ने कहा; "पेरिस में मुश्किल के दौर में वह एक बहुत ही अच्छा साधन है।"

नौजवान, जोकि अभूतपूर्व मुश्किल का सामना कर रहा था, भागता हुआ अपनी माँ का प्रायश्चित कराने वाले पादरी के पास पहुँचा; वह अत्यंत ख्याति प्राप्त थिएटाइन संन्यासी था, जो समाज की आला दर्ज़े की महिलाओं की आत्माओं को ही मार्गदर्शन उपलब्ध कराता था। जैसे ही उसने उसको देखा, वह श्रद्धेय पुरुष उससे मिलने फुर्ती से आगे बढ़ा।

"अरे! माई लॉर्ड मार्क़्विस, आपकी बग्घी कहाँ है? आपकी सम्मानित माता जी, श्रीमती मार्क़्विस कैसी हैं?"

अभागे नौजवान ने उस आपदा को कह सुनाया जो उसके परिवार पर टूट पड़ी थी। जैसे ही उसने मामले की कैफ़ियत दी थिएटाइन के चेहरे पर गंभीरता का भाव बढ़ता गया, जिसमें चिंता उतनी नहीं थी जितना अहंकार था।

"मेरे बेटे, इसमें तुम ईश्वर का हाथ ही देख सकते हो; समृद्धि आत्मा को भ्रष्ट ही करती है। परम पिता ने तुम्हारी माँ को कंगाली तक सीमित कर विशेष कृपा की है। हाँ, श्रीमान, यह अच्छा ही हुआ! - अब उनकी मुक्ति सुनिश्चित है।"

"लेकिन, फ़ादर, क्या इस बीच दुनिया में थोड़ी-सी भी मदद हासिल करने का कोई उपाय नहीं है?"

"विदा, मेरे बच्चे! राजदरबार की एक भद्र महिला मेरा इंतज़ार कर रही है।"

मार्क़्विस को लगा कि वह चक्कर खाकर गिरने वाला है। बाद में उसके तमाम दोस्तों ने उसके साथ इसी तरह का व्यवहार किया, और वह आधे

दिन में ही दुनिया को उससे ज़्यादा समझने लग गया जितना तब तक की ज़िंदगी में समझा था।

जब वह पूरी तरह से हताश हो उठा, तभी उसकी निगाह पुरानी चाल की एक घोड़ा गाड़ी पर पड़ी, जो एक टप्परदार छकड़े से ज़्यादा मिलती-जुलती थी, जिस पर चमड़े के परदे पड़े हुए थे, और उसके पीछे चार भारी-भरकम गाड़ियाँ चली आ रही थीं जिन पर भारी सामान लदा हुआ था। उस छकड़े में देहाती वेशभूषा में एक नौजवान सवार था; उसके गोल और रक्तिम चेहरे पर दयालुता और भलमनसाहत का भाव था। उसकी छोटी-सी बीवी, जिसके धूप में झुलसे चेहरे पर अगर परिष्कृत नहीं तो ख़ुशनुमा भाव था, उसकी बग़ल में बैठी हिचकोले खा रही थी। वाहन किसी छबीले नौजवान के रथ जैसा तेज़ी से नहीं भाग रहा था, यात्री के पास उस मार्क़्विस की ओर देखने का भरपूर वक़्त था, जो अपने दुःख में डूबा हुआ स्थिर खड़ा हुआ था।

"ओह! हे ईश्वर!" उसने चौंकते हुए कहा; "मैं समझता हूँ, ये ज़ानू है!"

वह नाम सुनकर मार्क़्विस ने अपनी नज़रें उठाईं - छकड़ा रुक गया।

"ये ज़ानू ही है! हाँ, ये ज़ानू है।"

वह भरे हुए बदन का नाटा आदमी एक झटके से ज़मीन पर कूद गया, और अपने पुराने साथी को गले लगाने दौड़ पड़ा। ज़ानू ने कोलाँ को पहचान लिया; दुःख और शर्म के निशानों ने उसके चेहरे को ढँक लिया।

"तुमने अपने पुराने दोस्त को तज दिया," कोलाँ ने कहा; "लेकिन तुम कितने ही बड़े नवाब क्यों न हो, मैं तुमको प्यार करना कभी बंद नहीं कर सकता।"

ज़ानू ने हैरान और टूटे हुए दिल से सिसकते हुए उसको अपनी कुछ आपबीती सुनाई।

"मेरे साथ उस सराय में चलो जहाँ पर मैं ठहरा हुआ हूँ और बाक़ी बातें बताओ," कोलाँ ने कहा; "मेरी बीवी का चुंबन लो, और फिर हम चलकर साथ-साथ खाना खाते हैं।"

वे तीनों पैदल चल पड़े, और उनका सामान पीछे-पीछे आने लगा।

"ये सारा साज़ो-सामान क्या है? क्या ये तुम्हारा है?"

"हाँ, ये सब मेरा और मेरी बीवी का है; हम अभी-अभी गाँव से आए हैं। मैं टीन, लोहे और ताँबे के एक कारख़ाने का मुखिया हूँ, और एक रईस व्यापारी और बड़े तथा छोटे आदमियों की ज़रूरत की तमाम चीज़ों की आपूर्ति करने वाले व्यक्ति की लड़की से मैंने विवाह किया है। हम कड़ी मेहनत करते हैं और ईश्वर हमें अपना आशीर्वाद प्रदान करता है। हम अपनी ज़िंदगी के हालात से संतुष्ट हैं, और पर्याप्त सुखी हैं। हम अपने दोस्त ज़ानू की मदद करेंगे। मार्क़्विस होना छोड़ दो; संसार के सारे वैभव का मूल्य भी एक अच्छे दोस्त का मुक़ाबला नहीं कर सकता। तुम मेरे साथ गाँव वापस चलोगे; मैं तुमको अपना व्यवसाय सिखाऊँगा, वह सीखने के लिहाज़ से मुश्किल काम नहीं है; मैं तुमको अपने कारोबार में एक हिस्सा दूँगा, और हम सरल हृदयों के साथ धरती के उस कोने में मिल-जुलकर रहेंगे जहाँ हम पैदा हुए थे।"

उसकी दयालुता से अभिभूत ज़ानू ने अपने को दुःख और आनंद, दयालुता और शर्म के बीच बँटा हुआ महसूस किया, और ख़ुद से कहा :

"मेरे सारे फ़ैशनपरस्त दोस्त झूठे साबित हुए, और कोलाँ, जिससे मैं घृणा करता था, एकमात्र व्यक्ति है जो मुझको मुसीबत से उबारने में आगे आया है। क्या सबक़ मिला है!"

कोलाँ की उदारता ने ज़ानू के दिल में उस सद्भावना के अंकुर विकसित कर दिए जिसको संसार ने अभी भी अवरुद्ध नहीं किया था। उसने महसूस किया कि वह अपने माता-पिता को बेसहारा नहीं छोड़ सकता।

"हम तुम्हारी माँ की देखरेख करेंगे," कोलाँ ने कहा; "और जहाँ तक उस भले आदमी, तुम्हारे पिता, का सवाल है, जो जेल में बंद है - मैं व्यापार से ताल्लुक रखने वाली कुछ चीज़ों को समझता हूँ - उनको क़र्ज़ देने वाले साहूकार जब पाएँगे कि उनके पास देने के लिए कुछ नहीं है, तो वे छोटे-मोटे हरज़ाने पर राज़ी हो जाएँगे। यह सब इंतज़ाम मैं करूँगा।"

कोलाँ अपने शब्दों जितना ही भला था, और वह उसके पिता को क़ैद से आज़ाद कराने में कामयाब हुआ। ज़ानू अपने माता-पिता के साथ अपने पुराने घर में वापस आ गया, जिन्होंने अपना पुराना कामधाम फिर से शुरू कर दिया। उसने कोलाँ की बहन से विवाह कर लिया जो स्वभाव में अपने भाई जैसी ही थी, और उसने अपने पति को सुख प्रदान किया। इस तरह पिता ज़ानू, और माता ज़ानू, और पुत्र ज़ानू को समझ में आ गया कि घमंड सुख का सच्चा साधन नहीं है।

चुग़लख़ोर दिल

एड्गर ऐलन पो (*अमेरिका*)

सचमुच! - घबराया हुआ - मैं बहुत, बहुत बुरी तरह से घबराया हुआ था और हूँ; लेकिन आप यह क्यों कहेंगे कि मैं पागल हूँ? रोग ने मेरी इंद्रियों को बहुत संवेदनशील बना दिया है - उनको नष्ट नहीं किया है - उनको भोथरा नहीं किया है। सबसे ऊपर थी सूक्ष्म से सूक्ष्म आवाज़ को सुनने की शक्ति। मैं आकाश और पृथ्वी की तमाम आवाज़ों को सुनता था। मैं नर्क की बहुत सारी चीज़ों को सुन लेता था। तब फिर मैं पागल कैसे हूँ? ध्यान से सुनना! और देखना कि मैं किस क़दर स्वस्थ तरीक़े से - किस क़दर शांत ढंग से पूरा क़िस्सा आपको सुनाता हूँ।

यह कहना मुश्किल है कि वह ख़याल मेरे दिमाग़ में पहली बार कैसे आया था; लेकिन एक बार आ जाने के बाद वह मुझको दिन-रात परेशान करता रहा था। उद्देश्य कुछ भी नहीं था। आवेग कोई नहीं था। मैं उस बूढ़े को पसंद करता था। उसने मेरे साथ कभी बुरा नहीं किया था। उसने मुझे कभी अपमानित नहीं किया था। उसके स्वर्ण को लेकर मेरी कोई चाह नहीं थी। मेरा ख़याल है वह उसकी आँख थी! हाँ, वही थी! उसकी एक आँख गिद्ध की आँख से मिलती-जुलती थी - एक फीकी नीली आँख, जिस पर एक झिल्ली पड़ी हुई थी। जब भी वह आँख मेरे ऊपर पड़ती, मेरा ख़ून ठंडा पड़ जाता था; और इसलिए धीरे-धीरे थोड़ा-थोड़ा करके - मैंने बूढ़े की ज़िंदगी ख़त्म करने का, और इस तरह उस आँख से हमेशा-हमेशा के लिए छुटकारा पा लेने का मन बना लिया।

अब मुद्दा ये है। आप मुझको पागल मानते हैं। पागल कुछ भी नहीं समझते। पर आपको मुझे देखना चाहिए था। आपको देखना चाहिए था कि कितनी अक़्लमंदी के साथ मैं अपने काम में आगे बढ़ा था - किस सावधानी के साथ - किस दूरदर्शिता के साथ - किस छल के साथ मैं अपने काम में

लगा था! हत्या करने के पहले के पूरे एक हफ़्ते तक मैं उस बूढ़े के प्रति जितना दयालु बना रहा था उतना कभी नहीं रहा था। और हर रात, आधी रात के क़रीब, मैं उसके दरवाज़े की सिटकनी खिसकाता और उसको खोलता था - आह कितने आहिस्ता से! और फिर, जब मैं अपना सिर डालने लायक़ दरवाज़ा खोल लेता, मैं एक अँधेरी लालटेन अंदर रखता, चारों तरफ़ से बंद, बंद, ताकि बाहर कोई रोशनी न जाने पाए, और फिर मैं अपना सिर अंदर करता। ओह, आपको देखकर हँसी आती कि कितनी चालाकी के साथ मैं उसको अंदर करता था! मैं उसको धीरे-धीरे अंदर करता जाता, बहुत, बहुत धीरे, ताकि मैं बूढ़े की नींद में ख़लल न डालूँ। पूरा एक घंटा लग जाता था मुझे दरवाज़े के अंदर अपना सिर डालने में, सिर्फ़ उतना सिर जितने से मैं उसको उसके बिस्तर पर लेटा हुआ देख सकता। हा! - क्या किसी पागल इंसान ने ऐसी अक़्लमंदी दिखाई है? और फिर, जब मेरा सिर पूरी तरह से कमरे के अंदर होता, मैं लालटेन को सावधानी के साथ खोलता - आह, बहुत सावधानी के साथ (क्योंकि उसके क़ब्ज़े चरमराते थे) - मैं उसको सिर्फ़ उतना खोलता कि मात्र एक पतली-सी किरण उस गिद्ध आँख पर पड़ती। यह मैंने सात लंबी रातों तक किया - हर रोज़ आधी रात के वक़्त - लेकिन मैं हमेशा उस आँख को बंद पाता; और इसलिए अपना काम करना मुश्किल था; क्योंकि यह बूढ़ा नहीं था, बल्कि उसकी शैतानी आँख थी जो मुझको परेशान करती थी। हर सुबह, जैसे ही पौ फटती, मैं निडरतापूर्वक उसके कमरे में जाता, और पूरे साहस के साथ उससे बात करता, बहुत ही आत्मीय लहज़े में उसका नाम लेता हुआ, और उससे पूछता कि उसकी रात कैसी बीती। इसलिए आप समझ सकते हैं कि वह दरअसल इस क़दर बूढ़ा रहा होगा कि उसको ज़रा भी शक नहीं हुआ कि हर रात, ठीक बारह बजे, जब वह सो रहा होता था तो मैं उसको देखता था।

आठवीं रात मैं दरवाज़ा खोलते हुए आम दिनों के मुक़ाबले कुछ ज़्यादा ही चौकन्ना था। घड़ी के मिनट वाला काँटा भी मेरे हाथ से तेज़ घूम रहा था। उस रात से पहले तक मैंने अपनी सामर्थ्य की इंतिहा को, अपनी दूरंदेशी को, कभी महसूस नहीं किया था। मैं फ़तह के अपने अहसासों को शायद ही अपने भीतर रोक पा रहा था। यह सोचना कि मैं वहाँ था, धीरे-धीरे दरवाज़ा खोलता हुआ, और वह मेरे ख़ुफ़िया कृत्यों या विचारों के बारे में सपना भी नहीं देख रहा था। मैं अपने ख़याल पर दबी ज़ुबान से भरपूर

हँसा; और शायद उसने मेरी आवाज़ सुन ली; क्योंकि वह सहसा अपने बिस्तर पर, मानो चौंककर हिला। अब आप शायद सोचें कि मैं पीछे हट गया होऊँगा – लेकिन नहीं। उसका कमरा पूरी तरह से अँधेरे में डूबा हुआ था (क्योंकि चोरों के भय से शटर पूरी तरह से बंद थे), और इसलिए मैं जानता था कि वह दरवाज़े के खुले होने को नहीं देख सकता था, और मैं उसको लगातार, लगातार धकेलता गया।

मेरा सिर अंदर था, और मैं लालटेन को खोलने ही वाला था कि मेरा अँगूठा उस पर से फिसल गया, और बूढ़ा अपने बिस्तर पर उछलता हुआ चिल्लाया – "कौन है?"

मैं एकदम स्थिर बना रहा और कुछ नहीं बोला। पूरे एक घंटे तक मैंने अपनी किसी मांसपेशी में भी हरक़त नहीं होने दी, और उस दौरान मैंने उसके लेटने की आवाज़ नहीं सुनी। वह अब भी कान लगाए बिस्तर पर बैठा हुआ था; – ठीक उसी तरह जैसा मैं करता रहा था, रात दर रात, दीवार में लगी मौत की घड़ियों को ध्यान से सुनता हुआ।

फ़िलहाल मुझे एक कराह सुनाई दी, और मैं जानता था कि यह घातक आतंक की कराह थी। वह दर्द या संताप की कराह नहीं थी – ओह, नहीं! – वह एक धीमी घुटी हुई आवाज़ थी जो उस वक़्त आत्मा से फूटती है जब वह भय से अत्यंत आविष्ट हो उठती है। मैं इस आवाज़ को भलीभाँति पहचानता था। कई रातों को, ठीक आधी रात के समय, जब सारी दुनिया सो रही होती थी, यह आवाज़ ख़ुद मेरे हृदय से फूट चुकी थी, अपनी ख़ौफ़नाक अनुगूँज के साथ गहराती हुई, वह ख़ौफ़ जो मुझको विचलित कर देता था। मैंने कहा कि मैं इसको भलीभाँति पहचानता था। मैं जानता था कि बूढ़े ने कैसा महसूस किया था, और मुझको उस पर दया आई, हालाँकि मैं मन ही मन हँसा। मैं जानता था कि वह पहली हल्की-सी आवाज़ सुनने के वक़्त से ही जागा हुआ है, जब वह बिस्तर में मुड़ा था। उसकी आशंकाएँ तभी से बढ़ती चली गई थीं। वह उनको व्यर्थ की मानने की कोशिश कर रहा था, लेकिन कर नहीं सका था। वह ख़ुद से कह रहा था – "यह कुछ नहीं है, चिमनी से आती हवा भर है – यह फ़र्श से गुज़रता हुआ चूहा है," या "यह महज़ झींगुर है जो सिर्फ़ एक बार चिंचियाकर रह गया है।" हाँ, वह इन कल्पनाओं से ख़ुद को राहत दिलाने की कोशिश कर रहा था; लेकिन ये सारी कल्पनाएँ उसको व्यर्थ जान पड़ी थीं। व्यर्थ; क्योंकि उसकी ओर बढ़ती हुई

मौत अपने काले साये के साथ उसके सामने से गुज़र चुकी थी, और अपने शिकार को घेर चुकी थी। ये उस अलक्षित साये का विषादपूर्ण प्रभाव था जो उसको कमरे के भीतर मेरे सिर की मौजूदगी का अहसास करा रहा था - अहसास - हालाँकि उसने न तो देखा था न सुना था।

जब मैंने लंबे समय तक इंतज़ार कर लिया, बहुत धीरज के साथ, उसके लेटने की आवाज़ सुने बग़ैर, तो मैंने लालटेन की छोटी-सी - बहुत, बहुत छोटी-सी, झिरी खोलने का निश्चय किया। इस तरह मैंने उसको खोला - आप कल्पना नहीं कर सकते कि कितने चुपके से, चुपके से - मैंने उसको उस हद तक खोला जब तक कि आख़िरकार, एक इकलौती मद्धिम किरण, मकड़ी के जाले के रेशे जितनी महीन किरण, उस झिरी से निकलकर उस गिद्ध आँख पर नहीं पड़ने लगी।

वह खुली हुई थी - पूरी, पूरी तरह से खुली हुई - और जैसे ही मेरी निगाह उस पर पड़ी मेरा गुस्सा भड़क उठा। मैंने उसको पूरी स्पष्टता के साथ देखा - पूरी तरह से फीकी नीली, जिसके ऊपर एक घिनौनी झिल्ली पड़ी हुई थी जिसने मेरी हड्डियों की मज्जा तक को सिहरा दिया; लेकिन मैं बूढ़े के चेहरे या उसके शरीर का कोई और हिस्सा नहीं देख पा रहा था : क्योंकि मैंने मानो किसी अंतःप्रेरणा के चलते रोशनी की किरण को ठीक उस अभिशप्त स्थल पर केंद्रित किया हुआ था।

और अब क्या मैंने आपसे कहा नहीं था कि जिसको आप ग़लती से पागलपन समझते हैं वह असल में इंद्रियों की अति-संवेदनशीलता है? - अब, मैं कहता हूँ, कि मेरे कानों में एक धीमी, फीकी-सी, फुर्तीली ध्वनि पड़ी, कुछ-कुछ वैसी ध्वनि जैसी रुई में लिपटी घड़ी से आती है। मैं उस आवाज़ को भी भलीभाँति पहचानता था। वह बूढ़े के दिल की धड़कन थी। उसने मेरे क्रोध को और भी भड़का दिया, उसी तरह जैसे नगाड़ों की थापें किसी सैनिक के साहस को भड़काती हैं।

लेकिन इसके बावजूद मैंने ख़ुद को रोके रखा और शांत बनाए रखा। मैं मुश्किल से साँस ले रहा था। मैं लालटेन को बेहरक़त थामे हुए था। मैं कोशिश कर रहा था कि उसकी किरण को लगातार उस आँख पर केंद्रित रख सकूँ। इस बीच उसके दिल की वह नारकीय थाप बढ़ गई थी। वह हर पल तीव्र से तीव्र और ऊँची से ऊँची होती चली गई। बूढ़े का आतंक अपने चरम पर रहा होगा ! वह ऊँची से ऊँची होती गई, मैंने कहा, हर पल और

भी ऊँची! - आपने मेरी बात पर ठीक से ध्यान दिया? मैंने आपसे कहा कि मैं घबराया हुआ हूँ : वह मैं वाक़ई हूँ। अब रात की उस सुनसान घड़ी में, उस प्राचीन मकान की भयावह ख़ामोशी के बीच, इस विचित्र आवाज़ ने मुझे अदम्य आतंक के स्तर पर उत्तेजित कर दिया। तब भी, कुछ मिनटों तक मैं अपने को रोके रहा और बेहरक़त खड़ा रहा। लेकिन वह धड़कन और भी तेज़, तेज़ होती गई! मुझे लगा दिल फट जाएगा। अब एक नई उद्विग्नता ने मुझको जकड़ लिया - यह आवाज़ पड़ोसी द्वारा सुन ली जाएगी! बूढ़े का वक़्त आ चुका था! एक ज़ोरदार चीख़ के साथ मैंने लालटेन को पूरी तरह खोल दिया और कमरे में कूद पड़ा। वह एक बार चीख़ा - एक बार केवल। एक ही पल में मैंने उसको फ़र्श पर घसीट लिया, और उस भारीभरकम पलंग को उसके ऊपर पटक दिया। फिर मैं अपने अब तक के काम को पूरा हुआ पाकर ख़ुशी से मुस्कराया। लेकिन, कई मिनटों तक, वह दिल अवरुद्ध स्वर में धड़कता रहा। लेकिन इससे मुझे तक़लीफ़ नहीं हुई; अब उसको दीवार के परे नहीं सुना जा सकता था। काफ़ी देर बाद वह आवाज़ शांत हो गई। बूढ़ा मर चुका था। मैंने पलंग को हटाया और लाश की जाँच की। हाँ, वह पूरी तरह, पूरी तरह से मर चुका था। मैंने अपना हाथ उसके दिल पर रखा और कई मिनटों तक रखे रहा। वहाँ कोई धड़कन नहीं थी। वह पूरी तरह मर चुका था। उसकी आँख अब मुझे कभी परेशान नहीं करेगी।

अगर आप अभी भी मुझको पागल समझते हैं, तो ऐसा समझना बंद कर देंगे जब मैं आपको उन सावधानियों की तफ़सील दूँगा जो मैंने उस लाश को छिपाने के लिए बरतीं। रात ढल चुकी थी, और मैंने फुर्ती से काम किया, लेकिन ख़ामोश रहकर। सबसे पहले मैंने लाश के टुकड़े किए। मैंने सिर को और हाथों को और पैरों को काटा।

इसके बाद मैंने कमरे के फ़र्श से तीन तख़्ते हटाए, और सब कुछ को उनके अंदर की जगह में रख दिया। इसके बाद मैंने तख़्तों को इतनी चतुराई के साथ, इतनी चालाकी के साथ जमा दिया कि कोई इंसानी निगाह - उस तक की निगाह भी - कोई गड़बड़ी नहीं पकड़ सकती थी। धोने के लिए कुछ था नहीं - किसी तरह का कोई दाग़ नहीं - कोई ख़ून का निशान नहीं। मैं इसको लेकर पूरी तरह चौकस था। एक टब ने सब कुछ बराबर कर दिया था - हा! हा!

जब मैंने ये सारे काम निबटा लिए, तब सुबह के चार बज रहे थे - अभी भी आधी रात जैसा ही अँधेरा था। जैसे ही चार का घंटा बजा, सड़क से लगे दरवाज़े पर दस्तक हुई। मैं उसको खोलने हल्के दिल के साथ नीचे चला गया, - क्योंकि अब मुझे डरने की क्या ज़रूरत थी? तीन आदमी अंदर आए, जिन्होंने - पूरी शिष्टता के साथ - अपना परिचय पुलिस अधिकारियों के रूप में दिया। रात के समय पड़ोसी द्वारा कोई चीख़ सुनी गई थी; किसी गड़बड़ी का संदेह पैदा हुआ था; पुलिस चौकी में सूचना दर्ज़ कराई गई थी, और वे (अधिकारी) उस परिसर की तलाशी के लिए भेजे गए थे।

मैं मुस्कराया - क्योंकि मुझे किस बात का डर था? मैंने उन भले आदमियों का स्वागत किया। चीख़, मैंने बताया कि मेरी अपनी थी जो सपने के दौरान निकली थी। मैंने बताया कि बूढ़ा आदमी गाँव गया हुआ था। मैंने अपने आगंतुकों को पूरा घर घुमा दिया। मैंने उनको तलाशी लेने का - अच्छी तरह से तलाशी लेने का न्यौता दिया। मैं उनको आख़िरकार उसके कमरे में ले गया। मैंने उनको उसकी तिज़ोरी दिखाई, सुरक्षित, उसमें कोई गड़बड़ नहीं थी। अपने आत्म-विश्वास के उत्साह में मैं कमरे में कुर्सियाँ ले आया, और इच्छा जताई कि वे अपनी थकान मिटाने के लिए यहाँ विश्राम करें, जिस दौरान अपनी पूर्ण कामयाबी की वहशी दुस्साहसिकता में मैंने अपनी कुर्सी ठीक उस जगह पर जमाई जिसके नीचे मेरे शिकार का शव आराम से लेटा हुआ था।

अधिकारी संतुष्ट थे। मेरे रवैये ने उनको विश्वास दिला दिया था। मैं एकदम सहज था। वे बैठे, और जिस दौरान मैं उनके सवालों का प्रसन्नतापूर्वक जवाब देता रहा, वे सामान्य बातचीत करते रहे। लेकिन, जल्दी ही, मैं कमज़ोर महसूस करने लगा और उनके विदा होने की कामना करने लगा। मेरा सिर दर्द कर रहा था, और मैं अपने कानों में एक झनझनाहट महसूस कर रहा था : लेकिन वे अभी भी बैठे हुए थे, अभी भी गपशप कर रहे थे। झनझनाहट और भी साफ़ महसूस होने लगी : इस अहसास से छुटकारा पाने के लिए मैं और भी खुलकर बातचीत किए जा रहा था : लेकिन झनझनाहट जारी रही और उसका दृढ़ता बढ़ती गई - जब तक कि अंततः मैंने पाया कि वह आवाज़ मेरे कानों के अंदर नहीं थी।

इसमें कोई शक नहीं कि मैं बुरी तरह से पीला पड़ गया था - लेकिन मैं और भी धाराप्रवाह, और ऊँची आवाज़ में बोलने लगा। तब भी वह आवाज़ बढ़ती गई - और मैं क्या कर सकता था? वह एक धीमी, दबी

हुई, तेज़ी से आती आवाज़ थी - काफ़ी कुछ वैसी जैसी तब आती है जब किसी घड़ी को रुई में लपेट दिया जाता है। मैं साँस लेने के लिए दम मारने लगा - और तब भी उन अधिकारियों ने उसको नहीं सुना था। मैं और भी तेज़ी से बोलने लगा - और भी आवेगपूर्ण ढंग से; लेकिन आवाज़ लगातार बढ़ती गई। मैं उठ खड़ा हुआ और व्यर्थ की बातों को लेकर, ऊँचे स्वर में और ज़ोरदार ढंग से हाथ हिलाते हुए, बहस करने लगा, लेकिन आवाज़ लगातार बढ़ती गई। वे जा क्यों नहीं रहे थे? मैं, मानो उन आदमियों की निगरानी से उत्तेजित होकर गुस्साया हुआ, तेज़ क़दमों से फ़र्श पर टहलने लगा - लेकिन आवाज़ लगातार बढ़ती गई। हे ईश्वर! मैं क्या करता? मैं फुफकारने लगा - आँयबाँय बकने लगा - क़सम खाने लगा! जिस कुर्सी पर मैं बैठा हुआ था उसको मैंने घुमाया और उसको उन तख़्तों पर रगड़ दिया, लेकिन आवाज़ ऊपर उठती रही और लगातार बढ़ती गई। वह ऊँची से ऊँची होती गई - उत्तरोत्तर ऊँची! वे आदमी अभी भी ख़ुशमिजाज़ तरीक़े से गपियाए जा रहे थे, और मुस्करा रहे थे। क्या ये मुमकिन था कि उन्होंने उसको सुना ही न था? हे परम पिता परमात्मा! - नहीं, नहीं! उन्होंने सुना था! उनको शक हो गया था! वे जानते थे! - वे मेरी दहशत का मज़ाक़ उड़ा रहे थे! - यह मैंने सोचा, और यही मैं सोचता हूँ। लेकिन इस यंत्रणा से बेहतर कुछ भी था! इस उपहास के मुक़ाबले कुछ भी सहा जा सकता था! मैं उन पाखंडपूर्ण मुस्कराहटों को अब और नहीं सह सकता था! मुझे लगा कि मैं चीख़ पड़ूँगा या मर जाऊँगा! - और अब - फिर से - ग़ौर से सुनो! और भी तेज़! और भी तेज़! और भी तेज़! और भी तेज़!

"दुष्टो!" मैं चीख़ उठा, "अब और पाखंड मत करो! मैं अपने कृत्य को स्वीकार करता हूँ! इन तख़्तों को उखाड़ो! यहाँ, यहाँ! ये उसके वीभत्स दिल की धड़कन है!"

दोबे की युवती

एमिल ज़ोला (फ्रांस)

वह अभी भी बिस्तर में है, अर्द्ध नग्न, मुस्कराती, सिर तकिये में धँसा हुआ और आँखें नींद की ख़ुमारी में डूबी। उसका एक हाथ बालों से ढँका हुआ है, और दूसरा बिस्तर के छोर पर लटक रहा है। भद्रजन चप्पलें पहने, कमरे की एक खिड़की के सामने खड़ा उसका परदा उठाता है। वह सिगार पी रहा है और अपने ख़यालों में डूबा लग रहा है।

आप सब उसे जानते हैं। वह कल बीस की थी, लेकिन मुश्किल से सोलह की लगती है। उसके सिर का ऊपरी भाग अत्यंत सुंदर है। वह स्वर्ग द्वारा अपने एक देवदूत के लिए प्रदान किया गया अब तक का सर्वश्रेष्ठ शीर्ष है, पिंगल सोने से निर्मित शीर्ष, किसी घोड़े की अयाल की मानिंद मुलायम और मज़बूत, रेशम के लच्छों की भाँति चिकना। उसके कंठ के चारों ओर घुँघराली चमक नाचती रहती है। एक-एक लट सीधी होती है और फिर दूर तक फैलती जाती है। छल्ले गिरते हैं, लटें फिसलती हैं और घुँघरा जाती हैं; समूचा अंबार ख़ूबसूरत ढंग से जगमगा उठता है। उस सुलगते हुए अंबार के तले, उसकी दीप्ति के बीच, एक शुभ्र और नाज़ुक ग्रीवा, मक्खनी कंधे, और पूर्ण विकसित स्तन प्रकट होते हैं। अग्नि की तरह रक्ताभ बालों के नीचे से सतर्क झाँकती उस शुभ्र कोमल ग्रीवा में अपरिहार्य सम्मोहन है। कमसिन रोशनियों और सुनहरी छायाओं वाली उस ग्रीवा पर जब आपकी निगाहें टिकती हैं, तो आवेग भड़कता और सुलग उठता है। यहाँ वनैली पशुता और बचपने का, प्रगल्भता और मासूमियत का संगम है, आतुर चुंबनों को आमंत्रित करती मादकता है।

क्या वह ख़ूबसूरत है? कहना मुश्किल है; उसका चेहरा उसके केशों के अंबार में ढँका हुआ है। उसका माथा छोटा होना चाहिए; सलेटी आँखें, सँकरी और लंबी। उसकी नासिका निश्चय ही बेडौल है, बेक़ायदा; उसका मुँह किसी क़दर बड़ा है जिस पर गुलाबी होंठ हैं।

बाक़ी चीज़ों के संदर्भ में क्या मायने रखता है? आप शायद उसके नाक-नक़्श का विश्लेषण नहीं कर सकते या उसके चेहरे के उतार-चढ़ावों को लेकर किसी नतीजे तक नहीं पहुँच सकते। वह पहली ही नज़र में आपको मदहोश कर देती है, जैसे कोई तेज़ शराब पहले ही गिलास के साथ कर देती है। आपको तो सिर्फ़ सुर्ख़ लपटों के बीच एक सफ़ेदी भर दिखाई देती है, एक गुलाबी मुस्कराहट; और उसकी आँखें धूप में चमकती चाँदी की तरह हैं। वह आपका सिर चकरा देती है और आप इस क़दर मोहित हो जाते हैं कि एक-एक कर उसकी निर्दोषिताओं को परखने के क़ाबिल ही नहीं रह जाते। वह मझोले क़द की है - अपनी चाल में किंचित धीमी और भारी। उसके हाथ और पैर किसी छोटी बच्ची जैसे हैं। उसकी समूची देह एक अलस कामुकता को व्यंजित करती है। गोल और भड़कीला उसका एक नंगा हाथ कामना की सनसनी जगाने के लिए काफ़ी है। वह मई की शामों की रानी है, ऐसे प्रणयों की रानी जो एक दिन से ज़्यादा नहीं टिकते।

वह अपने बाएँ हाथ के सहारे लेटी है, जो हल्का-सा मुड़ा हुआ है। फ़िलहाल वह उठेगी। इस बीच वह अपनी पलकों को आधा-सा खोलती है ताकि वे दिन की रोशनी की अभ्यस्त हो सकें, और फिर बिस्तर के हल्के नीले रंग के परदों को देखती है।

वह खोई हुई-सी अपने तकियों के लेसों पर पड़ी है। वह पसीने और जागरण की बेसुध तंद्रा में डूबी हुई प्रतीत होती है। सफ़ेद और निश्चल उसकी देह तनी हुई है, जो सिर्फ़ उसकी हल्की साँस से थोड़ी-सी हिलती रही है। जहाँ-कहीं महीन कपड़े का बना नाइट-गाउन हट गया है वहाँ गुलाबी मांस दिखाई दे रहा है। इस बिस्तर और उस पर लेटी हुई इस युवती से ज़्यादा विलासितापूर्ण और कुछ भी नहीं हो सकता। अलौकिक हंस का घोंसला उसके सर्वथा योग्य उपमा है।

कक्ष सुकुमार नीले रंग का एक चमत्कार है। रंग और ख़ुशबू ताज़गी से भर देने वाले हैं। हवा सुस्त, रोमांचकारी और ठंडी है। परदे अपनी सुस्त तहों के साथ लटक रहे हैं। क़ालीन फ़र्श पर अलस पड़ा हुआ है, बहरा और गूँगा। इस देवालय का मौन, रोशनियों का हल्कापन, छायाओं की शालीनता, सजावट की अचूकता किसी ऐसी देवी की याद दिलाती हैं, जिसने अपने भीतर एक कलाकार और एक मलिका की रूह के साथ समूची गरिमा और आभिजात्य को एकमेक कर लिया है। निश्चय ही बचपन में उसको दूध से

नहलाया गया होगा। उसके सुकुमार अंग उसकी ज़िंदगी के अभिजात्य आलस्य की सूचना देते हैं। यह कल्पना करना रोचक होगा यदि कहा जाए कि उसकी रूह में उसके जिस्म की समूची निर्दोषिता समाई हुई है।

भद्रजन अपने सिगार के आख़िरी कश लेता हुआ उस घोड़े में गहरी दिलचस्पी ले रहा है जो शाँ इलीज़े में अभी-अभी गिरा है और जिसको लोग उसके पैरों पर फिर से खड़ा करने की कोशिश कर रहे हैं। वह निरीह पशु अपने दाएँ बाजू में गिरा है, और बग़ल का कुंदा उसकी छाती की हड्डियों को कुचल रहा होगा।

शयनकक्ष के पिछले हिस्से में, वह ख़ूबसूरत स्त्री अपने सुगंधित बिस्तर पर धीरे-धीरे जाग रही है। अब उसकी आँखें पूरी तरह से खुल तो चुकी हैं, लेकिन अभी उनमें हरक़त नहीं है। दिमाग़ जाग चुका है, जिस्म सोया हुआ है। वह ख़्वाब देख रही है। वह किस जगमगाते आकाश में उड़ान भरती रही है? देवदूतों का वह कौन-सा दस्ता है जो उसकी नज़रों के सामने से गुज़रता हुआ उसके होंठों पर मुस्कराहट ला रहा है? वह किसी योजना, किस उद्यम के बारे में सोच रही है? वह कौन-सा अनूठा ख़याल, उसकी जागृति का कौन-सा पहला निशान, है जिसने उसको चकित कर दिया है? उसकी खुली हुई आँखें परदे पर टिकी हुई हैं। वह अभी भी हिली नहीं है। वह अभी भी तरंगों में डूबी हुई है। इस तरह वह अपने ख़्वाबों में डूबी हुई लेटी है। तभी फुर्ती के साथ, मानो अपनी ही किसी अनसुनी न की जा सकने वाली पुकार को सुनकर, वह अपने पैर फैलाती है और क़ालीन पर हल्के-से कूद जाती है। वह झटका देकर अपने बालों को पीछे की ओर करती है जो उसके सफ़ेद कंधों पर लपटों की तरह लहरा जाते हैं। वह अपनी लेसों को संभालती है, मख़मली चप्पलों में पैर डालती है, एक गरिमापूर्ण मुद्रा में अपने हाथों को बाँधती है; फिर, आधा झुकती हुई, अपने मुड़े हुए कंधों के साथ, किसी रूठे हुए बच्चे की तरह मुँह फुलाए, फुर्ती के साथ, बेआवाज़ क़दम बढ़ाती है, और एक दरवाज़ा खोलकर ग़ायब हो जाती है।

भद्रजन संतोष की एक साँस छोड़ता हुआ सिगार को फेंक देता है। सड़क पर घोड़े को खड़ा कर दिया गया है। चाबुक की एक फटकार ने उस निरीह जानवर को पैरों पर खड़ा कर दिया। भद्रजन मुड़ता है और ख़ाली बिस्तर को देखता है। वह क्षण भर तक उसकी ओर ताकता रहता है; फिर आराम से आगे बढ़कर, और उसके किनारे पर बैठता हुआ, ख़ुद भी उन

फीके नीले परदों को ध्यान से देखने लगता है। महिला का चेहरा निर्लज्ज है : आदमी का चेहरा उस निर्मल झरने की तरह है जो अपनी पारदर्शिता के सारे रहस्य उजागर कर देता है। भद्रजन परदों को परख रहा है, और वह यांत्रिक ढंग से हिसाब लगाता है कि उसके एक गज की क़ीमत क्या रही होगी। वह जोड़ता है और गुणा करता है और एक बड़ा भारी आँकड़ा उसके हाथ लगता है। इसके बाद, बिना सोचे-विचारे, ख़यालों में डूबा हुआ, वह समूचे शयनकक्ष की एक क़ीमत आँकता है, और उसके मन में एक विशाल धनराशि उभरती है।

उसके हाथ बिस्तर पर पड़े हुए हैं, कुहनी तकिये पर है। वह जगह गर्म है। भद्रजन देवालय को भूलकर उस मूर्ति के बारे में सोचने लगता है। वह बिस्तर को जाँचता है, उस कामोत्तेजक अव्यवस्था को जो हर ख़ूबसूरत सोने वाली अपने पीछे छोड़ जाती है; और तकिये की सफ़ेदी पर चमकते एक सुनहरे बाल को देखकर वह इस औरत के ख़यालों में डूबने लगता है। तब दो ख़याल आपस में जुड़ जाते हैं : वह उस स्त्री के बारे में और उस कक्ष के बारे में एक ही साथ सोचने लगता है। अपनी कल्पना में वह उस स्त्री की और फ़र्नीचर की, परदों और क़ालीन की तुलना करने लगता है। हर चीज़ सामंजस्य में है।

यहाँ भद्रजन का दिवास्वप्न भटकता है, और इसे मानवीय विचार-प्रवाह का एक रहस्य ही कहना चाहिए जिसके चलते उसके जूते उसका ध्यान खींचते हैं। नितांत बेवजह, जूतों का यह ख़याल उसके समूचे दिमाग़ पर छा जाता है। वह याद करता है कि पिछले तीन महीनों से हर सुबह उसने जब भी इस कमरे को छोड़ा है उसने अपने जूतों को साफ़ और पॉलिश से चमकता हुआ पाया है। वह कुछ पल इस स्मृति की जुगाली करता है।

कक्ष आलीशान है। वह स्त्री सर्वथा अलौकिक है। भद्रजन एक बार फिर उन आसमानी नीले परदों पर और बिस्तर पर पड़े उस सुनहरे बाल पर निगाह डालता है। वह मन ही मन यह कहते हुए ख़ुद को बधाई देता है कि जब उसने इस नाली साफ़ करने वाली और फ़ोंटेन ब्लू के क़रीब रहने वाले एक दरबान के घर में जन्म लेने को नियति द्वारा बाध्य कर दी गई गरिमापूर्ण मलिका को साटन के वस्त्र से ढँका था तो उसने ईश्वर की एक भूल को दुरुस्त किया था। उसने इस बात के लिए अपनी प्रशंसा की कि उसने पाँच या छह सौ हज़ार फ़्रैंक के बदले में इस आश्चर्यजनक शख़्सियत के लिए एक मख़मली घोंसला उपलब्ध कराया है। वह उठता है और कुछ क़दम आगे

बढ़ाता है। वह अकेला है। वह याद करता है कि वह हर सुबह इसी तरह पूरे पंद्रह मिनट के लिए अकेला छोड़ दिया जाता रहा है। और फिर, बिना किसी उत्सुकता के, महज़ कुछ करने की ख़ातिर, वह दरवाज़ा खोलता है और ख़ुद भी ग़ायब हो जाता है।

भद्रजन कक्षों के एक लंबे सिलसिले से होकर गुज़रता है, जिस दौरान उसकी मुलाक़ात किसी से नहीं होती। लेकिन लौटते हुए वह एक कोठरी में झाड़ने-पोंछने की एक तेज़ और लगातार आती आवाज़ सुनता है। यह सोचकर कि वह कोई नौकरानी है, और उससे उसकी मालकिन की ग़ैरमौजूदगी के बारे में पूछने के इरादे से, वह दरवाज़ा खोलता है और अपना सिर अंदर करता है। वह अचरज से मुँह फाड़े, स्तब्ध, दहलीज़ पर ठहर जाता है।

कोठरी छोटी है, पीले रंग से पुती हुई, जिसमें कत्थई रंग का किसी इंसान जितना ऊँचा एक चबूतरा है। एक कोने में एक बाल्टी और एक बड़ा-सा स्पंज पड़ा हुआ है, दूसरे कोने में एक झाड़ू और डस्टर है। बाहर की ओर खुलने वाली एक खिड़की इस बहुत ऊँचे और सँकरे भंडार-कक्ष की नग्नता पर आधी-अधूरी रोशनी फेंक रही है। हवा नम और ठंडी है।

बीचों-बीच, एक पैरदान पर, वह सुनहरे बालों वाली सुंदरी बैठी है, पैरों को अपने नीचे सिकोड़े हुए। उसके दाईं ओर जूतों की पॉलिश का एक कटोरा रखा हुआ है, जिसमें इस्तेमाल से काला पड़ चुका एक ब्रश रखा हुआ है, जो अभी भी गाढ़ापन लिए हुए और नम है। उसके बाईं तरफ़ एक जूता है, किसी आईने की मानिंद चमकता हुआ, जूते चमकाने वाले की कला का एक नमूना। स्त्री के आसपास मिट्टी के टुकड़े और मटमैली बारीक़ धूल के कण बिखरे हुए हैं। थोड़ी दूर जूते के तल्लों की मिट्टी खुरचने का चाकू पड़ा हुआ है। वह अपने हाथ में दूसरा जूता थामे हुए है। उसकी एक बाँह उसके अंदरूनी हिस्से में ख़ासी ग़ायब है। उसकी छोटी-छोटी अँगुलियाँ लंबे, सख़्त बालों वाले एक भारीभरकम ब्रश को पकड़े हुए हैं, और वह पूरी तेज़ी के साथ उसकी एड़ी को रगड़ रही है, जो चमकने का नाम नहीं ले रही है।

उसने अपनी लेसों को अपने फैले हुए पैरों में लपेट रखा है। उसके गालों और कंधों पर पसीने की बूँदें ढरक रही हैं; बीच-बीच में उसको बेताबी से अपनी उन लटों को पीछे फेंकने के लिए रुकना पड़ रहा है जो उसकी आँखों पर आ जाती हैं। उसका संगमरमरी वक्ष और बाँहें दागों-धब्बों से भरे हुए हैं, जिनमें से कुछ सुई की नोक जितने छोटे और कुछ मसूर की दाल

जितने बड़े हैं; काली पॉलिश ने ब्रश के बालों से उड़कर उनकी चौंधिया देने वाली सफ़ेदी को काले सितारों से भर दिया है। उसके होंठ भिंचे हुए हैं, और उसकी आँखों में नमी और मुस्कराहट है। वह स्नेहपूर्वक जूते पर झुकी हुई है, मानो वह उसको पॉलिश करने की बजाय दुलार रही हो। वह अपने काम में डूबी हुई है और अपने अंतहीन आनंद में ख़ुद को भूली हुई है, सिर्फ़ अपने हाथों की क्षिप्र गति से सिहर रही है। बाहर की ओर खुलती खिड़की से आती एक ठंडी रोशनी उस पर चमक रही है। एक चौड़ी किरण उसके आरपार फैलकर उसके बालों को जगमगा रही है, उसकी त्वचा की गुलाबी आभा को बढ़ा रही है और उसकी लेसों को नीला कर रही है; और लावण्य तथा सुकुमारता के उस विस्मय को गंदगी के बीच उभार रही है।

वह उत्सुक और प्रसन्न है। वह अपने पिता की बेटी है, अपनी माँ की असल बच्ची। हर सुबह, जागने पर वह गंदी सीढ़ियों पर, तमाम मुसाफ़िरों के जूतों के बीच बिताए गए अपने बचपन के बारे में सोचती है। वह उनका सपना देखती है; और कुछ साफ़ कर देने की वहशी आकांक्षा से भर उठती है, फिर वे एक जोड़ा जूते ही क्यों न हों। पॉलिश करने को लेकर उसमें वैसा ही जुनून है, जैसा कुछ लोगों में फूलों को लेकर होता है। यह उसका रहस्य है, वह चीज़ जिसको लेकर वह शर्मिंदगी महसूस करती है, लेकिन जिसमें उसको विचित्र-सा आनंद मिलता है। और इसलिए, वह हर सुबह उठती है और अपनी इस सुख की कामना के साथ, अपने निष्कलंक सौंदर्य के साथ, अपनी सफ़ेद अँगुलियों की पोरों के सहारे जूतों के तल्ले खरोंचने के लिए जाती है, और एक भव्य स्त्री की सुकुमारता को जूते पॉलिश करने वाले के गंदे उद्यम में लिथेड़ती है।

भद्रजन उसके कंधे को हल्के-से छूता है : और जब वह आश्चर्य से अपना सिर उठाती है, तो वह उसके हाथ से अपने जूते लेता है, उनको पहनता है, उसकी ओर पाँच सिक्के उछालता है और चुपचाप चला जाता है।

उस दिन बाद में दोबे की वह सुंदरी परेशान और नाराज़ होती है। वह भद्रजन के लिए ख़त लिखती है। वह एक लाख फ्रैंक के हर्जाने का दावा करती है। भद्रजन जवाब देता है कि उसको उसकी कुछ देनदारी का स्मरण है। पचास सेन्टाइम रोज़ की दर से जूते पॉलिश करने के हिसाब से तीन महीने के तेईस फ्रैंक होते हैं। इसलिए वह अपने आदमी के हाथ उसके पास तेईस फ्रैंक भेज देता है।

एक पत्नी की स्वीकारोक्ति

गी दा मोपासौं (फ़्रांस)

मेरे दोस्त, आपका आग्रह है कि मैं आपको अपनी ज़िंदगी की सबसे दिलचस्प यादें सुनाऊँ। मैं बहुत बूढ़ी हूँ, मेरे कोई रिश्तेदार नहीं हैं, कोई बच्चे नहीं हैं; इसलिए मैं आपके सामने अपनी स्वीकारोक्ति करने के लिए आज़ाद हूँ। मुझसे एक वादा करो - मेरा नाम कभी उजागर नहीं करोगे।

मुझे बहुत प्रेम मिला है, जैसाकि आप जानते हैं; मैंने ख़ुद भी अक्सर प्रेम किया है। मैं बहुत ख़ूबसूरत थी; यह बात मैं आज कह सकती हूँ, जब मेरी ख़ूबसूरती जाती रही है। प्रेम मेरे लिए आत्मा का जीवन था, वैसे ही जैसे हवा देह का जीवन होती है। मैं ऐसी ज़िंदगी की बजाय मर जाना पसंद करती जिसमें प्रेम न होता, जिसमें मेरी परवाह करने वाला व्यक्ति हमेशा मौजूद न होता। औरतें ज़िंदगी में सिर्फ़ एक बार अपने दिल की पूरी सामर्थ्य के साथ प्रेम करने का दिखावा करती हैं; मेरी ज़िंदगी के लगाव अक्सर इतने ज़बरदस्त रहे हैं कि मुझे लगता था कि मेरे भावावेगों का कभी भी अपने अंत पर पहुँचना असंभव होगा। लेकिन वे हमेशा स्वाभाविक ढंग से ख़त्म हो जाते थे, उस आग की तरह जो ईंधन ख़त्म हो जाने पर बुझ जाती है।

आज मैं आपको अपने पहले साहसिक कारनामे के बारे में बताऊँगी, जिसमें मैं बेहद मासूम थी, लेकिन जो दूसरे कारनामों तक ले गया। पेक़ के उस ख़ौफ़नाक कीमियागर का भयावह प्रतिशोध मुझे उस घिनौने नाटक की याद दिलाता है जिसकी मैं, अनचाहे ही, एक दर्शक थी।

साल भर पहले मेरा विवाह एक रईस आदमी, कोंत हेग्वे दे केख़, से हुआ था - ब्रितन के एक प्राचीन खानदान का शख़्स, जिसको मैं प्यार नहीं करती थी, आप समझ सकते हैं। वैसे भी मेरा मानना है कि सच्चा प्रेम एक साथ स्वतंत्रता और अवरोध की माँग करता है। जो प्रेम आरोपित होता है, क़ानून द्वारा अनुमोदित, और पुरोहित का आशीर्वाद लिए होता है - क्या

हम उसको वाक़ई प्रेम कह सकते हैं? क़ानूनी तौर पर लिया गया चुंबन किसी चुराए गए चुंबन जितना आनंददायी कभी नहीं होता। मेरा पति क़द में लंबा, सुंदर, और अपने बरताव में वाक़ई नफ़ासतपसंद भला आदमी था। लेकिन उसमें अक़्लमंदी की कमी थी। वह मुँहफट ढंग से बात करता था, और अपने विचारों को ऐसे रखता था जैसे चाकू से काटकर पेश कर रहा हो। उसकी बातों से लगता था जैसे उसका दिमाग़ ऐसी तैयारशुदा धारणाओं से भरा हुआ था जो उसके माँ-बाप ने उसमें ठूँस-ठूँस कर भर दी थीं, उन लोगों ने जिन्होंने ख़ुद उन धारणाओं को अपने पूर्वजों से हासिल किया हुआ था। वह कभी हिचकिचाता नहीं था, बल्कि हर मसले पर तुरंत संकीर्ण क़िस्म की सलाहें पेश कर देता था, बिना किसी संकोच के और बिना इस बात के अहसास के कि चीज़ों को देखने का कोई दूसरा नज़रिया भी हो सकता है। लगता था जैसे उसके दिमाग़ में ताला लगा हुआ था, जैसे उसमें किसी तरह के विचारों का संचार नहीं होता था, ऐसे किन्हीं भी विचारों का जो, किसी मकान की खुली खिड़की से आती ताज़ा हवा के झोंकों की तरह, इंसान के दिमाग़ में ताज़गी लाते हैं और उसको स्वस्थ रखते हैं।

जिस शातो में हम रहा करते थे वह देहात के एक उजाड़ इलाक़े में स्थित था। वह बहुत ही उदास इमारत थी, विशाल दरख़्तों से घिरी हुई, सेवार के गुच्छों से लदी हुई जो किसी बूढ़े की दाढ़ी जैसे लगते थे। पार्क, जोकि वाक़ई जंगल था, हा-हा नाम की एक गहरी खाई से घिरा हुआ था, और उसके छोर पर, दलदली भूमि के क़रीब, हमारे बड़े-बड़े सरोवर थे जो सरकंडों और जलकुम्भियों से भरे हुए थे। ऐसे ही दो सरोवरों के बीच, उस नाले के किनारे जो उन दोनों को जोड़ता था, मेरे पति ने जंगली बतखों के शिकार के लिए एक झोपड़ी बनवा रखी थी।

हमारे सामान्य नौकर-चाकरों के अलावा हमारे पास एक रखवाला भी था, एक क़िस्म का निर्दयी जो मेरे पति के प्रति आमरण समर्पित था, और एक नौकरानी, जो लगभग एक सहेली की तरह मुझसे बेतहाशा प्रेम करती थी। उसको मैं पाँच साल पहले अपने साथ स्पेन से वापस लाई थी। वह एक परित्यक्त बच्ची थी। उसकी त्वचा साँवली थी, आँखें काली, और काठ की तरह मोटे बाल थे जो हमेशा उसके माथे पर फैले रहते थे, और इन तमाम वजहों से उसको एक जिप्सी समझा जा सकता था। वह उस वक़्त सोलह बरस की थी, लेकिन बीस की लगती थी।

पतझड़ की शुरुआत हो रही थी। हम बहुत शिकार किया करते थे, कभी पड़ोस की ज़मीनों पर, कभी अपनी ख़ुद की; और मेरा ध्यान एक नौजवान पर गया, बैरॅन दे सी – जिसका शातो में आना एकदम अक्सर होने लगा था। इसके बाद उसका आना बंद हो गया; मैंने इसके बारे में सोचना बंद कर दिया; लेकिन मैंने पाया कि मेरे प्रति मेरे पति के व्यवहार में बदलाव आ गया था।

वह ख़ामोश और अपने आप में डूबा हुआ-सा रहने लगा; वह मुझको चूमता नहीं था; इसके बावजूद कि वह मेरे कमरे में नहीं आता था, क्योंकि मैं थोड़ा अकेला रहने की इच्छा से अलग कमरों में रहने का इसरार करती थी, मुझे अक्सर रातों में अपने दरवाज़े की तरफ़ बढ़ती और फिर कुछ मिनटों बाद वापस लौटती दबे क़दमों की आहट सुनाई देती।

चूँकि मेरी खिड़की निचले तल पर थी, मुझे लगता था कि मुझे अक्सर शातो के चारों ओर अँधेरे में किसी के चहलक़दमी करने की आहटें भी सुनाई देती थीं। मैंने अपने पति को इसके बारे में बताया, और उसने कुछ देर तक मेरी ओर तीख़ी नज़रों से देखने के बाद कहा :

"कुछ नहीं है – वह रखवाली करने वाला है।"

अब, एक शाम, डिनर के ठीक बाद, हेग्वे, जो असामान्य रूप से ख़ुश लग रहा था, एक क़िस्म के अंदरूनी उल्लास के साथ मुझसे बोला :

"क्या तुम बंदूकों के साथ तीन घंटे बाहर गुज़ारना पसंद करोगी, ताकि उस धूर्त लोमड़ को मारा जा सके जो मेरी मुर्ग़ियों को खाने हर शाम आ जाता है?"

मुझे अचरज हुआ। मैं हिचकिचा रही थी; लेकिन चूँकि वह मुझे अजीब नज़रों से लगातार देखे जा रहा था, मैंने आख़िरकार जवाब दिया :

"क्यों नहीं, बेशक, मेरे दोस्त।" मैं आपको बता दूँ कि मैंने किसी मर्द तरह की तरह भेड़िये और जंगली सूअर का शिकार किया था। इसलिए यह एकदम सहज बात थी कि वह इस शिकार के लिए मुझसे कहता।

लेकिन मेरे पति के चेहरे पर अचानक ही असामान्य-सा बेचैन भाव उभर आया; और फिर पूरी शाम वह विक्षुब्ध लगता रहा, जिस दौरान वह उत्तेजित-सा बारबार खड़ा होता और बैठ जाता था।

क़रीब रात दस बजे वह अचानक मुझसे बोला :

"तुम तैयार हो?"

मैं उठ खड़ी हुई; और चूँकि वह ख़ुद मेरी बंदूक लेने जा रहा था, मैंने पूछा :

"हम उसमें गोलियाँ भर रहे हैं या डियरशॉट?"

"ओह! सिर्फ़ डियरशॉट; अपने दिमाग़ को ढीला रखो! इतना काफ़ी होगा।"

फिर, कुछ पल बाद, उसने एक ख़ास अंदाज़ में कहा :

"तुम शानदार धीरज का परिचय दे सकती हो।"

मैं ज़ोर से हँस पड़ी।

"मैं? प्लीज़, ऐसा क्यों? धीरज क्या इसलिए कि मैं एक लोमड़ को मारने जा रही हूँ? तुम्हारे दिमाग़ में क्या चल रहा है, मेरे दोस्त?"

हम चुपचाप पार्क में निकल पड़े। सारा घर सोया हुआ था। पूर्णिमा का चाँद उस प्राचीन मनहूस इमारत को पीली आभा से भरता प्रतीत होता था, जिसका सलेटी छप्पर जगमगा रहा था। उसके दोनों ओर खड़े दो बुर्जों की चोटियों पर रोशनी की दो पट्टियाँ थीं, और उस नीरभ्र, उदास, मीठी और शांत रात की ख़ामोशी को भंग करने वाली कहीं कोई आवाज़ नहीं थी, जो किसी मौत की-सी समाधि में डूबी हुई थी। हवा का एक झोंका नहीं, किसी मेंढक की टरटराहट नहीं, किसी उल्लू की पुकार नहीं; एक मलिन स्तब्धता हर चीज़ पर गहरे छाई हुई थी। जब हम पार्क में वृक्षों के नीचे थे, तो झड़ी हुई पत्तियों की गंध के साथ-साथ चुपचाप ताज़गी का एक अहसास मुझ पर छा गया। मेरे पति ने कुछ नहीं कहा; लेकिन वह सुन रहा था, वह नज़र रखे हुए था, शिकार को लेकर सिर से पैर तक जुनून से भरा हुआ वह सायों को सूँघ रहा था।

हम जल्दी ही सरोवरों के किनारों तक जा पहुँचे।

उन पर फैली घास निश्चल थी; हवा का एक झोंका भी उनको हिला नहीं रहा था; लेकिन पानी के भीतर बमुश्किल पकड़ में आ सकने वाली हलचलें थीं। जब कभी उसकी सतह किसी चीज़ से काँप उठती, और रोशनी के वृत्त अंतहीन फैलती जगमगाती सलवटों की भाँति उभरने लगते।

जब हम झोपड़ी पर पहुँचे, जहाँ हमें इंतज़ार करना था, मेरे पति ने पहले मुझे अंदर भेजा; इसके बाद उसने धीरे-से अपनी बंदूक को लोड किया,

और बारूद की सूखी चरचराहट ने मुझ पर विचित्र-सा असर डाला। उसने देखा कि मैं काँप रही हूँ और मुझसे पूछा :

"क्या इतनी परीक्षा तुम्हारे लिए काफ़ी थी? अगर ऐसा है, तो वापस चली जाओ।"

मुझे आश्चर्य हुआ और मैंने जवाब दिया :

"क़तई नहीं। मैं कुछ भी किए बग़ैर वापस जाने के लिए नहीं आई थी। तुम आज शाम कुछ विचित्र-सा व्यवहार करते लग रहे हो।"

वह बुदबुदाया :

"जैसी तुम्हारी मर्ज़ी।" हम बिना हिलेडुले वहीं बने रहे।

लगभग आधा घंटे बाद, जब मैंने पाया कि पतझड़ की उस चमकीली रात की दमघोंटू ख़ामोशी को कोई चीज़ नहीं तोड़ रही थी, तो मैंने धीमे स्वर में कहा :

"क्या तुम पक्के तौर पर जानते हो कि वह इसी रास्ते से गुज़रेगा?"

हेग्वे ने इस तरह मुँह बिगाड़ा जैसे मैंने उसको काट लिया हो, और अपना मुँह मेरे कान के एकदम क़रीब लाकर बोला :

"इस बारे में ज़रा भी ग़लती मत करना! मुझे पक्के तौर पर पता है।"

एक बार फिर निस्तब्धता छा गई।

मैं समझती हूँ मैं उनींदी होने को थी कि तभी मेरे पति ने मेरी बाँह दबाई, और फुसफुसाहट में बदलते स्वर में उसने कहा :

"वह दिखाई दे रहा है तुम्हें उस पेड़ के नीचे?"

मैंने व्यर्थ नज़र दौड़ाई; मुझे कुछ भी पहचान में नहीं आ सका। हेग्वे ने धीरे-से अपनी बंदूक का घोड़ा चढ़ाया, जिस दौरान उसकी आँखें लगातार मेरे चेहरे पर बनी रहीं।

मैं ख़ुद भी गोली चलाने को तैयार हो रही थी, और अचानक, हमसे कोई तीस क़दमों की दूरी पर, चंद्रमा की पूरी रोशनी में एक आदमी दिखाई दिया जो तेज़ क़दमों से चलता हुआ आगे को बढ़ रहा था। उसका शरीर झुका हुआ था, जैसे वह भागने की कोशिश कर रहा हो।

मैं इस क़दर विस्मय से भर उठी कि मेरे मुँह से ज़ोर की चीख़ निकल गई; लेकिन, इसके पहले कि मैं मुड़ती, मेरी आँखों के सामने एक कौंध उभरी; बहरा कर देने वाला एक धमाका मुझे सुनाई दिया; और मैंने बंदूक

की गोली से घायल भेड़िये की तरह उस आदमी को ज़मीन पर लुढ़कते हुए देखा।

मैं इस क़दर भयभीत हो उठी कि लगभग पागल होने को थी और मेरे मुँह से भयानक चीख़ें निकल पड़ीं; इसके बाद एक क्रुद्ध हाथ ने – जोकि हेग्वे का था – मेरा गला पकड़ लिया। मैं ज़मीन पर गिर पड़ी, और फिर उसके मज़बूत हाथों ने मुझे उठाया। वह मुझे ज़ोर से पकड़े हुए उस वक़्त तक भागता रहा जब तक कि हम घास पर पड़ी हुई उस लाश तक नहीं पहुँच गए, और फिर उसने मुझे पूरी ताक़त से उसके ऊपर पटक दिया, जैसे वह मेरा सिर तोड़ देना चाहता हो।

मुझे लगा कि मैं गई; वह मुझे मार डालने वाला है; और उसने मेरे माथे पर दे मारने के लिए अपनी ऐड़ी उठाई ही थी कि तभी, इसके पहले कि मैं कुछ समझ पाती, उसको जकड़ लिया गया और ज़मीन पर पटक दिया गया।

मैं झटके से उठ खड़ी हुई, और मैंने देखा कि उसके ऊपर सवार यह पोरक़ीता थी, मेरी घरेलू नौकरानी, जो उसको किसी जंगली बिल्ली की तरह जकड़े हुए, भयानक ऊर्जा के साथ, उसकी दाढ़ी, मूँछें और उसके चेहरे की खाल को नोच रही थी।

फिर, जैसे अचानक उसके मन में कोई दूसरा ख़याल आया हो, वह उठी, ख़ुद को उस शव पर फेंकते हुए उसको अपनी बाँहों में भर लिया, उसकी आँखों और मुँह को चूमने लगी, उसके मृत होंठों को अपने होंठों से खोलते हुए उनमें प्राणवायु की और प्रेमियों के दीर्घ, दीर्घ चुंबनों को तलाशने की कोशिश करने लगी।

मेरे पति ने, किसी तरह ख़ुद को खड़ा करते हुए, मेरी ओर देखा। वह समझ गया, और, मेरे पैरों पर गिरता हुआ बोला :

"ओह! मुझे माफ़ कर दो डार्लिंग, मैंने तुम पर शक किया और इस लड़की के प्रेमी को मार डाला। यह मेरा रखवाला था जिसने मेरे साथ छल किया।"

लेकिन मैं उस मृत व्यक्ति और उस जीवित स्त्री के चुंबनों को देख रही थी, उसकी सिसकियों और उसके संतप्त प्रेम की छटपटाहटों को, और उस पल में मुझे समझ में आया कि मैं अपने पति के प्रति बेवफ़ाई कर सकती हूँ।

क्रिसमस पार्टी

क्नुत हाम्सुन (नॉर्वे)

एक स्लेज अपनी घंटियों को घनघनाती हुई पूरे वेग से पहुँचती है। पाला, बर्फ़ और सितारे।

एक नौजवान जोड़ा स्लेज में सवार होता है। वे आपस में बात नहीं करते; वह जो भी कहता है उसके जवाब में वह एक शब्द भी नहीं बोलती। पुल पर जहाँ हवा अपने प्रचंडतम रूप में है वह उससे पूछता है कि उसको ठंड तो नहीं लग रही। वह रूखे ढंग से जवाब देती है कि उसको ठंड लग रही है। विशाल खेतों की बग़ल से गुज़रते हुए वह कहता है :

"बहरहाल, हम अब पहुँचने ही वाले हैं।"

वे लगभग पहुँच ही चुके थे। अहाते की रोशनियाँ दिखाई देने लगी थीं। एक मज़दूर फ़ार्म के अहाते में खड़ा था।

"गुड ईवनिंग, ब्रेद," अजनबी कहते हैं।

"गुड ईवनिंग," मज़दूर जवाब देता है और लगाम हाथ में ले लेता है।

नौजवान बीवी स्लेज से उतरती है, अपने दस्ताने उतारती है और अपना हाथ मज़दूर की ओर बढ़ा देती है। वे एक दूसरे को जानते हैं। स्त्री का हाथ ठंडा था, मज़दूर का हाथ गर्म था।

वे बातचीत नहीं करते, वह सिर्फ़ इतना ही कहता है :

"ये मार्था है।"

वह अपने पति के साथ सीधे घर के अंदर जाती है और ब्रेद घोड़ों को अस्तबल में ले जाता है।

कुछ मिनटों बाद ब्रेद रसोई-घर में जाता है और एक लंबी बेंच पर बैठ जाता है। वह एक हट्टाकट्टा आदमी है, लंबा, सुगठित। बैठक-कक्ष से आती बातचीत और हँसी की आवाज़ें रसोई-घर को भेदती हैं; साफ़ समझ में आता

है कि वहाँ कोई पार्टी चल रही है। नौकरानियाँ भोजन तैयार करने में व्यस्त हैं।

दरवाज़ा खुलता है और मार्था अंदर आती है।

वह सभी नौकरों का अभिवादन करती है और कुत्ते को थपथपाती है, फिर वह ब्रेद की ओर मुड़ती है और उससे कहती है कि वह उसके दस्ताने ढूँढ़े जिनको वह स्लेज के पास छोड़ आई है। वह जब बोल रही होती है तो चिराग़ की रोशनी उसके चेहरे पर पड़ती है। वह हृष्ट-पुष्ट, जवान और सुंदर है। ब्रेद पल भर उसकी ओर देखता है और फिर चुपचाप बाहर चला जाता है।

थोड़ी देर बाद मार्था भी बाहर चली जाती है। वह स्लेज की बग़ल में ब्रेद से मिलती है।

"क्या तुम्हें दस्ताने मिले?" वह पूछती है।

"नहीं," वह जवाब देता है।

वे दोनों कुछ देर तक ढूँढ़ते रहते हैं। वह कहती है :

"तुम इस साल के दौरान बदले नहीं हो।"

"हाँ," वह जवाब देता है, "ये साल लंबा रहा।"

"हाँ," वह भी कहती है, "ये लंबा साल रहा। तुम एक बार भी हमारी तरफ़ नहीं आए।"

उनको दस्ताने नहीं मिले। वे सीढ़ियों के नीचे खड़े हैं। वह कहता है :

"तुम्हें ठंड लग रही है, मार्था, तुमने बहुत कम कपड़े पहन रखे हैं।"

"मुझे परवाह नहीं," वह हल्के से कहती है।

मार्था का पति बाहर आता है। उसका चेहरा प्रफुल्लित है, आनंद से भरा हुआ, इस बीच वह कई पैग पी चुका है। मार्था उसकी ओर जल्दी से देखती है और अंदर चली जाती है।

"आओ, थोड़ी-सी पी लो, ब्रेद," उसका पति प्रसन्नतापूर्वक कहता है।

वे दोनों रसोई में जाते हैं और एक बोतल लाई जाती है। तीसरा गिलास पीने के बाद ब्रेद अनिच्छा ज़ाहिर करता है, लेकिन पति उस पर दबाव डालता है। वह चौथा गिलास पी लेता है, खड़ा हो जाता है और रसोई से चला जाता है।

वह नौकरों के कमरों की ओर जाता है। दो और मज़दूर वहाँ बैठे मोमबत्ती की रोशनी में ताश खेल रहे हैं। लगभग आठ बज चुके हैं।

ब्रेद बैठ जाता है। उसको हॉल में क़दमों की आवाज़ सुनाई देती है। यह खाना खाता हुआ लड़का होगा, वह सोचता है। मार्था प्रकट होती है।

"तुम ताश नहीं खेल रहे हो?" वह ब्रेद से पूछती है।

"नहीं," वह जवाब देता है।

"तब तुम बाहर आकर मेरी मदद करोगे?" वह चल देती है। ब्रेद उसके पीछे जाता है।

"क्या काम है?" वह पूछता है।

वह जवाब नहीं देती। हॉल में अँधेरा है। वह उसका हाथ पकड़ लेती है और वह उसके दिल की धड़कनों को सुन सकता है।

"तुमसे फिर से मिलना अजीब-सा है," वह कहती है।

ब्रेद कुछ नहीं कहता। वह पूछती है :

"शायद अब तुम्हें मेरी परवाह नहीं रही?"

"नहीं," वह जवाब देता है। "अब अंदर जाओ, मार्था।"

एक मिनट बीत जाता है। सहसा वह उसका हाथ छोड़ देती है, उसको एक झटके से ख़ुद परे धकेल देती है और गुस्से से भरकर कहती है :

"ठीक है, रास्ते से हटो, मुझे निकलने दो।"

वह एक ओर हटकर खड़ा है, संभ्रमित और विस्मित। वह बाहर अहाते की ओर देखता है, वह ग़ायब हो चुकी है।

भोजन आया, ब्रेद रसोई में गया और एक लंबी मेज़ पर दूसरे नौकरों के साथ बैठ गया। खाने के दौरान मार्था का पति हाथ में बोतल से लिए फिर से आता है। उसका चेहरा और भी लाल है, और भी जीवंत। वह हर किसी को पिलाता है, लेकिन सबसे ज़्यादा ब्रेद को। मार्था भी अंदर आ जाती है। वह ज़ोर से हँसती है और अपने पति के साथ चलने लगती है।

"ब्रेद को एक ड्रिंक दो," वह कहती है।

उसका पति ब्रेद का गिलास भरता है। ब्रेद हर बार पीता जाता है; फिर सहसा वह कहता है :

"तुम मुझे इतनी ज़्यादा क्यों पिलाना चाहते हो?"

"पियो," पति जवाब देता है।

ब्रेद गुस्से से उठ खड़ा होता है, मेज़ पर से अपना टोप उठाता है और चला जाता है।

"उसका पीछा करो!" मार्था चिल्लाती है।

सारे लोग हँसते हैं। मार्था उसके पीछे भागती है, उसका पति बोतल थामे हँसता, ख़ुश होता उसके पीछे जाता है। यह नज़ारा देखने और लोग बाहर आ जाते हैं, जिनमें मार्था का पिता, जो इस फ़ार्म का मालिक है, भी शामिल है। वह अपने पेट को थामे हँसी से हिल रहा है। ब्रेद खलिहान की ओर भागता है, देखता है कि उसका पीछा किया जा रहा है और संकल्पपूर्वक खलिहान की लंबी नसैनी पर चढ़ना शुरू कर देता है। वह चढ़ता चला जाता है और अंत में खलिहान की छत पर पहुँच जाता है। वह बर्फ़ में बैठ जाता है। चंद्रमा निकल आया है, शाम स्वच्छ और उजली है।

"ध्यान से, वहाँ ख़तरा है," मार्था चिल्लाती है।

ब्रेद जवाब नहीं देता।

"वहाँ ख़तरा है, नहीं?" वह फिर से पुकारती है। उसके चेहरे पर तनाव है।

ब्रेद जवाब नहीं देता। चाँदनी उसकी विशाल काया को रोशन करती है, छत पर उसकी छाया उभारती है।

"उसके पीछे जाओ, पॉल!" मार्था नाराज़गी भरे स्वर में धीरे से कहती है।

उसका पति नसैनी पर चढ़ने लगता है। वह हँसता है और नीचे खड़े लोगों से बात करता है, चढ़ता जाता है, सबसे ऊपर के पायदान पर पहुँच जाता है, अपनी गर्दन छत की कगार से ऊपर निकालता है और ब्रेद की ओर सिर हिलाता है।

"ब्रेद," वह कहता है।

"तुम क्या चाहते हो?" ब्रेद जवाब देता है। "मैं तुम्हें नीचे पटक दूँगा उसके ऊपर।"

पॉल छत पर चढ़ जाता है।

"हाँ मुझे गिरा दो उसके ऊपर, तुम ही वह आदमी हो जो यह कर सकता है," वह कहता है। वह ब्रेद से दोस्ताना और प्रसन्न लहज़े में बात करता है, उसके कंधे पर हाथ मारता है। वह उसको बोतल से एक चुस्की लेने का आग्रह करता है। ब्रेद उसको ख़ुश करने के लिए बोतल ले लेता है।

वे वहीं बैठे रहते हैं। पार्टी के मेहमान वापस अंदर अपना खाना खाने चले जाते हैं। ब्रेद बोतल से पीता जाता है। पॉल उसको गले लगाता है। वे अपनी दोस्ती के नाम पर पीते हैं।

"तुम मार्था को मुझसे पहले से जानते थे," पॉल आँख मारकर, हँसता हुआ कहता है। "तुम दोनों लगभग साथ-साथ बड़े हुए हो।"

ब्रेद शंकालु भाव से पूछता है :

"तुम मुझसे क्या कहलवाना चाहते हो? तुम ख़ुद ही उससे पूछ लो।"

"ब्रेद के लिए और पिलाओ," मार्था चिल्लाती है।

"तुम मुझे तबाह करना चाहती हो, है न?" ब्रेद जवाब में पूछता है।

बोतल ख़ाली है। ब्रेद झूमता हुआ छत पर बैठा है। नीचे खड़ी मार्था सब कुछ देखती है।

"क्रिसमस साल में एक बार ही आती है," पॉल अपने चेहरे पर एक सामान्य-सा भाव लिए हुए कहता है। वह धीरे-धीरे नसैनी से नीचे उतरने लगता है।

"रुको!" ब्रेद उसको चिल्लाता है। वह अपने हाथ हिलाता है और स्तम्भित नज़रों से नीचे अहाते की ओर देखता है। वह छत से बर्फ़ समेटता है और ज़ोर से हँसता खिलखिलाता हुआ उसे पॉल के ऊपर गिराता है।

जब पॉल नीचे पहुँच जाता है तो उसकी बीवी कहती है :

"नसैनी हटा लो।"

ब्रेद छत से उसकी बात सुनता है और जवाब देता है :

"हाँ हटा लो नसैनी। मैं कूद जाऊँगा।"

वह खड़ा हो जाता है और छलांग लगाने की तैयारी करने लगता है, फिसलता है और पीछे की तरफ़ छत पर गिर जाता है। शिथिल और नशे में धुत्त वह वहीं पड़ा रहता है और नसैनी का हटाया जाना देखता है।

फ़ार्म पर हर ओर ख़ामोशी है। वह नीचे देखता है, उसे कोई दिखाई नहीं देता और वह मान लेता है कि वह अकेला है। नसैनी वापस फिर से उसी जगह खड़ी कर दी गई है जहाँ वह पहले थी, लेकिन उस पर उसका ध्यान नहीं जाता, उसकी आँखें बंद हैं।

"नसैनी वापस लाओ," वह ख़ुद से कहता है। ठंड उस पर असर डालती है, वह सो जाता है और चौंककर जाग जाता है। "नसैनी लेकर वापस

आ जाओ, मैं तुम्हें कुछ दूँगा," वह हवा में कहता है। "मेरे पास तुम्हारे लिए कोई चीज़ है।" संभ्रमित और बुरी तरह पिए हुए वह छत पर अपने हाथ टेकता है और फिसलकर अहाते में ख़ुद को गिर जाने देता है। कोई चीख़ता है, लोगों की आवाज़ें आने लगती हैं, वह उनसे घिरा हुआ है।

"लेकिन नसैनी तो वहीं थी," मार्था आतंकित स्वर में कहती है। "मैंने उसे वापस वहाँ रख दिया था, वो रही।"

ब्रेद दो-एक बार बर्फ़ में लुढ़कता है और फिर अपने पैरों के बल खड़ा हो जाता है। उसके माथे पर ख़ून है लेकिन गिरने से उसके दिमाग़ की धुंध छँटती है और वह चेहरे पर कौतुक का भाव लिए अपना ख़ून पोंछता हुआ आश्चर्य से हँसना शुरू कर देता है। सीधा खड़ा रहने में असमर्थ वह लड़खड़ाता है, तभी एक मज़दूर उसकी बाँह थामकर सीधा खड़ा रहने में उसकी मदद करता है। उसकी जैकेट खुल जाती है और उसमें से दस्ताने निकलकर बाहर गिर जाते हैं।

मार्था की आँखें फटी रह जाती हैं और उसका चेहरा आनंद से चमक उठता है। वह आगे बढ़ती है, दस्ताने उठाती है और उनको अपनी जेब में रख लेती है। "इसके पास थे मेरे दस्ताने," वह धीरे से कहती है। "वह सारे समय उनको अपने पास रखे हुए था।"

वह ब्रेद के साथ अंदर जाती है और उसकी मरहम-पट्टी करती है। धीरे-धरे उसका नशा कम होता जाता है और उसका मज़बूत सिर तनने लगता है। लेकिन उसका प्रलाप अभी भी जारी रहता है, और जब उसके पैरों की जाँच की जाती है तो पता लगता है कि एक पैर टूट गया है। मार्था उसके सामने घुटनों के बल बैठ जाती है और फुर्ती से उसके जूतों के फ़ीते खोलती है...

दो साल बाद मार्था विधवा हो जाती है। उसके साल भर बाद अकड़े हुए पैर वाला ब्रेद उसका पति बन जाता है।

पार्टी

अंतोन चेख़व (रूस)

1

आठ कोर्सों वाले भोजन और उसमें जारी रहे अंतहीन वार्तालाप के बाद ओल्गा मिख़ाइलोव्ना, जिसके पति के नामकरण-दिवस के उपलक्ष्य में यह आयोजन हो रहा था, बाहर निकलकर बग़ीचे में चली गई। लगातार मुस्कराते और बतियाते रहने के कर्त्तव्य, क्रॉकरी की खड़खड़ाहट, एक से दूसरे कोर्स के बीच के लंबे अंतराल, और मेहमानों से अपनी हालत को छिपाए रखने के लिए किए गए उनके पास ठहरने के ढोंग, इन तमाम चीज़ों ने उसको थका देने की हद तक उबा दिया था। वह तरस रही थी घर से बाहर जाने के लिए, छप्पर के नीचे बैठकर सुस्ताते हुए अपने दिल को उस बच्चे के ख़यालों पर एकाग्र करने के लिए जिसको वह दो महीने बाद जन्म देने वाली थी। वह इन ख़यालों की अभ्यस्त थी, जैसे ही वह बड़े मार्ग से बाएँ मुड़कर सँकरे रास्ते पर आती थी ये ख़याल उसके मन में आने लगते। यहाँ चेरी और बेरों के पेड़ों की घनी छाया में सूखी शाखाएँ उसकी गर्दन और कंधों को खरोंचती; मकड़ी का जाला उसके चेहरे पर आ बैठता, और उसके दिमाग़ में उस छोटे-से प्राणी की छवि उभरने लगती जिसका न तो अभी लिंग ज्ञात था और न ही नाक-नक़्श, और उसको लगने लगता जैसे यह मकड़ी का जाला नहीं है जो उसके चेहरे और गर्दन पर हल्के-हल्के गुदगुदी कर रहा है, बल्कि वह छोटा-सा प्राणी है। जब, रास्ते के आख़िरी सिरे पर एक छोटी-सी डाली की बाड़ दिखाई देती, और उसके पीछे टाइल से आच्छादित छप्पर पर मधुमक्खियों का छत्ता दिखाई देता; जब गतिहीन, ठहरी हुई हवा में सूखी घास और शहद की गंध महसूस होती, और मधुमक्खियों की मद्धिम भनभनाहट सुनाई देती, तब वह छोटा-सा प्राणी ओल्गा मिख़ाइलोव्ना

पर पूरी तरह कब्ज़ा जमा लेता। वह टहनियों से बुनी गई झोपड़ी के क़रीब की बेंच पर बैठ जाती, और विचारों में खो जाती।

इस बार भी वह उस बेंच तक गई, बैठ गई, और सोचने लगी; लेकिन उस छोटे-से प्राणी की बजाय उसकी कल्पना में उन वयस्क लोगों के चेहरे उभरने लगे जिनको वह अभी-अभी छोड़कर आई थी। उसको यह बात बुरी तरह असहज लगने लगी कि वह, जोकि मेजबान थी, अपने मेहमानों को अकेला छोड़कर चली आई, और उसे याद आया कि किस तरह उसका पति, प्योत्र दिमित्रिच और उसका अंकल, निकोले निकोलाविच, जूरी द्वारा चलाए जाने वाले मुक़दमे को लेकर, प्रेस को लेकर, और स्त्रियों की उच्च शिक्षा को लेकर आपस में बहस कर रहे थे। उसका पति, हमेशा की तरह, मेहमानों के सामने अपने अनुदार विचारों को प्रदर्शित करने के लिए तर्क कर रहा था - और उससे भी ज़्यादा उसके अंकल से असहमति जातने के लिए, जिनको वह नापसंद करता था। उसका अंकल उसकी बातों को काट रहा था और उसके द्वारा बोले गए एक-एक शब्द पर बहस कर रहा था, ताकि वह (अंकल निकोले निकोलेविच) वहाँ मौजूद लोगों को जता सकता कि उनसठ साल का होने के बावजूद उसकी जवानी की ताज़गी और ऊर्जा और विचारों का खुलापन अभी भी बरक़रार है। जब भोजन समाप्ति की ओर था तब स्वयं ओल्गा मिख़ाइलोव्ना भी उस बहस में कूदने से और स्त्रियों की विश्वविद्यालयीन शिक्षा का अदक्षतापूर्वक बचाव करने से ख़ुद को नहीं रोक सकी - इसलिए नहीं कि वह शिक्षा उसको अपने बचाव के लिए ज़रूरी लगती थी, बल्कि महज़ इसलिए कि वह अपने पति को चिढ़ाना चाहती थी, क्योंकि उसका व्यवहार उसको अनुचित लग रहा था। मेहमान इस बातचीत से ऊबे हुए थे, लेकिन उनको लग रहा था कि उस बातचीत में उनको हिस्सा लेना और भरपूर बतियाना ज़रूरी था, हालाँकि उनमें से किसी की दिलचस्पी जूरी द्वारा चलाए जाने वाले मुक़दमे में या स्त्रियों की उच्च शिक्षा में नहीं थी...

ओल्गा मिख़ाइलोव्ना झोपड़ी के क़रीब बाड़ के सबसे निकटतम हिस्से में बैठी थी। सूरज बादलों के पीछे छिपा हुआ था। पेड़ों पर और हवा में बारिश के पहले का धुँधलापन व्याप्त था, लेकिन इसके बावजूद वातावरण गर्म और उमस-भरा था। पेड़ों के नीचे की एक दिन पहले काटी गई घास जस की तस बिखरी पड़ी थी, जिसमें एक उदासी थी, सिर्फ़ जहाँ-तहाँ मुरझाए पड़े फूलों के पैबंद थे, और घास से एक भारी रुग्ण-सी गंध उठ रही थी। वातावरण

में ठहराव था। बाड़ के दूसरी ओर से मधुमक्खियों की एकतान भिनभिनाहट सुनाई दे रही थी...

सहसा उसको पदचाप और कुछ आवाज़ें सुनाई दीं; कोई उस रास्ते पर चलता हुआ मधुमक्खी शाला की ओर आ रहा था।

"किस क़दर उमस-भरा माहौल है!" किसी स्त्री स्वर ने कहा। "तुम्हारा क्या ख़याल है - क्या बारिश होगी, या नहीं?"

"बारिश तो होगी, मेरी जादूगरनी, लेकिन रात के पहले नहीं," एक बेहद परिचित पुरुष स्वर ने उत्साहहीन ढंग से कहा। "अच्छी बारिश होगी।"

ओल्गा मिख़ाइलोव्ना ने गणित लगाया कि अगर वह जल्दी से झोपड़ी में जाकर छिप जाए तो वे लोग उसको देखे बिना वहाँ से गुज़र जाएँगे, और उसको व्यर्थ में बतियाना और जबरन मुस्कराना नहीं पड़ेगा। उसने अपने लहँगे को समेटा, नीचे झुकी और झोपड़ी में खिसक गई। एकबारगी उसको अपने चेहरे पर, अपनी गर्दन पर, अपनी बाँहों पर गर्म हवा भाप की तरह महसूस हुई। अगर यह उमस और और बहुत क़रीब से आती डबल रोटी, सौंफ और ब्रशवुड की गंध न होती, जो उसको खुलकर साँस लेने से रोक रही थी, तो बहुत आनंददायक होता यहाँ अपने मेहमानों से बचकर झुटपुटे में छप्पर तले छिपना और उस छोटे-से प्राणी के बारे में सोचना। वह जगह आरामदेह और शांत थी।

"कितनी सुंदर जगह है!" स्त्री स्वर ने कहा। "हम यहाँ बैठते हैं, प्योत्र दिमित्रिच।"

ओल्गा मिख़ाइलोव्ना दो टहनियों के बीच की झिरी से झाँकने लगी। उसने अपने पति, प्योत्र दिमित्रिच को और सत्रह बरस की उस लड़की, ल्युबोश्का शेलर, को देखा जिसको बोर्डिंग स्कूल छोड़े अभी बहुत वक़्त नहीं हुआ था। अपने टोप को सिर के पीछे की ओर किए, और डिनर के दौरान बहुत सारी शराब पीने की वजह से अलसाए और शिथिल प्योत्र दिमित्रिच ने बाड़ की ओर झुककर अपने पैर से घास को समेटकर एक ढेर बना दिया; गर्मी की वजह से गुलाबी पड़ गई और हमेशा की तरह सुंदर ल्युबोश्का अपने हाथ पीछे बाँधे खड़ी उसकी विशाल ख़ूबसूरत काठी की अलसाई हरक़तों को देख रही थी।

ओल्गा मिख़ाइलोव्ना जानती थी कि उसका पति स्त्रियों को आकर्षित करने वाला था और वह उसको उनके साथ देखना पसंद नहीं करती थी।

इसमें कुछ भी असामान्य नहीं था कि प्योत्र दिमित्रिच अलसाए ढंग से घास का ढेर तैयार कर रहा था ताकि वह उस पर ल्युबोश्का के साथ बैठकर उससे घिसीपिटी बातें कर सके; न ही इसमें कुछ असामान्य था कि ख़ूबसूरत ल्युबोश्का अपनी कोमल निगाहों से उसको देख रही थी; लेकिन तब भी ओल्गा मिख़ाइलोव्ना को अपने पति पर खीझ महसूस हुई और उसको इस बात से डर और ख़ुशी महसूस हुई कि वह उनकी बातचीत को सुन सकती थी।

"बैठ जाओ, जादूगरनी," प्योत्र दिमित्रिच ने घास पर बैठते और शरीर को तानते हुए कहा। "ये ठीक है। आओ, कुछ कहो।"

"इसके बाद क्या! अगर मैं तुमसे कुछ भी कहना शुरू करूँगी, तो तुम सो जाओगे।"

"मैं सो जाऊँगा? अल्लाह बचाए! क्या ये मुमकिन है कि तुम्हारे जैसी आँखें मुझे निहार रही हों और मैं सो जाऊँ?"

उसके पति के शब्दों में, और इस तथ्य में कि वह अपने टोप को अपने सिर के पीछे खिसकाए एक महिला की मौजूदगी में अलसाया हुआ पड़ा था, भी कुछ असामान्य नहीं था। वह स्त्रियों के हाथों बिगड़ा हुआ था, जानता था कि वह उनको आकर्षक लगता था, और उनके साथ उसने एक ख़ास तरह का लहज़ा अपना रखा था जिसके बारे में सभी का कहना था कि वह उसको फ़बता था। ल्युबोश्का के साथ वह उसी तरह बरत रहा था जिस तरह तमाम दूसरी औरतों के साथ बरतता था। लेकिन, इसके बावजूद, ओल्गा मिख़ाइलोव्ना को ईर्ष्या थी।

"प्लीज़, मुझे बताओ," हल्की-सी ख़ामोशी के बाद ल्युबोश्का ने कहा - "क्या ये सही है कि तुम पर किसी चीज़ के लिए मुक़दमा चलने वाला है?"

"मुझ पर? हाँ, मुझे... क़ानून का उल्लंघन करने वालों में शुमार किया गया है, मेरी जादूगरनी।"

"लेकिन किस बात के लिए?"

"अकारण, लेकिन महज़... ये मुख्य रूप से राजनीति का मसला है," प्योत्र दिमित्रिच ने जँभाई ली - "वामपंथियों और दक्षिणपंथियों के बीच की दुश्मनी। मैं पुरातनपंथी और प्रतिक्रियावादी हूँ, मैंने एक सरकारी पत्र में एक ऐसा वाक्य बोलने का दुस्साहस किया जो व्लादीमीर पाव्लोविच व्लादिमिरोव जैसे निष्कलंक ग्लैडस्टन के लिए और हमारे स्थानीय शांति के न्यायमूर्ति - कुज़्मा ग्रिगोरिच - की नज़रों में अपमानजनक था।"

प्योत्र दिमित्रिच ने एक बार फिर जँभाई ली और अपनी बात जारी रखी :

"और हमारे साथ ऐसा है कि आप सूरज को या चंद्रमा को, या जिस किसी भी चीज़ को आप चाहें, नकार सकते हैं, लेकिन उदारपंथियों को छूने से आपको भगवान बचाए! ख़ुदा न करे! उदारपंथी एक ऐसी ज़हरीली सूखी फफूँद की तरह है कि अगर आपने संयोग से भी उसको अपनी अँगुली से छू लिया तो वह आपको धूल के बादल से ढँक लेगा।"

"तुम्हारे साथ क्या हुआ?"

"ख़ास कुछ नहीं। सारा झगड़ा एक तुच्छ-सी बात से शुरू हुआ था। एक अध्यापक, क्लेरिकल एसोसिएशन का एक क़ाबिले नफ़रत शख़्स, वोस्त्र्याकोव को एक भठियारे के ख़िलाफ़ एक अर्जी सौंपता है, जिसमें वह उस पर आरोप लगाता है कि उसने उसके प्रति सार्वजनिक स्थल पर अपमानजनक शब्दावली का प्रयोग और अपमानजनक व्यवहार किया। हर चीज़ यह बताती थी कि अध्यापक और भठियारा दोनों ही मोचियों की तरह पिए हुए थे, और दोनों ही समान रूप से बुरी तरह से पेश आ रहे थे। अगर कोई अपमानजनक व्यवहार हुआ भी था तो वह यूँ भी दोनों पक्षों की ओर से हुआ था। वोस्त्र्याकोव को क़ायदे से उनको अदालत के बाहर कर देना चाहिए था - बात ख़तम। लेकिन ये हमारे काम करने का ढंग नहीं है। व्यक्ति हमारे लिए पहली चीज़ नहीं है - न ही तथ्य अपने आप में पहली चीज़ है, बल्कि ट्रेड मार्क या ठप्पा पहली चीज़ है। अध्यापक कितना ही बड़ा धूर्त क्यों न हो, वह हमेशा सही होगा क्योंकि वह अध्यापक है; भठियारा हमेशा ग़लत होगा क्योंकि वह भठियारा है और ढेर सारा पैसा कमाने वाला है। वोस्त्र्याकोव ने भठियारे को गिरफ़्तार कर लिया। उस आदमी ने सर्किट कोर्ट में याचिका दायर की; सर्किट कोर्ट ने विजयी भाव से वोस्त्र्याकोव के फ़ैसले को क़ायम रखा। बहरहाल, मैं अपनी राय पर क़ायम रहा... थोड़ा गरम हुआ... बस इतना ही।"

प्योत्र दिमित्रिच लापरवाह व्यंग्य-भाव के साथ शांत ढंग से बोल रहा था। वास्तविकता यह थी जो मुक़दमा उस पर लटका हुआ था वह उसको बेहद चिंतित किए हुए था। ओल्गा मिख़ाइलोव्ना ने याद किया कि किस तरह अदालत की उस दुर्भाग्यपूर्ण पेशी से लौटने के बाद उसने अपने परिवार के सामने अपनी परेशानी को छिपाने की कोशिश की थी, और वह ख़ुद से किस

क़दर असंतुष्ट था। एक अक़्लमंद आदमी होने के नाते वह इस बात को महसूस किए बिना नहीं रह सकता था कि वह अपनी असहमति को ज़ाहिर करने के मामले में काफ़ी आगे निकल गया था; और उस अहसास को ख़ुद से और दूसरों से छिपाने के लिए कितना ज़्यादा झूठ बोलना ज़रूरी था! कितनी अनावश्यक चर्चाएँ हो चुकी थीं! जो चीज़ हँसने के योग्य नहीं थी उस पर कितनी भुनभुनाहट और हँसी हो चुकी थी! जब उसको पता चला कि उसको अदालत के समक्ष लाया जाने वाला है, तो वह एक साथ परेशान और उदास दिखाई दे रहा था; उसकी नींद गड़बड़ा गई, वह अक्सर खिड़की के पास खड़े होकर अँगुलियों से उसके काँच ठकठकाने लगता। वह अपनी बीवी को अपनी परेशानी देखने दे रहा था इस बात से वह शर्मिंदा था, और यह बात ओल्गा को खिझाती थी।

"लोग बता रहे थे कि तुम पोल्तावा प्रांत में गए थे?" ल्युबोश्का ने उससे पूछा।

"हाँ," प्योत्र दिमित्रिच ने जवाब दिया। "मैं परसों ही वहाँ से लौटा हूँ।"

"मेरा ख़याल है वह बहुत अच्छी जगह होगी।"

"हाँ, बहुत अच्छी है, दरअसल बहुत ही अच्छी; मैं तुम्हें बताऊँ कि मैं घास कटाई के एकदम सही समय पर पहुँचा था, और उक्रेन में घास कटाई साल का सबसे पुरजोश वक़्त होता है। यहाँ हमारा एक बड़ा मकान है, बड़ा बग़ीचा, ढेर सारे नौकर, और ढेर सारी गतिविधियाँ हैं, जिससे तुम घास कटाई नही देख पाते; यहाँ वह सब अनदेखा बीत जाता है। वहाँ, फ़ार्म पर, मेरा पैंतालीस एकड़ का चारागाह है, मेरी हथेली की तरह सपाट। तुम किसी भी खिड़की पर खड़े होकर लोगों को घास काटते देख सकते हो। वे चारागाह में घास काट रहे हैं, वे बग़ीचे में घास काट रहे हैं। कोई मेहमान नहीं, न ही कोई हड़बड़ी, इसलिए तुम सिवा घास कटाई के और कुछ देख, सुन और महसूस कर ही नहीं सकते। घर के अंदर और बाहर हर कहीं घास की गंध फैली होती है। सूरज निकलने से लेकर सूरज के डूबने तक हँसियों की आवाज़ सुनाई देती रहती है। कुल मिलाकर लिटिल रूस एक ख़ूबसूरत प्रदेश है। क्या तुम विश्वास करोगी, जब मैं किसी यहूदी शराबख़ाने में देहाती कुओं का पानी और घटिया वोद्का पी रहा होता था, जब किन्हीं ख़ामोश शामों में लिटिल रूसी वायलिन और डफली की लय मेरे कानों में पड़ती, तो मैं इस सम्मोहक ख़याल से भर उठता कि मैं वहीं बस जाऊँ और जब तक चाहे वहाँ

रहूँ, सर्किट अदालतों, बौद्धिक वार्तालापों, दर्शन बघारती औरतों, और भोजन के लंबे-लंबे आयोजनों से बहुत दूर...”

प्योत्र दिमित्रिच झूठ नहीं बोल रहा था। वह दुखी था और आराम चाहता था। वह अपनी पोल्तावा की ज़मीन पर गया ही इसलिए था ताकि वह अपने अध्ययन, अपने नौकरों, अपने मिलने-जुलने वालों और उस हर चीज़ से दूर भाग सकता जो उसको उसके आहत अहं और उसकी ग़लतियों की याद दिलाती थी।

ल्युबोश्का अचानक उछल पड़ी और भय के मारे हाथ झटकारने लगी।

“ओह! मधुमक्खी, मधुमक्खी!” वह चीख़ी। “ये काट लेगी!”

“बेवकूफ़; वो नहीं काटेगी,” प्योत्र दिमित्रिच ने कहा। “तुम भी कितनी डरपोक हो!”

“नहीं, नहीं, नहीं,” ल्युबोश्का चिल्लाई; और चारों ओर मधुमक्खियों को देखती हुई तेज़ी से पीछे की ओर चलने लगी।

प्योत्र दिमित्रिच उसकी ओर कोमल और उदास भाव से देखता हुआ उसके पीछे-पीछे चल पड़ा। उसकी ओर देखता हुआ वह संभवतः अपनी ज़मीन, अपने एकांत के बारे में सोच रहा था, और कौन जाने? - वह संभवतः इस बारे में भी सोच रहा हो कि उसकी ज़िंदगी कितनी सुखद और आरामदेह होती अगर उसकी पत्नी यह लड़की होती - जवान, पाक, ताज़ा, उच्च शिक्षा के दुर्गुणों से मुक्त, बिना बच्चे वाली...

जब उनके क़दमों की आहट समाप्त हो गई, तो ओल्गा मिख़ाइलोव्ना झोपड़ी से बाहर आ गई और घर की ओर चल पड़ी। वह रोना चाहती थी। अब तक वह बहुत तीव्र ईर्ष्या से भर चुकी थी। वह समझ सकती थी कि उसका पति परेशान था, अपने आप से असंतुष्ट और शर्मिंदा था, और जब लोग शर्मिंदा होते हैं, तो वे बेरुख़ी अपनाने लगते हैं, सबसे ज़्यादा उन लोगों के प्रति जो उनके सबसे क़रीब होते हैं, और अजनबियों के प्रति बेतकल्लुफ़ हो उठते हैं; वह यह भी समझ सकती थी कि उसको ल्युबोश्का से या उन औरतों से डरने की कोई ज़रूरत नहीं थी जो अंदर बैठी कॉफ़ी पी रही थीं। लेकिन सामान्य तौर पर सब कुछ भयावह, समझ से परे था, और ओल्गा मिख़ाइलोव्ना के दिल में यह बात बैठ चुकी थी कि प्योत्र दिमित्रिच का आधा हिस्सा ही उसका रह गया था...

"उसको ऐसा करने का कोई हक़ नहीं है!" अपनी ईर्ष्या और पति के प्रति अपनी खीझ को आकार देते हुए वह बुदबुदाई। "उसको कोई हक़ नहीं है। यह बात मैं उसको साफ़-साफ़ कह दूँगी!"

उसने अपने पति को खोजकर एकबारगी इस बारे में सब कुछ कह डालने का मन बना लिया : ये घिनौना था, एकदम घिनौना कि वह दूसरी औरत के प्रति आकर्षित था और उनकी सराहना के प्रति इस क़दर लालायित रहता था जैसे वह कोई अमृत हो; यह अन्यायपूर्ण और असम्मानजनक था कि जिस चीज़ पर उसकी बीवी का हक़ था वह चीज़ वह दूसरों को दे, कि वह अपनी आत्मा और अंतःकरण को अपनी बीवी से छिपाकर रखे ताकि उनको सबसे पहले सामने पड़ने वाले ख़ूबसूरत चेहरे के सामने उघाड़कर रख सके। आख़िर उसकी बीवी ने उसको क्या नुक़सान पहुँचाया था? उसको किस तरह दोष दिया जा सकता था? बहुत पहले ही वह उसके झूठ बोलने से तंग आ चुकी थी : वह हमेशा से पाखंड करता आ रहा था, छेड़छाड़ करता रहा था, वे बातें करता रहता था जो वह सोचता नहीं था, और जो वह था और जो उसको होना चाहिए था उससे अलग दिखने की कोशिश करता रहता था। आख़िर ये झूठ क्यों? क्या वह एक शालीन इंसान को शोभा देता था? अगर वह झूठ बोलता था तो वह ख़ुद को नीचे गिरा रहा था और उनको भी जिनसे वह झूठ बोल रहा था, और उस चीज़ का अपमान कर रहा था जिसके बारे में वह झूठ बोलता था। क्या वह यह नहीं समझ सकता था कि वह अदालती मेज़ पर डींग हाँकता था और ढोंग करता था या जब भोजन के दौरान सरकार के विशेषाधिकार को लेकर लंबी-लंबी तकरीरें कर रहा था, तो वह, महज़ उसके अंकल को उकसाने की ख़ाातिर, यह जताने की कोशिश कर रहा था कि उसके मन में अदालत के प्रति, या ख़ुद अपने प्रति, या उसको सुन और उसकी तरफ़ देख रहे लोगों के प्रति, ज़रा भी इज़्ज़त का भाव नहीं है?

बड़ी सड़क पर आते हुए ओल्गा मिख़ाइलोव्ना ने अपने चेहरे पर ऐसा भाव ओढ़ लिया मानो वह किसी घरेलू काम से अभी-अभी बाहर गई थी। बरामदे में भद्र अतिथि शराब पी रहे थे और स्ट्रॉबेरियाँ खा रहे थे; उनमें से एक, परीक्षक मजिस्ट्रेट - एक थुलथुल उम्रदराज़ आदमी, जोकर और हँसोड़ - निश्चय ही कोई स्वच्छंद क़िस्सा सुना रहा होगा, क्योंकि, अपनी मेज़बान को आते देखकर, उसने अचानक अपनी दोनों हथेलियाँ अपने मोटे होंठों पर रख लीं, अपनी आँखें मटकाईं और बैठ गया। ओल्गा मिख़ाइलोव्ना

को ये स्थानीय अधिकारी पसंद नहीं थे। वह ज़रा भी तवज्जो नहीं देती थी उनकी फूहड़ तकल्लुफ़ाना बीवियों को, उनकी गप्पों को, उनके बारबार आ धमकने को, और उसके उस पति की उनकी ख़ुशामद को, जिससे वे सब नफ़रत करती थीं। अब, जब वे पी रही थीं, ढेर सारा भोजन ठूँस चुकी थीं, और जाने का कोई संकेत नहीं दे रही थीं, ओल्गा को उनकी मौजूदगी यंत्रणादायी ऊब से भर रही थी; लेकिन अशिष्ट न दिखना चाहने के नाते वह मजिस्ट्रेट की ओर देखकर गर्मजोशी के साथ मुस्कराई, और उसकी ओर हाथ हिला दिया। वह भोजन-कक्ष और बैठक से मुस्कराती हुई, और इस तरह दिखावा करती हुई गुज़री जैसे वह कुछ आदेश देने और कोई इंतज़ाम करने गई थी। 'भगवान करे, मुझे कोई रोके न,' उसने सोचा, लेकिन उसको बैठक में पियानो बजाने बैठे एक नौजवान को विनम्रतावश सुनने के लिए अपने को जबरन रोकना ही पड़ा; कोई मिनट भर खड़ी रहने के बाद वह चिल्लाई, "वाह, वाह, मिस्टर जॉर्ज!" और तालियाँ बजाती हुई, वह चली गई।

उसको अपना पति उसके अध्ययन-कक्ष में मिला। वह मेज़ पर बैठा कुछ सोच रहा था। उसका चेहरा सख़्त, विचारमग्न और अपराधबोध से भरा दिख रहा था। यह वही प्योत्र दिमित्रिच नहीं था जो कुछ देर पहले भोजन के दौरान बहस कर रहा था और जिसको उसके मेहमान जानते थे, बल्कि वह एक अलग ही आदमी था - थका हुआ, अपराधी महसूस करता और अपने आप से असंतुष्ट, जिसको उसकी बीवी के अलावा कोई नहीं जानता था। वह सिगरेट पीने अध्ययन-कक्ष में आया होगा, और उसका एक हाथ मेज़ की दराज़ में था; वह सिगरेट निकालते हुए सहसा रुककर सोच में डूब गया था।

ओल्गा मिख़ाइलोव्ना को उसको देखकर दुख हुआ। यह बात दिन की माफ़िक साफ़ थी कि यह आदमी परेशान था, उसको आराम नहीं मिल सका था, और शायद ख़ुद से ही जूझ रहा था। ओल्गा मिख़ाइलोव्ना चुपचाप मेज़ तक गई : वह यह जताना चाहती थी कि वह भोजन के दौरान हुई बहस को भूल चुकी थी और नाराज़ नहीं थी, उसने सिगरेट केस को बंद किया और उसको अपने पति की कोट की जेब में डाल दिया।

'मैं इससे क्या कहूँ?' वह सोचने लगी; 'मैं कहूँगी कि झूठ बोलना एक जंगल की तरह है - जितना ही आप उसमें आगे घुसते जाते हैं उतना ही मुश्किल उसमें से बाहर निकलना होता जाता है। मैं उससे कहूँगी कि तुम

अपने ही द्वारा निभाई गई छद्म भूमिका के हाथों बहा लिए गए हो; तुमने उन लोगों का अपमान किया है जो तुमसे जुड़े हुए हैं और जिन्होंने तुम्हें कोई नुक़सान नहीं पहुँचाया है। जाओ और उनसे माफ़ी माँगो, अपने ऊपर हँसो, और तुम बेहतर महसूस करोगे। अगर तुम चैन और एकांत चाहते हो, तो हम दोनों साथ-साथ कहीं चलते हैं।'

जैसे ही प्योत्र दिमित्रिच की नज़रें अपनी बीवी की नज़रों से मिलीं, उसने अपने चेहरे पर तुरंत वही भाव ओढ़ लिया जो भोजन के दौरान और बग़ीचे में था – बेरुख़ी का और हल्का-सा व्यंग्य-भरा। उसने जँभाई ली और उठ खड़ा हुआ।

"पाँच से ज़्यादा बज गए हैं," उसने अपनी घड़ी की ओर देखते हुए कहा। "अगर हमारे मेहमान कृपालु हुए और ग्यारह बजे तक चले गए, तब भी अभी हमें छह घंटे और गुज़ारने होंगे। यह आनंददायी संभावना है, इससे इंकार नहीं किया जा सकता!"

वह सीटी बजाता हुआ हमेशा की तरह अपनी संजीदा चाल चलता हुआ अध्ययन-कक्ष से बाहर निकल गया। वह उसको भोजन-कक्ष से और फिर बैठक से उसी संजीदा दृढ़ता के साथ गुज़रते हुए और प्यानो बजाते नौजवान से "वाह! वाह!" कहते सुन सकती थी। जल्दी ही उसके क़दमों की आवाज़ सुनाई देनी बंद हो गई; वह निश्चय ही बग़ीचे में चला गया होगा। और अब, ईर्ष्या नहीं, नाराज़गी नहीं, बल्कि उसके क़दमों की आवाज़ के प्रति, उसकी अगंभीर हँसी और स्वर के प्रति सच्ची घृणा से ओल्गा मिख़ाइलोव्ना भर उठी। वह खिड़की पर गई और बाहर बग़ीचे में झाँककर देखा। प्योत्र दिमित्रिच बड़ी सड़क पर चला जा रहा था। एक हाथ अपनी जेब में डाले और दूसरे हाथ की अँगुलियाँ चटकाता हुआ, वह आत्म-विश्वास से भरे झूमते क़दमों से चला जा रहा था, अपने सिर को हल्का-सा पीछे की ओर किए, और इस तरह दिखता हुआ जैसे वह अपने आप से, अपने भोजन से, अपने पाचन से, और कुदरत से भलीभाँति संतुष्ट हो...

सड़क पर दो छोटे स्कूली बच्चे, सफ़ेद ट्यूनिक और बहुत ही तंग पतलून पहने अपने ट्यूटर विद्यार्थी के साथ आते दिखाई दिए। ये बच्चे मादाम सिज़ेन्स्की के थे जो हाल ही में आई थीं। जब वे बच्चे और विद्यार्थी प्योत्र दिमित्रिच के पास पहुँचे, तो ठहरे, और उन्होंने शायद उसको उसके नामकरण-दिवस की बधाई दी। अपने कंधों को गरिमामय ढंग से झुलाते हुए

उसने बच्चों के गाल थपथपाए, और विद्यार्थी की ओर देखे बग़ैर उसकी तरफ़ लापरवाही से अपना हाथ बढ़ा दिया। विद्यार्थी ने मौसम की तारीफ़ की होगी और उसकी तुलना पीटर्सबर्ग के मौसम से की होगी, क्योंकि प्योत्र दिमित्रिच ने ऊँची आवाज़ में, एक ऐसे लहज़े में जैसे वह किसी मेहमान से नहीं बल्कि अदालत के द्वारपाल से बात कर रहा हो, कहा :

"क्या! पीटर्सबर्ग में ठंड है? और यहाँ, माई गुड सर, स्वास्थ्यवर्धक वातावरण है और भरपूर तादाद में धरती के फल हैं। इह? क्या?"

और, एक हाथ तेज़ी से जेब में डालते हुए और दूसरे की अँगुलियाँ चटकाते हुए, वह आगे बढ़ गया। जब तक वह झाड़ियों के पीछे ग़ायब नहीं हो गया, तब तक ओल्गा मिख़ाइलोव्ना विकल मन से उसके सिर का पिछला भाग देखती रही। इस चौंतीस साल के आदमी को किसी जनरल की-सी यह चालढाल कहाँ से हासिल हुई होगी? कहाँ से हासिल हुआ होगा उसको यह प्रभावशाली, सजीला अंदाज़? कहाँ से मिला होगा उसको अपनी आवाज़ में प्रभुत्त्व का यह स्पंदन? ये "क्या," "निश्चय ही," और "माई गुड सर" कहाँ से मिले होंगे?

ओल्गा मिख़ाइलोव्ना ने याद किया कि किस तरह वह अपने विवाह के शुरुआती महीनों में घर में अकेले उदास महसूस करती थी और शहर के सर्किट कोर्ट में चली जाती थी, जहाँ पर प्योत्र दिमित्रिच उसके गॉडफ़ादर, भद्रजन अलेक्सी पेत्रोविच, की जगह पर कभी-कभी सभापति का आसन संभालता था। उस सभापति की कुर्सी पर, वर्दी और सीने पर चेन पहने हुए, वह पूरी तरह बदल जाता था। राजकीय भंगिमाएँ, गरजती हुई आवाज़ "क्या," "निश्चय ही," लापरवाह अंदाज़... सब कुछ, वह सब जो साधारण और मानवीय था, वह सब कुछ जो उसके संदर्भ में व्यक्तिगत और निजी था जिसको ओल्गा मिख़ाइलोव्ना घर पर देखने की अभ्यस्त थी, भव्यता में ग़ायब हो जाता, और उस सभापति की कुर्सी पर प्योत्र दिमित्रिच नहीं बल्कि एक बिलकुल ही अलग इंसान बैठा होता था जिसको लोग माननीय सभापति कहकर पुकारते थे। सत्ता का यह बोध उसको अपनी जगह पर शांत ढंग से बैठने से रोकता था, और वह अपनी घंटी बजाने का, लोगों की ओर सख़्त निगाह से देखने का, उन पर चिल्लाने का... कोई अवसर नहीं चूकता था। कहाँ से मिली थी उसको वह निकटदृष्टि, और बहरापन जब उसने सहसा कठिनाईपूर्वक देखना और सुनना आरंभ कर दिया था, और शानदार ढंग से त्यौरियाँ चढ़ाना, लोगों को ज़ोर से बोलने और मेज़ के क़रीब आकर बात

करने का आग्रह करना शुरू कर दिया था? अपनी भव्यता की ऊँचाई से वह चेहरों और आवाज़ों में मुश्किल से फ़र्क़ कर पाता था, जिससे ऐसा लगता था कि अगर ओल्गा मिख़ाइलोव्ना ख़ुद भी उसके पास जाती तो वह उस पर भी चिल्ला उठता, "तुम्हारा नाम?" खेतिहर गवाहों को वह ज़रूरत से ज़्यादा अनौपचारिकता के साथ संबोधित करता, लोगों पर वह इतनी ज़ोर से चिल्लाता कि उसकी आवाज़ सड़क तक पर सुनी जा सकती थी, और वकीलों के साथ अविश्वसनीय ढंग से व्यवहार करता। अगर किसी वकील को उससे बात करनी होती, तो प्योत्र दिमित्रिच उसकी ओर से हल्का-सा मुँह फेरकर, अधमुँदी आँखों से सीलिंग की ओर देखने लगता, यह जताने की कोशिश करता हुआ कि वह वकील निहायत ही तुच्छ व्यक्ति है और वह उसको न तो कुछ समझ रहा है और न उसको सुन रहा है; अगर बोलने वाला वकील ठीक से पोशाक न पहने होता, तो प्योत्र दिमित्रिच अपने कान खड़े कर उस आदमी को व्यंगात्मक, तिरस्कारपूर्ण नज़रों से ऊपर से नीचे तक यूँ देखता जैसे कहना चाहता हो : आज के ज़माने में भी ऐसे अजीबोग़रीब वकील!"

"तुम्हारे कहने का मतलब क्या है?" वह बीच में बोल उठता।

मान लीजिए किसी तथाकथित वाक्पटु वकील ने किसी विदेशी शब्द का ग़लत उच्चारण कर दिया, उदाहरण के लिए उसने 'फ़िक्टीसियस' बोलने की बजाय 'फ़ेक्टीसियस' बोल दिया, तो प्योत्र दिमित्रिच का चेहरा खिल उठेगा और वह पूछेगा, "क्या? कैसे? फ़ेक्टीसियस? इसका क्या मतलब होता है?" और फिर प्रभावशाली ढंग से कहेगा : "ऐसे शब्दों का इस्तेमाल मत करो जिनको तुम समझते नहीं हो।"

वकील अपना वक्तव्य समाप्त करते हुए, लाल चेहरा लिए पसीना-पसीना होता हुआ, मेज़ से दूर हट जाएगा, जबकि प्योत्र दिमित्रिच, आत्म-तुष्ट मुस्कराहट के साथ विजयी भाव से अपनी कुसी से टिक जाएगा। वकीलों के साथ अपने बरताव में वह कुछ-कुछ भद्रजन अलेक्सी पेत्रोविच की नक़ल किया करता था, लेकिन जब भद्रजन अलेक्सी, मसलन, कहता "बचाव पक्ष के वकील, तुम थोड़ी देर ख़ामोश रहो!" तो यह पितृवत नेकदिल और स्वाभाविक लगता था, जबकि ठीक यही शब्द प्योत्र दिमित्रिच के मुँह से रूखे और बनावटी लगते थे।

2

तालियों की आवाज़ सुनाई दी। नौजवान ने पियानो बजाना समाप्त किया था। ओल्गा मिख़ाइलोव्ना को अपने मेहमानों का ख़याल आया और वह तेज़ी से बैठक की ओर भागी।

"मुझे तुम्हारे वादन में बहुत आनंद आया," उसने पियानो के क़रीब जाते हुए कहा। "मुझे बहुत आनंद आया। तुममें ज़बरदस्त प्रतिभा है! पर क्या तुम्हें नहीं लगता कि हमारा पियानो कुछ बेसुरा है?"

"माई गुडनेस! मित्या और कोल्या," वह धीरे-धीरे गुनगुनाती हुई बोली और उनसे मिलने को बढ़ी। "कितने बड़े हो गए ये! कोई तुम्हें पहचान तक नहीं पाएगा! लेकिन तुम्हारी मम्मा कहाँ है?"

"मैं आपको नामकरण-दिवस की बधाई देता हूँ," विद्यार्थी ने प्रसन्न और उन्मुक्त ढंग से कहना शुरू किया, "और मैं आपके लिए शुभकामनाएँ देता हूँ। एकातेरिना ऐंद्रीव्ना ने बधाइयाँ भेजी हैं और न आ पाने के लिए आपसे माफ़ी माँगी है। उनकी तबियत ठीक नहीं है।"

"बहुत दुष्ट है वो। मैं दिन भर से उसकी राह देख रही हूँ। क्या तुमको पीटर्सबर्ग छोड़े हुए काफ़ी समय हो गया है?" ओल्गा मिख़ाइलोव्ना ने विद्यार्थी से पूछा। "इस वक़्त वहाँ का मौसम कैसा है?" और उसके जवाब का इंतज़ार किए बिना, उसने स्कूली बच्चों की ओर आत्मीयतापूर्वक देखा और दोहराया :

"ये कितने लंबे हो गए हैं! बहुत दिन नहीं हुए जब ये अपनी नर्स के साथ आया करते थे, और अब ये स्कूल जाने लगे हैं! बूढ़े और बूढ़े होते जाते हैं और छोटे बड़े होते जाते हैं... तुम लोगों ने खाना खाया?"

"ओह, प्लीज़, चिंता मत कीजिए!" विद्यार्थी ने कहा।

"क्यों, तुमने खाना नहीं खाया?"

"भगवान के लिए, परेशान मत होइए!"

"पर मेरा ख़याल है तुम भूखे होगे?" ओल्गा मिख़ाइलोव्ना ने अधीरता और नाराज़गी के साथ कठोर रूखे स्वर में कहा - यह उसके अनजाने ही हो गया, लेकिन उसने तत्काल हल्का-सा खाँसा, मुस्कराई, और उसके गाल सुर्ख हो उठे। "कितने लंबे हो गए हैं ये!" उसने कोमल स्वर में कहा।

"प्लीज़, परेशान न हों!" विद्यार्थी ने एकबार फिर से कहा।

विद्यार्थी ने उससे परेशान न होने की विनती की; बच्चों ने कुछ नहीं कहा; ज़ाहिर-सी बात थी कि वे तीनों भूखे थे। ओल्गा मिख़ाइलोव्ना उनको भोजन-कक्ष में ले गई और वेसीली से खाना परोसने को कहा।

"बहुत दुष्ट है तुम्हारी मम्मा!" उनको बिठाते हुए उसने कहा। "उसने मुझे बिलकुल भुला दिया है। दुष्ट, दुष्ट, दुष्ट... तुम उसको कह देना। तुम क्या पढ़ रहे हो?" उसने विद्यार्थी से पूछा।

"मेडीसिन।"

"अच्छा, मेरे मन में डॉक्टरों को लेकर एक कमज़ोरी है। मुझे अफ़सोस है कि मेरा पति डॉक्टर नहीं है। मसलन, कितने साहस की ज़रूरत होती होगी किसी का ऑपरेशन करने या किसी मुर्दे की चीरफाड़ करने के लिए! भयानक है! तुमको डर नहीं लगता? मुझे तो लगता है मैं आतंक के मारे मर जाऊँगी! हाँ, तुम वोद्का पीते हो?"

"प्लीज़ परेशान मत होइए।"

"यात्रा के बाद तुम्हें कुछ तो पीना ही चाहिए। मैं हालाँकि स्त्री हूँ लेकिन मैं भी कभी-कभी पीती हूँ। मित्या और कोल्या मलागा पिएँगे। ये तेज़ वाइन नहीं है; तुमको उससे डरने की ज़रूरत नहीं है। कितने बढ़िया बच्चे हैं ये, वाक़ई! अगली बार ये शादी के बारे में सोच रहे होंगे।"

ओल्गा मिख़ाइलोव्ना बिना रुके बोले जा रही थी; वह तजुरबे से जानती थी कि जब आपको मेहमानों से बरतना हो, तो सुनने से बोलना कहीं ज़्यादा आसान और सुखद होता है। जब आप बोलते हैं तो आपको सवालों के जवाब देने के लिए अपने दिमाग़ पर ज़ोर नहीं डालना पड़ता, और अपने चेहरे के भावों को नहीं बदलना पड़ता। लेकिन अनजाने ही उसने विद्यार्थी से एक सवाल पूछ लिया था; विद्यार्थी ने एक भारीभरकम भाषण शुरू कर दिया और उसको सुनने पर मज़बूर होना पड़ा। विद्यार्थी जानता था कि वह कभी यूनिवर्सिटी में पढ़ चुकी थी, और उससे बात करते हुए वह एक संजीदा व्यक्ति दिखने की कोशिश कर रहा था।

"तुम कौन-सा विषय पढ़ रहे हो?" उसने पूछा, यह भूलकर कि वह पहले ही यह सवाल पूछ चुकी थी।

"मेडीसिन।"

तभी ओल्गा मिख़ाइलोव्ना को याद आया कि वह काफ़ी देर से महिलाओं से दूर है।

"हाँ? तब तो तुम डॉक्टर बनने जा रहे हो?" उसने उठते हुए कहा। "ये बहुत अच्छा है। मुझे अफ़सोस है कि मैं ख़ुद मेडीसिन में न जा सकी। तो, जेण्टलमेन, तुम लोग अपना भोजन पूरा करो, फिर बग़ीचे में आ जाओ। मैं तुम लोगों की मुलाक़ात नौजवान महिलाओं से कराऊँगी।"

वह बाहर गई और अपनी घड़ी पर नज़र डाली : छह बजने में पाँच मिनट की देर थी। वह सोचने लगी कि समय कितना धीरे-धीरे बीत रहा था। उसने भय के साथ सोचा कि आधी रात होने में अभी छह घंटे बाक़ी हैं, जब पार्टी समाप्त होगी। वह ये छह घंटे कैसे बिता सकेगी? वह कौन-से शब्द बोलेगी? उसको अपने पति से किस तरह का व्यवहार करना चाहिए?

बैठक या बरामदे में कोई भी नहीं था। सारे मेहमान बग़ीचे में चहलक़दमी कर रहे थे।

'मुझे चाय के पहले भूर्ज वन में चहलक़दमी का प्रस्ताव करना चाहिए, या फिर नौकाविहार का,' ओल्गा मिख़ाइलोव्ना ने तेज़ी से क्रॉके ग्राउंड की ओर जाते हुए सोचा, जहाँ से बातचीत और हँसी की आवाज़ें आ रही थीं। 'और बुजुर्गों को...' रास्ते में उसे हाथ में ख़ाली बोतलें लिए आता अपना नौकर ग्रिगोरी मिला।

"महिलाएँ कहाँ हैं?" उसने पूछा।

"रास्पबेरी की झाड़ियों के पास। मालिक भी वहीं पर हैं।"

"ओह, गुड हैवन्स!" क्रोके लॉन में कोई चिढ़कर चिल्लाया। "मैं तुमसे हज़ार बार कह चुका हूँ। बुल्गारियों को जानने के लिए पहले तुमको उनसे मिलना चाहिए! तुम काग़ज़ों के आधार पर नहीं जाँच सकते!"

या तो इस चिल्लाहट की वजह से या किसी अन्य कारण से ओल्गा मिख़ाइलोव्ना को अपनी देह में एक भयानक कमज़ोरी की अहसास हुआ, ख़ास तौर से पैरों और कंधों में। उसे लगा कि बोलना, सुनना या चलना उसके वश के बाहर है।

"ग्रिगोरी," उसने बड़ी मुश्किल से डूबते से स्वर में कहा, "जब तुमको चाय या कोई और चीज़ ले जानी हो, तो मेहरबानी करके मुझसे गुहार मत लगाना, मुझसे कुछ मत पूछना, कुछ भी मत कहना... ख़ुद ही सब कुछ कर

लेना, और... और अपने पैरों से आवाज़ मत करना, मेरी तुमसे विनती है... मेरे वश का नहीं है, क्योंकि..."

वाक्य को पूरा किए बिना ही वह क्रोके लॉन की ओर बढ़ गई, लेकिन रास्ते में उसने महिलाओं के बारे में सोचा, और रास्पबेरी के झाड़ियों की ओर मुड़ गई। आकाश, हवा और वृक्षों में एकबार फिर धुँधलापन छाया हुआ था और वे बारिश की आशंका जता रहे थे; वातावरण गरम और उमस भरा था। कौवों का एक विशाल झुंड, आँधी का पूर्वानुमान करता, काँव-काँव करता बग़ीचे के ऊपर से उड़ गया। रास्ते किचन गार्डन की ओर जाते हुए और भी आच्छादित, अँधेरे और सँकरे होते गए थे। उनमें से एक में, जंगली नाशपाती, जंगली सेब, अम्लबेत, बलूत और हापबीन के गहरे झुरमुट में, छोटी काली मक्खियों का एक गुबार ओल्गा मिख़ाइलोव्ना के इर्दगिर्द मँडराने लगा। उसने अपने चेहरे को हथेलियों से ढँक लिया और ज़ोर लगाकर उस नन्हें प्राणी के बारे में सोचने लगी... उसकी कल्पना में ग्रिगोरी, मित्या, कोल्या और उन खेतिहरों के चेहरे तैरने लगे जो सुबह बधाइयाँ देने आए थे...

उसको पैरों की आहट सुनाई दी, और उसने आँखें खोल लीं। अंकल निकोले निकोलेविच तेज़ी से उसकी ओर चला आ रहा था।

"तुम हो, डियर? मुझे बहुत ख़ुशी हुई..." उसने बिना साँस लिए कहना शुरू कर दिया। "कुछ शब्द..." उसने रूमाल से अपनी लाल सफाचट दाढ़ी पोंछी, फिर सहसा एक क़दम पीछे हटा, अपने हाथ बढ़ाए और आँखें फाड़ लीं। "माई डियर गर्ल, ये कब से चल रहा है?" उसने तेज़ी से बड़बड़ाते हुए कहा। "मैं तुम से पूछता हूँ : क्या इसकी कोई सीमा नहीं है? अपने चारों ओर के लोगों पर वह जो कठोर अनुशासनात्मक दृष्टिकोण थोपता है उसके हतोत्साहित करने वाले प्रभाव के बारे में मैं कुछ नहीं कहता, न उसके उस तरीक़े के बारे में ही मैं कुछ कहूँगा जिससे वह उस सबका अपमान करता है जो मुझमें और ईमानदारी से सोचने वाले हर इंसान में है - मैं इस सब के बारे में कुछ नहीं कहूँगा, लेकिन वह कम से कम शिष्टतापूर्ण ढंग से व्यवहार तो कर सकता है! क्यों वह चिल्लाता है, गरजता है, अपने आपको बोनापार्ट की तरह पेश करता है, दूसरों को एक शब्द भी नहीं बोलने देता... मेरी समझ से परे है कि उसकी समस्या क्या है! ये घमंड से भरी भंगिमाएँ, यह दूसरों को नीचा दिखाने वाला लहज़ा; और किसी जनरल की तरह हँसना! मैं तुमसे पूछना चाहता हूँ कि है कौन वो? एक बीवी का पति जिसके पास महज कुछ

एकड़ ज़मीन है और एक ऐसी नाममात्र की पदवी है, जिसकी शादी क़िस्मत से एक राजपुत्री से हो गई! एक कल का नवाब और तमाम दूसरों की तरह का एक जंकर! वह या तो गर्वोन्माद का शिकार है, या फिर उस सठियाए हुए चूहे, भद्रजन अलेक्सी पेत्रोविच का कहना सही है कि आज के ज़माने में बच्चों और नौजवानों की उम्र की बढ़त लंबे समय तक जारी रहती है, और वे चालीस साल की उम्र तक खिलौनों से ही खेलते रहते हैं!"

"सही है, सही है," ओल्गा मिख़ाइलोव्ना ने सहमति जताई। "मैं निकल जाऊँ?"

"अब ज़रा सोचो : ये सब कहाँ ले जा रहा है?" उसके अंकल ने उसका रास्ता रोके हुए अपनी बात जारी रखी। "जनरल और लकीर का फ़क़ीर होने के इस खेल का अंत कैसे होगा? वह पहले से मुश्किल में फँसा हुआ है! हाँ, अपने मुक़दमे में! मुझे इसकी बहुत ख़ुशी है! यह उसके चीख़ने चिल्लाने का ही नतीजा है - क़ैदी के कटघरे में खड़ा होना। ये सर्किट कोर्ट जैसी कोई चीज़ नहीं है : ये सेण्ट्रल कोर्ट है! मेरा ख़याल है, इससे बदतर की कल्पना नहीं की जा सकती! और फिर उसने हर किसी से झगड़ा कर लिया! वह अपना नामकरण-दिवस मना रहा है, और देखो कि वोस्त्र्याकोव यहाँ नहीं है, न ही याख़ोन्तोव है, न ब्लादीमीरोव है, न शेवुद है, न भद्रजन है... मेरा ख़याल है कि भद्रजन अलेक्सी पेत्रोविच से ज़्यादा अनुदारपंथी कोई नहीं है, और तब भी वह नहीं आया। वह अब कभी आएगा भी नहीं। वो नहीं आएगा, तुम देख लेना!"

"माई गॉड! लेकिन इससे मेरा क्या संबंध है?" ओल्गा मिख़ाइलोव्ना ने पूछा।

"तुमसे क्या संबंध है? क्यों, तुम उसकी बीवी हो! तुम चतुर हो, तुमने विश्वविद्यालय में शिक्षा प्राप्त की थी, और यह तुम्हारे वश में था कि तुम उसको एक ईमानदार परिश्रमी बनातीं!"

"जो व्याख्यान मैं सुनती थी वे यह नहीं सिखाते थे कि उबाऊ लोगों को कैसे प्रभावित किया जाए। मुझे लगता है विश्वविद्यालय में पढ़े होने के कारण मुझे आप सबसे माफ़ी माँग लेनी चाहिए," ओल्गा मिख़ाइलोव्ना ने तीख़े ढंग से कहा। "सुनिए, अंकल। अगर लोग आपके कानों में पूरे दिन एक ही राग अलापते रहें, तो आप शांत बैठकर सुनते नहीं रह पाएँगे, बल्कि भाग खड़े

होंगे। मैं साल भर तक कई-कई दिनों तक एक ही तरह की बात सुनती रहती हूँ। आपको कम से कम मुझपर तरस आना चाहिए।"

उसके अंकल ने मुँह बिगाड़ा, और उसकी ओर उत्सुकता से देखा और मज़ाक़ उड़ाने वाली मुस्कराहट के अंदाज़ में अपने होंठ सिकोड़े।

"तो ये बात है," उसने किसी औरत के स्वर में बोलते हुए कहा। "मैं माफ़ी चाहता हूँ!" उसने कहा, और औपचारिक ढंग से सिर झुका दिया। "अगर तुम ख़ुद ही उसके असर में आ चुकी हो, और अपने उसूलों को तज चुकी हो, तो यह बात तुम्हें पहले ही बता देनी चाहिए थी। मैं माफ़ी चाहता हूँ!"

"हाँ, मैंने अपने उसूलों को तज दिया है," वह चिल्लाई। "उठाइए जितना फ़ायदा उठा सकें इसका!"

"मैं माफ़ी चाहता हूँ!"

उसके अंकल ने आख़िरी बार औपचारिक ढंग से सिर झुकाया, हल्का-सा एक ओर झुकते हुए, और, अपने आप में सिकुड़ते हुए, अपने पैर से हल्का-सा खरोंचते हुए वापस मुड़कर चला गया।

"बौड़म!" ओल्गा मिख़ाइलोव्ना ने सोचा। "उम्मीद है, वो घर चला जाएगा।"

उसने महिलाओं और नौजवानों को किचन गार्डन में रास्पबेरियों के बीच पाया। कुछ रास्पबेरियाँ खा रहे थे; कुछ रास्पबेरियाँ खाकर तंग आ चुकने के बाद स्ट्राबेरियों की क्यारियों के बीच टहल रहे थे या मटर की क्यारियों के बीच चक्कर लगा रहे थे। रास्पबेरियों की क्यारियों के थोड़ा-सा एक ओर, फैलती डालियों वाले सेब के एक वृक्ष, जिसको एक पुरानी फेंस से उखाड़े गए खंभों का सहारा दिया गया था, के क़रीब प्योत्र दिमित्रिच घास काट रहा था।

उसके बाल उसके माथे पर गिरे हुए थे, उसका गुलूबंद खुला हुआ था। उसकी घड़ी की चेन खुलकर लटक रही थी। हँसिये का हर वार और उतार-चढ़ाव दक्षता और ज़बरदस्त शारीरिक शक्ति को दर्शा रहे थे। उसके क़रीब ल्युबोश्का और एक पड़ोसी, कर्नल बुक्रीव, की बेटियाँ खड़ी हुई थीं, रक्त की कमी से पीड़ित और अस्वस्थ दो मोटी लड़कियाँ - नताल्या और वेलेन्तीना, या, जैसाकि उनको हमेशा पुकारा जाता था, नाता और वाता। दोनों

सफ़ेद फ़्रॉकें पहनी हुई थीं और आश्चर्यजनक रूप से एक दूसरे से मिलती जुलती थीं। प्योत्र दिमित्रिच उनको घास काटना सिखा रहा था।

"ये बहुत आसान है," उसने कहा। "तुम्हें सिर्फ़ हँसिया पकड़ने का तरीक़ा आना चाहिए और उस पर बहुत गर्मी दिखाने की ज़रूरत नहीं है - यानी, ज़रूरत से ज़्यादा ताक़त लगाने की ज़रूरत नहीं है! इस तरह... तुम कोशिश करके नहीं देखना चाहोगी?" ल्युबोश्का की ओर हँसिया बढ़ाते हुए उसने कहा। "आओ!"

ल्युबोश्का ने अनाड़ियों की तरह हँसिये को पकड़ा, उसका चेहरा लाल हो उठा और वह हँस पड़ी।

"डरो मत, ल्युबोव अलेक्ज़ेंद्रोव्ना!" ओल्गा मिख़ाइलोव्ना चिल्लाई, इतनी ज़ोर से कि सारी महिलाएँ सुन सकतीं कि वह उनके साथ थी। "डरो मत! तुम्हें सीखना चाहिए! अगर तुमने किसी तॉल्स्तॉयवादी से शादी कर ली तो वह तुमसे घास कटवाएगा।"

ल्युबोश्का ने हँसिया ऊपर उठाया, लेकिन वह फिर से हँसने लगी, और अपनी हँसी से लाचार होकर एकबारगी फिर हाथ डाल दिया। इस बात से कि उसको इस तरह बरता जा रहा था जैसे वह सयानी हो, वह लज्जित भी थी और ख़ुश भी। नाता ने, जिसका चेहरा शांत और संजीदा था और जिसपर मुस्कराहट का कोई निशान न था, हँसिया उठा लिया, उसको झुलाया और घास में फँसा दिया; वाता, जो ख़ुद भी मुस्करा नहीं रही थी और अपनी बहन की तरह ही संजीदा थी, ने भी हँसिया लिया और धीरे-से ज़मीन में घोंप दिया। इतना करने के बाद दोनों बहनों ने एक दूसरे के हाथ थामे और चुपचाप रास्पबेरियों की ओर चली गईं।

प्योत्र दिमित्रिच किसी बच्चे की तरह खिलंदड़े भाव से हँस पड़ा, और यह बालसुलभ, ज़िंदादिल मूड जिसमें वह अत्यंत नेकदिल हो उठा था उस पर किसी भी दूसरे मूड के मुक़ाबले ज़्यादा फ़ब रहा था। जब वह इस तरह होता था तो ओल्गा मिख़ाइलोव्ना को वह बहुत प्यारा लगता था। लेकिन उसका यह बचपना ज़्यादा देर तक नहीं टिकता था। इस बार भी वह ज़्यादा देर नहीं टिका; हँसिये से कुछ देर खेलने के बाद किसी वजह से उसके बारे में उसको एक गंभीर लहज़ा अख़्तियार करना ज़रूरी लगा।

"जब मैं घास काट रहा होता हूँ, तब जानती हो मुझे कैसा लगता है? कहीं ज़्यादा स्वस्थ और सामान्य," उसने कहा। "अगर मुझे एक बौद्धिक जीवन तक सीमित रहने को मजबूर कर दिया जाए तो मेरा ख़याल है मेरा दिमाग़ फिर जाएगा। मुझे लगता है मेरा जन्म एक सुसंस्कृत व्यक्ति बनने के लिए नहीं हुआ था! मुझे घास काट काटनी चाहिए, हल चलाना चाहिए, बोना चाहिए, घोड़ों की सवारी करनी चाहिए।"

और प्योत्र दिमित्रिच ने महिलाओं के साथ शारीरिक श्रम के फ़ायदों के बारे में, संस्कृति के बारे में, और फिर पैसे और संपत्ति के घातक प्रभावों के बारे में वार्तालाप शुरू कर दिया। अपने पति की बातें सुनते हुए ओल्गा मिख़ाइलोव्ना अपने दहेज़ के बारे में सोचने लगी।

"और मेरा ख़याल है, एक वक़्त आएगा," उसने सोचा, "जब वह मुझे ख़ुद से ज़्यादा धनवान होने के लिए माफ़ नहीं कर पाएगा। वह अहंकारी और झूठा है। हो सकता है वह मुझसे इसलिए नफ़रत करे कि वह मेरा बेहद ऋणी है।"

वह कर्नल बुक्रीव के पास रुक गई, जो रास्पबेरियाँ खा रहा था और बातचीत में हिस्सा भी ले रहा था।

"आओ," उसने ओल्गा मिख़ाइलोव्ना और प्योत्र दिमित्रिच के लिए जगह बनाते हुए कहा। "सबसे ज़्यादा पकी हुई यहाँ हैं... और इसलिए, प्रूधाँ के मुताबिक़," उसने अपनी आवाज़ को और ऊँची कर अपनी बात जारी रखते हुए कहा, "संपत्ति डकैती है। लेकिन मुझे स्वीकार करना होगा कि मैं प्रूधाँ में विश्वास नहीं करता, और मैं उसको दार्शनिक नहीं समझता। मेरे विचार में, फ़्रांसीसी कोई प्रमाण-पुरुष नहीं हैं - भगवान उनका भला करे!"

"ख़ैर, जहाँ तक प्रूधाँ और बकलेस और उन जैसों का सवाल है, मैं इस क्षेत्र में कमज़ोर हूँ," प्योत्र दिमित्रिच ने कहा। "दर्शन के लिए आपको मेरी बीवी से निवेदन करना चाहिए। उसने विश्वविद्यालय के व्याख्यान सुने हैं और आपके तमाम शोपेनहॉरों और प्रूधाओं के बारे में अच्छी तरह से जानती है..."

ओल्गा मिख़ाइलोव्ना एक बार फिर ऊब महसूस करने लगी। वह सेबों और नाशपातियों के पेड़ों से घिरे छोटे रास्ते पर चल पड़ी और चेहरे पर फिर वही भाव ले आई जैसे वह किसी बहुत महत्त्वपूर्ण काम पर निकली हो।

वह बग़ीचे के कुटीर तक पहुँच गई। दरवाज़े पर माली की बीवी, वारवरा, मुँडे हुए सिरों वाले अपने चारों बच्चों के साथ बैठी थी। वारवरा भी गर्भवती थी और इलियाह दिवस तक बच्चे के जन्म की उम्मीद कर रही थी। उसको अभिवादन करने के बाद ओल्गा मिख़ाइलोव्ना ख़ामोश रहकर उसको और उसके बच्चों को देखती रही और फिर उसने पूछा :

"कैसा महसूस होता है?"

"ओह, ठीक है..."

इसके बाद ख़ामोशी छाई रही। दोनों स्त्रियाँ बिना कुछ कहे-सुने एक दूसरे को समझती लग रही थीं।

"अपने पहले बच्चे को गर्भ में रखना भयानक अनुभव है," पल भर सोचने के बाद ओल्गा मिख़ाइलोव्ना ने कहा। "मुझे लगातार ऐसा लगता रहता है मैं इस दौर से गुज़र नहीं पाऊँगी, मैं मर जाऊँगी।"

"मुझे भी ऐसा ही लगता था, लेकिन देखिए, मैं ज़िंदा हूँ... आदमी तमाम तरह की कल्पनाएँ करता है।"

वारवरा, जोकि पाँचवें बच्चे को जन्म देने वाली थी, ने अपनी मालकिन को अपने तजुरबे की ऊँचाई से देखा था और किसी हद तक सीख देने वाले अंदाज़ में बोली थी, और ओल्गा मिख़ाइलोव्ना उसकी दक्षता को महसूस किए बिना नहीं रह सकी; उसे अपनी आशंकाओं के बारे में, बच्चे के बारे में, अपनी अनुभूतियों के बारे में बात करके अच्छा लगता, लेकिन उसको डर था कि वह वारवरा के सामने बचकानी और गई-गुज़री साबित होगी। वह इंतज़ार करने लगी कि वारवरा स्वयं ही कुछ कहे।

"ओल्या, हम लोग अंदर जा रहे हैं," प्योत्र दिमित्रिच ने रास्पबेरियों के पास से पुकार कर कहा।

ओल्गा मिख़ाइलोव्ना को ख़ामोश रहना अच्छा लगा। वह वारवरा के बोलने का इंतज़ार कर रही थी और उसको देख रही थी। वह रात तक उसी तरह बिना बोले या बिना कोई काम किए ठहरी रहना चाहती थी। लेकिन उसको जाना था। वह अभी कुटीर से हटी ही थी कि ल्युबोश्का, नाता और वाता भागती हुई उससे मिलने आ गईं। दोनों बहनें सहसा कुछ गज पीछे ठहर गईं, ल्युबोश्का उसके पास तक भागती आई और आकर उसने उसके गले में अपनी बाँहें डाल दीं।

"डियर, डार्लिंग," उसने उसके चेहरे और गर्दन को चूमते हुए कहा। "चलो हम टापू पर चलकर चाय पीते हैं!"

"टापू पर, टापू पर!" एक दूसरे से एकदम मिलती-जुलती नाता और वाता ने बिना मुस्कराए एक साथ कहा।

"लेकिन बारिश होने वाली है, माई डियर्स।"

"वो नहीं होगी, नहीं होगी," ल्युबोश्का उदास चेहरे के साथ चिल्लाई। "वे सब वहाँ जाने को तैयार थे। डियर, डार्लिंग!"

"वे सब टापू पर जाकर चाय पीने को तैयार हो रहे हैं," प्योत्र दिमित्रिच ने आते हुए कहा। "इंतज़ाम देखो... हम सब नावों में जाएँगे, और समोवार और बाक़ी चीज़ें गाड़ी में नौकरों के हाथ से पहुँचनी चाहिए।"

वह अपनी बीवी की बग़ल में आ गया और उसकी ओर अपना हाथ बढ़ा दिया। ओल्गा मिख़ाइलोव्ना का मन अपने पति से कुछ अप्रिय कहने का हो रहा था, कुछ ऐसा जो चुभने वाला होता, यहाँ तक शायद अपने दहेज़ के बारे में - जितना क्रूर हो सके उतना बेहतर होगा, उसे लगा। उसने थोड़ा सोचा, फिर बोली :

"भद्रजन अलेक्सी पेत्रोविच क्यों नहीं आए? क्या ही दुखद बात है!"

"मुझे बहुत ख़ुशी है कि वह नहीं आया," प्योत्र दिमित्रिच ने झूठ बोलते हुए कहा। "मैं उस बुड्ढे पागल से बुरी तरह तंग आ चुका हूँ।"

"लेकिन तब भी भोजन के पहले तुम उसका बेक़रारी से इंतज़ार कर रहे थे!"

3

आधा घंटे बाद सारे मेहमान तट पर उस पुल-स्तम्भ के पास जमा हो गए जिससे नावें बँधी हुई थीं। वे सब बतिया और हँस रहे थे, और इस क़दर जोश और उत्तेजना से भरे हुए थे कि वे बमुश्किल नावों में सवार हो पा रहे थे। तीन नावें यात्रियों से भरी हुई थीं, जबकि दो ख़ाली खड़ी हुई थीं। इन दो नावों को खोलने की चाबियाँ कहीं यहाँ-वहाँ हो गई थीं और अरदली उनको ढूँढ़ने के लिए लगातार नदी से घर और घर से नदी की ओर भाग

रहे थे। किसी का कहना था कि चाबियाँ ग्रिगोरी के पास थीं, तो कुछ लोहार को बुलाकर ताला तुड़वाने की सलाह दे रहे थे। सब के सब एक साथ बोल रहे थे, एक दूसरे को टोकते हुए, एक दूसरे पर चिल्लाते हुए। प्योत्र दिमित्रिच व्यग्र होकर तट पर टहल रहा था और चिल्ला रहा था :

"इसका क्या मतलब है! चाबियाँ हमेशा हॉल की खिड़की पर पड़ीं होनी चाहिए! उनको वहाँ से ले जाने की हिम्मत किसने की? अगर कारिंदे को ज़रूरत हो तो वह ख़ुद ही एक नाव ले जा सकता है!"

आख़िरकार चाबियाँ मिल गईं। तब पता चला कि दो पतवारें नदारद थीं। एकबार फिर ख़ूब होहल्ला हुआ। प्योत्र दिमित्रिच, जोकि तट पर टहलते-टहलते थक चुका था, उछलकर एक लंबी, सँकरी डोंगी में सवार हो गया जिसको पोलार के तने को खोखला करके बनाया गया था, और वह दाएँ-बाएँ हिचकोले खाता, लगभग पानी में गिरने-गिरने को होता, तट से दूर चल पड़ा। दूसरी नावें, नौजवान महिलाओं की हँसी और चीख़ों-पुकारों के बीच एक-एक कर उसके पीछे चल पड़ीं।

सफ़ेद बादलों-भरा आकाश, नदी किनारे वृक्ष, लोगों से भरीं नावें, और पतवारें, पानी में ऐसे प्रतिबिंबित हो रहे थे जैसे आईने में; नावों के तले, नदी की अथाह गहराई में एक और आकाश था जिसमें परिंदे उड़ रहे थे। तट जिसपर मकान और बग़ीचे स्थित थे वह ऊँचा, ढलुवाँ और पेड़ों से भरा हुआ था; दूसरे तट पर, जो ढलान-युक्त था, चौड़े हरे जल-सिंचित घास के मैदान फैले हुए थे जिनके बीच-बीच में पानी के फैलाव चमक रहे थे। जब नावें कोई सौ गज आगे निकल गईं, तो ढलुवाँ तटों पर उदासी से गर्दनें लटकाए विलो के दरख़्तों के पीछे झोपड़ियाँ और गायों के झुंड दिखाई दिए; उनको गीत, पियक्कड़ों की चिल्लाहटें, और कॅन्सर्टिना की तानें सुनाई दीं।

नदी में जहाँ-तहाँ मछलीमारों की नावें बिखरी हुई थीं, जो रात के लिए अपने जाल बिछा रहे थे। इनमें से एक नाव में किसी जश्न की पार्टी मनाई जा रही थी, जिसमें लोग घरेलू वायलिनें और वायलिनचेलो बजा रहे थे।

ओल्गा मिख़ाइलोव्ना नाव के कर्ण पर बैठी हुई थी; वह सुशील ढंग से मुस्करा रही थी और अपने अतिथियों का मनोरंजन करने भरपूर बतिया रही थी, साथ ही साथ वह चोर नज़रों से अपने पति को भी देखती जा रही थी। वह उन सबसे आगे था, खड़े होकर एक पतवार से नाव को खेता हुआ। उसकी हल्की तीख़ी नोक वाली डोंगी, जिसको सारे मेहमान 'मौत का फंदा'

कह रहे थे - जबकि प्योत्र दिमित्रिच न जाने किस वजह से पेंदेराक्लिया कह रहा था - तेज़ी से बही चली जा रही थी; उसमें एक चपल, कुटिल भाव था, मानो वह अपने भारीभरकम सवार से नफ़रत कर रही हो और उसके पैरों तले से फिसलकर निकल जाने के मौक़े की तलाश में हो। ओल्गा मिख़ाइलोव्ना ने अपने पति को देखना जारी रखा, और उसको उसके उस सौम्य चेहरे-मोहरे से नफ़रत हुई जो हर किसी को आकर्षित करता था, उसे उसके सिर के पिछले हिस्से से, उसके रवैये से, औरतों के साथ उसके चिरपरिचित अंदाज़ से नफ़रत हुई; उसे अपने साथ बैठी तमाम औरतों से नफ़रत थी, ईर्ष्या थी, और इसी के साथ-साथ हर मिनट पर इस भय से काँप उठ रही थी कि वह कमज़ोर नाव उलट जाएगी और दुर्घटना हो जाएगी।

"ध्यान से, प्योत्र!" वह चिल्लाई। उसका हृदय आतंक से फड़फड़ा रहा था। "बैठ जाओ! इस सबके बिना भी हमें तुम्हारी जाँबाज़ी पर विश्वास है!"

वह उन लोगों को लेकर भी चिंतित थी जो उसके साथ नाव में सवार थे। वे सब हज़ारों दूसरे लोगों की तरह साधारण क़िस्म के भले लोग थे, लेकिन इस वक़्त उनमें से हर एक विशिष्ट और अशुभ महसूस हो रहा था। उसको उनमें से हर एक में असत्य के सिवा कुछ भी दिखाई नहीं दे रहा था। 'वह नौजवान,' उसने सोचा, 'जो सुनहरे फ्रेम का चश्मा पहने नाव खे रहा है, जिसके शाहबलूत जैसे बाल हैं और सुंदर दाढ़ी है : वह अभी भी दुधमुहाँ, संपन्न, खाया-पिया और सदा सौभाग्यशाली है, और हर कोई उसको सम्माननीय, खुले विचारों वाला और उन्नत मानता है।

अभी साल भर भी नहीं हुआ है जब वह विश्वविद्यालय की पढ़ाई पूरी कर इस इलाक़े में रहने आया है, लेकिन वह अभी से अपने आपको 'ज़ेम्स्त्वो का सक्रिय सदस्य' कहने लगा है। लेकिन एकाध साल में ही वह बहुत सारे दूसरे लोगों की तरह ऊब जाएगा और पीटर्सबर्ग भाग जाएगा, और अपने भागने का औचित्य सिद्ध करने के लिए हर किसी से कहेगा कि ज़ेम्स्त्वो बेकार है, और वह उनके बीच जाकर छला गया। वहीं एक दूसरी नाव में बैठी उसकी नौजवान बीवी उस पर अपनी नज़रें जमाए हुए है, और यह मानकर चलती है कि वह 'ज़ेम्स्त्वो का एक सक्रिय सदस्य है,' जैसे कि वह भी एक साल बाद यह मानने लगेगी कि ज़ेम्स्त्वो बेकार है। वह मोटा, अच्छी तरह हज़ामत बनाया हुआ भद्र पुरुष जिसने चौड़े रिबन से युक्त पनामा टोप पहन रखा है और जिसके मुँह में महँगा सिगार दबा हुआ है : उसको यह कहने में बहुत

आनंद आता है कि अब समय आ गया है कि अपने सपनों को एक तरफ़ रखकर काम में लग जाना चाहिए! उसके पास यॉर्कशायर के सूअर, बटलर के छत्ते, सफ़ेद सरसों, अनन्नास, एक डेयरी, एक चीज़ फ़ैक्टरी है; लेकिन वह हर गर्मी में क्रीमिया में रहने वाली अपनी रखैल के साथ समय बिताने अपनी लकड़ियाँ बेचता है और अपनी ज़मीन का एक हिस्सा गिरवी रखता है। अंकल निकोलाई निकोलोविच हैं जिन्होंने प्योत्र दिमित्रिच के साथ झगड़ा कर लिया है, और तब न जाने क्यों घर वापस नहीं गए हैं।

ओल्गा मिख़ाइलोव्ना ने दूसरी नावों की ओर देखा, और वहाँ भी उसको उबाऊ और अजीबो-ग़रीब प्राणी ही दिखे, दिखावटी या मूढ़ लोग। उसने उस इलाक़े में रहने वाले उन तमाम लोगों के बारे में सोचा जिनको वह जानती थी, और उसको एक भी ऐसा व्यक्ति याद नहीं आया जिसके बारे में वह कोई अच्छी बात सोच या कह सकती। वे सब उसको मीडियाकर, नीरस, नासमझ, संकीर्ण, झूठे, हृदयहीन जान पड़े; वे सब वह कहते थे जो वे सोचते नहीं थे, और वह करते थे जो करना नहीं चाहते थे। ऊब और हताशा उसका दम घोंट रहे थे; उसका मन कर रहा था कि वह मुस्कराना बंद कर दे, उछल पड़े और चीख़ पड़े, 'मैं तुम सबसे तंग आ चुकी हूँ,' और कूद कर तट की ओर तैर जाए।

"मैं कहता हूँ हमें प्योत्र दिमित्रिच को अपने पीछे कर लेना चाहिए!" कोई चिल्लाया।

"पीछे आ जाओ, पीछे आ जाओ!" दूसरों ने सुर में सुर मिलाया। "ओल्गा मिख़ाइलोव्ना अपने पति को हमारे पीछे चलने को कहो।"

उसको पीछे लाने के लिए ओल्गा मिख़ाइलोव्ना को, जोकि नाव चला रही थी, सही मौक़े को देखकर उसकी डोंगी की नोक से बँधी चेन को पकड़ना ज़रूरी था। जब वह चेन पर झुकी, तो प्योत्र दिमित्रिच ने त्यौरियाँ चढ़ाकर उसको चेतावनी की मुद्रा में देखा।

"उम्मीद है तुम्हें ठंड नहीं बैठेगी।" प्योत्र ने कहा।

"अगर तुमको मेरी और बच्चे की इतनी चिंता है तो फिर मुझे सता क्यों रहे हो?" ओल्गा मिख़ाइलोव्ना ने सोचा।

प्योत्र दिमित्रिच समझ गया कि वह पराजित हो गया है, और, पीछे आने की परवाह न करता हुआ, डोंगी से कूदकर नाव में आ गया जो पहले

से ही अपनी सामर्थ्य से ज़्यादा भरी हुई थी, और वह इतनी लापरवाही के साथ कूदा कि नाव बुरी तरह हिचकोले खा गई और हर कोई आतंक से भरकर चीख़ उठा।

"उसने यह महिलाओं को ख़ुश करने के लिए किया है," ओल्गा मिख़ाइलोव्ना ने सोचा; "वह जानता है कि यह मोहक करतब है।" इस संभावना के ख़याल के साथ ही ऊब, मुस्कराने के तनाव से उपजी खीझ और पूरी काया में महसूस होती अशांति से उसके हाथ और पैर काँपने लगे। और, इस कँपकँपाहट को अपने मेहमानों से छिपाने के लिए, वह और ज़ोर-ज़ोर से बोलने की, हँसने की, शरीर को हरक़त में लाने की कोशिश करने लगी।

'अगर मैं अचानक रो पड़ूँगी,' उसने सोचा, 'तो मैं कहूँगी कि मेरे दाँत में दर्द...'

लेकिन आख़िरकार नावें उस टापू पर पहुँच गईं जिसको 'आइलैंड ऑफ़ गुड होप' कहा जाता था, जो नदी में एक न्यून कोण के मोड़ की वजह से बन गया था। वह टापू पुराने भूर्ज वृक्षों, ओक, विलो और चिनार के गुल्मों से आच्छादित था। पेड़ों के तले मेज़ें पहले ही लगाई जा चुकी थीं; समोवारों से भाप उठ रही थी, और वसीली तथा ग्रिगोरी अपने स्वेलो-टेल कोट और सफ़ेद दस्ताने पहने हुए चाय संबंधी व्यवस्थाओं में लगे हुए थे। 'आइलैंड ऑफ़ गुड होप' के सामने, नदी के दूसरे तट पर वह गाड़ी खड़ी हुई थी जो खाने-पीने का यह सारा सामान लेकर आई थी। टोकनियाँ और खाद्य सामग्री की पार्सलें पेंदेराक्लिया जैसी ही एक डोंगी से टापू तक लाई गई थीं। नौकर कोचवान, और यहाँ तक कि डोंगी में बैठे खेतिहर तक के चेहरे पर नामकरण-दिवस के अनुकूल एक औपचारिक भाव था जो केवल बच्चों और नौकरों में ही दिखाई देता है।

उधर ओल्गा मिख़ाइलोव्ना चाय तैयार करने और गिलास भरने में व्यस्त थी और इधर मेहमान मदिराओं और मिठाइयों में व्यस्त थे। फिर आम ढर्रे का शोरशराबा शुरू हो गया जैसाकि चाय के दौरान पिकनिकों में आमतौर से देखने को मिलता है, और जो मेज़बान ओल्गा के लिए बेहद उकता और थका देने वाला साबित हो रहा था। इसके पहले कि ग्रिगोरी और वसीला भरे हुए गिलास लेकर मेहमानों तक पहुँचते, मेहमान अपने ख़ाली गिलास ओल्गा मिख़ाइलोव्ना की ओर बढ़ा देते। कोई बिना चीनी की चाय की माँग करता, तो कोई तेज़ की माँग करता, कोई हल्की माँगता, तो कोई और गिलास लेने से

मना कर देता। ओल्गा मिख़ाइलोव्ना को यह सब याद रखना होता, और फिर पूछना होता, "इवान पेत्रोविच, आपके लिए बिना चीनी की?" या "महाशय, आप में से किसको हल्की चाहिए?" लेकिन जिस मेहमान ने हल्की चाय की माँग की होती, या बिना चीनी की, तब तक भूल चुका होता, और, किसी मनभावन वार्तालाप में डूबा हुआ कोई भी गिलास थाम लेता। कुछ दूरी पर हताश-से दिखते व्यक्ति छायाओं की तरह भटक रहे थे, जो घास में मशरूम तलाशने का, या मेज़ों पर लगे लेबलों को पढ़ रहे होने का दिखावा कर रहे थे – ये वे थे जिनके लिए गिलास पर्याप्त नहीं थे। "आपने चाय ली?" ओल्गा मिख़ाइलोव्ना पूछती रहती, और जवाब में मेहमान परेशान न होने का आग्रह करता और कहता, "मैं इंतज़ार कर लूँगा," हालाँकि उसके लिए बेहतर होता कि मेहमान इंतज़ार करने की बजाय जल्दी करते।

कुछ लोग बातचीत में मशगूल अपनी चाय धीरे-धीरे पी रहे थे, और अपने गिलास को आधा घंटे तक पकड़े बैठे हुए थे; कुछ थे, ख़ासतौर से जिन्होंने भोजन के दौरान भरपूर पी ली थी, जो मेज़ को छोड़ने का नाम नहीं लेते थे और गिलास पर गिलास पिए जा रहे थे, इतनी जल्दी-जल्दी कि ओल्गा मिख़ाइलोव्ना को उनके गिलास भरने का समय मुश्किल से मिल पाता था। एक मज़ाकिया नौजवान अपनी चाय चीनी के डल्ले से चूस रहा था, और बारबार कह रहा था, "मैं पापी चीनी जड़ीबूटी लेने में लगा रहता हूँ।" वह गहरी साँस भरकर बारबार पूछता, "एक छोटा-सा प्याला और, अगर आप मेहरबानी कर सकें।" वह भारी मात्रा में पी रहा था, अपनी चीनी की डल्ली को चुभा रहा था, और सोच रहा था जैसे यह सब बहुत मनोरंजक और मौलिक हो, और कल्पना कर रहा था कि वह किसी रूसी व्यापारी की चतुराई-भरी नक़ल कर रहा है। उनमें से किसी को भी यह बात समझ में नहीं आ रही थी कि ये क्षुद्रताएँ उनकी मेज़बान को यातना देने वाली थीं, और, निश्चय ही, इस बात को समझ पाना मुश्किल था, क्योंकि ओल्गा मिख़ाइलोव्ना पूरे वक़्त मिलनसार भाव से मुस्कराए जा रही थी और मूर्खतापूर्ण बातें कर रही थी।

लेकिन वह रुग्ण महसूस कर रही थी... वह लोगों की उस भीड़ से, उनकी हँसी से, उनके सवालों से, उस मज़ाकिया नौजवान से, परेशान और अपने पैरों पर भागते नौकरों से, मेज़ के इर्दगिर्द मँडराते बच्चों से, खीझी हुई थी; वह खीझी हुई थी वाता के नाता जैसा होने से, कोल्या के मित्या जैसा होने से, जिससे वह यह नहीं समझ पाती थी कि उनमें से किसने चाय

ले ली थी और किसने नहीं ली थी। उसे लगा कि उसकी शालीन मुस्कराहट गुस्से के भाव में बदल रही है, हर मिनट पर उसको लगने लगा कि उसकी आँखों से आँसू फूट पड़ेंगे।

"बारिश, मेरे दोस्तों," कोई चिल्लाया।

हर कोई आकाश की ओर देखने लगा।

"हाँ, ये वाक़ई बारिश है..." प्योत्र दिमित्रिच ने सहमति दी और अपना गाल पोंछने लगा।

आकाश से मामूली-सी बूँदाबाँदी हो रही थी – असल बारिश अभी शुरू नहीं हुई थी; लेकिन लोगों ने अपनी-अपनी चाय छोड़ी और भागने की हड़बड़ी करने लगे। पहले तो वे गाड़ी में बैठकर घर लौटना चाहते थे, फिर उन्होंने इरादा बदल दिया और नावों से जाने के लिए तैयार हो गए। यह बहाना करके कि उसको रात के भोजन के लिए निर्देश देने के लिए घर जल्दी पहुँचना ज़रूरी था, ओल्गा मिख़ाइलोव्ना ने लोगों से माफ़ी माँगी और गाड़ी में बैठकर घर के लिए चल पड़ी।

जब वह गाड़ी में बैठी, तो सबसे पहले उसने अपने चेहरे को मुस्कराहट से आराम दिया। चेहरे पर गुस्सा लिए वह गाँव से होकर गुज़री, और गुस्से से भरे चेहरे के साथ ही उसने रास्ते में मिले किसानों के अभिवादनों का जवाब दिया। जब वह घर पहुँची, तो वह पीछे के रास्ते से सीधे अपने शयन-कक्ष में गई और अपने पति के बिस्तर पर लेट गई।

"हे दयानिधान!" वह बुदबुदाई। "ये कड़ी मेहनत किसलिए? आख़िर क्यों ये सारे लोग यहाँ धकापेल मचाए हुए हैं और ढोंग कर रहे हैं कि वे आनंद ले रहे हैं? मैं क्यों मुस्कराती हूँ और झूठ बोलती हूँ? यह सब मेरी समझ से परे है।"

उसको पदचापें और आवाज़ें सुनाई दीं। मेहमान वापस आ चुके थे।

"आ जाने दो उनको," ओल्गा मिख़ाइलोव्ना ने सोचा; "मैं कुछ देर और लेटूँगी।"

लेकिन एक नौकरानी ने आकर कहा :

"मादाम, मेरी ग्रिगोरेव्ना जा रही हैं।"

ओल्गा मिख़ाइलोव्ना उछलकर खड़ी हो गई, उसने अपना जूड़ा कसा और तेज़ी से कमरे से बाहर भागी। "मेरी ग्रिगारेव्ना, इसका क्या मतलब है?"

उसने एक आहत स्वर में कहा और मेरी ग्रिगोरेव्ना से मिलने भागी। "तुम्हें इतनी जल्दी किस बात की है?"

"मैं कुछ नहीं कर सकती, डार्लिंग! मैं बहुत देर तक रुक चुकी हूँ; मेरे बच्चे घर पर मेरा इंतज़ार कर रहे हैं।"

"ये बहुत ग़लत बात है। तुम बच्चों को लेकर क्यों नहीं आईं?"

"अगर तुम मुझे इजाज़त दोगी, डियर, तो किसी साधारण दिन मैं उनको लेकर आ जाऊँगी, लेकिन आज..."

"ओह, प्लीज़, लाओ," ओल्गा मिख़ाइलोव्ना ने बीच में बोलते हुए कहा, "मुझे बहुत आनंद आएगा! तुम्हारे बच्चे बहुत प्यारे हैं! उन सबको मेरी ओर से चुंबन देना... लेकिन, सचमुच, मैं तुमसे नाराज़ हूँ! मैं नहीं समझती कि तुम्हें इतनी जल्दी किस बात की है!"

"मुझे वाक़ई जाना होगा, वाक़ई जाना होगा... अलविदा, डियर। अपना ख़याल रखना। तुम्हारी परिस्थिति में, तुम तो जानती हो..."

उन महिलाओं ने एक दूसरे का चुंबन लिया। जाती हुई मेहमान को उसकी गाड़ी तक छोड़ने के बाद ओल्गा मिख़ाइलोव्ना बैठक में महिलाओं के पास चली गई। वहाँ लैम्प जलाए जा चुके थे और भद्रपुरुष ताश लेकर बैठ गए थे।

4

रात के भोजन के बाद कोई सवा बारह बजे पार्टी समाप्त हुई। अपने मेहमानों को छोड़ने आई ओल्गा मिख़ाइलोव्ना दरवाज़े पर खड़ी थी और कह रही थी :"तुम्हें शॉल ओढ़ लेना चाहिए! मौसम ठंडा हो रहा है। प्लीज़ गॉड, ठंड न बैठ जाए!"

"परेशान न हों, ओल्गा मिख़ाइलोव्ना," महिलाओं ने गाड़ी में बैठते हुए कहा। "अच्छा, अलविदा। ध्यान रहे। हम तुम्हारे आने की उम्मीद कर रहे हैं। हमारे साथ धोखा मत करना!"

"वू-ऊ-ऊ!" कोचवान ने घोड़ों की जाँच की।

"तैयार हो डेनिस! अलविदा, ओल्गा मिख़ाइलोव्ना!"

"बच्चों को मेरा चुंबन देना!"

गाड़ी चली और तुरंत ही अँधेरे में ग़ायब हो गई। सड़क पर लैम्प की रोशनी से बने लाल वृत्त में एकबार फिर दो या तीन विक्षुब्ध घोड़ों और अपने सामने की ओर हाथ ताने एक कोचवान की छाया नमूदार हुई। एकबार फिर से चुंबनों की, शिकवे-शिकायतों की, और फिर से आना तथा शॉल ले लो के इसरार हुए। प्योत्र दिमित्रिच बारबार बाहर आकर महिलाओं को उनकी गाड़ियों में बिठाता रहा।

"तुम अब एफ़्रीमोव्शीना से होकर जाना," उसने कोचवान को निर्देश दिया; "मेंकिनो से क़रीब पड़ता है, लेकिन वहाँ की सड़क बहुत ख़राब है। तुम्हें परेशानी होगी... अलविदा मेरी जादूगरनी। तुम्हारे कलाकार के लिए हज़ारों शुभकामनाएँ!"

"अलविदा, ओल्गा मिख़ाइलोव्ना, डार्लिंग! अंदर जाओ, नहीं तो तुम्हें ठंड बैठ जाएगी। काफ़ी नमी है!"

"वू-ऊ-ऊ! दुष्ट!"

"ये तुम्हारे कौन-से घोड़े हैं?" प्योत्र दिमित्रिच ने पूछा।

"ये ख़ैदारोव से ख़रीदे गए थे, लेंत में," कोचवान ने जवाब दिया।

"उत्तम घोड़े..."

और प्योत्र दिमित्रिच ने जोत के घोड़े के पुट्ठे को थपथपाया।

"अच्छा, तुम चल सकते हो! ख़ुदा तुम्हें ख़ुशक़िस्मती बख़्शे!"

आख़िरी मेहमान भी अंततः विदा हुआ; वसीली लैम्प को दरवाज़े से अंदर ले जाने लगा तो सड़क पर का रोशनी का लाल वृत्त काँपा, एक ओर सरका, सिकुड़ा और ग़ायब हो गया। पिछली बार जब उन्होंने अपने मेहमानों को विदा किया था, तो प्योत्र दिमित्रिच और ओल्गा मिख़ाइलोव्ना बैठक में एक दूसरे के सामने तालियाँ बजा-बजा कर नाचे थे और गा रहे थे : "वे चले गए! वे चले गए!" लेकिन आज ओल्गा मिख़ाइलोव्ना की हालत वैसी नहीं थी। वह अपने शयन-कक्ष में गई, कपड़े उतारे और बिस्तर में चली गई। वह कामना कर रही थी कि उसकी तुरंत नींद लग जाए और वह गहरी नींद सोए। उसके पैर और कंधे बेहद दुख रहे थे, उसका सिर लगातार बोलते रहने के तनाव से भारी हो रहा था, और वह पहले की ही तरह अपने पूरे शरीर में बेचैनी महसूस कर रही थी। अपना सिर

ढँककर वह तीन-चार मिनट तक शांत पड़ी रही, फिर उसने चादर के नीचे से झाँककर आइकन के सामने जलते चिराग़ को देखा, ख़ामोशी को सुना, और मुस्करा दी।

"ये सुखद है, ये सुखद है," उसने फुसफुसाते हुए अपने पैर मोड़ लिए जो लग रहा था कि बहुत चलने की वजह से कुछ ज़्यादा लंबे हो गए थे। "सो जाओ, सो जाओ..."

उसके पैर आरामदायक अवस्था में नहीं आ पा रहे थे; उसको पूरे शरीर में असहज-सा महसूस हो रहा था, और उसने दूसरी ओर करवट ले ली। एक बड़ी मक्खी शयन-कक्ष में भनभनाई और सीलिंग से जा टकराई। वह ग्रिगोरी और वसीली की आहटें भी सुन पा रही थी जो बैठक में कुर्सियों को वापस उनकी जगह पर जमा रहे थे; ओल्गा मिख़ाइलोव्ना को लग रहा था कि वह सो नहीं पाएगी, न ही उसको तब तक आराम मिल पाएगा जब तक कि वे आवाज़ें शांत नहीं हो जाएँगीं। एकबार फिर उसने बेचैनी से करवट बदली।

उसको बैठक-कक्ष से आती अपने पति की आवाज़ सुनाई दी। कोई था जो रात में रुक रहा था, क्योंकि प्योत्र दिमित्रिच किसी को ऊँचे स्वर में बोलते हुए संबोधित कर रहा था :

"मैं नहीं कहता कि भद्रजन अलेक्सी पेत्रोविच ढोंगी है। लेकिन वह वैसा दिखने से अपने को नहीं रोक सकता, क्योंकि आप सब भद्रपुरुष उसमें उससे भिन्न कोई चीज़ देखने की कोशिश करते हैं जोकि वह वाक़ई है। उसके झक्कीपन को उसकी मौलिकता के रूप में देखा गया है, उसके चिरपरिचित तौर-तरीक़ों को नेकदिली के रूप में देखा गया है, और उसमें उसकी राय के पूर्ण अभाव को उसके अनुदारतावाद के रूप में देखा गया है। यहाँ तक कि अगर मान भी लिया जाए कि वह पक्का अनुदार है, तो अनुदारतावाद आख़िर है क्या?"

भद्रजन अलेक्सी पेत्रोविच से, अपने अतिथियों और ख़ुद से नाराज़ प्योत्र दिमित्रिच अपने दिल की भड़ास निकाल रहा था। वह भद्रजन और अपने मेहमानों दोनों की बुराई कर रहा था, अपने प्रति खीझ के चलते वह किसी भी चीज़ के बारे में देर तक बड़बड़ करते रहने को तैयार था। अपने मेहमान को उसके कमरे में पहुँचाने के बाद वह बैठक-कक्ष में चहलक़दमी करता रहा, भोजन-कक्ष से गुज़रता हुआ गलियारे में गया और फिर अपने अध्ययन-कक्ष में चला गया, और फिर से बैठक में चला गया, और फिर

शयन-कक्ष में आ गया। ओल्गा मिख़ाइलोव्ना पीठ के बल लेटी हुई थी, उसकी चादर सिर्फ़ उसकी कमर तक ही थी (अब तक उसको गर्मी महसूस होने लगी थी), और वह गुस्से से उस मक्खी को ताक रही थी जो बारबार सीलिंग से टकरा रही थी।

"क्या कोई रात में रुक रहा है?" ओल्गा मिख़ाइलोव्ना ने पूछा।

"इगोरोव।"

प्योत्र दिमित्रिच ने कपड़े उतारे और अपने बिस्तर में घुस गया। बिना बोले उसने सिगरेट सुलगाई, और वह भी मक्खी को ताकने लगा। उसकी आँखों में एक अशांत और डरावना-सा भाव था। ओल्गा मिख़ाइलोव्ना उसकी आकर्षक रूपरेखा को पाँच मिनट तक ख़ामोशी से ताकती रही। उसको न जाने क्यों लगा कि अगर उसका पति सहसा उसकी ओर मुड़कर देखे और कहे, "ओल्या, मैं दुखी हूँ," तो वह रो पड़ेगी या हँस देगी, और वह निश्चिंत हो जाएगी। उसके मन में आया कि उसके पैरों का दुखना और उसके शरीर की बेचैनी उसकी अनुभूतियों पर पड़ते तनाव का नतीजा हैं।

"प्योत्र, तुम क्या सोच रहे हो?" उसने कहा।

"ओह, कुछ भी तो नहीं..." उसके पति ने जवाब दिया।

"तुम इधर मुझसे चीज़ें छिपाने लगे लगे हो; ये ठीक नहीं है।"

"ठीक क्यों नहीं है?" प्योत्र दिमित्रिच ने शुष्क ढंग से और थोड़ा-सा रुककर जवाब दिया। "हम सबकी अपनी निजी ज़िंदगी होती है, हम में से हर एक की, और हम अपने रहस्यों को अपने पास रखने के लिए विवश हैं।"

"निजी ज़िंदगी, हमारे रहस्य... ये सब निरे शब्द हैं! समझने की कोशिश करो कि तुम मेरा जी दुखा रहे हो!" बिस्तर पर बैठते हुए ओल्गा मिख़ाइलोव्ना ने कहा। "अगर तुम्हारे दिल पर कोई बोझ है, तो तुम उसको मुझसे क्यों छिपाते हो? और अपना दिल, बजाय अपनी बीवी के, ऐसी औरतों के सामने खोलना तुम्हें क्यों बेहतर लगता है जो तुम्हारे लिए कोई मायने नहीं रखतीं? आज जब तुम मधुमक्खीशाला के पास ल्युबोश्का के सामने अपना दिल खोलकर रख रहे थे तो वह सब संयोग से मैंने सुना था।"

"अच्छा है, मैं तुम्हें बधाई देता हूँ। मुझे ख़ुशी है कि तुमने सुना।"

इसका मतलब था "मुझे अकेला छोड़ दो और सोचने दो।" ओल्गा मिख़ाइलोव्ना क्रोधित थी। दिन भर से उसके भीतर जो खीझ, नफ़रत और

आक्रोश जमा होते रहे थे, वे सहसा उबलने लगे; वह तत्काल दो टूक बोल देना चाहती थी, वह अपने पति को चोट पहुँचाना चाहती थी, इसी वक़्त, बिना कल पर छोड़े, उसको आहत करना चाहती थी, सज़ा देना चाहती थी... अपने आप पर क़ाबू पाने और न चीख़ने की कोशिश करते हुए उसने कहा :

"तब मैं तुमसे कह देती हूँ, कि ये सब घिनौना है, घिनौना है, घिनौना है! मैं तुमसे पूरे दिन से नफ़रत कर रही हूँ; देख लो कि तुमने क्या किया है।"

प्योत्र दिमित्रिच भी उठा और बिस्तर पर बैठ गया।

"ये घिनौना है, घिनौना है, घिनौना है," ओल्गा मिख़ाइलोव्ना बोलती गई, वह ऊपर से नीचे तक काँपने लगी थी। "मुझे बधाई देने की कोई ज़रूरत नहीं है; बेहतर है तुम ख़ुद को ही बधाई दो! ये शर्मनाक है, कलंक है। तुमने इस हद तक अपने आपको झूठों से ढँक लिया है कि तुम अपने कमरे में अपनी बीवी के सामने आने से भी लज्जित हो! तुम एक कपटी इंसान हो! मैं तुम्हारे आरपार देख सकती हूँ और तुम्हारे एक-एक क़दम से वाक़िफ़ हूँ!"

"ओल्या, मैं चाहता हूँ कि जब तुम गुस्से में हुआ करो, तो मुझे पहले से चेतावनी दे दिया करो। उस सूरत में मैं अपने अध्ययन-कक्ष में सो जाया करूँगा।"

इतना कहकर प्योत्र दिमित्रिच ने अपना तकिया उठाया और शयन-कक्ष से बाहर निकल गया। ओल्गा मिख़ाइलोव्ना ने इसकी कल्पना नहीं की थी। कुछ मिनटों तक वह अपना मुँह खोले, काँपती हुई और उस दरवाज़े की ओर देखती हुई जिससे उसको पति बाहर निकला था, ख़ामोश बनी रही, और इस हरक़त का मतलब समझने की कोशिश करती रही। क्या यह उन युक्तियों में से एक युक्ति थी जिसका सहारा कपटी लोग उस वक़्त लेते हैं जब वे ग़लती पर होते हैं, या यह उसके अभिमान को चोट पहुँचाने के लिए जानबूझकर की गई हरक़त थी? वह इसको किस तरह देखे? ओल्गा मिख़ाइलोव्ना को अपने कज़िन की याद हो आई, एक ज़िंदादिल नौजवान, जो उससे अक्सर हँसकर कहा करता था कि जब रात में "उसकी बीवी उसको तंग करती थी," तो वह अपनी बीवी को मूर्खतापूर्ण और हास्यास्पद दशा में छोड़ अपना

तकिया उठाता था और सीटी बजाता हुआ रात बिताने अपने अध्ययन-कक्ष में चला जाता था। यह अधिकारी एक संपन्न, ओछी और बेवक़ूफ़ क़िस्म की स्त्री से ब्याहा था जिसका वह ज़रा भी सम्मान नहीं करता था, बस किसी तरह उसके साथ रह रहा था।

ओल्गा मिख़ाइलोव्ना बिस्तर से कूद पड़ी। उसके मुताबिक़ अब एक ही चीज़ करने को बची थी; यथासंभव फुर्ती के साथ कपड़े पहनकर हमेशा के लिए घर छोड़ देना। यह मकान उसका अपना था, लेकिन प्योत्र दिमित्रिच के सामने कहीं बदतर था। इसपर विचार करने के लिए रुके बग़ैर कि पति को इसकी सूचना देना ज़रूरी था या नहीं, वह उसको अपने इरादे की इत्तला देने ('स्त्रैण तर्क!' उसके दिमाग़ में कौंधा), और अलग होते वक़्त कुछ आहत करने योग्य और कटूक्तिपूर्ण कहने के इरादे से फुर्ती से अध्ययन-कक्ष में चली गई। प्योत्र दिमित्रिच सोफ़े पर लेटा हुआ था और अख़बार पढ़ने का बहाना कर रहा था। उसके पास रखी कुर्सी पर एक मोमबत्ती जल रही थी। अख़बार के पीछे होने की वजह से उसका चेहरा दिखाई नहीं दे रहा था।

"मेहरबानी करके मुझे यह बता दो कि इसका क्या मतलब है? मैं तुमसे पूछ रही हूँ।"

"मेहरबानी करके..." प्योत्र दिमित्रिच ने अपना चेहरा दिखाए बिना उसकी नक़ल उतारी। "ये कुत्सित है, ओल्गा! सच कहता हूँ, मैं थक चुका हूँ और इस पर बात नहीं करना चाहता... बेहतर होगा, अपने झगड़े को हम कल के लिए मुल्तवी कर दें।"

"नहीं, मैं तुम्हें ठीक-ठीक समझती हूँ!" ओल्गा मिख़ाइलोव्ना बोलती गई। "तुम मुझसे नफ़रत करते हो! हाँ, हाँ! तुम मुझसे नफ़रत करते हो क्योंकि मैं तुमसे ज़्यादा संपन्न हूँ! तुम मुझे इसके लिए कभी माफ़ नहीं करोगे, और मुझसे हमेशा झूठ बोलोगे!" ('स्त्रैण तर्क,' एक बार फिर उसके दिमाग़ में कौंधा।) "तुम इस वक़्त मेरे ऊपर हँस रहे हो...मैं, असल में, अच्छी तरह समझती हूँ कि तुमने जायदाद संबंधी योग्यताएँ हासिल करने के लिए ही मुझसे शादी की है... ओह, मैं अभागी हूँ!"

प्योत्र दिमित्रिच ने अख़बार गिरा दिया और उठ खड़ा हुआ। यह अनपेक्षित अपमान उस पर छा गया था। एक बचकानी असहाय मुस्कराहट के साथ, अपने हाथ कुछ इस भाव से आगे करते हुए मानो वह प्रहारों को

रोकना चाहता हो, उसने निराश भाव से अपनी बीवी की ओर देखा, और याचना के भाव से बोला :

"ओल्या!"

इस उम्मीद से कि वह फिर से कुछ बुरा बोल देगी, वह अपनी कुर्सी पर पीठ के बल टिक गया, और उसकी विशालकाय आकृति उतनी ही असहाय रूप से बचकानी प्रतीत हुई जितनी उसकी मुस्कराहट थी।

"ओल्या, तुम ऐसा कैसे कह सकती हो?" वह फुसफुसाया।

ओल्गा मिख़ाइलोव्ना अपने आपे में आ गई। वह इस आदमी के प्रति अपने आवेगमय प्रेम के प्रति सहसा सजग हो उठी थी। उसने याद किया कि वह उसका पति था, प्योत्र दिमित्रिच, जिसके बिना वह एक दिन भी नहीं रह सकती थी, और जो ख़ुद भी उसको उतनी गर्मजोशी के साथ प्रेम करता था। वह फूट-फूट कर रो पड़ी जो अजीब-सा और उसके स्वभाव के विपरीत प्रतीत हो रहा था, और रोती हुई वह वापस अपने शयन-कक्ष में भाग गई।

वह बिस्तर पर गिर गई, और उसके गले को रूँधती और उसके हाथों-पैरों में फड़कन पैदा करती छोटी-छोटी उन्मादग्रस्त सिसकियों से शयन-कक्ष भर उठा। यह याद करके कि कोई मेहमान तीन-चार कमरे दूर कहीं पर सो रहा था, उसने अपनी सिसकियों को दबाने के लिए अपना मुँह तकिये में धँसा लिया, लेकिन तकिया फिसलकर बिस्तर से नीचे गिर गया और उसको उठाने की कोशिश में वह ख़ुद बिस्तर से गिरते-गिरते बची। उसने रजाई को अपने चेहरे तक खींच लिया, लेकिन उसके हाथों पर उसका वश न रहा और वे उस हर चीज़ को मरोड़ और खरोंच रहे थे जिनको वह पकड़ रही थी।

उसने सोचा, सब कुछ बरबाद हो चुका था, कि अपने पति को आहत करने के लिए जिन झूठों का उसने सहारा लिया था उन्होंने उसकी ज़िंदगी को तहस-नहस कर टुकड़े-टुकड़े बिखेर दिया था। उसका पति उसको माफ़ नहीं करेगा। उसने उसका जो अपमान किया था वह ऐसा नहीं था जिसको किसी दुलार से, किन्हीं सौगंधों से... मिटाया जा सकता हो। वह कैसे समझाएगी अपने पति को कि उसने जो कुछ कहा था उस पर वह विश्वास नहीं करती थी?

"सब कुछ ख़त्म हो गया, सब कुछ ख़त्म हो गया!" वह रोती हुई बोली, बिना इस ओर ध्यान दिए कि तकिया एकबार फिर से फिसलकर फ़र्श पर गिर गया था। "भगवान के लिए, भगवान के लिए!"

संभवतः उसके रोने की आवाज़ से चौंककर अब वह मेहमान और नौकर जाग गए थे; अगले दिन पूरा पड़ोस जान जाएगा कि उसको हिस्टीरिया का दौरा पड़ा पड़ा था और वे सब प्योत्र दिमित्रिच को दोष देंगे। उसने अपने को संभालने की कोशिश की, लेकिन उसकी सिसकियाँ हर मिनट पर और भी तेज़ होती जा रही थीं।

"भगवान के लिए," वह एक ऐसी आवाज़ में पुकार उठी जो ख़ुद उसकी नहीं थी, और न ही उसको इसका होश रहा कि वह उसके मुँह से निकली थी। "भगवान के लिए!"

उसे लगा जैसे बिस्तर उसके तले उछल रहा हो और उसके पैर चादर में फँस गए हों। अपना ड्रेसिंग गाउन पहने और हाथ में मोमबत्ती लिए प्योत्र दिमित्रिच कमरे में आ गया था।

"ओल्या, हुश!" उसने कहा।

ओल्गा ने ख़ुद को उठाया और बिस्तर पर घुटनों के बल बैठते हुए, अपनी आँखों से रोशनी का सामना करते हुए, सिसकियों भरे स्वर में बोली :

"समझो...समझो!..."

वह उससे कहना चाहती थी कि वह उस पार्टी से, उसके पाखंड से, अपने ख़ुद के पाखंड से भयानक रूप से थक गई थी, और ये तमाम चीज़ें एक साथ काम कर रही थीं, लेकिन वह सिर्फ़ इतना ही कह सकी :

"समझो... समझो!"

"लो, पियो!" प्योत्र ने उसकी ओर पानी बढ़ाते हुए कहा।

उसने आज्ञाकारी ढंग से गिलास ले लिया और पानी पीने लगी, लेकिन पानी छलककर उसके हाथों, गले और घुटनों पर आ गया।

'मैं भयानक रूप से गंदी लग रह होऊँगी,' उसने सोचा।

प्योत्र दिमित्रिच बिना एक शब्द बोले बिस्तर पर बैठ गया और उसको रजाई ओढ़ा दी, फिर उसने मोमबत्ती उठाई और बाहर चला गया।

"ईश्वर के लिए!" ओल्गा मिख़ाइलोव्ना फिर से चिल्लाई। "प्योत्र, समझो, समझो!"

सहसा किसी चीज़ ने उसके शरीर के निचले हिस्से और पीठ को इतनी बुरी तरह से जकड़ लिया कि उसका विलाप रुक गया, और दर्द के मारे उसने तकिये को काट लिया। लेकिन दर्द सहसा थम गया और वह फिर से सिसकने लगी।

नौकरानी अंदर आ गई।

"मालकिन, डार्लिंग, क्या बात है?"

"तुम कमरे से जाओ," प्योत्र दिमित्रिच ने बिस्तर के पास जाते हुए कठोर स्वर में कहा।

"समझो...समझो!" ओल्गा मिख़ाइलोव्ना ने फिर बोलना शुरू कर दिया।

"ओल्गा, मैं तुमसे विनती करता हूँ, शांत हो जाओ," उसने कहा। "मेरा इरादा तुमको चोट पहुँचाने का नहीं था। अगर मुझ अहसास होता कि मेरा कमरे से जाना तुम्हें इतनी चोट पहुँचाएगा तो मैं कदापि नहीं जाता; मुझे बस अवसाद घेर रहा था। मैं क़सम खाकर कहता हूँ..."

"समझो!... तुम झूठ बोल रहे थे, मैं झूठ बोल रही थी..."

"मैं समझता हूँ... बस करो, बस करो... इतना काफ़ी है! मैं समझता हूँ," प्योत्र दिमित्रिच ने उसके बिस्तर पर बैठते हुए कोमल स्वर में कहा। "वह सब तुमने गुस्से में कहा था; मैं सब समझता हूँ। मैं ईश्वर की सौगंध खाकर कहता हूँ मैं तुम्हें इस धरती की किसी भी चीज़ से ज़्यादा प्यार करता हूँ, और जब मैंने तुमसे विवाह किया था तो मैं एक बार भी तुम्हारी संपन्नता के बारे में नहीं सोचता था। मैं तुमसे बेहद प्यार करता था... इतना भर... मैं तुम्हें विश्वास दिलाता हूँ। मुझे कभी पैसे की कमी नहीं रही, न ही मैंने उसको मूल्यवान समझा, और इसलिए मैं तुम्हारी दौलत और अपनी दौलत के बीच फ़र्क़ महसूस नहीं कर सकता। मुझे हमेशा लगता रहा है कि हम समान रूप से संपन्न हैं और यह कि मैंने छोटी-मोटी चीज़ों के मामले में कपटपूर्ण आचरण किया... यह बात... बेशक सही है। मेरी अब तक की ज़िंदगी की तरतीब इतने ओछे ढंग की रही है कि मामूली क़िस्म के झूठों का सहारा लिए बिना उसको गुज़ारना मेरे लिए असंभव रहा है। यह अब मुझ पर भी बोझ डालता है... अब हम इसके बारे में बात करना बंद कर दें, भगवान के लिए!"

ओल्गा मिख़ाइलोव्ना ने एक बार फिर तीख़ा दर्द महसूस किया, और अपने पति की बाँह जकड़ ली। "मुझे दर्द हो रहा है, दर्द हो रहा है, दर्द हो रहा है..." उसने जल्दी-जल्दी कहा। "आह, कैसा दर्द!"

"नर्क में जाएँ वे मेहमान!" प्योत्र दिमित्रिच खड़ा होता हुआ बुदबुदाया। "तुमको आज टापू पर नहीं जाना चाहिए था!" वह ज़ोर से बोला। "मैं भी कितना बेवकूफ़ था कि मैंने तुमको रोका नहीं! हे ईश्वर!"

उसने खीझ में भरकर अपना सिर खुजलाया, और, हाथ हिलाता हुआ कमरे से बाहर निकल गया।

इसके बाद वह कई बार कमरे में आया, उसकी बग़ल में बिस्तर पर बैठा, और बहुत-सी बातें करता रहा, कभी कोमल स्वर में, कभी गुस्से में, लेकिन ओल्गा ने बमुश्किल ही उसकी बातों पर ध्यान दिया। दर्द के डरावने दौरों से उसकी सिसकियों में लगातार बाधा पड़ रही थी, और दर्द हर बार और भी तीख़ा होता था, लेकिन फिर उसने भद्दे ढंग से चुभने वाले स्वर में चीख़ना शुरू कर दिया। एकबार, अपने पति को अपने क़रीब देखकर उसने याद किया कि उसने उसका अपमान किया था और लगातार यह सोचते हुए कि उसकी बग़ल में प्योत्र दिमित्रिच वाक़ई बैठा हुआ था या उसको बेहोशी में वैसा दिखाई दे रहा था, उसने दोनों हाथों से उसके हाथ को पकड़कर चूमना शुरू कर दिया।

"तुम झूठ बोल रहे थे, मैं झूठ बोल रही थी..." उसने अपना औचित्य साबित करना शुरू कर दिया।

"ओल्या, हम कमरे में अकेले नहीं हैं," प्योत्र दिमित्रिच ने कहा।

ओल्गा मिख़ाइलोव्ना ने अपना सिर उठाया और वारवरा को देखा, जो अलमारी के सामने झुकी हुई नीचे का दराज़ खोल रही थी। ऊपर के दराज़ पहले से ही खुले हुए थे। फिर वारवरा, जिसका चेहरा उस तनावपूर्ण परिस्थिति से लाल हो रहा था, उठ खड़ी हुई और शांत, संजीदा भाव से एक डिब्बे का ढक्कन खोलने की कोशिश करने लगी।

"मार्या, ये मुझसे नहीं खुलता!" उसने फुसफुसाते हुए कहा। "तुम खोलो। खेलोगी?"

नौकरानी मार्या कैंची के सहारे चिराग़दान से एक मोमबत्ती के सिरे को उखाड़ रही थी, ताकि उसमें नई मोमबत्ती रख सके; वह वारवरा के पास गई और डिब्बा खोलने में उसकी मदद करने लगी।

"कोई भी चीज़ इस तरह तालाबंद नहीं होनी चाहिए..." वारवरा फुसफुसाई। "इस बास्केट को भी खोल दे, भली लड़की। मालिक," उसने कहा, "आपको पवित्र द्वार खोलने के लिए किसी को फ़ादर मिख़ाइल के पास भेजना चाहिए! ज़रूर भेजना चाहिए!"

"जो ठीक लगे करो," प्योत्र दिमित्रिच ने कठिनाई से साँस लेते हुए कहा, "सिर्फ़, भगवान के लिए, जल्दी करो और डॉक्टर या दाई को लेकर आओ। वसीली गया? किसी और को भेजो। अपने पति को भेज दो।"

"तो ये प्रसव है," ओल्गा मिख़ाइलोव्ना ने सोचा। "वारवरा," उसने कराहते हुए कहा, "लेकिन वह ज़िंदा नहीं जन्मेगा!"

"बिलकुल ठीक है, बिलकुल ठीक है, मालकिन," वारवरा फुसफुसाई। "हे ईश्वर, वह जीवित होगा! वह जीवित होगा!"

जब दर्द के बाद ओल्गा मिख़ाइलोव्ना की चेतना एक बार फिर वापस लौटी तो इस बार वह न तो सिसक रही थी न बारबार करवटें बदल रही थी, सिर्फ़ कराह रही थी। वह दर्द के अंतरालों के बीच भी कराहना बंद नहीं कर पा रही थी। मोमबत्तियाँ अभी भी जल रही थीं, लेकिन सुबह की रोशनी परदों से झाँकने लगी थी। यह संभवतः सुबह पाँच बजे का वक़्त रहा होगा। गोल मेज़ पर एक अज्ञात स्त्री सफ़ेद एप्रन पहने चेहरे पर समझदारी का भाव लिए बैठी थी। उसके पूरे अंदाज़ से यह बात साफ़ थी कि वह वहाँ काफ़ी देर से बैठी हुई थी। ओल्गा मिख़ाइलोव्ना ने अंदाज़ा लगाया कि वह दाई होगी।

"क्या ये जल्द ही ख़त्म हो जाएगा?" उसने पूछा, और अपनी आवाज़ में उसे एक ख़ास और अनजाना स्वर सुनाई दिया जो पहले कभी नहीं था। "मैं बच्चे को पैदा करते हुए मर रही हूँ," उसने सोचा।

प्योत्र दिमित्रिच दबे पाँव कमरे में आया। उसने दिन के कपड़े पहन लिए थे। वह अपनी बीवी की ओर पीठ करके खिड़की पर खड़ा हो गया। उसने परदा हटाया और खिड़की के बाहर देखने लगा।

"क्या बारिश है!" उसने कहा।

"कितने बज रहे हैं?" अपनी आवाज़ में फिर वही अपरिचित स्वर सुनने के इरादे से ओल्गा मिख़ाइलोव्ना ने पूछा।

"पौने छह," दाई ने जवाब दिया।

"और अगर मैं सचमुच मरने वाली हूँ, तो?" ओल्गा मिख़ाइलोव्ना ने अपने पति के सिर और खिड़की के उन काँचों की ओर देखते हुए सोचा जिनपर बारिश पड़ रही थी। "वह मेरे बिना कैसे रहेगा? वह किसके साथ बैठकर चाय पिएगा और खाना खाएगा, किसके साथ शामों को बैठकर बातें करेगा, सोएगा?"

उसको वह किसी त्याग दिए गए बच्चे जैसा प्रतीत हुआ; उसके मन में उसको लेकर दुख जागा। वह उससे कुछ अच्छा कहना चाहती थी, कुछ ऐसा जो दुलार-भरा और तसल्ली देने वाला होता। उसने याद किया कि किस तरह वसंत में वह ख़ुद कुछ हेरिअर ख़रीदना चाहता था, और वह, इसको एक क्रूर और ख़तरनाक खेल मानकर उसको वैसा करने से रोक रही थी।

"प्योत्र, तुम अपने लिए हेरिअर ख़रीद लो," उसने कराहते हुए कहा।

उसने परदा गिरा दिया और बिस्तर के क़रीब चला आया, और उसने कुछ कहा होगा; लेकिन तभी दर्द वापस आ गया, और ओल्गा मिख़ाइलोव्ना के मुँह से एक भद्दी-सी चुभने वाली चीख़ निकल गई।

दर्द और लगातार की चीख़ों और कराहों ने उसको मतिभ्रम में डाल दिया था। वह सुनती थी, देखती थी, कभी-कभी बोलती भी थी, लेकिन उसको कुछ भी समझ में नहीं आ रहा था, और उसको केवल इतना होश था कि उसको दर्द हो रहा था या दर्द होने वाला है। उसको लग रहा था जैसे नामकरण-दिवस पार्टी कोई बहुत-बहुत पहले की बात थी - कल की नहीं, बल्कि शायद साल भर पहले की; और यह कि यातना का उसका यह नया जीवन उसके बचपन से, उसके स्कूली दिनों से, उसके विश्वविद्यालयीन दिनों से और उसके विवाह के दिनों से कहीं ज़्यादा लंबा खिंच गया था, और लंबे, लंबे, अंतहीन समय तक जारी रहने वाला था। उसने किसी को दाई के लिए चाय लाते देखा, और दोपहर में लंच के लिए और फिर बाद में डिनर के लिए बुलाते देखा; उसने प्योत्र दिमित्रिच को अंदर आने, देर-देर तक खिड़की पर खड़े रहने, और फिर से वापस चले जाने का अभ्यस्त होते देखा; अजनबियों को, नौकरानी को, वारवरा को इस तरह अंदर आते देखा जैसे वे अपने ही घर में आ-जा रहे हों... वारवरा सिवा इसके कुछ नहीं कहती थी कि "वह होगा, वह होगा," और जब कोई दराज़ों या अलमारी को बंद कर देता तो उस पर नाराज़ होती थी। ओल्गा मिख़ाइलोव्ना ने कमरे में और खिड़कियों पर रोशनी को बदलते देखा : कभी वह गोधूलि की रोशनी होती,

कभी धुंध की तरह गाढ़ी, फिर कभी उस तरह दिन की चमकीली जैसी वह एक दिन पहले भोजन के समय थी, और फिर गोधूलि की... और इनमें से हर बदलाव इतना लंबा खिंचता था जितने उसके स्कूल के दिन थे, उसकी विश्वविद्यालयीन ज़िंदगी थी...

शाम के समय दो डॉक्टरों - एक दुबला-पतला, गंजा, लाल दाढ़ी वाला; दूसरा साँवले यहूदी चेहरे और सस्ती क़िस्म की ऐनक वाला - ने ओल्गा मिख़ाइलोव्ना का कोई ऑपरेशन किया। उसकी काया को छूते इन अज्ञात लोगों के प्रति उसने पूरी तरह उदासीन महसूस किया। अब तक उसके मन में शर्म का कोई अहसास, किसी तरह की इच्छा नहीं रह गई थी, और कोई भी उसके साथ मनचाहा व्यवहार कर सकता था। अगर कोई उसकी ओर चाकू लेकर दौड़ा होता, या किसी ने प्योत्र दिमित्रिच का अपमान कर दिया होता, या उसको उसकी नन्हीं-सी जान से वंचित कर दिया होता, तो भी उसने एक शब्द भी मुँह से नहीं निकाला होता।

उन्होंने ऑपरेशन के दौरान उसको क्लोरोफ़ार्म दिया था। जब उसको होश आया तो दर्द अभी भी बना हुआ था और असहनीय था। रात का समय था। ओल्गा मिख़ाइलोव्ना ने याद किया कि कभी कोई ऐसी ठहरी हुई रात रही थी, जिसमें चिराग़ थे, जिसमें दाई उसके बिस्तर की बग़ल में बैठी थी, जिसमें अलमारी वाले दराज़ खुले हुए थे, जिसमें प्योत्र दिमित्रिच खिड़की के पास खड़ा था, लेकिन वह सब बहुत-बहुत पहले की बात थी...

5

'मैं मरी नहीं हूँ...' ओल्गा मिख़ाइलोव्ना ने सोचा जब एक बार फिर से उसने अपने आसपास को समझना शुरू किया और जब उसका दर्द जाता रहा। पूरी तरह से खुली हुई खिड़कियों से गर्मी का चमकीला दिन झाँक रहा था; खिड़की के नीचे बग़ीचे में गौरइयाँ और नीलकंठ पल भर को भी चहचहाना बंद नहीं कर रहे थे। अलमारी के दराज़ अब बंद थे, उसके पति का बिस्तर व्यवस्थित था। कमरे में दाई या नौकरानी की मौजूदगी का या वारवरा का कहीं कोई संकेत नहीं था, सिर्फ़ प्योत्र दिमित्रिच पहले की तरह निश्चल, बग़ीचे की ओर ताकता खिड़की पर खड़ा हुआ था। किसी बच्चे के रोने की कोई आवाज़ नहीं

थी, कोई उसको बधाई नहीं दे रहा था न आनंद मना रहा था। साफ़ था कि वह नन्हा-सा प्राणी जीवित पैदा नहीं हुआ था।

"प्योत्र!" ओल्गा मिख़ाइलोव्ना ने अपने पति को पुकारा।

प्योत्र दिमित्रिच ने मुड़कर देखा। लगा जैसे आख़िरी मेहमान को गए और ओल्गा मिख़ाइलोव्ना द्वारा अपने पति का अपमान किए बहुत लंबा अरसा बीत चुका था, क्योंकि प्योत्र दिमित्रिच स्पष्ट रूप से दुबला और धँसी हुई आँखों वाला दिखाई दे रहा था।

"क्या बात है?" उसने बिस्तर के क़रीब आते हुए पूछा।

वह परे देखने लगा, उसने होंठ हिलाए और किसी बच्चे की-सी मासूमियत के साथ मुस्करा दिया।

"सब कुछ समाप्त हो गया?" ओल्गा मिख़ाइलोव्ना ने पूछा।

प्योत्र दिमित्रिच ने कोई जवाब गढ़ने की कोशिश की, लेकिन उसके होंठ फड़क कर रह गए और उसका मुँह अंकल निकोले निकोलिच जैसे किसी पोपले बूढ़े आदमी की तरह हरक़त करके रह गया।

"ओल्या," अपने हाथ मलते हुए उसने कहा; उसकी आँखों से सहसा बड़े-बड़े आँसू टपकने लगे। "ओल्या, मैं तुम्हारी संपन्नता की कोई परवाह नहीं करता, न ही सर्किट अदालतों की..." (वह सिसक उठा) "न ही किन्हीं दृष्टिकोणों की और न उन मेहमानों की, न ही तुम्हारे ऐश्वर्य की... मुझे किसी चीज़ की परवाह नहीं है! हमने अपने बच्चे का ध्यान क्यों नहीं रखा? ओह, अब इसपर बात करने का कोई फ़ायदा नहीं!"

एक निराश मुद्रा के साथ वह कमरे से बाहर चला गया। लेकिन ओल्गा मिख़ाइलोव्ना के लिए अब कोई चीज़ मानी नहीं रखती थी, क्लोरोफ़ार्म की वजह से उसके दिमाग़ में एक धुँधलापन था, उसकी आत्मा में एक सूनापन था... जीवन के प्रति वह निष्क्रिय उदासीनता जो उस पर उन दो डॉक्टरों द्वारा किए गए ऑपरेशन के दौरान छाई हुई थी अब भी उसको अपनी गिरफ़्त में लिए हुए थी।

क्षय

इडिथ वॉरटन (अमेरिका)

1

जैसे ही एक्सप्रेस ट्रेन ग्रैंड सेंट्रल स्टेशन से चलनी शुरू हुई, नोरा फ्रेन्वे धीरे से रेल के विशेष डिब्बे पुलमैन में आराम से बैठ गई। उस जगह पर अपने होने को लेकर उसे अपने ही ऊपर अचरज हो रहा था। पोर्टर आई। "टिकिट?" "वेस्टओवर।" उसने सहज ही अपने स्वर को धीमा कर लिया, और हौले से अपने चारों ओर देखा। लेकिन न तो पोर्टर और न ही उसके पड़ोस में बैठे लोग - जिनमें सौभाग्य से कोई भी उसको जानता नहीं था - इस बात को लेकर तनिक भी आश्चर्यचकित या दिलचस्पी लेते नहीं दिखे कि वह वेस्टओवर की यात्रा कर रही थी।

फिर भी वह किस क़दर भूचाल ला देने वाली घोषणा थी! हालाँकि अब उसको इसकी कोई परवाह नहीं थी; अब कोई भी चीज़ मायने नहीं रखती थी सिवा उस एक ज़बरदस्त तथ्य के जिसने उसकी ज़िंदगी को हिलाकर रख दिया था, उसको उसकी मख़मली लीक से उठाकर फेंक दिया था, और उसको सार्वजनिक जाँच-पड़ताल के लिए इस तरह खुला छोड़ दिया था... एकबार फिर उसने चौकन्नी निगाह से अपनी चारों ओर देखा, इस बात को सुनिश्चित करने के लिए कि पुलमैन में कोई भी, नितांत कोई भी, ऐसा तो नहीं था जिसको उसने पहले कभी देखा हो।

उसकी ज़िंदगी सावधानी के साथ पहरे में रखी गई थी। एक ऐसी दुनिया में जिसमें सारी बाहरी परिपाटियाँ लड़खड़ा रही थीं, उसकी ज़िंदगी अंदर से इस क़दर लीक से बँधी रही थी, कि किसी को कभी पता ही नहीं चला कि उसका कोई प्रेमी भी था। किसी को भी पता नहीं चला - यह बात वह अच्छी तरह से जानती थी। परिस्थितियाँ ही ऐसी थीं कि उन्होंने यह

अनिवार्य बना दिया था कि अपनी असल ज़िंदगी को – अपनी एकमात्र असल ज़िंदगी को – वह अपने आसपास के हर व्यक्ति से छिपा कर रखती; अपने अर्ध-अपाहिज़ चिड़चिड़े पति से, ताक-झाँक करने वाली उसकी ईर्ष्यालु बहनों से, और ख़तरनाक महाकाय बूढ़ी चौधराइन, अपनी सास से, जिसके सामने सारा परिवार घबराता था और पाखंड करता था और झूठ बोलता था और चापलूसी करता था।

यह मानना कि आज के ज़माने में, यहाँ तक कि बड़े शहरों में, दुनिया के सबसे बड़े सामाजिक केंद्रों में, कठोर पुरातनपंथी मानदंडों ने सहिष्णुता, लोच और सुगमता को जगह दे दी थी, बहुत बड़ी बेवकूफ़ी थी! आप सुबह का अख़बार उठाते थे और उनमें आपको लुटेरी लड़कियों के बारे में, सिने-सितारों के तलाक़ के बारे में, नाचघरों की लूट-खसोट के बारे में, हत्या और आत्महत्या और अपहरण के बारे में, और असंबद्ध बेमेल आवेगों तथा इच्छाओं के सामान्य घालमेल के बारे में पढ़ने मिलता था; फिर आप अपनी ख़ुद की ज़िंदगी की ओर मुड़कर देखते, और अपने आपको बंद और जकड़ा हुआ पाते, मुस्तैद परिवार, चौकस दोस्तों, तमाम क़िस्म के रूप धारण किए मापदंडों से आक्रांत पाते, जैसाकि साठ के दशक के किसी भी सफ़ेद-मलमली उपन्यास की नायिका के साथ होता था।

निश्चय ही, अलग तरह से। किसी उदासीन निगाह के लिए स्वयं श्रीमती फ्रेन्वे उतनी ही आज़ाद लग सकती थी जितनी कि उस जैसी दूसरी विवाहित स्त्रियाँ लगती थीं। पोकर खेलना, धूम्रपान करना, कॉकटेल पीना, नाचना, चित्रकारी करना, शॉर्ट स्कर्ट्स, कटे हुए छोटे बाल और ऐसी ही बाक़ी चीज़ें – इनसे उसको कब वंचित रखा गया था? अगर किसी बाहरी संकेत से वह अपनी तरह की अन्य औरतों से बहुत अलग दीखती – मसलन उसकी स्कर्ट लंबी होती, वह पैसे के लिए खेलने से मना करती, अपने बालों को बड़ा होने देती, या मेक-अप करना बंद कर देती – तो उसका पति पहला व्यक्ति होता जो इन बातों पर ग़ौर करता और कहता : "क्या तुम बीमार हो? क्या बात है? तुम कितनी अजीब दिख रही हो? अपने आपको ध्यानाकर्षक बनाने का क्या मतलब है?" क्योंकि उसने और उस तरह के लोगों ने तमाम पुराने अवरोधों और प्रतिबंधों को अपनाकर उनको बिना देखे नई रूढ़ियों में स्थानांतरित कर दिया था, जैसा कि उदारपंथी रोमनों ने उस वक़्त किया था जब उन्होंने अपने मंदिरों में अजीबो-ग़रीब देवताओं की प्राण प्रतिष्ठा कर ली थी।

ट्रेन शहर के बदसूरत सीमांतों को छोड़ चुकी थी, और वसंत का मख़मली भूभाग तेज़ी से उसके सामने से गुज़र रहा था : हरी घास के मैदान, अँकुराती हुई मेंढ़ें, सुंदर आड़े-तिरछे छप्पर, और अदृश्य में फिसलती हुईं मीलों-मील लंबी आकर्षक तारकोल की सड़कें। किस तरह उसने क्रिस्टोफ़र के साथ अक्सर अज्ञात सड़कों पर भागने का सपना देखा था!

यह नहीं कि वह परिपाटियों से आतंकित हो जाने वाली स्त्री थी। वह जानती थी कि वह वैसी नहीं थी। उसने प्रायः उनकी थाह ली थी, उनपर मुस्कराई थी - और उनको स्वीकार किया था। सबसे पहले, बेचारे जॉर्ज फ्रेन्वे की ख़ातिर। उसका पति, एक अर्थ में, दया का पात्र था; उसका कमज़ोर स्वास्थ्य, उसका चिड़चिड़ा स्वभाव, उसका असंतुष्ट अभिमान, ये सब चीज़ें मिलकर उसको दयनीय रूप से हास्यास्पद व्यक्ति बनाती थीं। लेकिन ये मुख्य रूप से उसके दो बच्चे थे जिनकी वजह से वह कोई भी गफ़लत करने के मामले में संयम बरतती रही थी। न्यूनतम आत्म-छल भी सब कुछ का अंत कर दे सकता था। बहुत से लोग थे जो उस पर निगाहें रखे हुए थे, और उसके पति का परिवार इतना सख़्त था, इतना एकजुट था - जबकि उनसे नफ़रत करने वाला कोई नहीं था - और सारे समय इस क़दर प्रभावशाली था, कि वह हर मुकाम पर पराजित हो गई होती, और उसके पति ने बच्चों को रख लिया होता।

इस ख़याल मात्र से वह अपने आपको किसी अथाह गर्त के मुहाने पर खड़ा पाती थी। "बच्चे मेरा धर्म हैं," उसने एक बार ख़ुद से कहा था; और उसका और कोई नहीं था।

फिर भी वह थी कि वेस्टओवर के रास्ते पर थी... ओह, अब इससे क्या फ़र्क़ पड़ता है? वह इसका सबसे बदतर पक्ष था - अब बहुत देर हो चुकी थी जब उसके और क्रिस्टोफ़र के बीच कोई भी चीज़ मायने रखती! वह पक्के तौर पर जानती थी कि वह मर रहा था। जिस तरह एक दिन पहले केट साल्मर के नाच के दौरान उसके (क्रिस्टोफ़र के) कज़िन ग्लेडिस ब्रिंकर के मुँह से अचानक निकल पड़ा था : 'तुम्हें नहीं मालूम था? - बेचारा किट। जबकि तुम और वह इतने अच्छे दोस्त थे! हाँ; भयानक बुरी हालत है। फिर से वही पुरानी तक़लीफ़! मुझे मालूम है, उन्होंने दो बार डॉक्टर से परामर्श लिया है - वे नोल्टन गए थे। उनका कहना है, बहुत उम्मीद नहीं है; और कोई नहीं है देखरेख के लिए सिवा उस असहाय डरी हुई जेन के...'

बेचारा क्रिस्टोफ़र! नोरा को लगता था कि उसकी असहाय और डरी हुई बहन जेन एल्डिस ने उसकी ज़िंदगी में लगभग वैसी ही दमनशील भूमिका निभाई थी जैसी फ्रेन्वे और बच्चों ने नोरा की ज़िंदगी में निभाई थी। क्रिस्टोफ़र, वफ़ादारीपूर्वक, हमेशा यही दिखावा करता था कि उसने वैसा नहीं किया था; वह हमेशा उसके बारे में पक्षपातपूर्ण ढंग से यही कहता था कि "बेचारी जेनी।" लेकिन क्या वह (नोरा) भी अपने पति के बारे में इसी तरह नहीं सोचती थी कि "बेचारा जॉर्ज?" बेशक, जेन एल्डिस जॉर्ज फ्रेन्वे के मुक़ाबले काफ़ी कम अहम्मन्य, काफ़ी कम कठोर थी; लेकिन शायद इसी वजह से वह किसी पुरुष की करुणा को कहीं ज़्यादा आकर्षित करती थी। किस क़दर, अपने संकोची स्वभाव के अधीन नोरा ने - उन दुर्लभ मौक़ों पर जब उसकी और जेन एल्डिस की मुलाक़ातें हुई थीं - कल्पना की थी कि मिस एल्डिस उस पर निगाह रख रही थी और अपनी तरह से नतीजे निकाल रही थी। लेकिन फिर, जहाँ तक क्रिस्टोफ़र का सवाल था, नोरा को यह भी लगता था जैसे उसका सीना काँच का पल्ला हो जिसके पीछे उसके काँपते धड़कते दिल को उतने ही साफ़ तौर पर देखा जा सकता था जितना काँच के किसी अस्थिकलश में रखे हुए अंगों को देखा जा सकता है। बाद में, ठंडे दिमाग़ से सोचने पर उसको यह भी लगता था कि जेन एल्डिस महज़ एक नीरस क़िस्म की संकोची बूढ़ी नौकरानी थी जिसकी ज़िंदगी इन्हीं बातों से गले तक भरी हुई थी कि वह अपने भाई की ख़ातिर वेस्टओवर प्लेस का ध्यान रखती थी, और जब वह सप्ताहांत पर अपने दोस्तों को घर बुलाता था तो यह ध्यान रखती कि आग जल गई हो और कमरे फूलों से सजे हों।

आह, अक्सर कितनी बार वह नोरा से कहा करता था : "काश! मैं किसी सप्ताहांत पर वेस्टओवर में तुम्हें अपने साथ रख सकता" - कुछ इस तरह जैसे, जहाँ तक उसके इंतज़ामों का सवाल था, इसकी आसानी के साथ कल्पना की जा सकती हो। बल्कि उन्होंने तो इसपर बात करने का बहाना भी किया था कि यह कैसे मुमकिन हो सकता है। लेकिन वह किसी क़दर जानती थी कि वह इसलिए ऐसा कहता था क्योंकि वह जानता था कि यह योजना, नोरा के लिए, लगभग उतनी ही संभाव्य थी जितना चंद्रमा पर सप्ताहांत बिताना। वास्तविकता में वेस्टओवर की उसकी यात्राएँ उसके अपने पति के साथ हुई थीं, दो या तीन बार, शुरुआती दौर में... क्योंकि उसके बाद वह फिर नहीं आई। उसको वहाँ गए अब तीन बरस बीत चुके थे।

क्रिस्टोफ़र की बीमारी के बारे में बात करते हुए ग्लेडिस ब्रिंकर नोरा की ओर संदेह-भरी निगाहों से देख रहा था, मानो वह किसी चीज़ पर शक कर रहा हो। लेकिन नहीं - क्या बेवकूफ़ी थी! नोरा फ्रेन्वे पर कभी किसी ने शक नहीं किया था। क्या वह जानती नहीं थी कि उसके दोस्त उसके बारे में क्या कहा करते थे? "नोरा? उसमें किसी लैम्प-पोस्ट से ज़्यादा ज़ेहनियत नहीं है। हमेशा अपनी पुस्तकों में डूबी रहने वाली... पुरुषों के लिए कभी बहुत आकर्षक नहीं, बावजूद अपनी सुंदरता के।" क्या यही बात उसने उन दूसरी औरतों के बारे में नहीं कही थी, जो शायद, गुप्त ढंग से, उसी की तरह...?

किसी स्टेशन पर पहुँचती हुई ट्रेन धीमी हो रही थी। वह एक झटके के साथ उठकर बैठ गई और अपनी कलाई-घड़ी पर नज़र डाली। ढाई बज रहे थे, स्टेशन का नाम था ओख़ेम; अगला स्टेशन वेस्टओवर था। एक घंटे से भी कम के समय में वह उसके मकान में होगी, जेन एल्डिस उसको क़िताबों से भरे छोटे कमरे में ले जा रही होगी, और वह कह रही होगी - वह क्या कह रही होगी?

वह उस बातचीत को मन ही मन इतनी बार दोहरा चुकी थी कि वह उसमें न सिर्फ़ अपनी भूमिका को बल्कि मिस एल्डिस की भूमिका को भी अच्छी तरह जानती थी। शुरुआती पल निश्चय ही तक़लीफदेह होंगे, मुश्किल-भरे होंगे; लेकिन इसके बाद जज़्बातों की तरंग, दोनों स्त्रियों के बीच अवरोधों का ढहना, उन दोनों को एकसाथ ऊर्जा से भर देगा। उसको बहुत ज़्यादा कुछ कहने की, कैफ़ियत देने की ज़रूरत नहीं पड़ेगी; मिस एल्डिस उसका हाथ थामेगी और उसको ऊपर कमरे में ले जाएगी।

वह कमरा! उसने अपनी आँखें बंद कीं और उन दूसरे कमरों को याद किया जिनमें वह और क्रिस्टोफ़र अपने आनंद और ऊर्जा के क्षणों में रहे थे... नहीं, यह नहीं; उसे अब इसके बारे में नहीं सोचना चाहिए। क्योंकि वह आदमी जिससे वह उन दूसरे कमरों में मिली थी अब मर रहा था; जिस आदमी के पास वह जा रही थी वह उस दूसरे आदमी से इतना अलग था कि उनकी छवियों को उसके साथ जोड़ना पाप जैसा था... और तब भी जिस आदमी के पास वह जा रही थी वह उसका अपना क्रिस्टोफ़र था, वह जो उसकी आत्मा में रहा था; और अब जबकि उसकी वह आत्मा अकेली अँधेरे कगार पर लटकी हुई थी, वह किस क़दर उसकी आत्मा की चाहत कर रही होगी! जैसे इस तरह की घड़ी में कोई भी और चीज़ मायने

रखती थी! उसने न तो इस बारे में सोचा न ही इसकी परवाह की कि जेन एल्डिस क्या कह सकती थी या क्या संदेह कर सकती थी; अगर ट्रेन का डिब्बा पुलमैन ताकझाँक करने वाले परिचितों से भी भरा होता या जॉर्ज और उसका परिवार अचानक आख़िरी स्टेशन पर ट्रेन में चढ़ गए होते, तब भी उसने परवाह न की होती।

उसने उनमें से किसी की भी रत्ती भर भी परवाह न की होती। तब भी उसी पल में उसने प्रसन्नतापूर्वक याद किया कि उसकी पुरानी अध्यापिका, जिसके पास वह साल में दो बार मिलने जाया करती थी, ओख़ेम में ही रहती थी – इसलिए अगर जॉर्ज सवाल पूछने शुरू कर देता, तो वह कह सकती थी : "हाँ, मैं उस बेचारी बूढ़ी फ़्रॉलिन से मिलने गई थी; वह अब पूरी तरह से अपंग हो गई है। मुझे उसको एक बाथ चेयर ले जाकर देनी होगी। क्या तुम उसका कैटलॉग ला सकते हो ताकि पता लग सके कि उसकी क्या क़ीमत होगी?" ऐसी कोई सावधानी नहीं थी जिसके बारे में उसने पहले से सोच नहीं रखा था – और अब वह उन सबको हवा में बिखेर देने वाली थी...

वेस्टओवर – जंक्शन!

वह उठ खड़ी हुई और ट्रेन से बाहर निकलने का उपक्रम करने लगी। सारे लोग उसके रास्ते में बाधा डालते लग रहे थे, जिन्होंने अपने बैग और सूटकेस उसके रास्ते में रख छोड़े थे। एक्सप्रेस सिर्फ़ दो मिनट के लिए रुकती थी। कल्पना करो कि वह अल्बेनी तक चली जाए?

वेस्टओवर जंक्शन एक विकसित होता हुआ स्थल था, और वह ख़ासी निश्चिंत थी कि स्टेशन पर कोई टैक्सी मिल जाएगी। एक टैक्सी थी, जिस तक वह किसी तरह उस आदमी से आगे निकल कर जा पहुँची जो पनामा टोप पहने हुए उस टैक्सी की ओर बढ़ रहा था। वह उछलकर बैठ गई और हाँफते हुए बोली : "ओक्फ़ील्ड। आपको पता है न? वेस्टओवर के क़रीब मिस्टर एल्डिस का मकान।"

2

शुरुआत ठीक वैसी ही हुई जैसी उसने उम्मीद की थी। एक चकित नौकरानी – चकित क्यों? – उसको उस निचली चौखट वाले कमरे में ले गई

जो उसकी मौजूदगी से ओतप्रोत था, उसकी पुस्तकों से, उसके पाइपों से, और जीर्ण-शीर्ण बोरी पर ऊँघते उसके टेरियर से। नौकरानी ने कहा कि वह जाकर देखती है कि क्या मिस एल्डिस नीचे आ सकती हैं। नोरा पूछना चाहती थी कि क्या वह अपने भाई के साथ है - और उसकी तबीयत कैसी है। लेकिन उसने अपने को इस शब्दों का इस्तेमाल करने के क़ाबिल नहीं पाया। उसको डर था कि उसकी आवाज़ काँप सकती थी। फिर उसको नौकरानी से पूछताछ करने की क्या ज़रूरत थी, जबकि उम्मीद थी कि पल भर बाद ही वह मिस एल्डिस से मिलने वाली थी?

वह स्त्री दबे क़दमों से चली गई - ऐसे क़दम जो घर में बीमारी का संकेत देते थे। वह तुरंत नहीं लौटी, और उस कमरे में इंतज़ार का वह बेहद अजनबी और तब भी अंतरंग रूप से ज्ञात अंतराल नोरा के लिए एक नई यातना थी। वह उसके द्वारा की गई कल्पनाओं से बिलकुल अलग था। उसकी बिखरी हुई क़लमों और चिट्ठियों से भरी पड़ी उसकी लिखने की मेज़ उसके लिए असहनीय लग रही थी। भट्ठी के पास बैठे उसके कुत्ते ने उसको मैत्रीपूर्ण ढंग से देखा, लेकिन इसके आगे उसने कोई हरक़त नहीं की; और हालाँकि वह उसको थपथपाने की इच्छा से भरी हुई थी, उसकी लालसा थी कि वह अपने हाथ को उस जगह रखती जहाँ क्रिस्टोफ़र का हाथ रखा रहता था, लेकिन उसने हिम्मत नहीं की इस डर से कि कहीं वह भौंकने न लग जाए और उस ख़ामोश चौकन्ने घर की विचित्र चुप्पी को भंग न कर दे। वह खिड़की के पास खड़ी हो गई और बाहर फूली हुई धरती से निकलती अँकुराती झाड़ियों और कंदमूलों को देखने लगी।

"यहाँ से, प्लीज़।"

उसका दिल धड़क उठा। क्या वह स्त्री उसको वाक़ई ऊपर उसके कमरे में ले जाने वाली है? भरी हुई आँखें लिए उसने महसूस किया जैसे आवेग और संताप की विशाल लहर उसको आगे की ओर बहाए ले जा रही हो... लेकिन उसको सिर्फ़ हॉल के पार एक ठिठुरते हुए निर्जीव बैठक-कक्ष की ओर ले जाया जा रहा था - वैसा कक्ष जिसको कुंवारे लोग किसी फ़र्नीचर बनाने वाले के हाथ में छोड़कर उसकी ओर पीठ कर लेते हैं। कुर्सियाँ और सोफ़े उसकी ओर खुले विद्वेष के भाव से देख रहे थे, और फिर उसी तरह का उदास भाव अपना ले रहे थे जैसा अक्सर उन कमरों के फ़र्नीचर में देखने को मिलता है जिनमें कोई आता-जाता नहीं है। यहाँ तक कि खिड़कियों से

तिरछी गिरती वसंत की धूप भी बेकार पड़ी मेज़ की फीकी नक़्क़ाशी पर अपने साथ कोई गरमी या रोशनी लाती प्रतीत नहीं हो रही थी।

जज़्बात का ज्वार थम गया था, और नोरा के भीतर ख़ालीपन और आशंका का अहसास छोड़ गया था। मान लो कि जेन एल्डिस ने उसकी ओर इस क्षुब्ध कमरे की ही तरह की ठंडी निगाहों से देखा, तो? वह कामना करने लगी कि काश! उसने अतीत में जेन एल्डिस के साथ और अधिक दोस्ताना और आत्मीय व्यवहार किया होता। अपने और क्रिस्टोफ़र के बीच के रिश्तों को हर किसी छिपाए रखने की गहरी आकांक्षा के चलते वह उसके परिवार में किसी भी तरह की दिलचस्पी दिखाने को लेकर परहेज़ करती रही थी; और शायद, जैसा कि वह इस वक़्त देख रही थी, उसने उदासीनता के प्रति अपने इसी लगाव से कौतुहल को उत्तेजित कर दिया था।

निस्संदेह जेन एल्डिस के साथ आत्मीयता विकसित करना ज़्यादा अक़्लमंदी रही होती; और आज, उसकी स्थिति कितनी आसान और स्वाभाविक होती! अपने आगमन की कैफ़ियत को लेकर अँधेरे में टटोलने की बजाय – जैसा कि वह फिर कर रही थी – वह कह सकी होती : 'माई डियर, मैं इस इरादे से आई हूँ कि क्या मैं आपकी किसी भी तरह की कोई मदद कर सकती हूँ।'

उसे हॉल में एक दुविधाग्रस्त पदचाप सुनाई दी – नौकरानी की ही तरह की दबी हुई पैरों की आहट – और फिर उसने मिस एल्डिस को अधखुले दरवाज़े पर रुकते हुए देखा। पिछली मुलाक़ात के बाद से वह कितनी बूढ़ी हो गई थी! बेतरतीब ढंग से बँधे हुए उसके बाल सफ़ेद और पतले हो गए थे। हमेशा ललछौंही बनी रहने वाली उसकी पलकें फूली हुई और भारी थीं, चेहरा उद्विग्नता और थकान से पीला पड़ गया था। एक इस क़दर असहाय शत्रु से डरते रहना व्यर्थ था। पल भर के लिए नोरा को ऐसा लगा जैसे मिस एल्डिस उसकी एक झलक देखने के लिए, स्थिति का जायज़ा लेने के लिए डगमगाई हो। लेकिन शायद वह आईने के सामने से गुज़रते हुए अपने बालों की एक लट को वापस उसकी ज़गह पर करने के लिए रुकी थी।

"मिसेज़ फ्रेन्वे – कितना अच्छा किया आपने!" वह एक ठंडे निर्लिप्त स्वर में बोली, जैसे उसका वास्तविक स्वत्त्व कहीं और था और वह महज़ एक स्वचालित यंत्र थी जिसमें आतिथ्य के चिरपरिचित शब्दों को दोहराने के लिए चाबी भर दी गई थी। "बैठ जाइए," उसने कहा।

उसने एक रूखी-सी हत्थेदार कुर्सी आगे कर दी, और नोरा किसी देहाती आगंतुक के-से संकोच के साथ उस पर अकड़ी हुई बैठ गई। उसका हैण्डबैग उसके घुटनों के बीच दबा हुआ था।

"मैं आई थी।"

"बहुत अच्छा किया आपने," मिस एल्डिस ने दोहराया। "मुझे ज़रा भी इल्म नहीं था कि आप इस इलाक़े में थीं। बिलकुल भी इल्म नहीं था।"

क्या वह सूत्र थमा रही थी? या वह सब कुछ जानती थी, अपने आगंतुक को किसी बहाने की अच्छी-सी आड़ देना चाह रही थी? या वह वाक़ई बेवकूफ़ थी –

"मेरा ख़याल है आप ब्रिंकर्स के यहाँ ठहरी हुई हैं। या नॉथ्रप्स के यहाँ? मुझे याद है जब आप यहाँ लंच के लिए आई थीं, तब मिस्टर फ्रेन्वे के साथ नॉथ्रप्स से मोटर में यहाँ आई थीं। मेरा ख़याल है दो साल पुरानी बात है, नहीं?" उसने यह सवाल दिलचस्पी का एक लगभग उत्साहपूर्ण प्रदर्शन करते हुए रखा।

"नहीं – तीन साल," नोरा ने यांत्रिक ढंग से कहा।

"अच्छा? इतनी पुरानी बात है? हाँ – आपका कहना सही है। ये वो साल था जब हम फ़र्न के पत्तों वाला बीच का पेड़ लेकर आए थे। मुझे याद है, मिस्टर फ्रेन्वे की पेड़ों के स्थानांतरण में दिलचस्पी थी, और मैं उनको बाहर लेकर गई थी यह दिखाने कि वह पेड़ कहाँ से लाया गया था। पेड़ों के स्थानांतरण में उनकी दिलचस्पी है, है न?"

"अरे, हाँ, बहुत ज़्यादा।"

"हमारे यहाँ इस काम के लिए बहुत अच्छे विशेषज्ञ हैं। वे अपने आपको 'ट्री डॉक्टर्स' कहते हैं। उनके पास विशेष क़िस्म के औज़ार होते हैं। वह पेड़ अब उससे बेहतर ढंग से बढ़ रहा है जितना वह वहाँ से हटाए जाने से पहले बढ़ रहा था। लेकिन मेरा ख़याल है आप ने लांग आइलैंड पर वृक्ष-प्रतिरोपण का बहुत काम किया है।"

"हाँ। मेरे पति ने काफ़ी वृक्ष-प्रतिरोपण किया है।"

"तो आप नॉथ्रप्स के यहाँ से आ रही हैं? मुझे नहीं मालूम था कि वे अभी भी मेब्रुक में हैं। मैं बहुत कम लोगों से मिल पाती हूँ।"

"नहीं; नॉथ्रप्स के यहाँ से नहीं।"

"ओह - ब्रिंकर्स के यहाँ से? हाल ब्रिंकर कल यहीं थे, लेकिन उन्होंने बताया नहीं कि आप उनके यहाँ ठहरी हुई हैं।"

नोरा हिचकिचाई। "नहीं। असल में, मेरी एक पुरानी अध्यापिका है जो ओख़ेम में रहती है। मैं कभी-कभी उससे मिलने जाती रहती हूँ। इसलिए मैं वेस्टओवर चली आई -" वह रुकी, और मिस एल्डिस ने उल्लसित होकर सवाल दागा : "अच्छा?"

"क्योंकि अभी एक दिन मेरी मुलाक़ात ग्लेडिस ब्रिंकर से हुई और उसने मुझे बताया कि आपके भाई बीमार हैं।"

"ओह," मिस एल्डिस ने इस शब्द पर पूरा वज़न दिया, और उसके बाद पूर्ण विराम लगा दिया। उसकी भौंहें मानो एक हल्के-से विस्मय में ऊपर की ओर उठ गईं। लगा, जैसे वह ख़ामोश कमरा उन दो वक्ताओं की बात सुनने के लिए सिमटकर क़रीब आ गया हो। एक मक्खी नए सिरे से जी उठी थी और धूप में चमकते खिड़की के पल्ले से टकराने लगी थी। "हाँ; वह बीमार है," आख़िरकार उसने माना।

"मुझे बहुत अफ़सोस है; मैं...हमारा ऐसा दोस्त...कितने लंबे अरसे से..."

"हाँ; मैंने उसको अक्सर आपके और मिस्टर फ्रेन्वे के बारे में बात करते सुना है।" एक और पूर्ण विराम ने उसकी घोषणा को मुहरबंद कर दिया। ("नहीं, वह कुछ भी नहीं जानती," नोरा ने सोचा।) "मुझे याद है, वह मुझसे कह रहा था कि पेड़ों के स्थानांतरण को लेकर उसने मिस्टर फ्रेन्वे के मशविरे पर बहुत विचार किया था। लेकिन फिर ये भी तो है कि हमारे यहाँ की मिट्टी आपके यहाँ की मिट्टी से बहुत अलग है। मेरा ख़याल है मिस्टर फ्रेन्वे ने आपकी मिट्टी का विश्लेषण किया है?"

"हाँ; मेरा ख़याल है उन्होंने किया है।"

"क्रिस्टोफ़र तो हमेशा से बहुत बड़ा बाग़वान रहा है।"

"मुझे उम्मीद है, वह... बहुत ज़्यादा बीमार नहीं है? ग्लेडिस की बात से लग रहा था कि उसको भय था - "

"बीमारी हमेशा ही भयभीत करने वाली होती है, नहीं?"

"लेकिन आप... मेरा मतलब है, परेशान तो नहीं हैं... गंभीर रूप से नहीं?"

"आपकी मेहरबानी है कि आप पूछ रही हैं। डॉक्टर तो ऐसा मानते लगते हैं कि कल के बाद से हालत में कोई विशेष बदलाव नहीं आया है।"

"और कल कैसी हालत थी?"

"कल, उनको लग रहा था कि मुमकिन था।"

"आपका मतलब है, कोई बदलाव?"

"हाँ।"

"उम्मीद है, वे किसी बेहतर बदलाव की बात कर रहे होंगे?"

"उनका कहना था कि वे निश्चित तौर पर कुछ नहीं कह सकते।"

मक्खी की भनभनाहट उस स्तब्ध कक्ष में इतनी सतत हो उठी थी कि लगता था वह नोरा के सिर में जारी थी, और उस आवाज़ से उत्पन्न गफ़लत में बातचीत के सूत्र को फिर से थाम पाना उसको उत्तरोत्तर मुश्किल लग रहा था। वक़्त था कि फिसलता जा रहा था, और जिस आदमी को वह प्रेम करती थी वह ऊपर पड़ा हुआ था। इस गपबाज़ी को ज़ारी रखने का ढोंग करना बेहूदा और दुखदायी था। वह इससे बाहर निकलने का रास्ता निकालेगी, कैसे भी।

"मेरा ख़याल है आपने... परामर्श लिया होगा?"

"ओह, हाँ; डॉ. नोल्टन दो बार आ चुके हैं।"

"और उनका क्या – "

"लगता है, वे दूसरे डॉक्टरों से सहमत हैं।"

एक बार फिर अंतराल, और फिर मिस एल्डिस खिड़की के बाहर देखने लगी। "क्यों, गाड़ी कौन चला रहा है? उसने पूछा। "ओह, ये आपकी टैक्सी है, मेरा ख़याल है।"

"हाँ। मैं गेट के बाहर ही उतर गई थी।" उसने यह कहने का साहस नहीं किया कि "इस डर से कि टैक्सी की आवाज़ उसके आराम में ख़लल डाल सकती थी।"

"उम्मीद है, आपको जंक्शन पर टैक्सी हासिल करने में मुश्किल पेश नहीं आई होगी?"

"ओह, नहीं; बिलकुल मुश्किल नहीं हुई।"

"मैं समझती हूँ कि यह आपकी बहुत बड़ी मेहरबानी है कि आप आईं – इसके बावजूद कि आपको यह भी अंदाज़ा नहीं था कि आपको यहाँ तक लाने के लिए कोई वाहन मिलेगा भी या नहीं। मैं जानती हूँ कि आप

कितना व्यस्त रहती हैं। क़स्बे में हर वक़्त कुछ न कुछ चलता ही रहता है, साल के इन दिनों में भी?"

"हाँ; मेरा ख़याल है। लेकिन आपके भाई – "

"ओह, मेरा भाई किसी तरह के उल्लास की स्थिति में नहीं होगा; लंबे समय तक नहीं होगा।"

"लंबे समय तक; नहीं। लेकिन क्या आपको उम्मीद है – "

"मैं समझती हूँ कि हर बीमार आदमी को उम्मीद तो करनी ही चाहिए, नहीं?"

"हाँ; लेकिन मेरा मतलब है – "

नोरा सहसा उठ खड़ी हुई। उसका दिमाग़ तेज़ी से चकरा रहा था। क्या ये मुमकिन था कि वह और वह औरत आधे घंटे तक एक दूसरे के सामने बैठे इस बकवास बातचीत का ढेर लगाते रहें, जबकि ऊपर, नज़रों से परे, उनकी दो ज़िंदगियों का सच, उनका अर्थ, एक इंसान की रुक-रुक कर चलती नाड़ी के कमज़ोर धागे पर अटका हुआ हो? वह कल्पना नहीं कर पा रही थी कि क्यों वह इतना लाचार और चकराया हुआ महसूस कर रही थी। आख़िर एक जवान और ख़ूबसूरत और प्रेमपात्र स्त्री को एक भद्दी, क्षुद्र बूढ़ी नौकरानी से डरने की क्या ज़रूरत थी? अपने आपमें कमज़ोर लेकिन अपनी परिस्थिति से सशक्त वह औरत उन तमाम चीज़ों के ध्वंसावशेषों पर सामना करने खड़ी थी जिनको नोरा ने हमेशा प्रेम किया था। 'वह मुझसे कितनी नफ़रत करती होगी – और मैंने कभी इस बारे सोचा तक नहीं,' नोरा ने सोचा, जिसने यह मान रखा था कि उसने उस हर चीज़ के बारे में पहले से ही सोच रखा था जिसका ताल्लुक उसके प्रेमी के साथ उसके रिश्ते से था। ख़ैर, अपनी चूक को सुधारने के लिए अब काफ़ी देर हो चुकी थी; लेकिन उसको कम से कम मज़बूती से तो पेश आना ही चाहिए, इन बचे हुए क़ीमती मिनटों को बचाने के लिए उसको कुछ तो कहना चाहिए और घिसीपिटी बातों के उस दमघोंटू जाल को तोड़ देना चाहिए जो उसकी इस शत्रु का काँपता हुआ हाथ उसके चारों ओर बुन रहा था।

"मिस एल्डिस – मैं आपको बता दूँ – मैं यह देखने आई थी – "

"कि वह कैसा है? बड़ी मेहरबानी है आपकी। उसको यह अच्छा लगेगा, मैं जानती हूँ। क्रिस्टोफ़र अपने दोस्तों से बहुत प्यार करता है।"

"लेकिन आप - आप उसको कह सकेंगी कि मैं - "

"निश्चय ही। यही न कि आप उसका हालचाल जानने आई थीं? जैसे ही वह थोड़ा-सा स्वस्थ हो जाएगा।"

"लेकिन मेरा मतलब है - अभी?"

"उससे अभी कहूँ कि आप पूछताछ करने आई थीं? कितनी मेहरबानी है आपकी कि आप यह भी सोच रही हैं! मुमकिन है, कल सुबह, अगर वह थोड़ा-सा ठीकठाक हुआ तो..."

नोरा को अपने होंठ सूखते महसूस हुए जैसे गर्म हवा ने उनको झुलसा दिया हो। वे बमुश्किल हिल पा रहे थे। "लेकिन - अभी - आज।" उसकी आवाज़ फुसफुसाहट में डूब गई जब उसने कहा : "क्या वह होश में नहीं है?"

"ओह, हाँ; वो होश में है; वह पूरी तरह होश में है। उसको निश्चय ही बताया जाएगा कि आप आई थीं।" सहसा वह ख़ुद भी कुर्सी से उठ खड़ी हुई और खिड़की की ओर बढ़ी। "मैं भयानक सूखी मालूम पड़ रही होऊँगी कि आप से एक कप चाय के लिए भी नहीं पूछ सकी। लेकिन असल में बात ये है, शायद मुझे आपको बता देना चाहिए - अगर आप आज ही दोपहर बाद ओख़ेम वापस जाने का सोच रही हैं तो केवल एक ही ट्रेन है जो तीन बजे के बाद जंक्शन पर रुकती है।" उसने गुलाबों के वृत्त से युक्त डायल वाली एक पुराने चाल की घड़ी निकाली और लगभग क्षमायाचना के भाव के साथ मिसेज़ फ्रेन्वे के आगे कर दी। "आपको कम से कम चार बजे तक स्टेशन पहुँच जाना चाहिए; और उन पुरानी जंक्शन की टैक्सियों के साथ तो... मुझे बेहद अफ़सोस है; मैं जानती हूँ कि मैं आपको भगाती लग रही होऊँगी।" एक कुम्हलाई हुई-सी मुस्कराहट उसके पीले होंठों पर तैर गई।

नोरा जानती थी कि वेस्टओवर जंक्शन से वहाँ तक आने में कितना वक़्त लगा था, और इस बात को समझ रही थी कि उसको शालीनतापूर्वक बाहर करने की कोशिश की जा रही थी। ज़िंदगी से बाहर करने की - उम्मीद से बाहर करने की - यहाँ तक कि आख़िरी बार उस चेहरे से अपनी आँखों को भर लेने की प्रिय वेदना से भी जो दुनिया में उसके लिए एकमात्र चेहरा था! ("लेकिन तब इसका मतलब है वह सब कुछ जानती है," उसने सोचा।)

"मैं नहीं चाहती कि मेरी वजह से आपकी ट्रेन चूके।"

"मिस एल्डिस, क्या वह - क्या वह किसी से मिला है?" उसने दर्दनाक फुसफुसाहट के साथ जोख़िम उठाया।

"किसी से मिला है? अरे, तमाम डॉक्टर आते रहे हैं - पाँच डॉक्टर! और फिर नर्सें हैं। ओह, आपका मतलब, निश्चय ही, दोस्तों से है। स्वाभाविक ही।" वह सोचती लगी। हाल ब्रिंकर, हाँ; वह हमारे कज़िन हाल से कल मिला था - लेकिन बहुत देर तक नहीं।"

हाल ब्रिंकर! नोरा जानती थी कि क्रिस्टोफ़र अपने ब्रिंकर कजिन्स के बारे में क्या सोचता था - ख़तरनाक रूप से उबाऊ, सब के सब, वह हमेशा कहा करता था। अपनी बीमारी के चरम पर जिस एक आदमी को उससे मिलने का सौभाग्य प्राप्त हुआ, वह हाल ब्रिंकर था! नोरा की आँखें भर आईं; उसे उनको मिस एल्डिस के कायर निर्दयी चेहरे से पल भर को हटाना पड़ा।

"लेकिन आज?" आख़िरकार उसके मुँह से निकला।

"नहीं। आज वह किसी से नहीं मिला; अभी तक नहीं।" दोनों स्त्रियाँ खड़ी हुई एक दूसरे को देखती रहीं; फिर मिस एल्डिस ने अनिश्चित-से भाव से कमरे में नज़रें दौड़ाईं। "लेकिन क्या मैं इतना भी नहीं कर सकती थी - हाँ, मुझे कम से कम एक कप चाय के लिए तो आपसे पूछना ही चाहिए था। कितनी बेवकूफ़ हूँ मैं! मुमकिन है अभी भी वक़्त बचा हो। मैं ख़ुद तो कभी चाय लेती नहीं।" एकबार फिर उसने उद्विग्न भाव से अपनी घड़ी की ओर देखा। "पानी निश्चय ही उबल रहा होगा, क्योंकि नर्सों की चाय अभी ले ही जाई जा रही है। अगर आप मुझे इजाज़त दें पल भर के लिए तो मैं जाकर देखती हूँ।"

"ओह, नहीं; नहीं!" नोरा के मुँह से एक सिसकी निकल पड़ी। "आप कैसे कर सकती हैं!... मेरा मतलब है, मुझे चाय की कोई ज़रूरत नहीं है..."

मिस एल्डिस राहत महसूस करती लगी। "तब मैं पूरी तरह से निश्चिंत हो सकती हूँ कि आप स्टेशन पर बहुत देर से नहीं पहुँचेंगी।" वह फिर इंतज़ार करने लगी, और फिर उसने अपना लंबा पथरीला हाथ आगे बढ़ा दिया। "बहुत मेहरबानी - मैं आपकी इस मेहरबानी को कभी नहीं भूलूँगी। आप इतना लंबा चलकर आईं, जबकि आप शहर से ही फ़ोन कर सकती थीं। मेहरबानी करके मिस्टर फ्रेन्वे को कहिए कि मुझे आपका आना कितना अच्छा लगा। आपको याद तो रहेगी न उनसे यह कहने की? उन्होंने मुझे पेड़ों के स्थानांतरण के बारे में कितने दिलचस्प पर्चे भेजे थे। मैं चाहती हूँ कि

उनको मालूम हो कि उन्होंने आपको आने दिया इससे मैं किस क़दर उनकी भलमनसाहत की क़ायल हूँ।" वह फिर रुक गई, और उसने अपने होंठों को इस तरह अंदर की ओर खींच लिया कि वे एक पतले धागे में बदल गए, जैसे रूलर के सहारे उसके चेहरे पर एक लकीर खींच दी गई हो। "लेकिन, नहीं; मैं आपको तक़लीफ़ नहीं दूँगी; मैं ख़ुद ही उनको ख़त लिखकर शुक्रिया अदा करूँगी।" उसका हाथ सबसे पास की मेज़ पर की बिजली की घंटी की ओर बढ़ गया। घंटी की आवाज़ ने ख़ामोशी को चीर दिया, और नौकरानी एकदम नाटक की-सी तत्परता के साथ हाज़िर हो गई।

"टैक्सी, प्लीज़? मिसेज़ फ्रेन्वे की टैक्सी।"

कमरे में एक बार फिर ख़ामोशी छा गई। नोरा ने सोचा : 'हाँ; वह सब कुछ जानती है।' मिस एल्डिस ने तीसरी बार अपनी घड़ी की ओर ताका, और फिर हल्की-सी निरर्थक हँसी हँस दी। वह नीली मक्खी खिड़की से टकराई और एकबार फिर नोरा को लगा जैसे उसकी भनभनाहट उसके दिमाग़ में गूँज रही थी। टैक्सी के अनिच्छुक ढंग से चालू होने और सामने के दरवाज़े पर उसके एक घुमाव के साथ रुकने की आवाज़ के साथ वे भनभनाहटें बहरा कर देने वाले ढंग से मिल गईं। ड्राइवर ने हॉर्न बजाया जैसे वह उसको तलब कर रहा हो।

"उसको भी डर लग रहा है कि कहीं आप लेट न हो जाएँ!" मिस एल्डिस मुस्कराई।

नोरा को लगा जैसे हॉल का वह चिकना फिसलन-भरा फ़र्श उसके सामने मीलों लंबा फैला हो। उसके सुदूर छोर पर उसको रोशनी की एक छोटी-सी सुरंग दिखाई दी, एक मिनिएचर मेड, एक खिलौना टैक्सी। उसने किसी तरह उस दूरी को पार किया जो उसको उनसे अलग करती थी, हालाँकि उसकी हड्डियाँ थकान से दुख रही थीं, और हर क़दम उसको भारी बोझ उठाने जैसा लग रहा था। टैक्सी अब उसके क़रीब थी, उसका दरवाज़ा खुला हुआ था, वह उसमें बैठ रही थी। उसने अपनी मेज़बान को दहलीज़ पर खड़ा देखा। "जंक्शन जाना है, ड्राइवर - वापस जंक्शन जाना है," उसने मिस एल्डिस को कहते सुना। टैक्सी गेट की ओर बढ़ चली। वह जैसे ही थोड़ा और आगे बढ़ी, नोरा ने मिस एल्डिस को पुकारते हुए सुना : "मैं निश्चय ही मिस्टर फ्रेन्वे को ख़त लिखकर उनको धन्यवाद दूँगी।"

फूलों का हार

लुईजी पिरंडेल्लो (इटली)

डॉ. चीमा सार्वजनिक उद्यानों के प्रवेश-द्वार पर ठहर गया। ये उद्यान शहर के बाहरी हिस्से में एक पहाड़ी पर स्थित थे। वह कुछ देर खंभों के बीच झूलते सादे से गेट को देखता वहीं खड़ा रहा। खंभों के पीछे साइप्रस के दो उदास से दरख़्त खड़े थे। वे उदास लग रहे थे, बावजूद इसके कि उनकी काली शाखाओं से रैम्बलर रोज़ की लताएँ लिपटी हुई थीं। गेट से पहाड़ की उस चोटी तक एक खड़ा रास्ता चला गया था जहाँ वृक्षों के बीच एक मंडप तना था।

सुबह की धूप का आनंद लेता हुआ वह अलसाये ढंग से अपनी शिथिलता के बीतने का इंतज़ार करने लगा, ताकि वह उस पुराने निर्जन उद्यान में टहल सके। पहाड़ी के उत्तरी ढलान की इस ठंडी छाया में पुदीना, कपूर और जंगली आलूबुखारा की मिलीजुली गंध से हवा भारी हो रही थी; पास के दरख़्तों पर पक्षी वसंत की वापसी का स्वागत करते हुए लगातार चहचहा रहे थे। डॉक्टर ने रुचिर भाव से उस सुगंधित हवा को अपनी साँसों में भरा और फिर वह सड़क पर चढ़ने लगा। तमाम वनस्पतियों से फूटती हुई नई हरितिमा, फूलों की क्यारियों पर मँडराती सफ़ेद तितलियाँ - उसके दुख भरे ख़यालों को धुंध-भरा, सपने जैसा रूप दे रही थीं। कितना सुंदर था, यह शांत उद्यान जहाँ बहुत थोड़े से लोग ही कभी-कभार चहलक़दमी करने आते थे।

'काश! यह सिर्फ़ मेरा होता,' उसने सोचा, और यह आकांक्षा एक लंबी उसाँस में प्रतिध्वनित हो उठी।

उसके जैसे कितने लोग थे जो यहाँ सैर के लिए आते थे और गहरी साँस लेकर आकांक्षा करते थे कि काश! यह सिर्फ़ मेरा होता? यह नियति ही है कि जो चीज़ हर किसी की होती है वह किसी व्यक्ति-विशेष की नहीं होती। हर मोड़ पर एक तख़्ती लगी हुई थी : फूलों की क्यारियों पर न चलें।

पौधों को क्षति न पहुँचाएँ। फूल न तोड़ें। आप गुज़रते हुए देख भर सकते थे! मालिकाना हक़ का मतलब था "मैं" न कि "हम," और यहाँ केवल एक ही व्यक्ति था जो ख़ुद को "मैं" कह सकता था : माली। एक मायने में, वही सच्चा मालिक था और इसके लिए उसको पगार मिलती थी, रहने के लिए घर मिला हुआ था और वह उन फूलों को तोड़ सकता था जो हर किसी के थे और किसी के भी नहीं थे, जिनमें से कुछ को वह अपने मुनाफ़े के लिए बेचता था।

दूसरे परिंदों की चहचहाहट पर भारी पड़ते एक किसी ख़ास परिंदे के गाते हुए-से स्वर ने डॉक्टर को बहुत पुराने दिनों की छुट्टियों की याद दिला दी जो उसने समुद्र के पास खुली देहात में पेड़ों के बीच खोए हुए एक डेरी फ़ार्म पर बिताई थीं। तब वह महज़ एक छोटा-सा बच्चा हुआ करता था, लेकिन उसको शिकार का कितना शौक था! किसे याद होगा कि उन गर्मियों में उसने कितने परिंदों को गोली से मारा था!

उसके अपने व्यवसाय से जुड़ी रोज़मर्रा की चिंताएँ और समस्याएँ घड़ी भर के लिए एक तरफ़ हो गई थीं, लेकिन यह तथ्य दिमाग़ में बना हुआ था कि अपने पिछले जन्मदिन पर वह चालीस का हो गया था। उसका ख़याल था कि उसकी ज़िंदगी का बेहतर हिस्सा बीत चुका था और, बदक़िस्मती से, वह यह कहने की स्थिति में नहीं था कि उसने अपनी जवानी का वाक़ई लुत्फ़ उठाया था। ज़िंदगी में बहुत-सी अद्भुत चीज़ें थीं! वह बहुत सुंदर हो सकती थी! इस तरह की एक ख़ुशनुमा सुबह बहुत से दुखों की, बहुत-सी निराशाओं की भरपाई कर देने वाली थी।

सहसा उसके मन में एक ख़याल आया और वह चलते-चलते रुक गया : क्यों न वह वापस भागकर अपनी नौजवान बीवी के पास जाए? उनको शादी किए हुए अब सात महीने हो चुके थे, और इस सम्मोहित करने वाली सैर में उसके साथ साझा करने में उसको बहुत आनंद आता। लेकिन पल भर के अनिश्चय के बाद वह फिर से रास्ते पर धीरे-धीरे चलने लगा। नहीं। यह सम्मोहन अकेले सिर्फ़ उसी के लिए ठीक होगा।

अगर उसकी बीवी उसके कहे बग़ैर यहाँ आई होती और अकेले टहल रही होती, तो शायद उसने इसको महसूस किया होता। साथ-साथ यह आकर्षण ख़त्म हो जाएगा। यहाँ तक कि इस ख़याल-मात्र से वह चमक कुछ फीकी पड़ गई थी। अपने कंठ में उसने दुख का एक कड़वा स्वाद अनुभव

किया जिसे उसने पहले कभी अस्पष्ट ढंग से महसूस किया था।

वह अपनी बीवी के लिए किसी चीज़ के लिए उलाहना नहीं दे सकता था, बेचारी; अपनी कनपटियों पर उभरे और दाढ़ी में धारी बनाते सफ़ेद बालों के लिए वह निश्चय ही अपनी बीवी को दोषी नहीं ठहरा सकता था। वह हर तरह से भली थी। लेकिन वह सिर्फ़ बाईस बरस की थी, उससे अठारह बरस छोटी। उसको उम्मीद थी कि उनकी शादी के बाद जैसे ही उसको यह अहसास होगा कि वह अपने सफ़ेद बालों के बावजूद किसी नौजवान की भाँति उसको कितना प्यार करता है वैसे ही संक्षिप्त मुलाक़ात के दौरान उसने उसके प्रति जो प्रबल अनुराग दर्शाया था वह प्रेम में बदल जाएगा। वह पहली थी; उसने कभी किसी दूसरी स्त्री को प्यार नहीं किया था।

निरर्थक सपने! जिसे प्रेम कहते हैं, वास्तविक प्रेम, उसे वह अपनी बीवी में कभी नहीं जगा पाया - और शायद कभी जगा भी नहीं पाएगा। जब वह सामने आता था तो वह मुस्कराती थी और कई सौमनस्यपूर्ण छोटे-छोटे तरीक़ों से यह जताती थी कि वह उसको पसंद करती है, लेकिन यह प्रेम नहीं था।

उसकी पीड़ा उतनी मार्मिक न होती अगर वह उसकी बीवी की ज़िंदगी में घटी एक ऐसी घटना से तीव्र न हो गई होती जिसको वह उसी तरह की सौम्य दयालुता से नहीं बरत सका जैसी वह सामान्य तौर पर दूसरी चीज़ों के मामले में प्रदर्शित करता था।

अपनी अठारह बरस की उम्र के जोश में उसको एक युवा विद्यार्थी से प्रेम हो गया था जो टाइफ़स से मर गया था। वह यह बात इसलिए जानता था कि वही वह डॉक्टर था जिसको उस लड़के की चिकित्सा के लिए बुलाया गया था। वह यह भी जानता था कि इससे वह लगभग पागल-सी हो गई थी। उसने अपने को अँधेरे कमरे में बंद कर लिया था, वह किसी से मिलती नहीं थी और कभी घर से बाहर नहीं निकलती थी। यहाँ तक कि वह नन हो जाना चाहती थी। उस समय हर कोई सिर्फ़ एक ही बात करता था - उन युवा प्रेमियों की दुखद नियति की जिनको मौत ने अलग कर दिया था। वह लड़का अपने सरल स्वभाव और आकर्षक, सौम्य व्यवहार के लिए जाना जाता था, वहीं वह जो उसके जाने के बाद सांत्वना से परे विलाप कर रही थी उस नगर की सबसे सुंदर लड़की मानी जाती थी।पूरा एक साल लग गया जब उसका परिवार उसको लोगों से मिलने-जुलने को तैयार कर सका। उसके बरताव से, उसके चेहरे की उदासी और सौम्य मुस्कराहट से हर कोई

प्रभावित रहता था – ख़ासतौर से पुरुष। उसका प्रेम-पात्र बनना, उसको उसके दिमाग़ पर छाई क्षति से उबारना, उसको उसका जीवन, उसका यौवन वापस लौटाना, उन सबका सपना हुआ करता था।

लेकिन वह अपने शोक से चिपकी हुई थी। इस क़िस्म की दुर्भावनापूर्ण अफ़वाहें फैलने लगीं कि अपनी सारी भलमनसाहत और विनम्रता के वावजूद वह निश्चय ही अपने उस विषाद को लेकर एक ख़ास क़िस्म के अहंकार से भरी हुई थी, क्योंकि वह जानती थी कि वह विषाद लोगों के मन में प्रेम और सराहना के भाव जगाता था। लेकिन ये व्यर्थ की बातें थीं, जो ईर्ष्या और असंतोष से प्रेरित थीं। यह बात कि उसकी भावनाएँ सच्ची थीं उस वक़्त साबित हो गई जब कुछ ही महीनों के भीतर उसने पर्याप्त सुपात्र नौजवानों की ओर से आए विवाह के चार-पाँच प्रस्तावों को ठुकरा दिया।

लेकिन इस त्रासदी के दो साल बाद, जिस दौरान मना कर दिए जाने के भय से किसी ने भी उसके सामने ख़ुद को प्रस्तावित करने का साहस नहीं किया, जब डॉ. फ्रांसिस्को चीमा ने उसके सामने शादी का प्रस्ताव रखा, तो उसको तुरंत स्वीकार कर लिया गया।

लेकिन इस शुरुआती अचम्भे के बाद हर किसी ने उसकी इस फ़तह की कैफ़ियत देनी शुरू कर दी : उसने इसलिए हाँ कर दी क्योंकि डॉक्टर युवा नहीं रह गया था, और कोई भी ऐसा नहीं सोचेगा कि उसने उससे प्रेम के चलते, सच्चे प्रेम के चलते विवाह किया; उसने इसलिए हाँ कर दी क्योंकि एक अक़्लमंद इंसान होने के नाते वह उससे किसी नौजवान की भाँति प्रेम किए जाने की उम्मीद नहीं करेगा और अगर वह उसके प्रति लगाव रखेगी, उसके प्रति सम्मान और कृतज्ञता के भाव से पेश आएगी, तो वह इतने मात्र से संतुष्ट हो जाएगा।

उसको जल्दी ही समझ में आ गया कि ये बातें कितनी सही थीं और इससे उसको चोट पहुँची। उसको लगातार इस बात का ध्यान रखना पड़ता था कि उसके मुँह से कोई ऐसी बात न निकल जाए जिससे उसका अंदरूनी दुख ज़ाहिर हो जाए। अपने आपको नौजवान महसूस करना और उससे मिल रहे सम्मान को खो देने के भय से प्रेम के अपने आवेग को व्यक्त न कर पाना एक यातना थी।

वह केवल एक स्त्री के लिए नौजवान रहा था : अपनी बूढ़ी माँ के लिए जो तीन साल पहले मर चुकी थी। वह होती तो इस ख़ूबसूरत सुबह के आनंद

में उसके साथ साझा किया होता, और पल भर भी सोच-विचार किए बग़ैर वह उसको लेने दौड़ गया होता। वह पवित्रात्मा बूढ़ी स्त्री! वह अपने हाथ में जपमाला लिए, उसके तमाम मरीजों के लिए प्रार्थना करती एक कोने में बैठी मिलतीं। उस पहाड़ी रास्ते पर चढ़ता हुआ डॉ. चीमा अपना सिर हिलाता हुआ उत्साह से भर कर मुस्कराया। उसके मरीजों के लिए प्रार्थना करती हुई उसकी संत जैसी बूढ़ी माँ उसमें या उसके प्रशिक्षण में बहुत कम विश्वास रखती थी। मज़ाक़-मज़ाक़ में एक बार उसने उस पर इस बात का आरोप लगाया था और उसने पलटकर तुरंत जवाब दिया था कि वह उसके मरीजों के लिए प्रार्थना नहीं कर रही थी बल्कि ईश्वर से महज़ इतना अनुरोध कर रही थी कि वह मरीजों की देखभाल में उसके बेटे की मदद करे!

"तो तुम्हारा ख़याल है कि ईश्वर की मदद के बिना..." उसने कहना शुरू किया लेकिन उसने उसकी बात पूरी नहीं होने दी।

"तुम क्या कह रहे हो? ईश्वर की ज़रूरत तो हमें हर वक़्त पड़ती है, मेरे बच्चे!"

इसलिए वह सुबह से लेकर शाम तक प्रार्थना करती रहती। वह हमेशा कामना करता था कि उसके थोड़े-से मरीज होते ताकि उसकी माँ को बहुत ज़्यादा न थकना पड़ता। उसकी मुस्कराहट लौट आई। माँ को याद करते हुए उसके विचारों ने स्वप्न की-सी हवाई वास्तविकता की शक्ल ले ली, और उस दिन का सम्मोहन वापस लौट आया।

सहसा उसके विचार-प्रवाह में उस नए माली के कारण बाधा पड़ी जो घास के एक टुकड़े की निराई कर रहा था।

"मैं यहाँ हूँ, डॉक्टर महाशय। क्या आप मुझे काफ़ी देर से ढूँढ़ रहे हैं?"

"मैं? नहीं, दरअसल..."

"वह तैयार है - तैयार है और सुबह आठ बजे से ही इंतज़ार में है," माली ने आगे आते हुए कहा। उसकी टोपी उसके हाथ में थी और उसके माथे पर पसीने की बूँदें चमक रही थीं। "अगर आप उसको देखना चाहते हों, तो वह मंडप में रखी हुई है। हम अभी वहाँ जा सकते हैं।"

"क्या चीज़ देखने?" डॉक्टर ने रुकते हुए पूछा। "मैं नहीं जानता..."

"लेकिन, डॉक्टर महाशय - मैं फूलों के हार की बात कर रहा था।"

"फूलों का हार?"

माली ने उसकी ओर देखा। उसके चेहरे पर आश्चर्य का भाव था।

"माफ़ कीजिए, लेकिन क्या आज बारह तारीख़ नहीं है?"

"हाँ, तो?"

"कल आपने अपनी नौकरानी को आज के लिए फूलों के हार का ऑर्डर देने भेजा था। याद आया?"

"मैंने? बारह तारीख़ के लिए? अरे, हाँ, हाँ," डॉक्टर ने याद करने का दिखावा करते हुए कहा। "मैंने... हाँ, बेशक मैंने नौकरानी को भेजा था।"

"वायलेट और गुलाब, आपको याद आया?" डॉक्टर के भुलक्कड़पन पर माली ने मुस्कराते हुए कहा। "वह सुबह आठ बजे से ही तैयार रखा हुआ है। चलिए और देख लीजिए।"

क़िस्मत से माली आगे चल रहा था, इसलिए वह फ़्रांसिस्को चीमा के चेहरे पर आए आकस्मिक बदलाव के प्रति बेख़बर था जो उदास, घबराया हुआ और परेशान उसके पीछे चला जा रहा था।

फूलों का हार? निश्चय ही उसकी बीवी ने फूलों के हार का गुपचुप ऑर्डर दिया होगा। बारह तारीख़, हाँ - उस लड़के की मृत्यु की बरसी। तीन साल बीत जाने के बाद भी ऐसा शोक? वह गुपचुप फूलों का हार भेजना चाहती थी, तब भी जबकि अब वह उससे विवाह कर चुकी थी! वह जो इतनी भीरू, इतनी संकोची थी, फिर भी इतनी दुस्साहसी! इसका मतलब था वह अभी भी उस लड़के से प्रेम करती थी! क्या वह पूरी ज़िंदगी उसकी याद को अपने सीने से चिपकाए रहेगी? फिर उसने उससे विवाह ही क्यों किया? आख़िर क्यों, अगर उसका दिल अभी भी उस मृत लड़के में बसा हुआ था और हमेशा बसा रहने वाला था? क्यों? क्यों? क्यों?

चलते हुए वह मन ही मन भुनभुनाता रहा। वह उस फूलों के हार को देखना चाहता था, हाँ, इसके पहले कि वह इस बात पर विश्वास करना चाहता कि उसकी बीवी इस तरह का कपट करने, इस तरह का छल करने में सक्षम थी, वह उस हार को अपनी आँखों से देखना चाहता था।

जब उसने दीवार से सटी एक लोहे की मेज़ पर उसे रखा देखा, तो उसे लगा जैसे वह उसी के लिए था और वह देर तक उसको टकटकी लगाए देखता रहा।

माली ने, अपनी तरह से, उसकी ख़ामोशी को ग़लत समझते हुए सराहना की तरह लिया।

"सुंदर, है न? ये सब ताज़ा गुलाब और वायलेट हैं जो भोर में चुने गए थे। एक सौ लीरे, डॉक्टर। आप जानते हैं कि इन छोटे-छोटे वायलेट को एक-एक कर गूँथना कितना बड़ा काम है? और गुलाब। जाड़ों में वे दुर्लभ हो जाते हैं, और जैसे ही वह मौसम आता है हर किसी को उनकी ज़रूरत होती है। क़ायदे से ये एक सौ बीस के हैं।"

डॉक्टर ने बोलने की कोशिश की, लेकिन आवाज़ उसका साथ छोड़ चुकी थी। उसके होंठ एक करुण मुस्कराहट में खुल गए और अंततः वह किसी तरह बोलने में कामयाब हुआ : "मैं तुम्हें इनका भुगतान करूँगा। एक सौ लीरे - बहुत कम हैं। गुलाब और वायलेट, हाँ। ये रहे एक सौ बीस।"

"शुक्रिया, डॉक्टर महाशय," माली ने फुर्ती से पैसे लेते हुए कहा। "मेरा ख़याल है, ये इतने के लायक़ ही हैं।"

"इसे यहीं रखा रहने दो," डॉक्टर ने अपना बटुआ वापस अपनी जेब में रखते हुए कहा। "अगर नौकरानी आए तो उसको मत देना, मैं ख़ुद ही इसको लेने वापस आऊँगा।"

वह मंडप से निकला और घुमावदार रास्ते से नीचे उतरने लगा। जैसे ही वह अकेला और अदृश्य हुआ, वह रुका और उसने अपनी मुट्ठियाँ भींच लीं। उसका चेहरा रोनी-सी हँसी में सिकुड़ गया। "और मैं हूँ जिसने इसके लिए भुगतान किया है!"

अब उसे क्या करना चाहिए? क्या वह अपनी बीवी को उसके पिता के घर वापस ले जाए, ज़ाहिर है उसको तक़लीफ़ पहुँचाने वाली कोई भी बात कहे बग़ैर? वह इसी लायक़ थी। बेहतर होगा कि वह चली जाए और दूर बैठी उस मृत लड़के के लिए रोए, एक ऐसे आदमी के दिल के साथ नाजायज़ खिलवाड़ किए बग़ैर जिसके प्रति उसका कम से इतना कर्त्तव्य तो था ही कि वह उसकी इज़्ज़त करती। न प्यार न इज़्ज़त? उसने नौजवानों से शादी करने से इंकार कर उसको इसलिए स्वीकार किया था क्योंकि वह उसके लिए बूढ़ा लगता था, और उसे यक़ीन था कि वह उसका प्यार हासिल करने का ख़्वाब नहीं देखेगा। अपनी खिचड़ी दाढ़ी के साथ वह ख़ुद को निगलते दुख के प्रति अपनी एक आँख, बल्कि दोनों आँखें बंद कर लेगा। एक बूढ़ा आदमी किसी चीज़ पर आपत्ति नहीं कर सकता। इसीलिए उसने गुप्त ढंग से वह फूलों

का हार भेजने की योजना बनाई। अब जबकि वह विवाहित थी, कम से कम उसको ख़ुद ही वहाँ जाना ठीक नहीं लगा। तब भी, उसका पति उसकी नज़रों में कितना ही बूढ़ा क्यों न हो, यह चीज़ मर्यादाओं का नाजायज़ उल्लंघन था। उसने अपने अमर प्रेम के सबूत के तौर पर फूलों के हार का ऑर्डर देने नौकरानी को भेज दिया, और इसके बाद नौकरानी उस हार को लड़के की क़ब्र पर ले जाती।

उस लड़के की मौत कितनी ग़ैर-मुनासिब रही थी! अगर वह जीवित रहा होता, अगर वह बड़ा होकर एक मर्द बन सका होता और ज़िंदगी के तमाम छोटे-छोटे छल-प्रपंचों से परिचित हो सका होता और उसने अपनी प्रिय और उसको प्रेम करने वाली लड़की के साथ विवाह कर लिया होता, तो उस लड़की को बहुत जल्द ही यह बात पता चल जाती कि अठारह की उम्र में किसी खिड़की के रास्ते प्रेम करना एक बात है और शुरुआती जोश के ठंडा पड़ जाने के बाद जब रोज़मर्रा ज़िंदगी की एकरसता झगड़ों की ओर ले जाती है तब कठोर, दैनंदिन वास्तविकता का सामना करना बिलकुल दूसरी बात है। यही वह मुकाम होता होता है जब नौजवान पति ऊबने लगता है और अपनी बीवी के प्रति बेवफ़ाई के बारे में सोचने लगता है। आह, काश कि उसे उस नौजवान के साथ रह कर यह तजुरबा हो सका होता, बजाय, शायद, इस 'बूढ़े'...

उसने इतनी सख़्ती के साथ अपनी मुट्ठियाँ भीचीं कि उसके नाख़ून उसकी हथेलियों में चुभने लगे। अपने सफ़ेद, काँपते हाथों की ओर देखकर उसने अपने आप को संभाला। पहला झटका बीत चुका था। वह घूरता हुआ वहाँ खड़ा रहा; फिर दूर पड़ी एक बेंच को देखकर वह रूखे मन से उसकी ओर गया और बैठ गया।

आख़िरकार क्या यह 'बूढ़ा' आदमी किसी नौजवान ख़ून की तरह आचरण करने का इरादा नहीं कर रहा था - एक तमाशा खड़ा करने का, एक मुश्किल परिस्थिति पैदा करने का? और जिन लोगों ने इस औरत के द्वारा उसको स्वीकार किए जाने को लेकर तमाम तरह के तर्क गढ़े थे, वे लोग क्या कहेंगे? - "कितनी शर्म की बात है! किस बात के लिए? फूलों का एक हार? क्यों नहीं? वो तो हर साल बारह तारीख़ को क़ब्रिस्तान में फूलों का हार भेजती थी, लेकिन यह नया माली इस बात को नहीं जानता था। इस साल भी उसको याद रहा, स्वाभाविक ही, इसलिए कि डॉक्टर में ऐसा कुछ

करने की क़ूवत ही नहीं थी कि वह उसको भुला पाती। बेशक यह स्त्री की ग़लती थी, लेकिन दिल के मामले में कोई तर्क काम नहीं करता। वैसे भी वह लड़का तो अब मर चुका है!"

यही नतीजा निकलेगा।

तब उसको क्या करना चाहिए? जो हो रहा है होने दे? बहाना करे कि उसको इस बारे में कुछ भी पता नहीं है? वापस माली के पास जाए और उससे कहे कि वह फूलों का वह हार नौकरानी को दे दे, वही फूलों का हार जिसको उसने वहाँ इस इरादे से रखना चाहा था ताकि वह बीवी के साथ तकरार कर सकता?

नहीं। यह नहीं। तब उसे उस आदमी से पैसे वापस लेने होंगे और उसको अपने विश्वास में लेना होगा।

तब फिर? घर वापस जाए और व्यर्थ की कैफ़ियतें माँगे? अपनी बीवी का उसके बेचारगी भरे बहानों के साथ सामना करे? उसको सज़ा दे? यह सब कितना घिनौना था! कितना अप्रिय था!

मसला गंभीर था, और वह गहरे उतर गया था - गंभीर इसलिए कि अगर उसके प्रति उसकी बीवी की सच्ची भावनाएँ उजागर हो जाती हैं तो यह एक उपहासजनक स्थिति पैदा करेगा। उसे अपने ऊपर नियंत्रण करना चाहिए और इस बात को समझना चाहिए कि जब हर कोई तुम्हें परिपक्व समझने लगा था, विवाह के लगभग नाक़ाबिल समझने लगा था, तब अपने आपको नौजवान महसूस करके तुमने ठीक नहीं किया था। एक नौजवान आदमी को इस तरह का बखेड़ा खड़ा करना शोभा दे सकता था, लेकिन इस उम्र में उसे अपनी बीवी का सम्मान-भाव जीतने के लिए कोई दूसरा तरीक़ा निकालना चाहिए।

वह पूरी तरह शांत चित्त होकर खड़ा हो गया, हालाँकि उदासी का एक अहसास अभी भी बना हुआ था।

परिंदों की प्रसन्न चहचहाहट जारी थी, लेकिन पल भर पहले जो जादू था वह अब कहाँ था?

फ़्रांसिस्को चीमा उद्यान से निकलकर घर की ओर चल पड़ा। जब वह अपने ही दरवाज़े पर पहुँचा तो उसकी शांति ग़ायब हो गई। सहसा हाँफता हुआ वह सोचने लगा कि अपने इन काँपते हुए पैरों से वह सीढ़ियाँ कैसे

चढ़ता रहा था। एक बार फिर अपनी बीवी को देखने का ख़याल... वह आज अन्य दिनों के मुक़ाबले ज़्यादा उदासी महसूस कर रही होगी, पर वह शायद जानती होगी कि अपने दुख को किस तरह छिपा कर रखा जाए। वह उसको प्यार करता था - आह वह उसको किस क़दर प्यार करता था! और अपने अंतरतम की गहराई में वह जानता था कि वह इस प्यार के क़ाबिल थी क्योंकि वह भली थी, उतनी ही भली जितनी भलाई उसके नाज़ुक नाक-नक़्श की परिपूर्णता से, और उसकी मख़मली काली आँखों की गहराई, उसके ख़ूबसूरत चेहरे के पीलेपन से झलकती थी।

नौकरानी ने दरवाज़ा खोला। उसको देखकर वह क्षुब्ध हो उठा, क्योंकि यह बूढ़ी औरत उस रहस्य में साझा करती थी। वह एक तरह से उसके अपराध में भागीदार थी। उसने उसकी बीवी के माँ-बाप के यहाँ कई सालों तक नौकरी की थी और अब वह उसकी बीवी के प्रति समर्पित थी, इसलिए उसका ख़ामोश रहना लाज़िमी ही था। निश्चय ही वह इस बात का आकलन करने में, यहाँ तक कि इस बात को समझने में सक्षम नहीं थी कि वह क्या करने जा रहा था। वैसे भी वह एक बाहरी व्यक्ति थी। वह इस मामले को अपनी पत्नी और अपने बीच तक सीमित रखना चाहता था।

वह सीधा उसके कमरे में गया और उसको आईने के सामने बाल सँवारते हुए पाया। उसकी निगाह उसके उठे हुए हाथों के बीच उसके चेहरे पर पड़ी जिसमें उसको इस वक़्त घर पर देखने से जगा आश्चर्य प्रतिबिंबित हो रहा था।

"मैं वापस आ गया," उसने कहा, "तुम्हें अपने साथ बाहर ले जाने के लिए।"

"अभी?" अपने हाथों को नीचे किए बग़ैर मुड़ते हुए उसने पूछा। उसके चेहरे पर हल्की-सी मुस्कराहट थी, और उसके सिर पर रेशमी काले बालों का ढीला-सा सुंदर अंबार लगा हुआ था।

उसकी फीकी-सी मुस्कराहट ने उसको रुला देने की हद तक विचलित कर दिया। उसे लगा कि उस मुस्कराहट में उसको लेकर, उसके प्रेम को लेकर, और स्वयं उसके अपने दुख को लेकर, गहन दया का भाव था।

"हाँ, अभी," उसने जवाब दिया। "बाहर बहुत सुंदर लग रहा है। जल्दी करो। हम छोटे उद्यान में चलेंगे, फिर और आगे गाँव तक जाएँगे। हम कोई गाड़ी ले लेंगे।"

"क्यों?" उसने लगभग अनजाने ही पूछा। "आज क्यों?"

इस सवाल पर उसे लगा कि उसके चेहरे का भाव उसकी अंदरूनी हालत को उजागर कर देगा। अपनी आवाज़ को शांत रखने में ही उसको ख़ासा संघर्ष करना पड़ रहा था।

"क्या तुम आज नहीं जाना चाहोगी?" उसने कहा। "तुम्हें अच्छा लगेगा। जल्दी करो! मैं चाहता हूँ कि तुम मेरे साथ चलो।" वह दरवाज़े तक गया और मुड़ा। "मैं ऑफ़िस में तुम्हारा इंतज़ार कर रहा हूँ।"

थोड़ी ही देर में वह तैयार हो गई। उसने आज क्यों? वाला कमज़ोर-सा विरोध एक तरफ़ रख दिया था। आज भी, उस उदासी के बावजूद जो वह महसूस कर रही होगी, उसने उसकी आज्ञा मानी थी और वह उसके साथ उसकी मर्ज़ी के मुताबिक़ गाँव के सफ़र पर जाने को तैयार हो गई थी।

वे बाहर निकल आए और कुछ देर शहर में पैदल चलते रहे; फिर उसने एक बग्घी कर ली और ड्राइवर को छोटे उद्यान में रोकने को कहा। वह बीवी को कोमल तरीक़े से पल भर वहीं इंतज़ार करने को कहकर अकेला ही ऊपर चला गया।

हाथ में फूलों का हार लिए माली के आगे-आगे उसको आता देख घबराई हुई वह लगभग चक्कर-सा खा गई। लेकिन उसने उसकी ओर देखकर उसका साहस बढ़ाया।

"क़ब्रिस्तान चलो!" उछलकर गाड़ी में सवार होते हुए उसने ड्राइवर से कहा।

जैसे ही गाड़ी आगे बढ़ी, वह फूट-फूट कर रो पड़ी और उसने अपना चेहरा अपने रूमाल से ढँक लिया।

"रोओ मत," उसने कोमल स्वर में कहा। "मैं इसके बारे में न तो घर में बात करना चाहता था और न अभी कुछ भी कहना चाहता हूँ। प्लीज़ रोओ मत। यह संयोग से हो गया है। मैं सैर करने उद्यान में गया हुआ था, और माली ने यह सोचकर कि मैंने फूलों के इस हार का ऑर्डर दिया था, इसका ज़िक्र कर दिया। अब और मत रोओ। हम वहाँ एक साथ जाएँगे और इसको वहा रख देंगे।"

क़ब्रिस्तान के द्वार पर गाड़ी के रुकने तक वह अपनी आँखों को रूमाल से ढँके रही।

उसने गाड़ी से उतरने में उसकी मदद की, फिर फूलों के हार को उठाया और उसके साथ अंदर चला गया।

"आओ," उसने कहा और बाईं ओर मुड़ने वाला पहला रास्ता पकड़ते हुए वह क़तारबद्ध क़ब्रों को एक-एक कर देखता हुआ आगे बढ़ चला।

वह रास्ते के समानांतर अंतिम से पहले वाली क़ब्र थी। क़ब्र के पायताने फूलों के हार को रखने के लिए उसने अपना टोप उतारकर हाथ में ले लिया, फिर चुपचाप कुछ क़दम पीछे हट गया ताकि वह प्रार्थना कर सके। लेकिन वह अपनी जगह पर खड़ी रही, ख़ामोश, रूमाल को अब भी अपनी आँखों पर दबाए हुए। उस मृत लड़के के प्रति उसके दिमाग़ में कोई ख़याल नहीं था, उसके लिए उसकी आँख में एक भी आँसू नहीं था। खोई हुई-सी वह सहसा मुड़ी और अपने पति की ओर देखने लगी, ऐसी निगाहों से जैसे उसने पहले कभी नहीं देखा था।

"मुझे माफ़ कर दो! मुझे माफ़ कर दो, फ़्रांसिस्को! मुझे घर ले चलो," वह उसके हाथ से लिपटकर रोने लगी।

स्थानांतरित सिर

टॉमस मान (जर्मनी)

1

क्षत्रिय वर्ण के चरवाहे सुमंत्र की सुंदर नितंबों वाली बेटी सीता और उसके दो पतियों (अगर ऐसा कहा जा सके तो) की यह कहानी इस क़दर ख़ून-ख़राबे से भरी हुई, इस क़दर रोंगटे खड़ी कर देने वाली है, कि यह सुनने वाले से दिमाग़ी कूवत और माया के भयावह छल का सामना करने की सामर्थ्य की बहुत बड़ी माँग करती है। श्रोता के लिए यह अच्छा होगा कि वह यह क़िस्सा कहने वाले की हिम्मत का अनुसरण करे, क्योंकि असल में यह क़िस्सा सुने जाने से कहीं ज़्यादा सुनाए जाने की हिम्मत की माँग करता है। लेकिन अब वह ये रहा, शुरू से आख़िर तक, जैसाकि वह घटित हुआ था :

उस ज़माने में जब जिस तरह बलि का पात्र नीचे से ऊपर तक मदिरा या रक्त से भरता जाता है उसी तरह स्मृति ने मनुष्य के दिमाग़ में अपनी जगह बनाई थी; जब कठोर पितृसत्तात्मक धर्मनिष्ठता का गर्भ आदिम अतीत के बीज के लिए खुला था, प्राचीन छवियों में मातृशक्ति के प्रति अतीत-मोह नूतन सिहरनों के साथ पुनर्प्रतिष्ठित हो रहा था और विश्व-परिचारिका के तीर्थ-स्थलों पर वसंत के मौसम में तीर्थयात्रियों का जमावड़ा बढ़ रहा था; एक ऐसे समय में दो नौजवानों ने दोस्ती की शपथ ली। वे दोनों उम्र और जाति में थोड़े-से अलग थे लेकिन अपनी क़द-काठी में एक दूसरे से एकदम भिन्न थे। दोनों में जो छोटा था उसका नाम था नंद और जो कुछ बड़ा था उसका नाम था श्रीदमन। पहला अठारह बरस का था, और दूसरा इक्कीस का हो चुका था; निश्चित समय पर दोनों का जनेऊ-संस्कार हो चुका था और वे द्विजों की मंडली में शामिल हो चुके थे। उनके घर गोमंगल गाँव में थे, जो

अतीत में कभी कोसल की भूमि पर वहाँ बसे देवताओं के नाम पर बसाया गया था। वह कैक्टस की मेंड़ और लकड़ी की दीवार से घिरा हुआ था; चार दिशाओं की ओर खुलते उसके द्वारों को वाग्देवी से अंतरंगता रखने वाले एक यायावर वृद्ध - जो एक भी अपशब्द का उच्चारण नहीं करता था, और जिसके भोजन की व्यवस्था गाँव के लोग किया करते थे - का आशीर्वाद प्राप्त था कि उसकी चौखटों से मधु टपका करेगी।

इन दोनों नौजवानों की दोस्ती उनकी मैं-और मेरी-भावनाएँ की विविधता पर आधारित थी, जहाँ एक की भावनाएँ दूसरे की भावनाओं के प्रति उत्कंठित थीं। समावेश अलगाव की ओर ले जाता है, अलगाव भेद की ओर, भेद तुलनाओं की ओर ले जाता है, तुलनाएँ बेचैनी जगाती हैं, बेचैनी विस्मय को जगाती है, विस्मय सराहना की ओर प्रवृत्त होता है; और अंततः सराहना पारस्परिक आदान-प्रदान और एकता की आकांक्षा में बदल जाती है। एतद् वै तद्। यह वह है। यह सिद्धांत ख़ासतौर से युवावस्था पर लागू होता है, जब जीवन की मिट्टी में अभी लोच होता है और मैं-और मेरी-भावनाएँ इकहरे व्यक्तित्व के द्वंद्वों में सख़्त नहीं हो गई होती हैं।

नौजवान श्रीदमन व्यापारी था, और व्यापारी का बेटा था; दूसरी ओर, नंद लुहार और चरवाहा था, क्योंकि उसका पिता गर्ग न सिर्फ़ चारागाह और गोशाला में गायें पालता था, बल्कि हथौड़ा भी चलाता था और भट्ठी भी सुलगाता था। जहाँ तक श्रीदमन के पिता का सवाल था, जिसका नाम भवभूति था, वह उन ब्राह्मणों का वंशज था जो वेदों के जानकार हुआ करते थे, जिनसे गर्ग और उसके बेटे का दूर का रिश्ता नहीं था। तब भी वे शूद्र नहीं थे, और हालाँकि उनकी नाक कुछ-कुछ बकरी जैसी थी, वे साफ़ तौर पर मानव समाज के सदस्य थे। जो भी हो, श्रीदमन के लिए, यहाँ तक कि भवभूति के लिए भी, ब्राह्मणों की जीवन-शैली अब एक स्मृति भर रह गई थी, क्योंकि भवभूति के पिता ने उस जीवन-शैली को अपने गृहस्थ आश्रम में, जोकि विद्यार्थी जीवन के बाद आता है, ही जानबूझकर त्याग दिया था, और वह अपने जीवन के अंत तक कभी न वानप्रस्थ में गया था न संन्यासी हुआ था। उसको वेदों के ज्ञान के लिए उसका सम्मान करने वाले धर्मात्माओं से मिलने वाली दक्षिणा पर पलने से नफ़रत थी, शायद वह उससे संतुष्ट भी नहीं था, क्योंकि उसने मलमल, रेशम और सूती वस्त्र, कपूर और चंदन का व्यवसाय डाल लिया था। उसका बेटा भी, जो हालाँकि देवताओं की सेवा के लिए जन्मा था, गोमंगल

गाँव का बनिया बन गया, और भवभूति का बेटा श्रीदमन भी, एक गुरु के अधीन कुछ बरस व्याकरण और ज्योतिष और तत्त्वमीमांसा की पढ़ाई करने के बाद, अंततः अपने पिता के पदचिह्नों पर चलने लगा।

गर्ग के बेटे नंद का मामला अलग था। उसका कर्म भिन्न प्रकार का था; और दिमाग़ी चीज़ों के साथ उसका कभी कोई ताल्लुक नहीं रहा था, न तो परंपरा से और न ही उत्तराधिकार के तौर पर। नहीं, वह महज़ वही था जो वह था, जनसमाज की संतान, सरल और ज़िंदादिल, कृष्ण का अवतार, काली त्वचा और काले बाल; यहाँ तक कि उसकी छाती पर 'मांगलिक-बछड़े' का निशान भी था। लोहारगिरी के काम ने उसकी भुजाओं को मज़बूत बना दिया था; इसके अलावा चरवाहा होने का भी अतिरिक्त फ़ायदा था, क्योंकि इससे उसकी देहयष्टि सुडौल हो गई थी, जिसपर वह सरसों की मालिश किया करता था और जिसको वह सोने के आभूषणों तथा फूलों की मालाओं से सजाए रखता था। उसके इस शरीर और ख़ुशनुमा चेहरे के बीच एक सामंजस्य था, बावजूद इसके कि उसके होंठ मोटे थे और नाक बकरी जैसी थी; यहाँ तक कि ये चीज़ें भी अपनी तरह से आकर्षक थीं, और उसकी काली आँखों से हमेशा हँसी झाँकती रहती थी।

श्रीदमन को यह सब अपनी तुलना में बहुत अच्छा लगता था। वह अपने सिर और अंगों से कई दर्ज़ा हल्का था, और उसका चेहरा अन्यथा कुछ ज़्यादा ही सौम्य था। उसकी नाक की नोक किसी धार की तरह पतली थी; उसकी आँखों की पुतलियाँ और पलकें कोमल थीं, और उसके गालों पर एक कोमल पंखेनुमा दाढ़ी थी। कोमल ही उसके अंग भी थे। उसका शरीर चरवाहे और लोहार की कसरत से गढ़ा गया नहीं था, बल्कि वह ब्राह्मणोचित था, साथ ही साथ लिपिकनुमा भी, कोमल, संकुचित छाती और हल्का-सा उभरा हुए उदर, लेकिन बाक़ी उसमें कोई दोष नहीं था। उसके घुटनों के जोड़ और पैर सुडौल थे। वह एक ऐसा शरीर था जो किसी अभिजात्य और ज्ञानी मस्तिष्क से जुड़ा होने और उसका अनुषंग होने के योग्य था, जबकि समूचे नंद में, एक तरह से कहें तो, शरीर ही प्रधान था, और सिर महज़ एक ख़ुशनुमा अनुषंग था। कुल मिलाकर दोनों शिव के दोहरे अवतार की तरह थे, जो कभी देवी के चरणों में जटाजूटधारी संन्यासी के रूप में मृतक की भाँति पड़े रहते हैं, और कभी तने हुए, यौवन की बहार लिए जब देवी की ओर मुड़ते हैं तो अपने तरुण अंगों को फैला देते हैं।

लेकिन अंततः तो वे वह शिव नहीं थे, जोकि जीवन भी हैं और मृत्यु भी हैं, जो जगत भी हैं और मातृशक्ति में निहित सनातनता भी हैं। वे तो यहाँ इस धरती पर दो सत्ताओं के रूप में प्रकट थे; इस तरह वे एक दूसरे के लिए प्रतिबिंबों की तरह थे। प्रत्येक की मेरी-भावना ख़ुद से तंग आ चुकी थी, और हालाँकि दोनों ही इस बात के प्रति सजग थे कि हर चीज़ अपने अभाव से निर्मित होती है, वे अपने इन भेदों के चलते एक दूसरे के प्रति गहरे कौतुहल से भरे हुए थे। नाज़ुक होंठों और कोमल दाढ़ी वाले श्रीदमन को मोटे होंठों वाले नंद की खुरदरी आदिम कृष्ण-प्रकृति में आनंद मिलता था; जबकि नंद इससे हालाँकि आंशिक रूप से प्रसन्न रहता था, लेकिन क्योंकि वह श्रीदमन के उजले रूपरंग से, उसके अभिजात्य मस्तिष्क और सही उच्चारण से प्रभावित था, जोकि निश्चय ही शुरू से ही प्रज्ञा और दर्शन से अविभाज्य रूप से जुड़ी हुई चीज़ें थीं, वह आंशिक तौर पर बल्कि उससे भी ज़्यादा श्रीदमन के साथ संवाद से बढ़कर और दूसरी कोई चीज़ नहीं समझता था; इस तरह उनके बीच गहरी मित्रता स्थापित हो गई थी। निश्चय ही एक के दूसरे के प्रति इस झुकाव में कुछ विनोदभाव भी निहित था; नंद अकेले में श्रीदमन के थुलथुलपन और गोरेपन का, उसकी नुकीली नाक और ज़रूरत से ज़्यादा शुद्ध जुबान का मज़ाक़ उड़ाया करता था। दूसरी तरफ़, श्रीदमन नंद की बकरीनुमा नाक और खुरदरी सरलता पर मन ही मन हँसता था। इस तरह की गोपनीय निंदा आपसी तुलना से पैदा होने वाली असहजता का सामान्य लक्षण है; यह मैं-और मेरी-भावनाएँ की देन है और समान रूप से जन्मने की आकांक्षा करती माया के साथ कम हिंसा नहीं करता।

2

बहरहाल, तब, हुआ ये कि वसंत के सुहावने मौसम में, जब वातावरण में पक्षियों के गीत गूँज रहे थे, नंद और श्रीदमन अपने-अपने प्रयोजन से गाँवों की पैदल यात्रा पर निकले। नंद को उसके पिता गर्ग ने काला अयस्क ख़रीदकर लाने का काम सौंपा था जो उसको उन सीधे-सादे आदिवासियों से ख़रीदना था जो अपनी कमर को महज़ सरकंडों से ढँका करते थे, और जो धातु गलाने के काम में बहुत दक्ष थे और जिनसे बात करने का ढंग नंद को

आता था। ये आदिवासी इन दोस्तों के गाँव से कुछ दिनों की दूरी पर, उस कुरुक्षेत्र नगर के क़रीब रहते थे जो यमुना नदी के किनारे सघन आबादी वाले इंद्रप्रस्थ से कुछ-कुछ उत्तर में था। यहाँ श्रीदमन को अपने एक व्यापारी दोस्त से काम था, जो ख़ुद भी एक ब्राह्मण था और जो गृहस्थ के स्तर से आगे नहीं जा सका था। इस आदमी से श्रीदमन को अधिकतम मुनाफ़े के साथ उसके गाँव की औरतों द्वारा बुने गए कुछ उत्तम क़िस्म के रंगीन वस्त्रों के बदले धान कूटने के कुछ मूसल और एक ख़ास तह का उपयोगी क़िस्म का जलावन ख़रीदना था, जिसकी गोमंगल में ज़रूरत थी।

वे आबाद राजमार्गों पर और जंगलों और उजाड़ों से होते हुए डेढ़ दिन तक यात्रा करते रहे, अपनी-अपनी पीठों पर सामान लादे हुए : नंद की पीठ पर एक बक्सा था जिसमें सुपारियाँ, कौड़ियाँ, और लाल आल्ता भरा हुआ था, जिसके बदले में वह आदिवासियों से अयस्क ख़रीदने का इरादा रखता था; श्रीदमन की पीठ पर हिरण की खाल में लिपटे हुए कपड़े थे। नंद दोस्ती की भावना से जब तब अपने दोस्त का बोझा भी ढो लेता था।

अब वे एक स्नान-स्थल पर पहुँचे, जो सर्वव्यापी जगत्जननी काली, जोकि विष्णु की स्वप्न-मादकता हैं, का पवित्र-स्थल माना जाता था। वह स्वर्णमक्षिका नदी पर स्थित था, जो पर्वत के गर्भ से निकल कर किसी खुले हुए बछड़े की भाँति भागती हुई एक पवित्र स्थल पर धीमी गति धारण कर उस यमुना नदी से मिल जाता थी जो बहकर उससे भी ज़्यादा पवित्र स्थल पर शाश्वत गंगा में मिल जाती थी। लेकिन गंगा अपनी अनेक प्रशाखाओं के साथ बहती हुई समुद्र में मिल जाती थी। अत्यंत प्रसिद्धि-प्राप्त स्नान स्थल, जो सारे पापों को धो देने वाले हैं, जहाँ से जीवन के जल को खींच कर और उसके आँचल में डुबकी लगाकर व्यक्ति पुनर्जन्म पा सकता है - ऐसे बहुत से स्थल गंगा के तटों और मुहानों पर, और पार्थिव आकाश गंगा से युक्त अन्य नदियों के संगमों पर स्थित हैं, जैसे कि उस स्थल पर जहाँ बर्फ़ की नन्हीं बेटी स्वर्णमक्षिका यमुना से मिलती है।

संक्षेप में यह कि इस तरह के तीर्थ और पवित्र स्थल इस इलाक़े में हर कहीं प्रचुर मात्रा में पाए जाते हैं, जो यज्ञ और धार्मिक समागमों के लिए उपयुक्त हैं। वहाँ पर पवित्र सीढ़ियाँ हैं, ताकि धर्मपरायण लोगों को अधार्मिक और असुविधाजनक ढंग से और सरकंडों और कमलों के बीच से गिरते-पड़ते

रास्ता बनाते हुए पानी में न जाना पड़े, बल्कि वे गरिमापूर्ण ढंग से सीढ़ियाँ उतरकर जा सकें और आचमन तथा प्रक्षालन कर सकें।

अब, जिस स्नान-स्थल पर ये मित्र पहुँचे थे वह कोई ऐसी बड़ी जगह नहीं थी जो अर्पणों से भरी हुई, अपने चमत्कारों के लिए प्रसिद्ध, और कुछ ख़ास अवसरों को छोड़कर श्रेष्ठियों और जनसाधारण से आबाद रहने वाली हो। नहीं, वह एक शांत, विरत छोटा-सा स्थल था, नदियों का कोई संगम नहीं, बल्कि नदी तट पर एक जगह, जोकि उस समय स्वर्णमक्षिका के तल से ऊपर थी। तट के ऊपरी टीले पर एक छोटा-सा मंदिर था, लकड़ी का बना हुआ जो पहले ही जर्जर हो चुका था, हालाँकि उस पर सुंदर आकृतियाँ उकेरी हुई थीं। यह समस्त आकांक्षाओं और सुखों की देवी का मंदिर था जिसके गर्भगृह के ऊपर एक गोल गुंबद था। जलाशय की ओर उतरती सीढ़ियाँ भी लकड़ी की थीं और वे भी किसी हद तक टूटी हुई थीं, लेकिन ठीक से उतरने के लिहाज़ से पर्याप्त थीं।

नौजवान इस जगह पहुँचकर आनंदित थे, जहाँ उनको पूजा-पाठ करने, तरोताज़ा होने और छाया में विश्राम करने का अवसर मिलने वाला था। दोपहर का वक़्त था और बहुत गर्मी थी; तीखी गर्मी का मौसम असमय ही धमका रहा था, और छोटे से मंदिर के पार्श्वों में आम, सागौन और कदंब के वृक्ष, चम्पा, झाऊ, ताड़ छाया कर रहे थे जहाँ आराम करना और स्वल्पाहार करना सुखद था। इन मित्रों ने पहले, यथाअवसर, अपने धार्मिक कर्त्तव्य पूरे किए। वहाँ कोई पुजारी नहीं था जिससे वे मंदिर के समक्ष बने छोटे से चबूतरे पर स्थापित पत्थर के लिंग पर चढ़ाने के लिए तेल या घी ख़रीद सकते। उनको एक करछुल मिल गया जिससे उन्होंने नदी से पानी उलीचा और यथोचित शब्दों के उच्चारण के साथ अपनी पूजा-अर्चना की। इसके बाद उन्होंने नदी के हरित तट पर उतरकर अपनी अंजुलियों से पानी पिया, डुबकी लगाई, और आभार व्यक्त किया। उनको आनंद आ रहा था जिससे वे अपनी धार्मिक ज़रूरत से कुछ ज़्यादा देर तक पानी में बने रहे; इसके बाद अपने अंग-प्रत्यंग में स्वस्ति का अनुभव करते हुए वृक्षों के तले अपने विश्राम-स्थल पर लौट आए।

हालाँकि उनका भोजन एक दूसरे से भिन्न नहीं था और वे अपना-अपना भोजन भी कर सकते थे, फिर भी उन्होंने दो बंधुओं की तरह अपने भोजन को आपस में बाँटकर खाया। जब नंद ने ज्वार की अपनी रोटी तोड़ी, तो

उसने आधी रोटी श्रीदमन को देते हुए कहा : “लो मेरे दोस्त।” श्रीदमन ने अपने फल का आधा हिस्सा नंद को देते हुए भी ऐसे ही शब्द दोहराए। श्रीदमन घास पर, जो अभी भी झुलसी नहीं थी और हरी थी, पालथी मारकर अपना भोजन कर रहा था। नंद उकड़ूँ बैठा हुआ था, जैसा कोई व्यक्ति बिना थके ज़्यादा देर तक नहीं बैठ सकता। वे यह सब अवचेतन मन से बिना सोचे-विचारे कर रहे थे; अगर उन्होंने अपने बैठने के ढंग पर ध्यान दिया होता, तो श्रीदमन आदिमता के प्रति अपने निरे रुझान के चलते उकड़ूँ बैठा होता और नंद विपरीत इच्छा से तिरछा बैठा होता। उसने अपने चिकने काले बालों पर एक छोटी-सी टोपी पहन रखी थी, जो नहाने से अभी भी भीगी हुई थी, कमर पर सफ़ेद सूती वस्त्र लपेट रखा था, बाँहों पर कड़े और गले में सोने के तारों में पिरोया हुआ पत्थर के मोतियों का हार पहना हुआ था। उस हार के पीछे उसके वक्ष का मांगलिक बछड़े का चिह्न देखा जा सकता था। श्रीदमन ने अपने सिर पर सफ़ेद कपड़े का साफ़ा बाँध रखा था और छोटी बाँहों वाला सूती कुर्ता पहने रखा था जो उसके पैरों को पूरी तरह ढँकती धोती पर फैला हुआ था। कुर्ते के ऊपरी हिस्से से झाँकती गर्दन पर एक पली चेन में बँधा हुआ ताबीज़ दिखाई दे रहा था। दोनों ने अपने माथों पर राख के सफ़ेद तिलक लगा रखे थे।

जब उन्होंने भोजन समाप्त कर लिया तो जूठी पत्तलों को एक ओर सरकाकर वे बतियाने लगे। वह इतना आनंददायी था कि राजकुमारों और राजाओं को भी उससे ज़्यादा आनंद न मिल रहा होता। कैलमेस और बाँस के तनों के बीच, जिनकी पत्तियाँ और गुल्म हल्के-हल्के सरसरा रहे थे, उन्हें सरोवर और उसकी ओर जाती सीढ़ियाँ दिखाई दे रही थीं। जल-वनस्पतियों की लताएँ डालियों पर मालाओं की भाँति झूल रही थीं। पुष्पित घासों के बीच आवाजाही करते कीड़ों की भिनभिनाहट के साथ मिलकर अदृश्य पक्षियों की चहचहाहट और कूँज वातावरण में व्याप्त थी। तमाम वनस्पतियों की ठंडी ताज़गी और ऊष्म महक हवा में घुली हुई थी; चमेली, ताड़फल की ख़स गंध और चंदन और सरसों - जो स्नान के बाद नंद ने अपने शरीर पर मला हुआ था - की मिलीजुली गंध एक मादकता पैदा कर रही थी।

“यहाँ पर हम भूख और प्यास, आयु और मृत्यु, दुःख और अंधत्व की छह तरंगों के परे पहुँच गए महसूस कर रहे हैं,” श्रीदमन ने कहा।

"यहाँ असाधारण शांति है। ये कुछ ऐसा है जैसे हमें जीवन के बेचैन भँवर से निकालकर उसके उस गतिहीन केंद्र में रख दिया गया हो जहाँ हम गहरी साँस ले सकते हैं। देखो! यहाँ कैसी विश्रांति और निस्तब्धता है! मैंने 'निस्तब्धता' शब्द का इस्तेमाल किया है क्योंकि जब हम ग़ौर से सुनना चाहते हैं तो निस्तब्ध रहने को कहते हैं; और ठीक से सुनना तभी संभव है जब निस्तब्धता हो। वह हमें अपने भीतर की उस हर चीज़ को सुनने की गुंजाइश देती है जो पूरी तरह मौन नहीं है, इसलिए मौन उस तरह बोलता है जैसे वह स्वप्न में बोलता है और हम उसको भी सुनते हैं जैसे हम सपना देख रहे हों।"

"तुम्हारा कहना बिलकुल सही है," नंद ने जवाब दिया। "बाज़ार के शोर में आप सुन नहीं पाते; यह तो केवल जहाँ निस्तब्धता होती है वहीं हमें तमाम ध्वनियाँ सुनने को मिलती हैं। सर्वथा ध्वनिहीन, मौन से भरा हुआ, केवल निर्वाण होता है, और इसलिए उसको तुम निस्तब्ध कभी नहीं कह सकते, न ही सुखद।"

"नहीं," श्रीदमन ने जवाब दिया, और वह हँसे बग़ैर नहीं रह सका। "निर्वाण को निस्तब्धता कहकर पुकारने की बात कदाचित कभी किसी को नहीं सूझी, और सुखद तो निश्चय ही नहीं; और तब भी तुम्हें सूझी, एक तरह से, भले ही नकारते हुए, जब तुमने कहा कि तुम उसको वैसा नहीं कह सकते; और इस तरह तुमने एक ऐसा सबसे मज़ेदार निषेध ढूँढ़ निकाला - क्योंकि, निश्चय ही, केवल इसी रूप में निर्वाण के बारे में बात की सकती है - जिसका उच्चारण उसके बारे में कभी नहीं किया जा सकता। अगर मैं 'चतुराई-पूर्ण' शब्द का उपयोग किसी ऐसी बात के लिए कर सकूँ जो एक ही साथ हास्यास्पद भी हो और एकदम सही भी हो, तो मैं कहूँगा कि तुम कभी-कभी ऐसी ही चतुराई-पूर्ण बातें करते हो। मुझे यह बहुत अच्छा लगता है, इससे कभी-कभी मेरे पेट में अचानक से संकुचन हो उठता है, लगभग सिसकी की तरह। इस तरह हम देखते हैं कि हँसना और रोना एकसाथ कितने क़रीब की चीज़ें हैं; इसलिए सुख और दुख के बीच किसी तरह का भेद करना, और एक को पसंद करना और दूसरे से नफ़रत करना, एक भ्रम ही है, जबकि, अंततः दोनों को अच्छा भी कहा जा सकता है और बुरा भी। लेकिन हँसी और आँसुओं का एक ऐसा संयोग भी होता है जिसको तुम नितांत निस्संकोच ढंग से स्वीकार कर सकते हो और उसको उन तमाम चीज़ों

के बीच अच्छा कह सकते हो जो हमारे जीवन को गति देती हैं। इसके लिए हमारे पास एक शब्द है, इसको हम मार्मिक कहते हैं; इसका ताल्लुक उल्लास के पक्ष में सहानुभूति से है, और यही वह चीज़ है जो मेरे पेट में संकुचन पैदा करती है, बहुत कुछ सिसकी की तरह। तुम्हारी चतुराई की यही वो चीज़ है जो मुझे तक़लीफ़ पहुँचाती है।"

"लेकिन वह तुम्हें तक़लीफ़ क्यों पहुँचाती है?" नंद ने पूछा।

"क्योंकि अंततः तुम वास्तव में सांसारिक बालक हो और इस तरह अपने आपको पूरी तरह जीवन में खपा देते हो," श्रीदमन ने जवाब दिया; "तुम उन आत्माओं में से नहीं हो जो हँसी और रुदन के भयावह महासागर से उस तरह ऊपर उठने की आवश्यकता अनुभव करते हैं जिस तरह कमल के फूल पानी की सतह से ऊपर उठकर अपनी अंजुलियाँ आकाश की दिशा में खोल देते हैं। तुम गहराइयों में ही घर जैसा महसूस करते हो, जहाँ रूपाकारों का बेहद पेचीदा अतिरेक और वैविध्य का अस्तित्व है। तुम बहुत अच्छी स्थिति में हो, और यही कारण है कि तुमको देखकर लोगों को अच्छा महसूस होता है। फिर अचानक तुम्हारे दिमाग़ में निर्वाण के साथ दख़लंदाज़ी करने का ख़याल आता है और तुम उसकी निषेधात्मक स्थिति के बारे में बात करने लगते हो कि उसको किस तरह से न तो निस्तब्ध कहा जा सकता है न ही सुखद, और ये सब इतना हास्यास्पद है कि आपका रोने का मन करने लगता है, या, इसके लिए उपयुक्त शब्द का इस्तेमाल कर कहूँ, तो ये मार्मिक है, क्योंकि यह चीज़ मुझे तुम्हारी उस भलाई के प्रति दुख पहुँचाती है जिसको देखना कितना अच्छा है।"

"लेकिन मेरी बात सुनो," नंद ने प्रत्युत्तर देते हुए कहा, "मैं समझा नहीं। तुमको इस बात को लेकर दुख हो सकता है कि मैं संसार में इस क़दर डूबा हुआ हूँ और कमल जैसा नहीं हो सकता। ये ठीक है। लेकिन मैं निर्वाण में रुचि लूँ, जितनी भी मैं ले सकता हूँ, और इससे तुम्हें तक़लीफ़ पहुँचे – ये बात बहुत अच्छी नहीं हो सकती। मैं कह दूँ कि तुमने भी मुझे तक़लीफ़ पहुँचाई है।"

"वो कैसे?" श्रीदमन ने पूछा।

"क्योंकि तुमने वेद पढ़े हैं और अस्तित्व की प्रकृति के बारे में जाना है," नंद ने जवाब दिया, "इसके बावजूद संसार ने तुमको उन लोगों के मुक़ाबले ज़्यादा अंधा बना दिया है जिन्होंने यह सब पढ़ा और जाना नहीं है।

ये वो चीज़ है जो मुझे वाक़ई गुदगुदाती है; ये मुझे उस चीज़ का अहसास कराती है जिसको तुम उल्लास के पक्ष में सहानुभूति कहते हो। इस जगह पर जहाँ हम हैं क़रीब-क़रीब निस्तब्धता है, इसलिए तुम भूख और प्यास की छह तरंगों से परे होने के बारे में ख़ुद को बकवास करने देते हो, और सोचते हो कि तुम जीवन के विश्राम-केंद्र में हो। इसके बावजूद सारी निस्तब्धता और वे तमाम चीज़ें जो तुम इस निस्तब्धता के भीतर सुन सकते हो, सीधे-सीधे इस बात का संकेत हैं कि यहाँ बहुत कुछ चल रहा है और शांति तथा मौन के बारे में तुम्हारी बातें निरी परिकल्पनाएँ भर हैं। पक्षी कलरव करते हैं क्योंकि वे संसर्ग कर रहे हैं; ये सारी मक्खियाँ, और कीड़े और कोकचाफ़ भोजन की तलाश में उछल-कूद कर रहे हैं; घास में जीवन और मृत्यु के उस संघर्ष का स्पंदन है जिसको हम सुन नहीं सकते। यही लताएँ जो इतनी कोमलता से वृक्षों का आलिंगन करती लग रही हैं, अपने फलने-फूलने को उनका रस और हवा खींचने के लिए उनका गला घोंट देंगी। यहाँ तुमको जीवन का सच्चा ज्ञान प्राप्त होता है।"

"मैं ये सब अच्छी तरह से जानता हूँ," श्रीदमन ने कहा। "मैं इनके प्रति अंधा नहीं हो जाता, या कम से कम पल भर के लिए ही ऐसा होने देता हूँ और इसलिए कि मैं ऐसा चाहता हूँ। क्योंकि जानने योग्य वस्तु समझ का सत्य और ज्ञान ही नहीं हैं, बल्कि मानव मन की अंतर्दृष्टि भी है जो उस तरह देखती है जिस तरह किसी रूपक-कथा को देखा जाता है और जो जानती है कि तमाम संघटनाओं की लिखत को किस तरह बाँचा जाना चाहिए, केवल उसके प्रथम और साधारण अर्थ में नहीं बल्कि उसके दूसरे और उच्चतर अर्थ में भी, उसका एक ऐसे साधन की तरह इस्तेमाल करते हुए जिसके सहारे तुम विशुद्ध और आध्यात्मिक को देखते हो। तुम तब तक शांति के अनुभव तक कैसे पहुँच सकते हो, और कैसे संघर्ष के विराम में सुख का अनुभव कर सकते हो, जब तक कि तुम्हारे पास वह माया-छवि नहीं है जो तुम्हें इसको थामने की गुंजाइश देती है - बावजूद इसके कि माया-छवि अपने आप में किसी भी तरह से वह शांति और आनंद नहीं है! मनुष्य के लिए यह प्रदत्त और स्वीकृत है कि वह सत्य के दर्शन के लिए तथ्य को अपनी सेवा में लगाए; इस वरदान को व्यक्त करने के लिए भाषा ने 'कविता' शब्द का इस्तेमाल किया है।"

"आह, तो तुम इस तरह सोचते हो," नंद ने हँसते हुए कहा। "इसके मुताबिक़, और अगर कोई तुम्हारी बात सुने, तो कविता वह मूढ़ता भी होगी जो क्रम में चालाकी के बाद आती है, और, मान लो कि कोई आदमी मूढ़ है तो यह पूछना युक्तिसंगत है कि क्या वह अभी भी मूढ़ है या फिर से मूढ़ हो रहा है। मुझे कहना ही होगा कि तुम्हारे जैसे चालाक लोग हम जैसों के लिए बहुत बड़ी कठिनाई पैदा करते हैं। तुमको लगता है कि मुद्दा चालाक होने का है; लेकिन इसके पहले कि तुम उस तक पहुँचो, तुम पाते हो कि असल मुद्दा एकबार फिर से मूढ़ होने का है। तुम्हें हम लोगों को नए और उच्चतर सोपान नहीं दिखाने चाहिए, उनके डर के मारे हम पहले ही सोपानों पर चढ़ने का साहस खो देते हैं।"

"मुझसे," श्रीदमन ने कहा, "तुमने यह नहीं सुना है कि आदमी को चालाक होना चाहिए। आओ, भोजन के बाद हम हरी घास पर अपनी कमर सीधी करें और वृक्षों की शाखाओं के रास्ते आकाश को देखें। यह सचमुच बहुत अद्भुत चीज़ है एक ऐसे स्थान से देखना जो दरअसल हमें ऊपर देखने को बाध्य नहीं करता, क्योंकि आँखें पहले से ही ऊपर की दिशा में खुली होती हैं, और फिर आकाश को उस तरह देखना जिस तरह पृथ्वी माता उसको देखती है।"

"स्या, हो सकता है," नंद ने हामी भरी।

"स्यात्!" श्रीदमन ने शुद्ध जुबान में बोलते हुए उसको सुधारा। नंद अपने पर और फिर अपने साथ-साथ उस पर हँसा।

"स्यात्, स्यात्!" उसने दोहराया। "बाल खींचने वाले, मेरी जुबान को बख़्श! जब मैं संस्कृत बोलता हूँ तो ऐसे लगता है जैसे कोई बछिया अपनी नाक के रास्ते रस्सी सुड़क रही हो।"

इस गँवई तुलना पर श्रीदमन भी दिल खोलकर हँसा; और जैसा कि उसने आग्रह किया था, वे लेट गए और झूमती हुई टहनियों और पुष्पित झाड़ियों के बीच से विष्णु के स्वर्ग के आकाश को देखने लगे। वे टूटी हुई टहनियाँ हिलाकर अपनी त्वचा पर पैर जमाने की कोशिश करती उन मक्खियों से अपने आप को बचाते लगे, जिनको इंद्र की संतानें कहा जाता है। नंद लेट गया था, इसलिए नहीं कि वह उस तरह से आकाश को देखना चाहता था जिस तरह पृथ्वी माता देखती थी, बल्कि अपने सद्स्वभाव के चलते। वह

जल्दी ही फिर से उठकर बैठ गया और मुँह में एक फूल दबाए हुए उसी पुरानी द्राविड़ी मुद्रा में आ गया।

"यह इंद्र का बच्चा एक घिनौना उत्पाती है," उसने अपने ऊपर झपटती मक्खियों के झुंड के बारे में बोलते हुए कहा, मानो वह एक ही मक्खी हो। "शायद वह मेरे अच्छे सरसों के तेल से आकर्षित है। या हो सकता है उसको उसके संरक्षक, हाथी-सवार, झंझावातों के स्वामी, महान देवता ने आदेश दिया हो कि वह दंड के तौर पर हमें सताए - यह तो तुम्हें पता ही है कि क्यों।"

"उसका असर तुम्हारे ऊपर नहीं होना चाहिए," श्रीदमन ने जवाब दिया; क्योंकि तुमने तो पेड़ के नीचे घोषणा कर दी थी कि पिछली हेमंत ऋतु में इंद्र के धन्यवाद-ज्ञापन का उत्सव अनुष्ठानपूर्वक और ब्राह्मणीय संस्कार के अनुसार पुराने या शायद कहना चाहिए नए ढंग से मनाया जाना चाहिए; बाक़ी चीज़ों से तुम अपने हाथ झाड़ सकते हो, भले ही हमने बाद में पंचायत में अन्यथा ढंग से तय कर लिया था और इंद्र को सूचित कर दिया था कि हम एक नए बल्कि कहना चाहिए पुराने ढंग के धन्यवाद-ज्ञापन-उत्सव की ओर मुड़ रहे हैं, वह ढंग जो हम ग्रामीणों को अधिक स्वाभाविक और अपनी धार्मिक भावनाओं के अनुरूप लगता है, बजाय ब्राह्मणों के उस बड़बड़ाहट-भरे अनुष्ठान के जो वे इस झंझावाती इंद्र के लिए करते हैं जो आदिवासियों के मज़बूत घरों को तोड़ देता है।"

"निश्चय ही, जैसा तुम कहते हो, वैसा ही है," नंद ने जवाब दिया। "जहाँ तक मेरा सवाल है, मेरे मन में अभी भी डर बना हुआ है, क्योंकि भले ही मैंने पेड़ के नीचे इंद्र को अपनी बात कह दी थी, मुझे डर था कि वह इन छोटी-मोटी बातों पर ध्यान नहीं देगा और गोमंगल में मनाए गए अपने उत्सव के लिए हम सबको ज़िम्मेदार मानेगा। फिर लोगों को यह लगता है और उनके दिमाग़ में यह बात न जाने कहाँ से आकर बैठ जाती है कि इंद्र का धन्यवाद-ज्ञापन-अनुष्ठान अब ठीक चीज़ नहीं है, कम से कम हम चरवाहों और किसानों के लिए और हम लोगों को धार्मिक सरलताओं पर विचार करना चाहिए। उनका कहना था कि महान इंद्र से हमारा क्या लेना-देना है? ब्राह्मण लोग वेदों के अपने ज्ञान के साथ अंतहीन दोहरावों के साथ अपनी श्रद्धांजलि अर्पित कर सकते हैं। जहाँ तक हम लोगों का सवाल है, हम तो गायों और पर्वतों और वनों के चारागाहों के लिए ही आहुतियाँ देंगे क्योंकि वे ही हमारे

सच्चे और योग्य देवी-देवता हैं। हमें लगता है कि यही वो चीज़ है जो हम उस इंद्र के आने के पहले किया करते थे, जिसने अवतारी पुरुष के आने के पहले ही आकर आदिवासियों के घरों को उजाड़ दिया था; और हालाँकि हम ठीक-ठीक नहीं जानते कि क्या किया जाए, फिर भी हमें सूझेगा, और हमारे हृदय हमें सीख देंगे। हम अपने ही देहाती इलाक़े के अपने चमकीले शिखर और उसके चारागाह को श्रद्धांजलि अर्पित करेंगे, उन धार्मिक अनुष्ठानों के साथ जो इस क़दर नए हैं कि उनके लिए हमें अपने हृदयों में खोजना होगा, उनका स्मरण करना होगा और उनको वहाँ से फिर से बाहर लाना होगा। चमकीले शिखर के यज्ञ के लिए हम सबसे परिपूर्ण पशुओं का चुनाव करेंगे, उसके लिए दही, पुष्प, फल, और कच्चा चावल चढ़ाएँगे। इसके बाद गायों का झुंड, हेमंत ऋतु के पुष्पों के हार पहने, उसको अपने दाएँ पार्श्वों में बदलता हुआ, पर्वत पर घूमेगा, और साँड उसको भारी बारिश से भरी बादलों की गर्जना के स्वर में अपनी रँभाहट से भर देंगे। यह हमारी पर्वत-पूजा होगी, नई और पुरानी। लेकिन ब्राह्मणों के मन में उसको लेकर कोई विरोध का भाव न हो, इसके लिए हम उनको सैकड़ों की संख्या में भोज देंगे; और तमाम गायों के झुंड से हम दूध इकट्ठा करेंगे ताकि वे भरपेट दही और खीर खा सकें, और इस तरह वे संतुष्ट हो जाएँगे। इस तरह की बातें की थीं उनमें से कुछ ने पेड़ के नीचे बैठकर, और कुछ लोग उनसे सहमत थे, लेकिन कुछ लोग नहीं थे। मैंने सबसे पहले इस पर्वत-अनुष्ठान का विरोध किया था, क्योंकि मेरे मन में इंद्र के प्रति बहुत अधिक भय और श्रद्धा का भाव था जिसने काले लोगों के घर तोड़ दिए थे; और मैं ऐसी चीज़ों को नए सिरे से शुरू करने के पक्ष में नहीं हूँ जिनके बारे में अब कोई ठीक से जानता तक नहीं है। लेकिन तुमने इंद्र के सिर पर उत्सव के नए रूप और पर्वत-अनुष्ठान के नवीनीकरण को लेकर शुद्ध और सही शब्दों का प्रयोग और उच्चारण किया था – सही से मेरा मतलब है, भाषा के संदर्भ में – और इसलिए मैं चुप रह गया था। क्योंकि मैंने सोचा : जब इंद्र के विरोध में और सरलता के पक्ष में ऐसे लोग बात कर रहे हों जो पाठशाला में गए हैं और जिन्होंने अस्तित्व की प्रकृति के बारे में कुछ ज्ञान अर्जित किया है, तो हम दूसरे लोगों के पास कहने के लिए कुछ नहीं रह जाता, हम केवल यही उम्मीद कर सकते हैं कि महान आगंतुक और मकानों को तोड़ने वाला कुछ तो न्याय करेगा और ब्राह्मणों के समूह को भोज दिए जाने से संतुष्ट होगा, और वह हमें सूखा या

अतिवृष्टि से पीड़ित नहीं करेगा। मैंने सोचा, हो सकता है वह अपने उत्सव से ख़ुद ही तंग आ गया हो और सोचता हो कि पर्वत-यज्ञ और गायों का जुलूस कहीं ज़्यादा आनंददायी होगा। हम साधारण लोगों के मन में उसके प्रति बड़ी श्रद्धा है; लेकिन शायद इन दिनों उसके मन में अपने प्रति बहुत श्रद्धा नहीं है। अंत में मुझे वह पुनरुज्जीवित अनुष्ठान बहुत अच्छा लगा और पुष्पों के हार धारण किए गायों के झुंड को पर्वत पर हाँक ले जाने में मदद करते हुए मुझे बहुत आनंद मिला। तब भी मैं कहूँगा, जब तुमने मेरी प्राकृत को सुधारा और मुझसे स्यात् कहलवाना चाहा, तो मैं एकबार फिर चौंका कि तुम किस तरह सरलता के पक्ष में अपनी सही और सुसंस्कृत वाणी का इस्तेमाल कर रहे हो।"

"तुम्हारे पास मुझे झिड़कने का कोई आधार नहीं है," श्रीदमन ने जवाब दिया, "क्योंकि तुम ख़ुद ब्राह्मण अनुष्ठानों के समर्थन में प्रचलित ज़ुबान का इस्तेमाल करते रहे हो। तुमको कदाचित इसमें आनंद मिलता है। लेकिन मैं तुमसे कहे देता हूँ : सरलता के दावों के पक्ष में सही और सुसंस्कृत शब्दों का इस्तेमाल करने में कहीं ज़्यादा आनंद है।"

3

वे कुछ देर ख़ामोश रहे। श्रीदमन पहले की तरह लेटा हुआ आकाश ताक रहा था। नंद अपनी दोनों मांसल बाँहों को अपने घुटनों से लपेटे हुए वृक्षों के बीच से माता काली के स्नान-स्थल की ओर उतरते ढलान की ओर ताक रहा था।

"श-श! तूफ़ान और बिजली! गाज और शोले!" वह अचानक फुसफुसाया और उसने अपनी अँगुली अपने मोटे होंठों पर रख ली। "श्रीदमन, बंधु, उठकर बैठो और चुपचाप देखो। मेरा मतलब है स्नान-स्थल की ओर जाते ढलान की ओर। अपनी आँखें खोलो, ये देखने लायक़ है! वह हमें नहीं देख सकती, लेकिन हम उसको देख सकते हैं।"

एकांत मंदिर पर खड़ी हुई एक नवयुवती स्नान का अनुष्ठान करने जा रही थी। उसने अपनी साड़ी और ब्लाउज़ सीढ़ियों पर रख दिए थे और वह वहाँ पर एकदम नंगी खड़ी थी, केवल उसकी गर्दन पर पड़ी मनकों की

माला, हिलते हुए झुमके, और उसकी चोटी को बाँधते सफ़ेद रिबन भर उसका आवरण थे। उसकी देह की कमनीयता चकाचौंध कर देने वाली थी। मायावी, और बेहद सम्मोहक वर्ण, न बहुत साँवली न बहुत पांडु, सुनहरी आभा से दमकता काँसे जैसा रंग।

ब्रह्मा ने बहुत सोचविचार के बाद उसकी उत्तम रचना की थी जिसमें उसके मधुरतम बालवत कंधे, उसकी श्रोणि के कोटर को गहराती, रमणीय घुमावदार कटि, कलियों की तरह फूटते स्तन, और शानदार ढंग से विस्तार लेते नितंब शामिल थे जो उसकी बेहद नाज़ुक कमर पर उभरे हुए थे। आह, वह कमर किस लचीलेपन के साथ घूमी जब उसने अपनी छरहरी बाँहों को ऊपर उठाकर अपने दोनों हाथ अपनी गर्दन के पीछे किए, जिससे उसकी नाज़ुक बग़लों का साँवलापन उजागर हो उठा! इस सब में जो सबसे ज़्यादा अद्‌भुत चीज़ थी, ब्रह्मा के सोचविचार को सबसे पर्याप्त ढंग से प्रतिबिंबित करने वाली चीज़ - हालाँकि उन स्तनों के चमत्कृत कर देने वाले माधुर्य को लेकर वहाँ कोई पूर्वाग्रह नहीं था जो अचूक रूप से किसी भी प्राणी के ऐंद्रिक जीवन को जीत लेने वाले थे - वह चीज़ थी लघु और कोमल कटि-प्रदेश के छरहरेपन और लचीलेपन से युक्त उसके पृष्ठभाग का जोड़। नितंबों का अद्‌भुत दोलन - जो अपने में बेहद प्रशंसनीय था - और कमर के चारों ओर की सुकुमार क्षीणता के बीच विषमता एक और प्रभावशाली चीज़ थी। ऐसी आकृति निश्चय ही स्वर्ग की अप्सरा प्रमलोचा ही हो सकती थी, जिसको इंद्र ने कंदु नामक तपस्वी का व्रत भंग करने भेजा था ताकि उसको अलौकिक शक्ति प्राप्त करने से रोका सके।

"हम यहाँ से हट जाते हैं," श्रीदमन ने बैठते हुए कहा, जिसकी आँखें उस कुमारी के रूप पर टिकी हुई थीं। "यह उचित नहीं है कि उसने हमें नहीं देखा है, जबकि हम उसको देख रहे हैं।"

"क्यों नहीं?" नंद ने फुसफुसाते हुए जवाब दिया। "हम यहाँ पर शांति और निस्तब्धता का आनंद लेने पहले आए थे; और इसके बाद जो भी सामने आता है, उसको लेकर हम कुछ नहीं कर सकते। हम हिलेंगे भी नहीं; यह क्रूरता होगी अगर हम झाड़ियों को सरसराते हुए यहाँ से निकले और उसको पता चल गया कि उसे अनजाने में देख लिया गया है। मैं आनंद लेते हुए देख रहा हूँ - तुम नहीं? तुम्हारी आँखें वैसे ही लाल हो रही हैं जैसी वे तब होती हैं जब तुम ऋग्वेद की ऋचाएँ पढ़ते हो।"

"चुप रहो!" श्रीदमन ने उसको पलटकर डाँटा। "यह एक गंभीर, एक पवित्र दृश्य है; हम उसकी ओर देख रहे हैं तो यह केवल इसी रूप में क्षम्य हो सकता है कि हम गंभीर और पवित्र मन से ऐसा करें।"

"हाँ, निश्चय ही," नंद ने जवाब दिया। "बेशक इस तरह की चीज़ मज़ाक़ नहीं है; लेकिन तुमको जो ठीक लगे सो कहो, है तो ये आनंद। तुम सपाट धरती से आकाश की ओर निहारना चाहते थे। अब तुम देख रहे हो कि तुम कभी-कभी सीधे खड़े होकर और सामने देखते हुए भी स्वर्ग में झाँक सकते हो।"

वे कुछ पल ख़ामोश रहे, बिना हिले-डुले, और देखते रहे। स्वर्ण-कांस्य से निर्मित उस सुंदरी ने वही किया जो उन लोगों ने थोड़ी देर पहले किया था, अपने शुद्धिकरण के लिए पानी में उतरने से पहले उसने अपनी अंजलि उठाई और प्रार्थना की।

वे उसको एक तरफ़ से थोड़ा-सा देख पा रहे थे, इसलिए उनसे यह बात छिपी नहीं रह सकी कि उसकी देह ही नहीं बल्कि लटकते हुए झुमकों के बीच उसका चेहरा भी दुर्लभ माधुर्य से युक्त था : छोटी-सी नासिका, होंठ, भँवें, और विशेष रूप से कमल की पंखुरियों जैसी उसकी बड़ी-बड़ी तिरछी आँखें। उसने अपना सिर हल्का-सा घुमाया, उन दोस्तों को इस ख़याल से चौंकाते हुए कि कहीं वह उनकी मौजूदगी के प्रति सजग तो नहीं हो गई थी; और वे देख सकते थे कि उसकी आकर्षक भंगिमा पर किसी बदसूरत चेहरे के व्यवधान का कोई निशान नहीं था; उल्टे सामंजस्य का ही साम्राज्य हर कहीं था और उसके चेहरे की मधुर भंगिमा उसकी आकृति की मधुरता के संतुलन में थी।

"लेकिन मैं इसको जानता हूँ!" नंद सहसा चुटकी बजाते हुए बुदबुदाया। "ठीक इस पल में मैं इसको पहचान रहा हूँ; अब तक यह मुझसे छिपी हुई थी। वह सीता है, सुमंत्र की बेटी, जो यहाँ से पास ही के महिषपुर गाँव में रहता है। वह अपने घर से यहाँ निश्चय ही प्रक्षालन के लिए आई है। मैं उसको क्यों नहीं जानूँगा? मैंने उसको धूप में झुलाया था।"

"तुमने उसको झुलाया था?" श्रीदमन ने धीमे स्वर में लेकिन तत्परता से पूछा। और नंद ने जवाब दिया :

"क्यों नहीं? अपने पूरे हाथों की ताक़त से, तमाम लोगों के सामने। अगर वह कपड़े पहने होती तो मैंने उसको तुरंत पहचान लिया होता। लेकिन

किसी नंगे व्यक्ति को तुरंत कौन पहचान सकता है? वह सीता है महिषादल की रहने वाली। मैं वहाँ अपनी चाची से मिलने पिछली गर्मियों में गया था, और वह सूर्योत्सव का समय था; लेकिन वह-"

"बाद में बताना, मैं तुमसे प्रार्थना करता हूँ," श्रीदमन ने उसकी बात काटते हुए उद्विग्न फुसफुसाहट के साथ कहा। "इस महान सौभाग्य में कि हम उसको इतने पास से देख रहे हैं, यह दुर्भाग्य भी जुड़ा हुआ है कि वह हमारी आवाज़ सुन सकती है। एक भी और शब्द मुँह से मत निकालना, नहीं तो हम उसको चौंका देंगे।"

"फिर वह भाग जाएगी और तुम उसको और नहीं देख पाओगे, और अभी देखकर तुम्हारा मन नहीं भरा है," नंद ने चिढ़ाने के भाव से कहा। लेकिन श्रीदमन ने उसको सख़्त इशारा कर रोक दिया, और वे एक बार फिर से ख़ामोश होकर सीता को उसका अनुष्ठान करते देखने लगे। पहले उसने प्रार्थना की, फिर अपना चेहरा आकाश की ओर उठाकर, सावधानीपूर्वक सरोवर में उतरी, अंजलि में पानी लेकर पिया, और फिर डुबकी लगाई जिस दौरान उसके सिर का वह जूड़ा ही दिख रहा था जिसपर उसने हाथ रखा हुआ था। बाद में वह कुछ देर तक डुबकियाँ लगाती पानी के भीतर-बाहर होती रही; थोड़ी देर बाद वह बाहर निकलकर सूखी ज़मीन पर आकर खड़ी हो गई, हल्का-सा काँपती, पानी टपकाती और बेहद सुंदर दिखाई देती हुई। उसके बाद भी उस सौभाग्य का अंत नहीं हुआ जिससे ये दोस्त नवाज़े गए थे; क्योंकि शुद्धिकरण के इस स्नान के बाद वह सुंदरी सीढ़ियों पर बैठ गई ताकि धूप उसको सुखा सके। अपने सर्वथा अकेले होने के विश्वास से उपजे सहज आकर्षण के चलते एक के बाद दूसरी ख़ूबसूरत मुद्राओं में पहलू बदलती रही। केवल कुछ देर बाद ही, और वह भी बहुत धीरे-धीरे, उसने अपने कपड़े पहने और मंदिर की सीढ़ियों पर ग़ायब हो गई।

"बहरहाल, बस इतना ही था," नंद ने कहा। "अब हम कम से कम बतिया सकते हैं और चल सकते हैं। बहुत देर ऐसा नाटक करना कि आप वहाँ थे ही नहीं थका देने वाला है।"

"मैं नहीं समझता कि तुम इस तरह के शब्दों का इस्तेमाल कैसे कर सकते हो," श्रीदमन ने कठोर स्वर में कहा। "क्या इससे ज़्यादा आनंदमय स्थिति कोई हो सकती है कि आप अपने को इस तरह के दृश्य में खो दें और उसकी उपस्थिति-मात्र में उपस्थित रहें? मुझे तो उस पूरे वक़्त अपनी

साँस को थामे रखना चाहिए था; उसके चेहरे के नज़ारे के ग़ायब हो जाने के डर से नहीं, बल्कि उसके इस भ्रम को दूर कर देने के डर से कि वह अकेली थी; क्योंकि उसी चीज़ से मैं काँप रहा था और अपने आपको गंभीर रूप से ज़िम्मेदार मान रहा था। उसका नाम सीता है, तुम बता रहे थे? मैं ख़ुश हूँ, इससे मुझे अपने अपराध के लिए सांत्वना मिलती है, कि मैं उसका नाम लेकर अपने तईं उसके प्रति सम्मान व्यक्त कर सकता हूँ। तुम तो उसको झुलाने के नाते जानते हो?"

"जैसा कि मैंने कहा," नंद ने पुष्टि की। पिछले वसंत में, जब मैं उसके गाँव में था, उसको सूर्य-बाला के रूप में चुना गया था, और मैंने उसको सूर्योपासना के लिए आसमान में इतना ऊपर तक झुलाया था कि उस ऊँचाई से उसकी चीख़ भी नहीं सुनी जा सकती थी। या फिर उसकी चीख़ें भीड़ की चीख़ों में खो गई थीं।"

"तुम सौभाग्यशाली थे," श्रीदमन ने कहा। "तुम हमेशा से सौभाग्यशाली रहे हो। ये तुम्हारे मज़बूत हाथ रहे होंगे जिनकी वजह से उन्होंने तुम्हें उसको झुलाने के लिए चुना होगा। मैं देख सकता हूँ कि वह किस तरह ऊपर उठी होगी और आकाश में उड़ी होगी। उसकी उस उड़ान की मेरी कल्पना की तसवीर उसकी उस तसवीर से मिल रही है जो हमने अभी देखी है, जिसमें वह एक मूर्ति की भाँति खड़ी प्रार्थना कर रही थी।"

"जो भी हो," नंद ने कहा, "उसके पास प्रार्थना करने और प्रायश्चित करने का आधार है; उसके व्यवहार की वजह से नहीं, क्योंकि वह बहुत अच्छी लड़की है, लेकिन उसके लावण्य की वजह से। निश्चय ही वह इसके लिए कुछ नहीं कर सकती, फिर भी अंततः, दो टूक ढंग से कहें तो, वही इसके लिए ज़िम्मेदार है। इस तरह की देहयष्टि मोहक तो है ही। लेकिन मोहक क्यों है? महज़ इसलिए कि वह हमें बाँध लेती है, वह हमें आह्लाद और कामना की दुनिया का बंदी बना देती है। वह देखने वाले को संसार में गहरे उलझा देती है, और व्यक्ति उसी तरह अपनी चेतना खो देता है जिस तरह कोई अपनी साँस खो देता है। ये वो प्रभाव है जो वह डालती है, भले ही उसका इरादा यह नहीं होता। लेकिन वह जिस तरह कमल के पत्ते के आकार में अपनी आँखों को विस्तार देती है, वह इरादतन लगता है। तुम कह सकते हो कि वह सुंदर यष्टि उसको प्रदत्त है, उसने वह जानबूझकर नहीं ओढ़ी है, इसलिए इस आधार पर उसको पश्चाताप करने की कोई वजह नहीं है। लेकिन सच्चाई ये

है कि ऐसे प्रकरण होते हैं जहाँ 'प्रदत्त' और 'ओढ़े हुए' के बीच कोई अंतर नहीं होता : वह यह बात ख़ुद जानती है, वह शायद इसलिए क्षमा की प्रार्थना करती है क्योंकि वह इस क़दर 'मोहक' है। उसकी यह देहयष्टि, यह उसने अंगीकार की है – उस तरह नहीं जिस तरह कोई व्यक्ति किसी दी गई चीज़ को स्वीकार करता है, यह उसने वाक़ई ओढ़ी हुई है, ख़ुद ही। वह स्नान के कितने ही अनुष्ठान कर ले यह स्थिति बदल नहीं सकती : वह उसी ओढ़ी हुई चीज़ के साथ बाहर आ जाती है जो उसने ओढ़ी हुई थी।"

"तुमको इस तरह उजड्ड ढंग से बात नहीं करनी चाहिए," श्रीदमन ने उसको झिड़का जिसके पीछे यह भावना थी कि "वह भी एक इस क़दर नाजुक और पवित्र प्राणी के बारे में। बेशक, तुमने आध्यात्म के क्षेत्र में जाने का जोख़िम उठाया है, लेकिन मुझे तुमसे कहना होगा कि यहाँ पर तुमने ख़ुद को बहुत गँवारू ढंग से व्यक्त किया है; और तुम्हारा जो भी ज्ञान है उसका उपयोग तुमने जिस तरह किया है उससे यह बात साफ़ ज़ाहिर है कि तुम उस दृश्य को देखने के योग्य नहीं थे।"

नंद ने पूरी विनम्रता के साथ यह फटकार झेली।

"तब फिर दाऊ जी, आप ही मुझे सिखा दीजिए," उसने अनुरोध किया, "कि आप इसको किस भावना से देखते हैं और मुझे किस तरह देखना चाहिए था।"

"सुनो," श्रीदमन ने कहा, "सारे प्राणियों के दो तरह के अस्तित्व होते हैं : एक स्वयं उनके लिए और दूसरा अन्यों के लिए। वे हैं, और उनको इसी तरह देखा भी जाना चाहिए, अंतरात्मा और प्रतिच्छवि; और अगर कोई व्यक्ति सिर्फ़ प्रतिच्छवि से प्रभावित है और अंतरात्मा की ओर ध्यान नहीं देता, तो यह पाप है। छाजन की बीमारी से ग्रस्त कोई भिखारी जो जुगुप्सा हमारे मन में जगाता है, उससे ऊपर उठना अनिवार्य है। हमें उस प्रभाव पर ही नहीं ठहर जाना चाहिए जो वह भिखारी हमारी आँखों और संवेदनों पर छोड़ता है। क्योंकि वह तो महज़ एक प्रभाव है जो वह हम पर छोड़ता है, वह वास्तविकता नहीं है; हमें उसके पीछे जाना चाहिए उस ज्ञान तक पहुँचने के लिए जिसका दावा हर संघटना करती है, क्योंकि वह प्रतीती से कहीं ज़्यादा बड़ी चीज़ है, और हमें उसके पीछे उसकी सत्ता को, उसकी अंतरात्मा को पहचानना चाहिए। लेकिन हमें केवल उस विपदा द्वारा जगाई गई जुगुप्सा पर नहीं ठहर जाना चाहिए। ठीक उसी तरह से हमें उस कामना पर टिक कर

नहीं रह जाना चाहिए जो उस सुंदरी की प्रतिच्छवि हमारे मन में जगाती है; वह भी प्रतिच्छवि से कहीं ज़्यादा है, हालाँकि उसको उसी रूप में लेने का हमारी इंद्रियों का लालच एक जुगुप्साजनक भिखारी के प्रकरण से कहीं ज़्यादा होता है। जो सुंदर है वह हमारे अंतःकरण पर कोई दावा करता प्रतीत नहीं होता, वह कोई ऐसी माँग नहीं करता कि हम उसकी अंतरात्मा में प्रवेश करें, जबकि भिखारी की छवि, अपनी विपदा की ही वजह से, ऐसी माँग करती है। तब भी हम उतने ही अपराध के भागीदार हैं अगर हम एक सुंदर दृश्य का, उसकी आत्मिक सत्ता को जानने की कोशिश किए बिना, आनंद लेते हैं। जैसा कि मुझे लगता है, उसके प्रति हमारा ऋण कहीं ज़्यादा बड़ा है, अगर हम तो उसको देखते हैं लेकिन वह हमें नहीं देख पाती। मैं तुमसे कह दूँ, नंद, कि यह मेरे लिए सच्चा वरदान था कि तुम उसको नाम दे सके जिसको हम देख रहे थे, सीता, सुमंत्र की बेटी; क्योंकि इससे मुझे एक ऐसी चीज़ जानने को मिली जोकि एक प्रतिच्छवि से कहीं ज़्यादा है, क्योंकि नाम सत्त्व का, अंतरात्मा का अंग होता है। यह सुनकर मुझे और भी ख़ुशी हुई कि वह एक भली युवती है; क्योंकि वह एक ऐसा साधन है जिसके सहारे मैं अधिक आसानी से उसकी प्रतिच्छवि के पीछे जाकर उसकी अंतरात्मा को समझ सकता हूँ। कमल के पत्ते के आकार में उसका अपनी आँखों को विस्तार देना, और अपनी आँख की बरौनियों को हल्का-सा रँगना - वह, तुम कह सकते हो कि सब कुछ एक दस्तूर है और उसका नैतिकता से कोई लेना-देना नहीं है; यह सब कुछ वह भोलेपन के चलते करती है, उसके आचार दस्तूर पर निर्भर हैं। लेकिन, आख़िरकार, सौंदर्य का अपनी प्रतिच्छवि के प्रति भी कुछ कर्त्तव्य होता है; कदाचित उस कर्त्तव्य को निभाते हुए वह अपनी अंतरात्मा के बारे में पूछे जाने की कामना को ही प्रबल करने का प्रयत्न करती है। मैं यह कल्पना करना चाहूँगा कि सुमंत्र के रूप में उसको एक अच्छा पिता मिला होगा, और उसकी माँ उसका ध्यान रखने वाली होगी, और उसका पालन-पोषण धार्मिक ढंग से हुआ होगा; मैं घर की बेटी के रूप में उसकी ज़िंदगी और दिनचर्या की कल्पना कर सकता हूँ, कि किस तरह वह धान कूटती होगी, चूल्हे पर भोजन पकाती होगी, या सूत कातती होगी। उसकी प्रतिच्छवि को देखने के अपराध-बोध के चलते मेरा हृदय उसको एक व्यक्ति के रूप में आकार लेते देखने के लिए पुकार रहा है।"

"यह मैं समझ सकता हूँ," नंद ने जवाब दिया। "लेकिन तुम्हें यह याद रखना चाहिए कि यह आकांक्षा मेरे लिए उतनी जीवंत नहीं हो सकती, क्योंकि वह मेरे लिए एक व्यक्ति रह चुकी है, क्योंकि मैंने उसको धूप में झुलाया था।"

"निश्चय ही बहुत ज़्यादा," श्रीदमन ने जवाब दिया, जिसकी आवाज़ का कंपन छिपा नहीं रह सका था। "ज़ाहिर है, बहुत ज़्यादा; क्योंकि यह अंतरंगता तुम्हारे लिए प्रदान की गई थी - न्यायसंगत तरीक़े से या नहीं, यह मैं नहीं कहूँगा, क्योंकि वह तुम्हें तुम्हारे मज़बूत हाथों और समूची हट्टीकट्टी काया के नाते मिली थी, तुम्हारे मानस या उसके अंदर के विचारों के नाते नहीं - इस अंतरंगता ने लगता है कि उसको तुम्हारी नज़रों में पूरी तरह से एक भौतिक प्राणी बना दिया है और इस तरह के व्यक्त रूप में निहित उच्चतर अर्थ के प्रति तुम्हारी निगाह को कुंठित कर दिया है। अन्यथा उसने जो रूपाकार लिया है उसके प्रति तुमने इस तरह के अक्षम्य खुरदरेपन के साथ बात न की होती। तब, क्या तुम नहीं जानते कि प्रत्येक नारी आकृति में - वह चाहे बच्ची हो, लड़की हो, माँ हो या सफ़ेद बालों वाली बुढ़िया हो - प्रत्येक नारी आकृति में वह, सबकी माता, अपने को छिपाए होती है, शक्ति, महादेवी; जिसके गर्भ से सारी चीज़ें बाहर आती हैं, जिसके गर्भ में सारी चीज़ें वापस लौट जाती हैं; जिसको हम उस हर अवतार में सम्मानित करते और भजते हैं जो उसके चिह्न को धारण किए होता है? उसी ने स्वयं को अपनी सबसे पूज्य आकृति में यहाँ इस छोटी-सी स्वर्णमक्षिका नदी के तट पर उजागर किया है; तब क्या हमें उसके स्वयं को इस तरह उजागर करने को लेकर अंदर से द्रवित नहीं होना चाहिए - इस हद कि, दरअसल, अब मेरा ध्यान इस ओर गया है कि मेरी आवाज़ काँप रही है - हालाँकि यह किसी हद तक उसके बारे में तुम्हारे बात करने के तरीक़े को लेकर मेरी नाराज़गी की वजह से भी हो सकता है?"

"और तुम्हारे गाल और माथा आग की तरह लाल हो रहे हैं," नंद ने कहा, "और तुम्हारी आवाज़, हालाँकि वह काँप रही है, वह सामान्य से कहीं ज़्यादा तेज़ है। मैं तुम्हें विश्वास दिलाता हूँ कि मैं भी अपनी तरह से ख़ासा प्रभावित था।"

"तब फिर मैं नहीं समझ पाता," श्रीदमन ने जवाब दिया, "कि तुम इस क़दर नालायक़ तरीक़े से बात कैसे कर सकते हो और उसकी उस सुंदर काया की निंदा कैसे कर सकते हो जो लोगों को इस क़दर भ्रमित कर देती

है कि वे अपनी चेतना तक खो बैठते हैं! यह चीज़ों को निंदनीय एकांगिता के ढंग से देखना है और उसके सच्चे तथा यथार्थ तत्त्व से अपने आपको पूरी तरह से खोखला सिद्ध करना है जिसने अपने आपको हमारे सामने एक इस क़दर माधुर्यपूर्ण प्रतिच्छवि के रूप में उजागर किया था। क्योंकि वह सब कुछ है, सिर्फ़ एक चीज़ नहीं है; जीवन और मृत्यु, विक्षिप्तता और प्रज्ञा, जादूगरनी और मुक्तिदात्री, सब कुछ। क्या तुम ये नहीं जानते? क्या तुम केवल इतना ही जानते हो कि वह प्राणियों को ठगती है और उनको मोह लेती है, और यह नहीं जानते कि वह उनको सत्य के ज्ञान के विभ्रम के परे भी ले जाती है? तब तुम बहुत कम जानते हो और तुमने एक महान और जटिल रहस्य को नहीं समझा है : कि जो नशा वह हमारे दिमाग़ में पैदा करती है वही वह उल्लास भी है जो हमें सत्य और मुक्ति की ओर ले जाता है। क्योंकि सच्चाई यही है कि जो चीज़ हमें बाँधती है वही मुक्त भी करती है, और वह उल्लास ही वह चीज़ है जो ऐंद्रिक सौंदर्य और आत्मिक सौंदर्य को आपस में बाँधता है।"

नंद की काली आँखें आँसुओं से चमक उठीं, क्योंकि वह बहुत आसानी से पिघल जाने वाला था, और बिना रोए आध्यात्मिक भाषा को बमुश्किल सुन पाता था; ख़ास तौर से इस घड़ी में, जबकि श्रीदमन की आमतौर से पतली आवाज़ ने सहसा एक ऐसा गहरा लहज़ा अख़्तियार कर लिया था जो उसके दिल को छू गया था। उसने अपनी बकरीनुमा नाक से सिसकी जैसी एक गहरी साँस ली और बोला :

"आज तुम किस तरह बोल रहे हो, दाऊ जी, गंभीर स्वर में! मेरा ख़याल है, मैंने तुम्हें इतने विचित्र ढंग से बोलते कभी नहीं सुना; यह मुझको अंदर तक छू रहा है। मैं चाहता तो हूँ कि यह अब और जारी न रहे, यह मुझपर बहुत भारी पड़ रहा है। तब भी मैं तुमसे प्रार्थना करता हूँ कि तुम मेहरबानी करके अंतरात्मा और बंधनों और सर्वव्यापी देवी के बारे में अपनी यह बात जारी रखो!"

"तो तुमने देखा," श्रीदमन ने अपनी उसी उठी हुई लय को जारी रखते हुए कहा, "इस सब कुछ का अर्थ, और यह कि वह सिर्फ़ पागलपन नहीं बल्कि प्रज्ञा भी है जो वह प्रदान करती है। अगर मेरी बात तुमको विचलित करती है, तो इसलिए कि वह ब्रह्मा की प्रज्ञा से मिश्रित वाक् की देवी है। उसकी दोहरी रूपाकृति में हम उसकी महानता को पहचानते हैं; क्योंकि वह

कुपित भी है, काली और भयावह, भाप छोड़ते पात्र से प्राणियों का ख़ून पीती हुई; लेकिन इसी के साथ-साथ वह शुभ्र और कृपालु भी है, समस्त प्राणियों का उद्गम, जगत के तमाम प्राणियों को अपने पोषक वक्ष में दुलारती हुई। वह विष्णु की महामाया है, वह उनको गले लगाए हुए है, वे उसमें स्वप्न देखते हैं; लेकिन हम उनमें स्वप्न देखते हैं। बहुत-सी नदियाँ बहती हुई शाश्वत गंगा में मिलती हैं, लेकिन गंगा बहकर समुद्र में जाती है। इसी तरह हम बहकर विष्णु के विश्व-स्वप्नद्रष्टा देवत्व में मिलते हैं; लेकिन वह देवत्व देवी माता के समुद्र में मिलता है। देखो, हम एक ऐसी जगह आ गए हैं जहाँ हमारे जीवन का स्वप्न बहकर इस पवित्र स्नान-स्थल में मिल गया है, और वहाँ प्रकट हुई है सर्वेश्वरी माता, सर्वभक्षी काली, जिसके गर्भ में हमने स्नान किया है, उसकी मधुरतम रूपाकृति में, हमारे विस्मय और उल्लास के लिए – जोकि एक बहुत बड़े पुण्य के समान है, क्योंकि हमने उसके प्रजननकारी चिह्न का सम्मान किया है, उसको अर्घ्य चढ़ाया है। लिंग और योनि – इससे बड़ा संकेत और इससे बड़ा सम्मान जीवन में और कोई नहीं हो सकता जब मनुष्य को उसकी शक्ति के साथ वैवाहिक अग्नि की परिक्रमा के लिए बुलाया जाता है, जब उनके हाथ अलंकृत बंधन में जुड़े होते हैं और वह ये शब्द उच्चारित करता है : 'मैंने उसको प्राप्त किया!' जब वह उसको उसके माता-पिता के हाथों से लेता है और इन तेजस्वी शब्दों का उच्चारण करता है : 'वह मैं हूँ, यह तुम हो; आकाश मैं हूँ, पृथ्वी तुम हो; मैं गीत का संगीत हूँ, तुम उसकी शब्द हो इसलिए हम साथ-साथ यात्रा की शुरुआत करें।' जब वे उस मिलन का उत्सव मनाते हैं, तब वे मनुष्य नहीं रह जाते, न वह (पुरुष), न वह (स्त्री), एक नर और एक मादा, बल्कि वे महान युगल होते हैं, वह शिव होता है, वह दुर्गा होती है, महान और विस्मयकारी देवी; जब उनके शब्द भटकते हैं और वे उनके शब्द नहीं रह जाते, बल्कि उन्मत्त गहराइयों के भीतर से फूटती हकलाहट में बदल जाते हैं और वे उनके आलिंगन के दैवी आनंद की उच्चतम अवस्था में लीन हो जाते हैं। ऐसा होता है वह पवित्र क्षण जो हमें प्रज्ञा से सराबोर कर देता है और हमें हमारे अहंकार के विभ्रम से मातृ-शक्ति के गर्भ में मुक्त कर देता है। क्योंकि परमानंद की अवस्था में जिस तरह इंद्रियाँ और अंतरात्मा एकसाथ प्रवाहित होते हैं, उसी तरह प्रेम की अवस्था में जीवन और मृत्यु प्रवाहित होते हैं!"

इन आध्यात्मिक शब्दों को सुनकर नंद पूरी तरह मंत्रमुग्ध था।

"नहीं," उसने अपना सिर हिलाते हुए कहा, उसकी आँखों में आँसू छलछला रहे थे, "लेकिन वाग्देवी तुम्हारे ऊपर कृपालु हैं, वे तुम्हें ब्रह्मा की प्रज्ञा से तब तक नवाज़ती रहेंगी जब तक कि मैं सुनने की अपनी सामर्थ्य लगभग खो नहीं दूँगा, तब भी तुम इसी तरह बोलते रहोगे। जो कुछ भी तुम्हारी बुद्धि से बाहर आ रहा है उसका पाँचवाँ हिस्सा भी अगर मैं गा और बोल सकता, तो मैं अपने एक-एक अवयव के स्तर पर ख़ुद को प्रेम करता अपनी इज़्ज़त करता। इसीलिए तुम मेरे लिए बेहद ज़रूरी हो, मेरे बड़े भाई; जो मेरे पास नहीं है वह तुम्हारे पास है, और चूँकि तुम मेरे सखा हो इसलिए यह लगभग ऐसा है कि वह सब कुछ मेरा भी है। क्योंकि तुम्हारा एक साथी होने के नाते मेरा एक हिस्सा तुममें है, और इसलिए मैं कुछ-कुछ श्रीदमन हूँ; तुम्हारे बिना मैं सिर्फ़ नंद होता, और वह पर्याप्त नहीं है। मैं तुमसे निस्संकोच कहता हूँ, मैं तुमसे अलग होना सह नहीं सकूँगा; मैं चिता बनकर ख़ुद को जला डालूँगा। बस। इसे गाँठ बाँध लो।"

उसने अपने साँवले, अँगूठी वाले हाथ से अपने बंडल को खँगाला और उसमें से पान का एक बीड़ा निकाल लिया, जिसको भोजन के बाद मुँह को मिठास देने के लिए चबाना बहुत सुखकर होता है। आँसुओं से भीगे अपने चेहरे को एक ओर करते हुए उसने वह बीड़ा उपहार के भाव से और उनकी दोस्ती तथा करार के तौर पर श्रीदमन को दे दिया।

4

इस तरह वे आगे चल पड़े, और उनके अपने-अपने उद्देश्य कुछ देर बाद उनको अलग-अलग रास्तों पर ले गए। जब वे पालों वाली नावों से भरी जमुना नदी पर पहुँचे और क्षितिज पर उन्होंने कुरुक्षेत्र की सीमा को देखा, तो श्रीदमन ने बैलगाड़ियों से भरे मुख्य मार्ग को पकड़ा और जिस आदमी से उसको मूसल और जलावन ख़रीदना था उसके घर की तलाश में शहर की सँकरी सड़कों में प्रवेश किया। नंद एक सँकरी गली में घुस गया जो उन आदिवासियों की मिट्टी की झोपड़ियों की ओर जाती थी जो उसको उसके पिता की लोहारगिरी के लिए कच्चा लोहा देने वाले थे। उन्होंने एक दूसरे को शुभकामनाएँ दीं और अपने-अपने रास्ते चल पड़े। जाने से पहले उन्होंने तीन

दिन बाद अपना काम पूरा हो जाने पर वापस अपने घरों को लौटने के लिए उसी जगह पर मिलने का वादा किया।

लेकिन जब तीन सूर्योदयों के बाद नंद कच्चा लोहा ढोने के लिए आदिवासियों द्वारा दिए गए गधे पर सवार होकर मुलाक़ात के निश्चित स्थल पर पहुँचा, तो उसको कुछ देर इंतज़ार करना पड़ा क्योंकि श्रीदमन को आने में विलंब हो रहा था। आख़िरकार काफ़ी देर बाद वह अपनी पीठ पर बोझ लादे हुए धीमे और घिसटते क़दमों से आया। उसके गाल उसके पंखे के आकार की मुलायम दाढ़ी में अंदर की ओर धँसे हुए थे और उसकी आँखें अवसाद से भरी हुई थीं। अपने दोस्त को देखकर उसने कोई प्रसन्नता ज़ाहिर नहीं की, और जब नंद ने आगे बढ़कर उसका बोझा संभाला और उसको गधे पर लाद दिया तब भी उसके व्यवहार में कोई बदलाव नहीं आया; वह पहले की ही तरह मुँह लटकाए, अवसाद से भरा हुआ नंद की बग़ल में चलता रहा, उसके मुँह से हाँ, हूँ-हाँ से ज़्यादा कुछ नहीं निकल रहा था, उस वक़्त भी जबकि उसको न या नहीं कहना चाहिए था। उसने नहीं भी कहा, लेकिन ठीक उस वक़्त जब उसको हाँ कहना चाहिए था, यानी विश्राम और स्वल्पाहार के वक़्त, जब उसने घोषणा कर दी कि वह न तो खाएगा न खा सकता है। एक सवाल के जवाब में उसने यह भी कहा कि वह सो नहीं सका था।

यह सब कुछ किसी बीमारी की तरह लग रहा था। दरअसल, जब दूसरी शाम वे तारों की रोशनी में चले जा रहे थे, और परेशान नंद ने उसको कुछ शब्द बोलने के लिए बाध्य किया, तो उसने न केवल यह कहा कि वह बीमार है, बल्कि यह भी कहा कि उसकी बीमारी असाध्य है, एक ऐसा रोग जो उसको मौत तक ले जाएगा। उस रोग की प्रकृति ऐसी है, उसने कहा, कि उसका मरना न सिर्फ़ अनिवार्य था बल्कि वह मरना चाहता भी था, कि यह अनिवार्यता और चाहत कुछ इस क़दर आमूल-चूल ढंग से आपस में गुँथी हुई और अविभाज्य थीं कि उन्होंने एक ही विवश करने वाली इच्छा की शक्ल ले ली थी, जहाँ उस अनिवार्यता के भीतर से वह चाहत और उस चाहत के भीतर से वह अनिवार्यता पैदा हो रही थी। "अगर तुम अपनी मित्रता को लेकर गंभीर हो," उसने नंद से कहा, "तो तुम अपने प्रेम की आख़िरी सेवा करो और मेरे लिए एक चिता तैयार कर दो जिसमें प्रवेश कर मैं अपने को जला डालूँ। क्योंकि यह असाध्य बीमारी मुझको अंदर से इतनी यातना देती हुई जला रही है कि चिता की आग की ज्वाला उसके मुक़ाबले मुझको

ठंडक पहुँचाने वाले लेप और पवित्र नदी में घाव भरने वाले स्नान की तरह महसूस होगी।"

हे ईश्वर, तुम्हारा क्या होगा? उन शब्दों को सुनकर नंद ने सोचा। लेकिन हमें कहना होगा कि उसकी बकरीनुमा नाक और भौतिक प्रकृति के बावजूद, जो उसको लोहा बेचने वाले आदिवासियों और ब्राह्मणों के इस भव्य पुत्र श्रीदमन के बीच खड़ा करती थी, नंद में मुश्किल परिस्थिति का सामना करने का भरपूर सामर्थ्य था, और उसने अपने साथी की इस बेहद गंभीर रुग्ण अवस्था में भी अपना धीरज नहीं खोया। उसने उस अनुकूल परिस्थिति का लाभ उठाया जो एक बीमार व्यक्ति के मुक़ाबले एक स्वस्थ व्यक्ति के पक्ष में होती है, और अपनी थरथराहट को दबाते हुए, पूरी वफ़ादारी के साथ ख़ुद को अपने मित्र की सेवा में हाज़िर करते हुए बुद्धिमत्ता और युक्तिपूर्वक बात की।

"तुम्हारा कहना सही हो सकता है," उसने कहा, "अगर तुम्हारा कहना सही है, और जिसपर मैं संदेह नहीं कर सकता, कि तुम्हारी बीमारी असाध्य है, तो मैं तुम्हारे निर्देशों का पालन करने में ज़रा भी संकोच नहीं करूँगा और तुम्हारे लिए चिता तैयार कर दूँगा। मैं उसको इतना बड़ा बनाऊँगा कि उसमें आग लगाने के बाद उसके भीतर मेरे लिए भी तुम्हारी बग़ल में पर्याप्त जगह होगी; क्योंकि मैं तुम्हारे मरने के बाद पल भर को भी जीवित रहने के बारे में नहीं सोचता, मैं तुम्हारे साथ ही अग्नि में प्रवेश कर जाऊँगा। लेकिन सिर्फ़ इसी वजह से, और क्योंकि ये चीज़ें मुझसे भी उतनी ही गहराई से ताल्लुक रखती हैं, तुमको मुझे बताना होगा कि बात क्या है और तुम्हें अपनी बीमारी का नाम बताना होगा, ताकि मैं तुम्हारे इस विश्वास का क़ायल हो सकूँ कि वह बीमारी असाध्य है और हम दोनों को राख में बदलने की तैयारी कर सकूँ। तुम्हें यह मानना होगा कि मैं जो कह रहा हूँ वह सही और उचित है, और मैं अगर अपनी सीमित समझ से भी उसको ऐसा समझता हूँ, तो तुम जैसा अक़्लमंद व्यक्ति तो इससे कितना सहमत होगा! अगर मैं ख़ुद को तुम्हारी जगह पर रखूँ और कुछ इस तरह से तुम्हारे सिर का इस्तमाल करने की कोशिश करूँ जैसे वह मेरे ही कंधों पर रखा हो, तो मैं यह सोचे बग़ैर नहीं रह सकता कि इसके पहले कि हम इतने बड़े इरादों को पूरा करने की ओर बढ़ें, तुम्हारी बीमारी की असाध्यता के बारे में मेरी - मेरा मतलब है तुम्हारी - दृढ़ धारणा पुष्टि और प्रमाण की माँग करती है। इसलिए मेहरबानी करके बताओ!"

काफ़ी देर तक वह निस्तेज गालों वाला श्रीदमन मुद्दे पर नहीं आया; उसने घोषणा की कि उसकी घोर निराशा के लिए किसी तरह के प्रमाण और कैफ़ियत की ज़रूरत नहीं है। लेकिन अंत में, बहुत मनुहार के बाद, उसने बात मान ली, और, बोलते वक़्त अपनी आँखों पर अपना हाथ यूँ रखते हुए जैसे उसको अपने दोस्त की तरफ़ देखने की ज़रूरत नहीं थी, उसने अपनी स्वीकारोक्ति प्रस्तुत की।

उसने कहा, "जब से हमने देवी के स्नान-स्थल पर उस दिगंबरा किंतु सदाचारी लड़की को देखा है, सुमंत्र की बेटी उस सीता को, जिसको तुमने धूप में झुलाया था, तबसे उसकी नग्नता और सदाचार से ताल्लुक रखने वाली और दोनों से ही निकली हुई मेरी यातना मेरी आत्मा में बीज की तरह पड़ गई है और वहाँ वह तब तक फलती-फूलती रही है जब तक कि उसने मेरे अंगों-प्रत्यंगों की एक-एक शिरा को बेध नहीं डाला है; उसने मेरी मानसिक शक्तियों को निगल लिया है, मुझसे मेरी नींद और भूख छीन ली है, और अब वह शनैः शनैः लेकिन निश्चित तौर पर मुझे मेरे विनाश की ओर ले जा रही है।" उसने अपनी बात जारी रखते हुए बताया कि उसका संताप नाशवान था क्योंकि उसका उपचार – यानी उस कुमारी के सौंदर्य और गुणों पर टिकी हुई इच्छाओं का पूरा होना – कल्पना से परे, विचार से परे, और अमर्यादा से भरा हुआ था। संक्षेप में, वह नश्वर महत्त्वाकांक्षाओं से परे था। अगर कोई इंसान सुख की ऐसी किसी आकांक्षा से पीड़ित हो जिसका सपना कोई नश्वर प्राणी नहीं बल्कि केवल देवता ही देख सकता हो, और वह इस सुख के बिना जीवित न रह सकता हो, तो ज़ाहिर है उसको मर जाना चाहिए। उसने अपनी बात समाप्त करते हुए कहा, "अगर मैं उस चकोर जैसी आँखों वाली, उस तेजस्वी रंग वाली, अलौकिक नितंबा सीता को नहीं पा सका, तो मेरी अंतरात्मा ख़ुद-ब-ख़ुद विसर्जित हो जाएगी और मर जाएगी। इसलिए मेरी लिए चिता तैयार करो, क्योंकि आग में ही मानवीय और दैवीय के बीच के इस संघर्ष से मुक्ति है। तुम्हारे यौवन और तुम्हारी प्रफुल्ल युवा प्रकृति को देखते हुए मुझे इस बात से पीड़ा हो रही है कि तुम मेरे साथ उस आग में प्रवेश करोगे; तब भी इसमें भी कुछ औचित्य है। क्योंकि यह ख़याल कि तुमने उसको धूप में झुलाया था मेरे सीने में लगी आग को और भी भड़का रहा है, और ऐसे किसी इंसान को, जिसको यह सुख मिला हो, मैं दुनिया में छोड़कर जाने से नफ़रत करता हूँ।"

जैसे ही नंद ने श्रीदमन की ये बातें सुनीं वह अपने दोस्त को विस्मय में डालता हुआ ज़ोर से हँस पड़ा, और उसने बारबार अपने दोस्त को गले से लगाते हुए और नाचते हुए अपना हँसना जारी रखा।

"प्रेमाकुल!" वह पुकार उठा। "प्रेमाकुल, प्रेमाकुल! बस इतनी-सी बात है। यह घातक बीमारी है। क्या ही मज़ेदार बात है, क्या ही मज़ाक़ है!" और उसने गाना शुरू कर दिया :

"चतुर आदमी, चतुर आदमी,
कितनी अक़्लमंदी से करता था वह बात!
मगर, हाय, उसके विवेक ने ले ली विदा,
उसकी प्रज्ञा का मौसम गया बीत।
एक नवयौवना की चितवन ने
बना दिया है उसके दिमाग़ को कद्दू
पेड़ से टपका बंदर भी
नहीं लग सकता इतना बुद्धू!"

इसके बाद वह अपनी हथेलियाँ अपने घुटनों पर मारता हुआ गुर्राया और ज़ोर से बोल उठा :

"श्रीदमन, बंधु, मुझे कितनी ख़ुशी हो रही यह जानकर कि हालात बदतर नहीं हैं, और चिता के बारे में तुम्हारे मन में सिर्फ़ इसलिए ख़याल आ रहा है क्योंकि तुम्हारा दिल फूस के छाजन की तरह जल रहा है! वह छोटी-सी जादूगरनी कुछ ज़्यादा ही देर तेरी नज़रों के सामने रही है; पुष्पों का बाण धारण करने वाले कामदेव ने तुम्हारे हृदय को बींध दिया है। जिसको हम मक्खियों की भिनभिनाहट समझ रहे थे वह बिजली की गर्जना साबित हुई है; और वसंतकालीन आकांक्षा की बहन रति है जिसने तेरे साथ यह किया है। ये सब एकदम सामान्य और विनोदपूर्ण है, रोज़ घटित होने वाली चीज़, और एक पुरुषोचित घटना से ज़्यादा कुछ नहीं है। तुमको लगता है कि केवल कोई देवता ही इस तरह के परम आनंद की उम्मीद कर सकता है, लेकिन इससे केवल तुम्हारी आकांक्षाओं की ऊष्मा का ही पता चलता है, और साबित होता है कि वे आकांक्षाएँ एक देवता, यानी काम, के यहाँ से ही आई हैं, लेकिन ऐसा नहीं है कि वे तुम्हारी बजाय उसी के लिए उपयुक्त हैं। जब मैं यह

कहता हूँ कि तुम यह सोचकर ग़लती पर हो कि तुम्हारी आकांक्षाओं के लक्ष्य पर केवल देवताओं का ही अधिकार हो सकता है, तो तुम मेरी इस बात को अमित्रवत भाव से मत लो, बल्कि अपने अतितृप्त हृदय के लिए एक शीतलता पहुँचाने वाली सलाह की तरह ही लो। ये बहुत ही अतिरंजित है; निश्चय ही, इससे ज़्यादा मानवीय और नैसर्गिक और कुछ नहीं हो सकता कि तुम इस हलरेखा में बीजारोपण की ओर प्रेरित हुए हो।" (उसने बात को इस तरह इसलिए रखा कि क्योंकि सीता का अर्थ हलरेखा होता है।) "लेकिन तुम्हारे ऊपर," उसने अपनी बात जारी रखते हुए कहा, "ये कहावत चरितार्थ होती है : 'दिन में उल्लू अंधा होता है, रात में कौआ। लेकिन प्रेम के अंधे को न रोशनी में सूझता है न अँधेरे में।' मैंने यह शिक्षाप्रद कहावत इसलिए दोहराई ताकि तुम ख़ुद को इसमें देख सको और विचार कर सको कि महिषादल की सीता भले ही दुर्गा के स्नान-स्थल पर दिगंबरा खड़ी हुई तुमको देवी जैसी दिखाई दी हो लेकिन वह कोई देवी नहीं है, बल्कि एक निहायत ही साधारण हालाँकि एक सुंदर-सी छोटीमोटी चीज़ है; उसका जीवन तमाम दूसरे लोगों की तरह ही है, वह धान कूटती है, खीर पकाती है, ऊन बुनती है और उसके माँ-बाप दूसरे साधारण लोगों जैसे ही हैं, भले ही उसका बाप सुमंत्र अपनी शिराओं में छोटे-मोटे योद्धा का रक्त प्रवाहित होने की डींग हाँकता हो। संक्षेप में यह कि वे ऐसे लोग हैं जिनसे बात की जा सकती है; और नंद जैसा तुम्हारा दोस्त आख़िर किस काम का है अगर वह आगे बढ़कर इस निहायत ही रोज़मर्रा और साधारण के मसले को तुम्हारे लिए सुलझा नहीं सकता, और तुमको सुखी नहीं बना सकता? ठीक है? क्या, मूर्ख! बजाय चिता तैयार करने के और उसमें तुम्हारी बग़ल में लेट जाने के, मैं तुम्हारा वैवाहिक घर बसाने में तुम्हारी मदद करूँगा जहाँ तुम उस सुंदर नितंबा वधू के साथ सुखपूर्वक रह सको!"

कुछ देर की ख़ामोशी के बाद श्रीदमन ने जवाब दिया : "तुम्हारे शब्दों में, और तुम्हारे गीत का तो कहना ही क्या, बहुत कुछ ऐसा था जो अपमानजनक था। क्योंकि मेरी संतप्त आकांक्षाओं को निहायत ही साधारण और आम चीज़ कहना उनका अपमान ही है जबकि वे मेरी सहनशक्ति के बाहर की चीज़ें हैं और मेरे हृदय को दोफाँक कर देने के क़रीब हैं। हमसे ज़्यादा शक्तिशाली लालसा, इतनी शक्तिशाली कि उसको सहा न जा सके - उसको मनुष्य के संदर्भ में अनुपयुक्त कहना, उसको केवल देवता के लिए ही

उपयुक्त कहना, एकदम सही है। लेकिन मैं अच्छी तरह से जानता हूँ कि तुम मेरा हित चाहते हो, तुम मुझे सांत्वना देना चाहते हो, इसलिए मेरी संघातक बीमारी के लिए तुम्हारे द्वारा उपयोग किए गए भद्दे और अज्ञान से भरे शब्दों के लिए मैं तुमको क्षमा करता हूँ; क्योंकि तुम्हारे आख़िरी शब्दों में मुझे वह संभावना दिखाई देती है जिसने मेरे हृदय को प्रोत्साहित कर दिया है, लेकिन अब वह मौत के हवाले होकर नई और प्रचंड धड़कनों से भर उठा है। यह उस तसवीर के कारण है जो तुमने पेश की है, हालाँकि उसमें भरोसा करने के क़ाबिल मैं अभी तक नहीं हुआ हूँ। मेरा अनुमान है कि मुझसे भिन्न दिमाग़ी हालत वाले सकुशल प्राणी इसको ज़्यादा स्पष्ट और वस्तुपरक ढंग से परख सकते होंगे। लेकिन मैं तो अपने अलावा और किसी भी दृष्टि पर तत्काल अविश्वास करता हूँ और केवल उसी राह पर विश्वास करता हूँ जो मौत की तरफ़ जा रही है। तनिक इस संभावना पर विचार करो कि उस अलौकिक सीता का उसके बचपन में ही विवाह तय हो चुका हो और जल्दी ही उस व्यक्ति के साथ वैवाहिक गठबंधन में बँधने वाली है जो उसी के साथ बड़ा हुआ होगा! यह विचार मात्र ही इतनी दाहक यातना है कि मैं उससे भागकर चिता की शीतलता में शरण ले सकता हूँ।”

लेकिन नंद ने उसकी दोस्ती की सौगंध खाकर कहा कि उसकी आशंका सर्वथा निराधार थी; सीता किसी बालविवाह के बंधन में बँधी हुई नहीं थी। उसके पिता सुमंत्र ने ऐसी किसी भी व्यवस्था पर इस आधार पर आपत्ति उठाई थी कि अगर उसका बालक पति अकाल मृत्यु को प्राप्त हो गया तो उसकी बेटी को वैधव्य का कलंक ढोना पड़ेगा। दरअसल, अगर उसकी मँगनी हो चुकी होती तो उसको धूप में झुलाने योग्य कुमारी के रूप में चुना ही नहीं जा सकता था। नहीं, सीता स्वतंत्र थी, उसका हाथ विवाह के लिए माँगे जाने योग्य था; और श्रीदमन की अच्छी जाति को, उसके परिवार के संबंधों को, और उसके वेदों के ज्ञान को देखते हुए केवल इतना ही काफ़ी था कि वह औपचारिक तौर पर अपने दोस्त को मामले को अपने हाथ में लेने की और दोनों परिवारों के बीच विवाह की बातचीत को आगे बढ़ाने की ज़िम्मेदारी सौंपे, ताकि यह सुखद मसला पक्का रूप ले सके।

झूला झुलाए जाने के प्रसंग के ज़िक्र से श्रीदमन के गालों में दर्द की एक ऐंठन पैदा हुई थी। लेकिन कुल मिलाकर उसने अपने दोस्त की इस तत्पर पहल के प्रति कृतज्ञता दर्शाई। धीरे-धीरे उसने नंद के सटीक तर्कों को स्वीकार

करते हुए मरने की अपनी लालसा से बाज़ आते हुए इस विश्वास की ओर बढ़ना शुरू किया कि सीता को एक वधू के रूप में अपनी बाँहों में घेरने की उसकी आकांक्षा की पूर्ति, संभावित थी और मानवीय सीमा के परे नहीं थी। तब भी वह इस बात पर टिका रहा कि विवाह के लिए उसको हाथ माँगने में नाकामयाबी रही, तो नंद को अपने मज़बूत हाथों से चिता तैयार करनी होगी। गर्ग के बेटे ने उसको आश्वासन देते हुए उसको शांत किया; लेकिन उसे इस सुखद परिणति की ओर ले जाने वाले तमाम क़दमों के बारे में विस्तार से चर्चा करना उचित लगा। श्रीदमन को पूरी तरह से संयम बरतना था और मामले की प्रतीक्षा करनी थी; उधर नंद को पहले तो श्रीदमन के पिता भवभूति के सामने मामले को रखना था और फिर उससे आग्रह करना था कि वह उस कन्या के माँ-बाप से विवाह का प्रस्ताव करे। इसके बाद नंद को विवाह के प्रत्याशी का प्रतिनिधित्व करते हुए महिषादल जाना था और उसके दोस्त के रूप में इस जोड़े के बीच की अगली चर्चा को अंजाम देना था।

सब कुछ आनन-फानन में हो गया। ब्राह्मणों के बीच का वह बनिया भवभूति उस संदेश से अत्यंत प्रसन्न हुआ जो उसके बेटे के दोस्त ने उसको दिया था। क्षत्रिय वर्ण का ग्वाला सुमंत्र अच्छे-ख़ासे उपहारों के साथ पेश किए गए इस प्रस्ताव से अप्रसन्न नहीं था। नंद ने सादे किंतु विश्वासप्रद शब्दों में उसके घर में अपने दोस्त की प्रशंसा के गीत गाए। उतनी ही मांगलिक रही सीता के अभिभावकों की गोमंगल गाँव की यात्रा जो उन्होंने वर की सद्‌भावनाओं के बारे में अपना विश्वास क़ायम करने के लिए की थी। आदान-प्रदान की इन्हीं कार्रवाइयों में कई दिन बीत गए और कन्या सीता दूर बैठे-बैठे उस व्यापारी के बेटे श्रीदमन में अपने होने वाले पति और मालिक को देखने लगी। सगाई की रस्म उपयुक्त भोज और उपहारों के आदान-प्रदान के साथ गीतों और समारोहपूर्वक संपन्न हुई।

ज्योतिषियों ने विवाह की तिथि तय कर दी; और नंद ने – इस तथ्य के बावजूद कि सीता के साथ श्रीदमन का गठबंधन उस पर निर्भर करता था, जो श्रीदमन को इस विश्वास से बरजता था कि यह कभी संभव हो पाएगा – भागदौड़ करके विवाह के निमंत्रण बाँट दिए। सीता के अभिभावकों के घर में कंडों की आग से विवाह की वेदी तैयार की गई। नंद के मज़बूत हाथों ने यहाँ भी भूमिधर कृषक की भाँति अपनी सेवाएँ दीं, और पुरोहित ने वेदी की बग़ल में खड़े होकर मंत्रों का पाठ किया।

इस तरह वह दिन आया जब चंदन, कपूर और नारियल के तेल के उबटन से विभूषित, गहनों से लदी, विवाह का जोड़ा पहने और घूँघट डाले सीता ने पहली बार अपने होने वाले पति को देखा। वह, जैसाकि हम जानते हैं, उसको पहले ही देख चुका था। सीता ने पहली बार उसको उसका नाम लेकर पुकारा। इस पल की निश्चय ही प्रतीक्षा हो रही थी, लेकिन अब आख़िरकार वह पल आ चुका था जब श्रीदमन ने ये शब्द कहे : "मैंने उसको प्राप्त किया;" जब चावल और घी की आहुति के साथ उसने उसके माता-पिता के हाथों से उसको अपने हाथों में लिया, ख़ुद को आकाश और उसको धरती कहकर पुकारा, ख़ुद को संगीत और उसको गीत की शब्द कहकर पुकारा; और स्त्रियों के गीतों और तालियों के साथ दोनों ने प्रज्ज्वलित अग्नि की तीन परिक्रमाएँ कीं। इसके बाद सफ़ेद बैलों से युक्त एक पवित्र बारात के साथ वह उसको अपने गाँव के घर और अपनी माँ के हृदय तक ले गया।

यहाँ भी बहुत-से सौभाग्यप्रद अनुष्ठान संपन्न हुए, यहाँ भी उन्होंने अग्नि की परिक्रमाएँ कीं; उसने सीता को गन्ने का रस पिलाया और अँगूठी को उसकी गोद में गिरने दिया। वैवाहिक भोज में वे फिर से अपने संबंधियों और मित्रों के साथ बैठे। लेकिन जब वे खा-पी चुके और जब उनके ऊपर गुलाब जल और गंगा का जल छिड़क दिया गया, वे सारे मेहमानों के साथ वर-वधू के कक्ष में ले जाए गए, जहाँ पुष्पों से सज्जित शैय्या तैयार थी। वहाँ, चुंबनों, हँसी-ठिठोली और आँसुओं के बीच सब लोगों ने उनसे विदा ली। नंद जोकि इस पूरे दौरान उनके साथ था, सबसे अंत में उनके शयन-कक्ष की दहलीज़ से लौटा।

5

यहाँ मैं अपने पाठकों को, जो शायद अब तक के क़िस्से के अत्यंत प्रसन्न घटनाक्रम से गुमराह रहे हो सकते हैं, चेतावनी देना चाहता हूँ कि वे इस क़िस्से के वास्तविक चरित्र को लेकर कोई ग़लत धारणा न बना लें। कुछ देर के लिए उस क़िस्से में एक ख़ामोशी थी, उसने अपना चेहरा मोड़ लिया था; फिर जब वह वापस मुड़ा, तो वह वही नहीं रह गया था, बल्कि एक डरावने मुखौटे में बदल गया था, मेडुसा की भाँति एक ख़ौफ़नाक चेहरा, जो देखने

वाले को पत्थर में बदल देता है, या उसको पागल कर नकार के वहशी कर्म की ओर ले जाता है – क्योंकि श्रीदमन, नंद और सीता ने उसको ऐसा ही पाया था, अपनी उस यात्रा के दौरान जो... लेकिन सारी बातें अभी नहीं, बारी आने पर ही ठीक होंगी।

श्रीदमन की माँ द्वारा प्यारी सीता को अपने मातृवत आँचल में पनाह दिए हुए छह महीने बीत चुके थे और सीता ने नुकीली नाक वाले अपने पति को वैवाहिक सुख के सारे आनंदों से भर दिया था। गर्मी के भारी दिन बीत चुके थे, और बादलों की बाढ़ से भरे हुए आकाश, पृथ्वी को फूलों की ताज़गी से भर देने वाला बारिश का मौसम भी जल्दी बीतने को था। आकाश का चँदोवा निर्मल था, शरद के कमल भरपूर खिले हुए थे, जब इस नवविवाहित जोड़े ने श्रीदमन के माता-पिता की सहमति प्राप्त करने के बाद, नंद के साथ सीता के परिवार से मिलने जाने की योजना पर चर्चा की। सीता के अभिभावकों ने उसको तभी से नहीं देखा था जबसे उसने अपने पति को गले लगाया था, और वे ख़ुद को यह विश्वास दिलाना चाहते थे कि उसका वैवाहिक जीवन आनंदमय था। हालाँकि सीता ने बाद के दिनों में मातृत्व के आनंद की कल्पनाओं में आनंद लेना शुरू कर दिया था, फिर भी वे यात्रा पर निकल पड़े, जोकि बहुत लंबी नहीं थी, और साल के उन शीतल दिनों में बहुत थकाने वाली भी नहीं थी।

उन्होंने ऊपर और चारों ओर से परदों से ढँकी एक गाड़ी में सफ़र किया जिसमें दो पशु जुते हुए थे; मित्र नंद गाड़ी को हाँक रहा था। वह विवाहित जोड़े के आगे बैठा हुआ था, उसकी छोटी-सी टोपी उसके एक कान पर झुकी हुई थी और पैर नीचे लटक रहे थे। गाड़ी हाँकने में उसका मन इस क़दर लगा हुआ था कि पीछे मुड़कर अपनी सवारियों से बात करने के लिए उसके पास वक़्त नहीं था। बीच-बीच में वह गाड़ी में जुते हुए पशुओं को पुकार लगाता; बीच-बीच में सहसा गाने लगता, ज़ोर की और साफ़ आवाज़ में – लेकिन गाने के शुरुआती उठान के बाद उसकी आवाज़ धीमी पड़ जाती और वह गुनगुनाने लगता, जिसका अंत पशुओं के जोड़े को हाँक लगाने में होता। अगर उसके गीत का सहसा फूट पड़ना चौंकाने वाला, अत्यंत बोझ से दबे पशुओं के लिए राहत की तरह होता, तो उसके स्वर का धीमा पड़ना भी उससे कम न होता।

उसके पीछे विवाहित जोड़ा ख़ामोश बैठा हुआ था। नंद इस तरह उनके ठीक आगे था कि अगर उनकी निगाहें सामने की ओर उठतीं, तो वे सीधी नंद की गर्दन के पीछे टिकतीं; श्रीदमन की नौजवान बीवी बीच-बीच में अपनी गोद से अपनी निगाहें उठाती और कुछ देर बाद उनको वापस वहीं मोड़ लेती। श्रीदमन उस दृश्य से पूरी तरह बच रहा था और अपना चेहरा कैनवस के परदे की ओर मोड़े बैठा था। वह ख़ुशी-ख़ुशी नंद की जगह ले सकता था, ताकि उसको, बग़ल में बैठी अपनी बीवी की तरह, रीढ़ और कंधे की हड्डियों से युक्त नंद की कत्थई पीठ न देखना पड़ती। लेकिन यह कोई ख़ास बात नहीं थी, उसने सोचा; क्योंकि इससे अलग कोई व्यवस्था भी बेहतर नहीं होती। इस तरह वे ख़ामोशी से अपनी राह चलते रहे, लेकिन उन तीनों की साँसें इतनी तेज़ चल रही थीं मानो वे दौड़ रहे हों; उनकी आँखों में ख़ून उतरा हुआ था, और ये हमेशा ही बुरा संकेत होता है। किसी भी दिव्य दृष्टि रखने वाले व्यक्ति ने वहाँ एक छाया मँडराती देखी होती, जैसे किसी काले पंख ने उनको ढँक रखा हो।

उन्होंने अपनी यात्रा जारी रखी, प्राथमिक तौर पर, अँधेरे की छाया में; दूसरे शब्दों में, भोर होने के पहले; इस तरह उन्होंने दोपहर की धूप से बचने की कोशिश की - एक अक़्लमंदी से भरी कार्रवाई, जो वे व्यावहारिक बुद्धि के चलते नहीं बल्कि दूसरी वजहों से कर रहे थे। उनके अपने अंतःकरण के विभ्रम को अँधेरे से सहारा मिल रहा था, और अवचेतन रूप से वे अपनी आंतरिक घबराहट को बाहर प्रक्षेपित कर रहे थे - जिसका नतीजा यह हुआ कि वे रास्ता भटक गए। नंद ने अपने पशुओं को मुख्य सड़क के उस मोड़ पर नहीं मोड़ा जो सीता के गाँव की ओर जाता था। आकाश में चंद्रमा नहीं था और रास्ता दिखाने के लिए केवल तारों का प्रकाश था जिसके नतीजे में उसने ग़लत मोड़ पकड़ लिया और जिस सड़क पर वे आ पहुँचे थे जल्दी ही पता चला कि वह कोई सड़क ही नहीं थी, बल्कि पेड़ों के बीच की ख़ाली जगह मात्र थी, और वह भी वैसी लग भर रही थी, क्योंकि आगे चलकर पेड़ फिर से घने हो गए थे और जंगल में बदल गए थे और वह ख़ाली जगह भी जल्दी ही ग़ायब हो गई जहाँ से वे वापस मुड़ सकते।

पेड़ों के तनों के बीच से और जंगल की भुरभुरी ज़मीन पर से उनको अपनी गाड़ी को आगे बढ़ा पाना असंभव हो गया। उन्होंने एक दूसरे की तरफ़ देख कर स्वीकार किया कि वे भटक चुके थे; लेकिन वे यह स्वीकार

नहीं कर सके कि यह उनके अपने दिमाग़ का विभ्रम था जिसकी वजह से वे उस स्थिति में पहुँच गए थे। नंद के पीछे बैठे हुए श्रीदमन और सीता सोए हुए भी नहीं थे, उन्होंने खुली आँखों से नंद को ग़लत रास्ते पर मुड़ जाने दिया था। अब इसके सिवा कोई चारा नहीं था कि वे जहाँ थे वहीं रुककर अलाव जलाते और सूर्योदय की प्रतीक्षा करते ताकि वे जंगली जानवरों से सुरक्षित रह पाते। जब आख़िरकार भोर हुई, तो उन्होंने चारों दिशाओं में अपनी नज़रें दौड़ाईं; पशुओं को खोला और उनको एक क़तार में चलने दिया; फिर सागौन और चंदन के वृक्षों के बीच जहाँ से भी जगह मिली वहाँ से गाड़ी को बमुश्किल धकेला, और किसी तरह जंगल के सिरे तक जा पहुँचे, जहाँ उनको एक पथरीला नाला मिला। यह गाड़ी के लिए मुमकिन हो सकता था; और नंद ने कहा कि यह निश्चय ही सीता के घर की दिशा में जाता होगा।

तमाम हिचकोले खाते हुए, उस नाले का पीछा करते हुए वे चट्टान पर बने एक मंदिर पर जा पहुँचे, और उसको देखते ही वे पहचान गए कि यह वही देवी दुर्गा का मंदिर था, भयावह और पहुँच से परे, काली माता का मंदिर। अपने हृदय की प्रेरणा का कहना मानते हुए श्रीदमन ने देवी को माथा टेकने की इच्छा ज़ाहिर की। "मैं सिर्फ़ उनके दर्शन करूँगा, प्रार्थना करूँगा, और कुछ ही मिनटों में वापस आ जाऊँगा," उसने अपने साथियों से कहा। "यहीं प्रतीक्षा करो!" और वह गाड़ी को छोड़ मंदिर की ओर जाती खुरदरी सीढ़ियों पर चढ़ गया।

स्वर्णमक्षिका नदी पर स्थित एकांत स्नान-स्थल पर बने इस देवालय का एक छोटे-से मातृ-गृह होने से ज़्यादा कोई महत्त्व नहीं था; लेकिन उसके स्तम्भ और सजावट को अतिशय धर्मनिष्ठता और जतनपूर्वक तराशा गया था। प्रवेशद्वार स्वयं जंगली पहाड़ी के तले दुबका प्रतीत होता था, और वह जिन दो स्तम्भों पर टिका हुआ था उनकी बग़ल में गुर्राते हुए बाघ स्थित थे। दाईं और बाईं तरफ़ तथा प्रवेश के अंदरूनी भागों में भी चट्टानों को काटकर चित्र उकेरे गए थे; दैहिक जीवन के दृश्य, जो त्वचा और हड्डियों, मज्जा और पेशियों, शुक्राणु और पसीने और आँसुओं और लिसलिसे कफ़, विष्ठा और मूत्र और पित्त का बेतरतीब मिश्रण थे; आवेगों, क्रोध, वासना, ईर्ष्या, और हताशा से घनीभूत, प्रेमियों के विछोह और प्रेमरहित बंधन; भूख, प्यास, बुढ़ापा, दुख और मृत्यु; सब कुछ सदा मधुर, गर्म प्रवाहित रक्त-प्रवाह

से पोषित, हज़ारों रूपाकारों में दुख झेलते, आनंद लेते, बिलबिलाते, निगलते, एक दूसरे में रूपांतरित होते।

पाशविक, मानवीय और दैवीय के उस व्यापक उलझे हुए प्रवाह में एक हाथी की सूँड़ होती थी जो अंतिम सिरे पर पहुँचकर एक इंसानी हाथ में बदल जाती थी, या किसी सूअर का सिर किसी स्त्री के सिर की जगह ले लेता था। श्रीदमन ने इन चित्रों की ओर ध्यान नहीं दिया, उसने उनको नहीं देखना चाहा था; तब भी जब वह वहाँ से गुज़रा तो लाल डोरों से युक्त उसकी आँख के गोले उनपर सरसरी तौर पर फिसलते गए, और उन्होंने उसके अंतःकरण को माता के दर्शन के लिए तैयार करते हुए उसमें हल्की-सी चकराहट और करुणा का अहसास जगा दिया। उस चट्टानी कोटर में धुँधलका था, और सिर्फ़ उसका सभा-कक्ष पहाड़ी से आती रोशनी से ऊपर से रोशन था, जिससे होकर वह उससे जुड़े कक्ष में जाने के लिए गुज़रा था। वहाँ, उससे भी निचले स्तर पर बना एक दरवाज़ा, जिस तक सीढ़ियाँ गई हुई थीं, उसे माता के गर्भगृह में ले गया।

सीढ़ियों के तल पर पहुँच कर वह काँप उठा और कुछ क़दम पीछे हट गया, उसके हाथ दोनों ओर बने पत्थर के लिंगों की ओर फैल गए। काली की मूर्ति डरावनी थी। क्या यह उसकी रक्तिम आँखों का ही भ्रम था, या उसने उस क्रोधित मूर्ति को इस क़दर विजयी भाव से भयावह रूप में कभी भी कहीं नहीं देखा था? खोपड़ियों और विक्षुब्ध हाथों और पैरों से निर्मित मेहराब के बीच स्थित वह प्रतिमा उस जीवंत चट्टानी दीवार की पृष्ठभूमि में खड़ी हुई थी जिसके रंग समूची रोशनी को झपटकर पूरी चमक के साथ वापस फेंक रहे थे। वह एक चकरा देने वाले मुकुट से अलंकृत थी; वह हड्डियों और कटे हुए अंगों को धारण किए हुए थी, और उसके अठारह हाथ एक घूमता हुआ चक्र रच रहे थे। माता के हाथों में तलवारें और आग्नेय रोशनियाँ लपलपा रही थीं। उसने अपने एक हाथ में थमी खोपड़ी को अपने होंठों से लगा रखा था जिसमें भरे हुए रक्त से गर्म भाप निकल रही थी, और उसके पैरों के पास चारों ओर रक्त फैला हुआ था। वह भयावह देवी एक छाल धारण किए जीवन के उच्छल समुद्र में खड़ी थी, वह रक्त के समुद्र में तैर रही थी। रक्त की तीख़ी गंध ने श्रीदमन के पतले नथुनों को सलाम किया। वह रक्त बासी और हल्की-सी मिठास लिए महक रहा था, इस पहाड़ी गुफा, इस भूमिगत स्मारक की ठहरी हुई हवा में, जहाँ बलि के लिए काटे गए सिरों से फ़र्श पर परनाले

बनकर तेज़ी से बहा हुआ वह जीव-द्रव्य थक्कों में जमकर अवरुद्ध हो गया था और चिपचिपा रहा था। उस सर्वव्यापी की प्रतिमा के समक्ष भैंसों, सूअरों और बकरियों के चार-पाँच कटे हुए सिरों का पिरामिडनुमा ढेर लगा हुआ था, और जिस चमकती, धारदार, तलवार से उनको काटा गया था, वह सूखे हुए ख़ून के धब्बों के साथ एक ओर शिलापट पर पड़ी हुई थी।

श्रीदमन ने उस दहशत से भरे चौंधियाते चेहरे की ओर देखा तो पल भर में उसका भय ज्वर के ताप में बदल गया। यह वह थी, मृत्युदात्री, जीवनदात्री, बलि के लिए विवश करने वाली - उसकी चक्राकार बाँहों ने ख़ुद श्रीदमन की इंद्रियों को उन्मत्त चकराहटों में बदल दिया। उसने अपनी भिंची हुईं मुट्ठियों को अपने तेज़ी से धड़कते हुए सीने पर कस लिया; ठंडी और गर्म, अलौकिक-सी सिहरनें उसके अस्थि-पंजरों में एक के एक बाद दौड़ने लगीं। एक ही तीव्र इच्छा थी जो वह अपने सिर के पीछे, अपने पेट के अंदरूनी गर्त में, अपने जननांगों की गर्हित उत्तेजना में महसूस कर रहा था, और वह तीव्र इच्छा थी उस शाश्वत गर्भ की सेवा में अपने ही जीवन के विरुद्ध किसी कर्म की पराकाष्ठा को कर गुज़रने की। अपने पीले पड़ चुके होंठों के साथ उसने प्रार्थना की :

"हे अनादि, हे समूचे सृजन की पूर्ववर्ती! हे पुरुषरहित माता, हे अनावृता! अपने ही जन्मे जगत और उसकी छवियों को वापस निगल लेने वाली, हे सर्व अतिशायी आतंक और आकांक्षा की मूर्ति! जीवित प्राणियों की आहुतियाँ देकर लोग तेरे प्रति श्रद्धा अर्पित करते हैं, क्योंकि समस्त प्रणियों का जीव-द्रव्य तेरा ऋणी है! अगर मैं तुझे अपनी आहुति दूँ, तो मुझपर तेरी कृपा क्यों नहीं बरसेगी? मैं अच्छी तरह से जानता हूँ कि इस तरह मैं, चाहकर भी जीवन से भाग नहीं पाऊँगा। लेकिन मुझे एकबार फिर से अपने गर्भ के द्वार से प्रवेश करने की अनुमति दे, ताकि मैं इस स्वत्व से मुक्ति पा सकूँ; मुझे अनुमति दे कि मैं अब वह श्रीदमन न रह जाऊँ जिसके लिए समस्त आकांक्षा संभ्रम के सिवा कुछ भी नहीं है, क्योंकि यह वह नहीं है जो उसे प्रदान करने वाला है!"

इन अशुभ शब्दों को बोलकर उसने फ़र्श पर से तलवार उठाई और अपना ही सिर गर्दन से काट डाला।

बात बहुत फुर्ती के साथ कह दी गई है; और तब भी उतनी नहीं जितनी फुर्ती के साथ वह कृत्य किया गया। तब क़िस्सागो की यहाँ केवल

एक ही आकांक्षा है : कि श्रोता इस तथ्य को विचारहीन उदासीनता के साथ, इसको निहायत ही सामान्य और कुदरती चीज़ मानकर, स्वीकार न कर लें, महज़ इसलिए कि यह बात अक्सर कही गई है और अभिलेखों में अंकित है कि लोग अपने ही सिर काटकर अनुष्ठान करते हैं। इकलौता प्रकरण कभी आम नहीं होता; जिन सबसे आम चीज़ों के बारे में हम सोचते और बात करते हैं वे हैं जीवन और मृत्यु; तब भी ज़रा किसी जन्म या मृत्यु की घटना में मौजूद रहिए और ख़ुद से पूछिए, कराहती या विदा लेती आत्मा से पूछिए, कि क्या वह आम घटना है? अपना ही सिर काटने का कृत्य, भले ही उसकी ख़बरें अक्सर दी जाती रही हों, एक लगभग असंभव कृत्य है; उसको अपार दृढ़ संकल्प के साथ अंजाम दिया जाता है, उसमें ध्येय और ऊर्जा को डरावने स्तर पर उद्बुद्ध किया गया होता है। हल्की उदास आँखों और पतली लिपिकनुमा बाँहों वाले छोटे-से ब्राह्मण श्रीदमन ने दरअसल यह पाप किया, तो इसको एक भेड़चाल की तरह नहीं, बल्कि एक ऐसी चीज़ की तरह देखा जाना चाहिए जिसपर शायद ही विश्वास किया जा सके।

ईमानदारी से इतना कहना पर्याप्त है कि उसने यह भयानक बलि पलक झपकते दे डाली; यहाँ पड़ा हुआ है गालों पर उगी मुलायम दाढ़ी से युक्त उसका भव्य सिर, और वहाँ पड़ी हुई है उसकी शेष काया, वह कम महत्त्वपूर्ण उपांग, जिसके दो हाथ अभी भी बलि की तलवार को उसकी मूठ पर थामे हुए हैं। उसके धड़ से खून का फ़व्वारा छूटा और फ़र्श पर धार-धार होकर बह निकला। वहाँ सिर्फ़ हल्की-सी ही ढलान थी; इसलिए पहले तो वह धारों में बहा लेकिन बाद में धीरे-धीरे वेदी के गड्ढे की ओर बढ़ चला - बहुत कुछ उस छोटी-सी नदी स्वर्णमक्षिका की भाँति जो किसी छुट्टा बछड़े की मानिंद हिमालय के द्वार से उछलती हुई आती है लेकिन अपने मुहाने के क़रीब आकर धीरे-धीरे बहने लगती है।

6

इस चट्टानी कोटर की अँतड़ियों से बाहर आकर अब उन दो लोगों की ओर बढ़ते हुए जो बाहर प्रतीक्षा कर रहे हैं, हमें इसपर आश्चर्य नहीं होना चाहिए कि उन्होंने उस समय का आधा हिस्सा ख़ामोशी में बिताया, लेकिन इसके

बाद उन्होंने ऊँचे स्वर में सवाल पूछने शुरू कर दिए। आख़िरकार श्रीदमन एक छोटा-सी प्रार्थना ही तो करने गया था; इतनी देर वह कहाँ अटक कर रह गया? इस पूरे दौरान नंद के पीछे बैठी सुंदरी सीता बारीबारी से उसकी गर्दन और अपनी गोद की ओर देखती हुई नंद की ही तरह शांत बैठी रही थी, जिसकी बकरीनुमा नाक और मोटे होंठ उसके पशुओं की ओर मुड़ रहे थे। लेकिन काफ़ी देर बाद दोनों ने ही अपनी-अपनी जगहों पर कसमसाना शुरू कर दिया, और कुछ देर बाद मित्र नंद इरादतन उस नौजवान वधू की ओर मुड़ा और बोला :

"क्या तुमको कोई अंदाज़ा है कि यह हमसे इतना इंतज़ार क्यों करवा रहा है और वहाँ पर वह इतनी देर तक क्या कर रहा है?"

"मुझे कोई अनुमान नहीं है, नंद," उसने जवाब दिया, अपनी उस मधुर लयपूर्ण और थरथराती आवाज़ में जिसको सुनने से वह डरता रहा था। उसने अनावश्यक रूप से उसका नाम भी लिया था और नंद को इस बात का भी पहले से ही डर था। उसकी कोई ज़रूरत नहीं थी, और उसने ख़ुद भी नहीं कहा था कि "श्रीदमन कहाँ है," बल्कि सिर्फ़ इतना कहा था कि "वह कहाँ है?"

"मैं बहुत देर से सोच रही हूँ," उसने बात जारी रखते हुए कहा, "और अगर तुम मेरी ओर मुड़े न होते और मुझसे न पूछा होता, तो जल्दी ही मैंने तुमसे पूछा होता।"

उसने अपना सिर हिलाया, कुछ तो अपने दोस्त के उस विलंब को लेकर आश्चर्यवश और कुछ उन अनावश्यक शब्दों से बचने के लिए जो वह हमेशा इस्तेमाल करती थी। 'मुड़े न होते' काफ़ी था, लेकिन 'मेरी ओर' भले ही एकदम सही था लेकिन अनावश्यक था, बल्कि जिस तरह के मधुर लयपूर्ण और हल्के-से लगाव-भरे स्वर में उनको बोला गया था वह एक ऐसे वक़्त में ख़तरनाक भी था जबकि वे श्रीदमन का इंतज़ार कर रहे थे।

उसने कुछ नहीं कहा, यह सोचकर कि कहीं वह भी असहज स्वर में न बोलने लग जाए और उसको उसका नाम लेकर संबोधित न कर बैठे, क्योंकि जो उदाहरण उसने पेश कर दिया था वह भी उसका अनुसरण करने की ओर खिंचता महसूस कर रहा था। अंत में उसी ने कुछ पल रुकने के बाद यह सलाह दी :

"मैं तुमसे कहूँगी, नंद, कि तुमको वहाँ जाकर देखना चाहिए कि वह कहाँ है, और अगर वह प्रार्थना में डूबकर ख़ुद को भुला बैठा हो तो तुम्हें अपने इन मज़बूत हाथों से उसको झकझोरना चाहिए - अब हम और प्रतीक्षा नहीं कर सकते, और उसका यह रवैया बहुत ही विचित्र-सा है कि वह हमें यहाँ बिठालकर चला गया और वक़्त बरबाद कर रहा है जबकि सूरज सिर पर चढ़ रहा है। रास्ता भटक जाने की वजह से हमें वैसे भी देर हो चुकी है, और मेरे माता-पिता मुझको लेकर चिंतित होने लगे होंगे, क्योंकि वे मुझे दुनिया में सबसे बढ़कर प्यार करते हैं। मैं प्रार्थना करती हूँ, नंद, जाओ और उसको लिवाकर लाओ! वह न भी आना चाह रहा हो, और थोड़ा-बहुत विरोध भी करे, तब भी उसको आने पर विवश करो। तुम उसके मुक़ाबले मज़बूत हो।"

"ठीक है, मैं जाकर उसको ले आता हूँ," नंद ने जवाब दिया। "ज़ाहिर है, दोस्ताना ढंग से ही। मुझे उसको सिर्फ़ वक़्त की याद दिलाने की ज़रूरत होगी। यह मेरी ग़लती थी कि हम रास्ता भटक गए। मैं पहले से ही जाने के बारे में सोच रहा था, और मुझे सिर्फ़ इसी का डर लग रहा था कि कहीं तुम यहाँ अकेले इंतज़ार करना पसंद न करो। लेकिन कुछ ही पलों की बात है।"

इतना कहकर वह गाड़ी से उतरा और देवालय की ओर चल पड़ा।

हम जानते हैं कि वहाँ पर कैसा दृश्य उसकी प्रतीक्षा कर रहा था! हमें उसके साथ उस सभागृह में चलना चाहिए जिससे वह पूरी तरह बेख़बर होकर गुज़र रहा था; और अंततः नीचे गर्भगृह में। अब, निश्चय ही वह डगमगाया, लड़खड़ाया, उसके होंठों से आतंक की एक घुटी हुई-सी चीख़ निकली और उसके दोनों हाथों ने उसी तरह पत्थर के लिंगों को थाम लिया जिस तरह उनको श्रीदमन ने थामा था। लेकिन श्रीदमन की तरह उसके आतंक की वजह वे चित्र नहीं थे, बल्कि फ़र्श का वह भयंकर दृश्य था। वहाँ उसका दोस्त पड़ा हुआ था, धड़ से कटे हुए पीले चेहरे के साथ, और उसका ख़ून कई धाराओं में गड्ढे की ओर बह रहा था। बेचारा नंद किसी हाथी के कान की मानिंद काँप उठा।

उसने अपने साँवले हाथों से अपने गालों को थाम लिया और उसके उसके मोटे होंठों से घिग्घी बँधे स्वर में रह-रह कर अपने दोस्त का नाम निकलने लगा। वह झुका और उसकी देह के दोनों हिस्सों की ओर असहाय ढंग से खिसकने लगा, उसको समझ नहीं आ रहा था कि वह किस हिस्से को

गले लगाए या किसको संबोधित करे। अंततः वह सिर की ओर मुड़ा, उस सिर की ओर जो निस्संदेह हमेशा से उसके शरीर का मुख्य हिस्सा रहा था; वह उस जर्द चेहरे पर झुका और बोलने लगा, रोने की वजह से बकरीनुमा नाक से युक्त उसका चेहरा विकृत हो उठा। उसने अपना एक हाथ उसकी काया पर रखा और बोलते हुए जब तब उसकी ओर देखने लगा।

"श्रीदमन," उसने सिसकते हुए कहा, "प्रिय मित्र, ये तुमने क्या किया, और तुम अपने हाथों से इस भयानक कृत्य को कर भी कैसे सके! यह तुम्हारे लिए कुछ भी नहीं था! किसी ने तुमसे यह करने को कहा भी नहीं था, फिर भी तुमने यह कर डाला! मैंने हमेशा तुम्हारी अंतरात्मा की सराहना की है, अब क्या मैं आँसुओं में डूबा हुआ तुम्हारी इस काया की भी इसलिए सराहना करूँ, क्योंकि तुम यह घोरतम कृत्य करने में सक्षम हुए हो! लेकिन वह क्या चीज़ रही होगी तुम्हारी आत्मा में जिसने तुमको यह करने पर विवश कर दिया! इसके पहले कि तुमने अपना सिर काटा होगा, किस तरह तुम्हारे हृदय में, उत्सर्ग के नृत्य में, त्याग और विषाद एक दूसरे से जुड़कर एक दूसरे का कारण बने होंगे! हाय, हाय! इतना सुंदर सिर इतने सुंदर शरीर से अलग हो गया! अब भी वहाँ वह कोमल उभार है जहाँ वह था, लेकिन संवेदन और अर्थ से वंचित, तुम्हारे उदात्त सिर से असंबद्ध। कहो, क्या मैं अपराधी हूँ? अगर अपने किसी कृत्य की वजह से नहीं भी हूँ, तो अपने होने मात्र से क्या मैं अपराधी नहीं हूँ? देखो, चूँकि मेरा सिर अभी भी सोच सकता है, मैं तुम्हारे ढंग से सोचने की कोशिश करता हूँ। शायद अपनी प्रज्ञा में तुम कर्म के मुक़ाबले में होने को ज़्यादा बड़ा अपराध कहकर पुकारते। लेकिन कोई मनुष्य कृत्य को टालने से ज़्यादा और क्या कर सकता है? मैंने भरसक मौन रहने की कोशिश की थी, ताकि मैं अपनी कूकती हुई आवाज़ में बोलने से बच सकता। मैंने किसी अनावश्यक शब्द का इस्तेमाल नहीं किया, न ही उसको संबोधित करते समय उसका नाम लिया। निश्चय ही कोई और नहीं बल्कि मैं स्वयं अपना गवाह हूँ कि जब वह तुम्हारी मीन-मेख निकाल रही थी तब मैंने उसका फ़ायदा उठाने की कोशिश नहीं की। लेकिन इस सबसे क्या होता है, जबकि मैं अपने इस शरीर से ही अपने अस्तित्व में होने मात्र से अपराधी हूँ? मुझे शायद रेगिस्तान में चले जाना चाहिए था और किसी संन्यासी की भाँति तपस्या में लीन हो जाना चाहिए था! तुम्हारे कहे बिना ही मुझे यह करना चाहिए था, मैं इसको विनम्रतापूर्वक स्वीकार करता हूँ। लेकिन अपने बचाव में

मैं कह सकता हूँ कि अगर तुमने कहा होता तो मैंने निश्चय ही वैसा किया होता! ओ मेरे प्यारे सिर, जब तू अलग होने से पहले उन कंधों पर बैठा हुआ था तब तूने कभी भी क्यों नहीं कहा? हमारे सिर हमेशा साथ-साथ बोलते रहे हैं, तुम्हारा बुद्धिमान और मेरा साधारण सिर; तब भी सबसे गंभीर और ख़तरनाक सरोकार को लेकर तुम ख़ामोश बने रहे! अब काफ़ी देर हो चुकी है; तुम नहीं बोले, तुमने महानतापूर्ण और निर्दयतापूर्ण आचरण किया और मुझे दिखा दिया कि मुझे भी किस तरह आचरण करना चाहिए। निश्चय ही तुम्हें यह विश्वास नहीं था कि मैं तुमको निराश करूँगा, कि मेरे मज़बूत हाथ उस कृत्य को करने में डगमगाएँगे जिसको तुम्हारे कोमल हाथों ने संपन्न किया है! मैंने तुमसे अक्सर कहा है कि मैं नहीं समझता कि मैं तुम्हारे विछोह को सह पाऊँगा; जब अपनी प्रेम-पीड़ा के दौरान तुमने मुझे चिता तैयार करने का आदेश दिया था, मैंने तुम्हारे सामने घोषणा कर दी थी कि अगर मैंने वह काम किया तो वह चिता दो लोगों के लिए होगी और मैं भी उसमें तुम्हारे साथ बैठूँगा। अब जो होना चाहिए वह मैं बहुत पहले से जानता रहा होऊँगा, भले ही अब जबकि मैंने यहाँ आकर तुमको - तुम से मेरा मतलब है सिर यहाँ और धड़ वहाँ - इस तरह पड़ा देखा तभी वह चीज़ मेरे विचारों के भ्रमजाल से निकलकर स्पष्ट रूप में सामने आई हो, तभी तो नंद ने उसी पल में संकल्प ले लिया था। मैं तुम्हारे साथ जला होता, तो मैं अब तुम्हारे साथ अपना ख़ून भी बहाऊँगा, क्योंकि ख़ून के सिवा मेरे पास और कुछ भी बचा नहीं है। क्या मैं बाहर जाकर उसको बताऊँ कि तुमने क्या किया है और वह आतंक की अपनी चीख़ों के भीतर से अपने गुप्त आनंद को व्यक्त करेगी? क्या मैं इस कलंकित नाम के साथ जाऊँ और लोगों को यह कहने का अवसर दूँ, जोकि वे निश्चय ही कहेंगे, कि कुटिल नंद ने अपने दोस्त के साथ धोखा किया, उसकी बीवी के प्रति अपनी वासना के चलते उसकी हत्या कर दी? नहीं, यह नहीं! यह कभी नहीं होगा। मैं तुम्हारा अनुसरण करूँगा, और शाश्वत गर्भ को तुम्हारे ख़ून के साथ-साथ अपना ख़ून भी पी जाने दूँगा!"

ऐसा कहते हुए वह सिर से काया की ओर मुड़ा, उसने उन अकड़ती हुई अँगुलियों से तलवार की मूठ को निकाला, और अपने तगड़े हाथों से भलीभाँति उस फ़ैसले को अंजाम दे डाला जो ख़ुद उसी ने सुनाया था; इस तरह कि उसका धड़ श्रीदमन के धड़ पर गिरा और उसका साधारण

सिर उछलकर उसके दोस्त के सिर की बग़ल में जा गिरा, जहाँ वह अपने विस्फारित नेत्रों के साथ पड़ा रह गया। लेकिन उसका ख़ून भी और तेज़ी से फूटा और धार-धार होकर गड्ढे के मुहाने की ओर बहने लगा।

7

इस बीच चिंतित सीता बाहर अपनी छायादार गाड़ी में अकेली बैठी रही, और वह वक़्त उसके लिए बहुत मुश्किल से कटता रहा था क्योंकि उसके सामने अब उस गर्दन का पृष्ठ भाग नहीं था जिसकी ओर वह देख सकती। जिस दौरान वह खीझ के मामूली से अहसासों से भरी हुई थी उस दौरान उस गर्दन का क्या हुआ था, ज़ाहिर है, इसकी उसने कल्पना नहीं की थी। शायद अपनी अंतरतम गहराइयों में – क्योंकि अपनी बदमिजाज़ी के तले, जोकि बहुत जीवंत थी, लेकिन जो छोटी-छोटी संभावित नाकामयाबियों के क्षेत्र से ताल्लुक रखती थी, और जो उसको महज़ अपने पैर पटकने को मजबूर करती थी – उसको किसी अनहोनी के घटित होने की आशंका हुई, इस विलंब की कोई ऐसी कैफ़ियत जो अधैर्य और खीझ को अप्रासंगिक बना देने वाली थी क्योंकि वह पैर पटकने की गुंजाइश से परे की संभावनाओं से ताल्लुक रखती थी। लेकिन उसकी इन कल्पनाओं के संदर्भ में हमें इस नवयौवना वधू की एक गुप्त ग्रहणशीलता को ध्यान में रखना चाहिए, क्योंकि वह किन्हीं ख़ास क़िस्म की परिस्थितियों के अधीन रह रही थी, और कुछ ख़ास तरह के अनुभवों से गुज़र रही थी, जोकि, अगर शालीन ढंग से कहें तो, वे अपनी प्रकृति में ही विलक्षण क़िस्म के थे। लेकिन वह जो कुछ भी ख़ुद से कह रही थी उसमें ऐसी कोई बात दर्ज नहीं हुई।

'यह एकदम अकथनीय है, यह असहनीय-सी बात है,' उसने सोचा। 'सारे पुरुष एक से होते हैं, तुम्हें किसी एक को दूसरे के मुक़ाबले बेहतर नहीं समझना चाहिए, क्योंकि किसी पर भी निर्भर नहीं रहा जा सकता। एक तुम्हें दूसरे के भरोसे बिठालकर चला जाता है जो पता नहीं किस बिना पर इसके क़ाबिल होता है; और जब तुम इस दूसरे को भेज देती हो, तो तुम यहाँ अकेली बैठी रह जाती हो। वह भी तब जबकि सूरज सिर पर चढ़ता जा रहा

है क्योंकि हम पहले ही ढेर सारा समय गँवा चुके हैं। मैं जल्दी ही अपना आपा खो दूँगी। इस तरह पहले एक के और फिर दूसरे के ग़ायब हो जाने के पीछे किन्हीं भी तर्कसंगत, समझ में आने लायक़ संभावनाओं के भीतर कोई तर्क नहीं है। बहुत से बहुत मैं इतना ही सोच सकती हूँ कि वे आपस में उलझ गए होंगे, क्योंकि श्रीदमन प्रार्थना में इस क़दर रमा होगा कि वह उठने का नाम नहीं लेगा, और नंद उस पर ज़ोर डाल रहा होगा, लेकिन मेरे पति की कमज़ोर क़द-काठी की इज़्ज़त करने के नाते वह अपनी पूरी ताक़त नहीं लगाएगा; क्योंकि अगर उसने ऐसा किया होता तो वह उसको अपनी बाँहों में बच्चे की तरह लेकर आ सकता था; वे बाँहें छूने पर फ़ौलाद जैसी महसूस होती होंगी। यह श्रीदमन के लिए हालाँकि अपमानजनक लगेगा लेकिन जो खीझ मुझे हो रही है उसके चलते मेरा मन कर रहा है कि नंद ऐसा ही करे। मेरा तो मन कर रहा है कि मैं लगाम थामूँ और अकेले ही अपने माता-पिता के घर के लिए रवाना हो जाऊँ, और जब तुम दोनों लौटो तो मुझे नदारद पाओ, तुम लोग इसी लायक़ हो। चूँकि मेरा पति और दोस्त दोनों मुझे इस तरह अकेला छोड़कर चले गए हैं इस कारण अगर उनके बिना ही अकेले पहुँच जाना इतनी शर्म की बात न होती, तो मैं तुरंत ही ऐसा कर गुज़रती। अन्यथा मैं इतना ही कर सकती हूँ - और अब यह करने का वक़्त आ चुका है - कि मैं ख़ुद ही उठकर उनके पीछे जाऊँ और जाकर देखूँ कि आख़िर माज़रा क्या है। मेरे पेट में बच्चा है और आश्चर्य की बात नहीं कि इन लोगों का यह विचित्र व्यवहार मुझे आशंकित कर रहा है कि आख़िर बात क्या है। लेकिन अंततः जिस सबसे बदतर चीज़ की कल्पना मैं कर पा रही हूँ वह यह कि किसी अज्ञात वजह से दोनों में कोई झगड़ा हो गया है और वह झगड़ा ही उनके वापस न आने की वजह है। मैं जाती हूँ और झगड़े को सुलझाती हूँ।'

इसी के साथ वह सुंदरी सीता, पोशाक में ढँके अपने नितंबों को झुलाती हुई गाड़ी से नीचे उतर गई, और देवालय में जा पहुँची - और पंद्रह क्षणों के बाद उसने उस दहला देने वाले दृश्य का सामना किया।

उसने झटके से अपने हाथ फैला दिए, उसकी आँखें अपने कोटरों से बाहर निकली पड़ रही थीं; अपने होशोहवास खोकर वह धड़ाम से ज़मीन पर गिर गई। लेकिन इससे उसको कोई मदद नहीं मिली, स्थिति सीता से लगातार प्रतीक्षा करवा रही थी; और वह करवाती रहने वाली थी। जब दुखी सीता अपने होश में आई तब भी स्थिति वहाँ मौजूद थी। उसने एकबार फिर बेहोश

होने की कोशिश की लेकिन उसके शरीर की दुरुस्त बनावट ने उसको वैसा नहीं करने दिया। इसलिए वह अपनी अँगुलियों को अपने बालों में फँसाए पत्थर के फ़र्श पर झुक गई और उन कटे हुए सिरों, एक दूसरे पर पड़े धड़ों और धीरे-धीरे बहते हूए ख़ून को ताकने लगी।

"हे ईश्वर, संतों और तपस्वियों," अपने नीले पड़ गए होंठों से वह बुदबुदाई, "मैं बरबाद हो गई! दोनों आदमी, दोनों एक साथ। सब कुछ समाप्त हो गया! मेरे स्वामी और पति जिन्होंने मेरे साथ आग की परिक्रमा की थी, हाय उनका बहुसम्मानित सिर अपने धड़ से अलग हो गया। आह? उस बहुमूल्य मस्तक और उस देह वाला मेरा श्रीदमन, जिसमें अंततः गरमाहट तो थी ही, क्योंकि जहाँ तक मैं समझती हूँ, उसने पवित्र सुहागरातों में मुझे वासना सिखाई थी, वह श्रीदमन खो गया। खो गया वह दूसरा - नंद - भी जिसने मुझे अपनी बाँहों में झुलाया था और श्रीदमन के लिए मेरा हाथ माँगा, उसका भी सिर कटा हुआ धड़ ख़ून बहाता हुआ वहाँ पड़ा है, जिसके वक्ष पर अभी भी मांगलिक बछड़े का निशान बना हुआ है, जो कभी इतना ख़ुश मिजाज़ लेकिन बेदिमाग़ हुआ करता था, लेकिन अब क्या है? मैं उसको छू सकती हूँ, चाहूँ तो मैं उसकी बाँहों और जंघाओं की सामर्थ्य और सुंदरता को महसूस कर सकती हूँ। पर मैं चाहती नहीं, उसके और मेरी चंचल इच्छा के बीच रक्त और मौत ने उसी तरह अवरोध पैदा कर दिया है जैसा पहले इज़्ज़त और दोस्ती ने पैदा कर रखा था। उन्होंने एक दूसरे के सिर काट डाले! उनके क्रोध को उस एक कारण ने भड़काया है जिसको मैं अब अपने आप से और छिपाकर नहीं रख सकती, जैसे किसी ने जलती हुई आग में घी डाल दिया हो; उनके बीच की कलह ऐसी थी कि उसका अंत इस परस्पर कृत्य में हुआ है - यह मैं साफ़ देख सकती हूँ। लेकिन यहाँ तो सिर्फ़ एक ही तलवार है - और उसको नंद पकड़े हुए है! आख़िर वे एक ही तलवार से कैसे लड़े होंगे?"

"श्रीदमन ने सारे विवेक और कोमलता को भुलाकर तलवार को थामा और नंद का सिर काट दिया, और नहीं तो किसने - लेकिन नहीं! यह नंद रहा होगा जिसने उन वजहों से, जिनके बारे में सोचकर मैं काँप उठती हूँ, श्रीदमन का सिर काटा होगा, नहीं तो और किसने - ओह नहीं, ओह नहीं! अब इसके बारे में और मत सोचो, इससे कुछ हासिल नहीं होगा, अब इस भयावह में रक्त और अँधेरे के सिवा कुछ भी नहीं है, और एक चीज़ साफ़

है, उन्होंने वहशियों की तरह आचरण किया है और पल भर के लिए भी मेरे बारे में नहीं सोचा। या बल्कि उन्होंने मेरे बारे में ही सोचा, उनका यह भयावह मर्दानगी भरा कृत्य मेरी वजह से ही था। आह बेचारी, मैं इस ख़याल से ही काँप उठती हूँ। लेकिन उन्होंने अपने ही संदर्भ में मेरे बारे में सोचा, मेरी ख़ातिर नहीं और न ही यह कि मेरा क्या होगा – अपने पागलपन में यह उन्होंने कभी नहीं सोचा, जैसे वे अब नहीं सोच रहे हैं जबकि वे मस्तकविहीन होकर शांत पड़े हुए हैं, मुझको मेरे कर्म के भरोसे पर छोड़कर!"

"कर्म? अब करने के लिए बचा ही क्या है, अब जबकि मैं ख़ुद ही तबाह हो चुकी हूँ। क्या मैं अब वैधव्य का जीवन बिताऊँगी, एक ऐसी औरत के रूप में बहिष्कृत होकर जिसने अपने पति को इतनी बुरी तरह रखा कि वह नष्ट हो गया? एक विधवा के भाग्य में आमतौर से यही होता है; लेकिन मेरे माथे पर कितना भयंकर कलंक लगा होगा जब मैं अपने पिता और ससुर के पास अकेली लौटूँगी? सिर्फ़ एक तलवार – यह तो नहीं हो सकता कि उन्होंने एक एक कर एक दूसरे की हत्याएँ की हों, दो लोगों के लिए एक तलवार पर्याप्त नहीं है। लेकिन एक तीसरा व्यक्ति बचा हुआ है, और वह मैं हूँ। लोग यही कहेंगे कि मैं एक परित्यक्त स्त्री हूँ और मैंने अपने पति और उसके भाई, यानी अपने देवर, की हत्या की है – इस तरह सबूत की शृंखला पूरी हो जाती है। यह झूठ है लेकिन निष्कर्ष यही निकलता है और लोग मुझे ही कलंकित करेंगे, भले ही मैं निर्दोष हूँ। निर्दोष नहीं, नहीं, झूठ बोलने का कोई मतलब हो सकता था, झूठ बोलने का कष्ट उठाया जा सकता था, बशर्ते कि सब कुछ समाप्त न हो गया होता, लेकिन क्योंकि अब समाप्त हो चुका है इसका कोई अर्थ नहीं है। निर्दोष मैं नहीं हूँ, लंबे समय से नहीं रही हूँ; और जहाँ तक परित्यक्त होने की बात है, उसमें कुछ तो सच्चाई है – सच पूछा जाए तो बहुत कुछ सच्चाई है, हालाँकि उस तरह बिलकुल नहीं जैसाकि लोग सोचेंगे। क्या ग़लत इंसाफ़ जैसी कोई चीज़ होती है? मुझे उसको रोकना होगा, मुझे अपने साथ इंसाफ़ करना होगा। मुझे इन्हीं का अनुसरण करना चाहिए – इस दुनिया में इसके सिवा मेरे लिए और कुछ नहीं बचा है। इस तलवार को मैं अपने इन छोटे-छोटे हाथों से नहीं संभाल सकती, ये बहुत छोटे हैं, और ये जिस शरीर के हिस्से हैं उस मनमोहक सौंदर्य को नष्ट करने में काँपते हैं – ये कमज़ोरी के सिवा और कुछ नहीं है। इसकी सुंदरता पर तरस आता है – फिर भी इसको उसी तरह जड़ और निर्जीव हो जाना चाहिए जिस तरह

ये शरीर हो गए हैं, और फिर कभी भी इच्छाएँ जगाने लायक़ या वासना की पीड़ा भोगने लायक़ नहीं रह जाना चाहिए। तो ऐसा ही हो, हालाँकि बलि की संख्या चार होगी। आख़िर इस अनाथ बच्चे को जीवन से क्या मिलने वाला है? दुर्भाग्य से अपंग, पांडु और अंधा क्योंकि जब वह गर्भ में आ रहा था तब मैं पीड़ा से पीली पड़ गई थी और उसको जन्म देने वाले को देखने से बचने के लिए मैंने आँखें मूँद ली थीं। मैं अब वही कर रही हूँ जो करने के लिए उन लोगों ने मुझे छोड़ दिया है। तो देखो, देख लें वे लोग कि मैं अपने ही बूते पर कैसे वह कर सकती हूँ!'

उसने ख़ुद को समेटा, आगे-पीछे को लड़खड़ाई, डगमगाती हुई सीढ़ियाँ चढ़ी, और विनाश की ओर अपनी निगाहों को मोड़े मंदिर से होती हुई बाहर खुली हवा की ओर दौड़ पड़ी। मंदिर के सामने एक अंजीर का पेड़ खड़ा था जिसपर लताएँ लटक रही थीं। उसने एक लता को पकड़ा, उसका फंदा तैयार किया, उसे अपनी गर्दन में फँसाया, और ख़ुद को लटकाने के लिए तैयार हो गई।

8

तभी उसको आकाश मार्ग से आती, उसको संबोधित एक आवाज़ सुनाई दी : यह किसी और की नहीं बल्कि स्वयं अगम्य देवी दुर्गा की आवाज़ थी, जगत्माता काली की आवाज़। वह एक गहराई से आता कठोर स्वर था जिसमें मातृभाव की दृढ़ता थी। "क्या तू पल भर को रुकेगी, मूर्ख बंदर की बच्ची!" उसने कहा। "क्या मेरे बच्चों भर का रक्त पर्याप्त नहीं था कि वह धार-धार होकर बहता, जो तू अब मेरे वृक्ष का अंगभंग करने चली है, और अपनी काया - जोकि अपने आप में अच्छी-ख़ासी मेरी ही प्रतिच्छवि है - को सड़ती हुई लाश के रूप में कौओं का भोज बनाने पर तुली है, और अपने साथ जीवन के उस प्यारे कोमल उष्ण बीज को भी नष्ट करने जा रही है जो तेरे गर्भ में पल रहा है? हे मूर्ख, शायद तूने ध्यान नहीं दिया कि तेरा मासिक धर्म रुक गया है और तू मेरे बेटे का गर्भ धारण किए हुए है? अगर तू स्त्रियों की सच्चाई का अनुमान नहीं कर सकती, तो जा और लटका ले अपने को फाँसी पर! लेकिन मेरे इस इलाक़े में नहीं। मैं नहीं चाहती कि तेरी निरी

मूर्खता की वजह से लगे कि एक सुंदर जीवन एक झटके से नष्ट हो जाने और दुनिया से बिला जाने के लिए बना है। मेरे कान उन अधकचरे दार्शनिकों की बातों से पक चुके हैं जो कहते हैं कि मनुष्य का अस्तित्व एक बीमारी है जो वासना के सहारे एक पीढ़ी से दूसरी पीढ़ी तक फैलती रहती है – और अब तू मूर्खा, मेरे साथ उसी तरह का खेल खेलने जा रही है! अपनी गर्दन को उस फंदे से हटा, नहीं तो तेरे कान पर थप्पड़ पड़ेगा!"

"हे पवित्र देवी," सीता ने जवाब दिया, "मैं आपकी आज्ञा मानती हूँ। मैं आपकी गर्जना को सुन रही हूँ और जैसी कि आपकी आज्ञा है, तुरंत ही हताशा से भरे अपने इस उद्यम को विराम देती हूँ। लेकिन मुझे इस धारणा के विरुद्ध अपना अपना बचाव करना ही होगा कि मुझको अपनी परिस्थिति का अहसास नहीं है और इस बात का भी कि आपने मुझे रुकने पर विवश किया है और मुझे आशीर्वाद दिया है। मेरे मन में तो सिर्फ़ यही बात थी कि यह बच्चा पांडु और अंधा होगा और दुर्भाग्य का शिकार होगा।"

"उसकी चिंता तू मेरे ऊपर छोड़ दे! पहली बात तो ये है कि यह एक मूर्खतापूर्ण स्त्रीसुलभ अंधविश्वास है, और दूसरी बात ये कि मेरी दुनिया में पांडु और अंधे अपंगों को भी गुंजाइश होती है। लेकिन अपनी सच्चाई को साबित कर, बता मुझे कि मेरे इन बच्चों का रक्त मेरे पास इस गड्ढे में क्यों बहा, इन दोनों बच्चों का जो अपनी-अपनी तरह से भले नौजवान थे। यह नहीं कि उनका रक्त मेरा आभारी न रहा होता; सिर्फ़ इतना भर था कि मैं उस रक्त को अभी कुछ और समय तक उनकी शिराओं में बहते देखना चाहती थी। तब बोल, लेकिन सच बोलना! तुझे अहसास होगा कि मैं वैसे भी सब कुछ जानती हूँ।"

"हे पवित्र देवी, उन्होंने एक दूसरे की हत्या की है और मुझको अनाथ छोड़ दिया है। वे मुझको लेकर आपस में झगड़े और एक ही तलवार से दोनों ने एक दूसरे के सिर–"

"मूर्ख! सचमुच, केवल एक स्त्री ही इस तरह की बेहूदा बातें कर सकती है। मैं तुझे बता दूँ कि उन्होंने, मुख्यतः धार्मिक आवेग में भरकर, एक-एक कर मेरे लिए अपनी बलि दी है। लेकिन उन्होंने ऐसा किया क्यों?"

सुंदरी सीता रोने लगी। उसने सिसकते हुए जवाब दिया :

"आह, पवित्र देवी, मुझे अपने अपराध का बोध है और मैं उसको आपके सामने स्वीकार करती हूँ, लेकिन मैं इसके लिए क्या कर सकती थी? यह एक दुर्भाग्य ही था, लेकिन उसको टाला नहीं जा सकता था; भाग्य का लेख, अगर आप मुझे ऐसा कहने की इजाज़त दें," (यहाँ वह रुककर कई बार सिसकी); "यह एक बहुत बड़ी विपदा, एक अशुभ और विषैला दुर्योग था कि मैं एक पत्नी बनी, क्योंकि अपने पति को जानने के पहले और आपकी दुनिया के मसलों में दीक्षित होने के पहले तक मैं एक चपल और अवाक् और अनजान लड़की थी जो चुपचाप अपने पिता की भट्ठी में ढल रही थी। मेरे जैसी एक मनमौजी बच्ची के लिए यह ज़हरीली बेरियाँ खा लेने जैसा था जो उसको हमेशा-हमेशा के लिए इस तरह बदल देने वाला था कि पाप अपनी अत्यंत सम्मोहक मधुरता के साथ उसकी जाग्रत इंद्रियों पर अपना प्रभुत्त्व क़ायम कर सकता था। मैं यह नहीं कहती कि अब मैं फिर से उस चपलता और विचारहीन अनजानपन की ओर वापस जा सकती हूँ - नहीं जा सकती; यह किसी के लिए भी संभव नहीं है। मैं सिर्फ़ इतना जानती हूँ कि उन शुरुआती दिनों में मैं पुरुष को नहीं जानती थी, मैं उससे मिली नहीं थी, वह मुझे परेशान नहीं करता था, और मेरी आत्मा उससे और उसके रहस्यों के प्रति तमाम धधकती हुई उत्सुकताओं से मुक्त थी; मैं उसकी ओर उपहास भरे शब्द उछालती और अपने खिलवाड़ वाले रास्ते पर आगे बढ़ जाती थी। क्या कभी ऐसा हुआ था कि किसी नौजवान की छाती को देखकर मैं लजा गई होऊँ या उसकी उसकी बाँहों और पैरों को देखकर मुझे अपनी आँखें जलती हुई महसूस हुई हों? नहीं, वह सब मेरे लिए न कुछ के बराबर था, वह मेरी उदासीनता और चित्त की शांति को तनिक भी नहीं छूता था, क्योंकि मैं एक बंद पुस्तक की तरह थी। गोमंगल नामक गाँव से एक नवयुवक आया था, चपटी नाक और काली आँखों वाला, किसी प्रतिमा की तरह ढला हुआ, नंद उसका नाम था; उसने मुझे सूर्योत्सव के अवसर पर धूप में उछाला था, लेकिन मैंने किसी तरह की उद्दीप्ति महसूस नहीं की थी। मैं गरमाई थी - उस दुलराने वाली हवा से, लेकिन और किसी चीज़ से नहीं; और धन्यवाद के तौर पर मैंने उसकी नाक पर चुटकी ली थी। उसके बाद वह फिर से अपने दोस्त श्रीदमन के लिए मेरा हाथ माँगने आया, और मेरे माता-पिता विवाह के लिए तैयार हो गए। तब तक शायद स्थिति कुछ भिन्न हो चुकी थी; शायद दुख की शुरुआत उन्हीं दिनों में हुई जब उसने एक दूसरे आदमी के लिए मेरा हाथ

माँगा था जो मुझे अपनी पत्नी के रूप में गले लगाने वाला था और जो वहाँ नहीं था। वहाँ सिर्फ़ नंद था।"

"वह हमेशा ही वहाँ था, विवाह के पहले भी और विवाहोत्सव के दौरान भी, जब हम अग्नि के फेरे ले रहे थे - और उसके बाद भी। मेरा मतलब है, दिन के समय में वह वहाँ होता था, क्योंकि निश्चय ही रात को वह नहीं होता था, जब मैं उसके दोस्त और अपने पति श्रीदमन के साथ सोती थी, और हम देवतुल्य जोड़े की तरह संसर्ग करते थे, जैसा कि हमने सुहागरात को किया था; जब उसने अपनी पुरुषोचित सामर्थ्य के साथ मुझे खोला था और मेरे अनाड़ीपन और चपलता का, मेरे शुरुआती वर्षों के अक्षत कौमार्य का अंत किया था। यह वह कर सका, क्यों न करता, वह आपका बेटा था, और वह हमारे शारीरिक मिलन को बुलंदियों पर पहुँचाना जानता था, और ऐसी कोई चीज़ नहीं थी जो उसके प्रति मेरे प्रेम, सम्मान और भय के विरोध में जाती - आह, महानतम देवी, मैं ऐसी नहीं हूँ कि मैं अपने स्वामी और पति को प्रेम न करती, और उससे भी ज़्यादा उसके प्रति आदर और भय का भाव न रखती : वह मस्तक, जो इतना उत्कृष्ट और ज्ञान-संपन्न था, कोमल दाढ़ी जैसेकि कोमल सुकुमार आँखें और पलकें, और वह शरीर जो उन्हीं के अनुरूप था। लेकिन संपूर्ण सम्मान के बावजूद, मुझे खुद से पूछना ही पड़ता था कि क्या वह मुझे पत्नी बनाने और मेरे कौमार्योचित ठंडेपन को इंद्रियों के मधुर और विस्मयकारी रहस्यों की शिक्षा देने की दृष्टि से सही आदमी था। मुझे हमेशा लगता था कि यह चीज़ उसके वश की नहीं थी : वह उसके योग्य नहीं थी, वह उसके मस्तक के अनुरूप नहीं थी, और उन वैवाहिक रातों में जब भी उसका अंग मुझसे टकराने के लिए उत्तेजित होता, तो मुझे वह एक कलंक और उसके परिष्कार में आती गिरावट की तरह महसूस होता था, कलंक और पतन - और जब मैं भी उत्तेजित हो जाती तो मुझे अपने कलंक और पतन की तरह भी लगता था।"

"हे परम देवी, स्थिति ऐसी ही थी। आप मुझे धिक्कारिए, दंड दीजिए, लेकिन मैं, आपकी यह रचना, इस भयावह घड़ी में बिना कुछ छिपाए आपके सामने स्वीकार करती हूँ कि स्थिति क्या थी। आप इतनी विवेकपूर्ण हैं कि आपकी प्रज्ञा के समक्ष सब कुछ खुला हुआ है। काम भावना मेरे अभिजात्य पति श्रीदमन का रूप नहीं ले सकी, वह न तो उसका मानस बन सकी न उसकी काया, जोकि, आप इससे सहमत होंगी, अंततः एक महत्त्वपूर्ण घटक

है। उसकी वह काया जो अपने सिर से कटकर इतने करुण ढंग से वहाँ पड़ी हुई है, वह यह नहीं जानती थी कि प्रेम के कर्मकांडों को किस तरह ऐसा रूप दिया जाता कि मेरा समूचा कलेजा उनपर ठहर कर रह जाता। वह निश्चय ही मेरे भीतर वासना जगाता था लेकिन उसको शांत नहीं कर पाता था। मुझ पर दया कर देवी! तेरे इस प्राणी की वासना उसकी तृप्ति से कहीं बड़ी होती थी, उसकी लालसा उसके आनंद से कहीं बढ़कर होती थी।"

"और दिन में मैं बकरीनुमा नाक वाले हमारे दोस्त नंद को देखती थी; और शाम को भी बिस्तर जाने से पहले। मैं उसको देखती और, जैसाकि अब मुझे मेरे वैवाहिक जीवन ने पुरुषों को ग़ौर से देखना और परखना सिखा दिया था, मैं उसको ग़ौर से देखती; और मेरे मन में और मेरे सपने में यह प्रश्न उठता : अगर मेरे पति की बजाय नंद मेरे साथ प्रेम-क्रीड़ा करता तो वह उस क्रीड़ा को कैसा रूप देता और उसका देवतुल्य आलिंगन कैसा होता? अपने सच्चे पति के प्रति विद्वेष और अनादर का भाव रखने वाली अभागी स्त्री, वह बिलकुल भी अलग न होता, मैं ख़ुद से कहती। वह हमेशा एक जैसा ही होता है; आख़िर नंद जैसा व्यक्ति जो अपनी वाणी और सारे अवयवों में साधारणता का अवतार जैसा है जबकि तेरा स्वामी और पति सचमुच ही सामाजिक रूप से प्रतिष्ठित व्यक्ति है, तो वह नंद उस क्रीड़ा को उससे बेहतर कैसे बना सकेगा? लेकिन इससे कोई फ़ायदा न होता : यह ख़याल कि नंद की वासना उसके मस्तक और शरीर दोनों पर ठीक बैठेगी और उसमें कोई लज्जा न होगी, और वह एक ऐसा पुरुष हो सकता है जो मेरे आनंद को मेरी वासना के स्तर तक ऊँचा उठा सकता है - यह ख़याल मेरी देह और आत्मा में इस तरह फँस जाता जैसे मछली के मुँह में काँटा फँस जाता है, और उसको खींचकर बाहर निकालना संभव न होता क्योंकि वह काँटा टेढ़ा होता था।"

"मैं उस काँटे को निकाल बाहर कर भी कैसे सकती थी, जबकि वह हमेशा हमारे साथ हुआ करता था, और श्रीदमन और वह एक दूसरे के बिना रह नहीं सकते थे क्योंकि वे इस क़दर भिन्न थे? मुझे उसको दिन में देखना पड़ता था और रात को, बजाय श्रीदमन के, उसका सपना देखना होता था। मैं जब मांगलिक बछड़े के चिह्न से युक्त उसके वक्षस्थल को और उसके संकुल नितंबों को देखती, जिनके मुक़ाबले मेरे नितंब बहुत बड़े थे, और श्रीदमन के मेरे और नंद के बीच के आकार के थे, तो मेरा आत्म-संयम मेरा साथ छोड़ देता था। जब उसकी बाँह मेरी बाँह से छू जाती तो आनंद के मारे मेरे

रोंगटे खड़े हो जाते। जब मैं काले बालों से भरे उसके शानदार पैरों के बारे में सोचती, जब मैं उनको चलते हुए देखती और रति-क्रीड़ा में उनकी अपने पैरों से लिपटने की कल्पना करती तो मेरा माथा भन्ना उठता और मेरे स्तन अनुराग से भर उठते। वह दिनों दिन मेरे लिए प्रिय से प्रियतर होता गया। मैं समझ नहीं पाती थी कि जिस दिन उसने मुझे झुलाया था उस दिन मैंने उसको कैसे देखा था, और कैसे उसकी त्वचा पर सरसों के तेल की गंध को महसूस कर मैं बेख़बर और अप्रभावित बनी रही थी। क्योंकि अब वह अपने अलौकिक आकर्षण के साथ मेरे लिए गंधर्व राजकुमार चित्ररथ जैसा था, अपने सुंदरतम वेश में कामदेव जैसा, सौंदर्य और यौवन से भरपूर, सम्मोहक, स्वर्गिक आभूषणों से सज्जित, पुष्पमाला धारण किए, सुगंधित, कमनीयता से ओतप्रोत - पृथ्वी पर कृष्ण के रूप में विष्णु।"

"यह स्थिति थी जब श्रीदमन एक रात मेरे निकट आया, और मैंने नंद की जगह उसको पाने के दुख में पीली पड़ कर अपनी आँखें मूँद लीं ताकि मैं नंद की बाँहों में होने की कल्पना कर सकती। हुआ यह कि मैं अपनी उत्कंठा के चलते उस व्यक्ति का नाम बुदबुदाने से अपने को न रोक सकी जिसके द्वारा मैंने अपने को उत्तेजित किए जाने की कामना की होगी; इस तरह श्रीदमन इस बात के प्रति सजग हो उठा कि मैं उसकी कोमल बाँहों में बँधी विवाह के वचन को तोड़ रही थी। और, आह, कभी-कभी मैं नींद में बड़बड़ाने लगती, और इस तरह मैंने अपने सपनों के धोखा देने वाले मंतव्य का उच्चारण कर उसको क्रूर आघात पहुँचाया होगा। इस बात का अनुमान मैं उसकी उदासी से और मेरे प्रति उसकी उदासीनता से कर रही हूँ - क्योंकि उसके बाद से उसने मुझे कभी छुआ तक नहीं था। न ही नंद ने मुझे छुआ; इसलिए नहीं कि उसके मन में प्रलोभन नहीं था, प्रलोभन तो उसके मन में निश्चय ही था, मैं इस बात को प्रमाणित कर सकती हूँ कि वह बुरी तरह प्रलोभन से भरा हुआ था। लेकिन अपने दोस्त के प्रति अपनी अडिग निष्ठा के चलते वह उस प्रलोभन का संवरण कर लेता था, मैं भी - मेरा विश्वास करो, परम माता, क्योंकि कम से मैं इसपर विश्वास करती हूँ - अगर उसके प्रलोभन ने उसको जीत भी लिया होता, तो भी अपने स्वामी और पति के प्रति अपने सम्मान के चलते मैंने उसको दरवाज़ा दिखा दिया होता। लेकिन मुद्दा यह था कि मेरा अब कोई पति नहीं था, और हम तीनों पीड़ाजनक परित्याग की अवस्था में थे।"

"इस तरह की परिस्थितियों के अधीन, हे जगत्माता, हम मेरे पिता के घर की यात्रा पर निकले थे और अपने सही रास्ते से भटककर हम आपके मंदिर में आ पहुँचे थे। श्रीदमन ने कहा था कि वह थोड़ी-सी देर रुकेगा और चलते-चलते आपको प्रणाम कर लौट आएगा। लेकिन अपनी दुर्दशा से त्रस्त होकर आपके बलिगृह में उसने यह भयावह कृत्य कर डाला और अपने धड़ को अपने सम्मानित सिर से अलग कर डाला, या यूँ कहें कि अपने सम्मानित सिर को अपने धड़ से अलग कर डाला, और मुझको इस दयनीय वैधव्य की अवस्था में छोड़कर चला गया। अस्वीकार की यंत्रणा के चलते उसने यह किया है, और मुझ अपराधिन के प्रति सदिच्छाओं के चलते। क्योंकि, कृपालु माता, मुझे यह सत्य कहने के लिए क्षमा करें : ये आप नहीं बल्कि यह मैं और उसका दोस्त थे जिनके लिए उसने यह बलि दी थी, ताकि हम अपने शारीरिक सुख के आनंद में अपने दिन गुज़ार सकते। इसके बाद नंद उसकी खोज में गया और उसने भी उत्सर्ग का अनुपालन नहीं किया बल्कि उसने अपने सिर को अपने कृष्ण अंगों से अलग कर लिया, जिससे कि अब वे अंग अनुपयोगी हो गए हैं। लेकिन अनुपयोगी, हाँ, और अनुपयोगी से भी ज़्यादा बदतर अब मेरा जीवन हो गया है; मैं भी अब अपने पति और उस मित्र के बिना एक सिर-हीन स्त्री के सिवा और कुछ भी नहीं हूँ। मैं समझती हूँ मुझे अपने इस दुख के लिए अपने पूर्वजन्म में किए गए किसी अपराध को ज़िम्मेदार मानना चाहिए। इस सबके बाद भी क्या आप इस पर आश्चर्य करेंगी कि मैंने अपने इस वर्तमान जीवन का अंत करने का संकल्प किया था?"

"तू एक अशिक्षित मूर्ख के सिवा और कुछ भी नहीं है," देवी ने अपनी गरजती हुई आवाज़ में कहा। "ये हास्यापद है जो तेरे अतृप्त कौतुक ने इस नंद को ऐसा रूप दे दिया, जबकि वह अपने तमाम कृत्यों और तौर तरीक़ों में निहायत ही साधारण आदमी है। ऐसी भुजाओं वाले मेरे सैकड़ों बच्चे हैं जो ऐसे ही पैरों पर दौड़ रहे हैं, और तू है कि उसको गंधर्व बना रही है! तब भी ये दुखद है, आख़िरकार," उस अलौकिक स्वर ने किंचित कोमल होते हुए कहा। "मैं, माता, कुल मिलाकर दैहिक वासना को दुखद ही मानती हूँ, और मेरी यह धारणा है कि लोग इसको आवश्यकता से अधिक महत्त्व देते हैं। जो भी हो, अनुशासन अनिवार्य है!" वह स्वर सहसा फिर से कठोर और गर्जन भरा हो उठा। "हाँ, मैं अराजकता हूँ; लेकिन मात्र इसी कारण से मैं अनुशासन पर बल देती हूँ, और मुझे निश्चय ही बलपूर्वक कहना

होगा कि विवाह की संस्था की मर्यादा का उल्लंघन नहीं होना चाहिए। अगर मैं अपनी सद् प्रकृति को खुली छूट दे देती हूँ तो हर ओर अराजकता फैल जाएगी। लेकिन जहाँ तक तेरा प्रश्न है, यह बात को बहुत नम्रता से रखना होगा अगर मैं कहूँ कि मैं तुझसे असंतुष्ट हूँ। तू मनमानी कहानी सुना रही है और ऊपर से धृष्टता कर रही है। तू मुझे यह समझा रही है कि मेरे बेटों ने मेरे लिए अपनी बलि नहीं दी है, भले ही उनका रक्त मेरी वेदी की ओर बहा हो – तुम कहती हो कि पहले ने अपनी बलि तुम्हारे लिए दी है, और फिर दूसरे ने पहले के लिए। ये किस तरह के आचरण हैं? जब तक कि किसी मनुष्य को मेरे द्वारा प्रदत्त मतवालेपन के भीतर से अनिवार्य शक्ति और उन्माद हासिल नहीं हो जाता तब तक वह अपना सिर कैसे काट सकता है – मात्र अपना गला नहीं बल्कि विधिसंगत ढंग से अपना सिर (और वह भी तेरे श्रीदमन जैसा शिक्षित मनुष्य, जो प्रेम के मामले में ठीक-ठाक दिखाई नहीं देता)? इसलिए, तेरे शब्दों में कोई सच्चाई है या नहीं इसको एक तरफ़ रखते हुए सबसे पहले तो मैं तेरे लहजे को बरजती हूँ! क्योंकि हो सकता है तेरे शब्दों में उस हद तक कोई सच्चाई हो जिस हद तक यह कृत्य मिले-जुले उद्देश्यों से किया गया हो, और वह बात अभी तक स्पष्ट नहीं है। मेरे पुत्र श्रीदमन ने मेरे लिए अपना उत्सर्ग किया तो इसके पीछे पूरी तरह से मेरी दया की चाहत नहीं थी; दरअसल इसके पीछे तुझको लेकर उसका संताप था, भले ही यह बात उसके मन में स्पष्ट रही हो या न रही हो। नंद का उत्सर्ग मात्र एक अपरिहार्य परिणाम था। उनके रक्त को प्राप्त करने और उनकी बलि को स्वीकार करने की मेरी विशेष इच्छा नहीं है। इसलिए : अगर मैं इन दोहरे उत्सर्गों को शुभ परिणामों में बदल दूँ और सब कुछ पहले जैसा कर दूँ, तो क्या मैं आशा करूँ कि तू भविष्य में मर्यादा में रह कर आचरण करेगी?"

"आह, पवित्र देवी और प्यारी माता!" आँसू बहाती हुई सीता पुकार उठी। "अगर आप यह कर सकें, अगर आप इन भयावह कृत्यों को अघटित कर सकें और मुझे मेरा पति और मित्र वापस कर सकें ताकि सब कुछ पहले जैसा ही हो जाए - तो मैं किस तरह आपका गुणगान करूँ! मैं तो अपने सपनों और उनके शब्दों तक को नियंत्रित करूँगी ताकि मेरे नेक श्रीदमन को और कष्ट न भोगना पड़े। मैं शब्दों में बयान नहीं कर सकती कि मैं आपकी कितनी कृतज्ञ होऊँगी यदि आप यह कर दें और सब कुछ पहले जैसा ही हो

जाए! क्योंकि भले ही पहले पर्याप्त दुख था, और जब मैं आपके गर्भगृह में उस भयानक दृश्य के समक्ष खड़ी थी तब मुझे इस बात का स्पष्ट अहसास हो गया था कि इससे अलग और कुछ होना ही नहीं था, तब भी यह अद्भुत होगा यदि आपमें यह सामर्थ्य हो और आप बीत चुके को पलट सकने में सफल हो सकें ताकि भविष्य में स्थिति बेहतर हो सके।"

"क्या बक रही हो कि अगर मुझमें सामर्थ्य हो और अगर मैं सफल हो सकूँ?" वह अलौकिक स्वर दहाड़ा। "मैं आशा करती हूँ कि तुझे इस पर संदेह नहीं होगा कि मेरी सामर्थ्य के समक्ष ये तुच्छतम कृत्य हैं! इस जगत में एक से अधिक बार मैंने अपनी इस सामर्थ्य का प्रदर्शन किया है। लेकिन मुझे कहना ही होगा कि, हालाँकि तू इस योग्य है तो नहीं फिर भी, तुझको लेकर मुझे दुख है, तुझको लेकर और तेरे गर्भ में पल रहे उस पीले, अंधे छोटे से बीज को लेकर। उन दो नवयुवकों पर भी मुझे तरस आता है, जो वहाँ पड़े हुए हैं। तो अपने कान खोल और जो मैं कहती हूँ उसको ध्यान से सुन! इस नैसर्गिक फंदे को नीचे गिरा और मेरे मंदिर में वापस जा, मेरी प्रतिमा और उस कबाड़ के सामने जो तूने तैयार किया है। किसी तरह की मूर्च्छा की, किसी रिरियाहट की कोई आवश्यकता नहीं, समझी! उन दोनों सिरों को उनके बालों से पकड़कर उठा और उनको उनके धड़ों पर वापस रख दे। उसके बाद उनके कटावों को बलि की तलवार की धार से स्पर्श कर, और दोनों बार मेरा नाम ले - तू दुर्गा या काली या मात्र देवी कहकर पुकार सकती है, इससे कोई अंतर नहीं पड़ता - और वे दोनों नवयुवक फिर से जी उठेंगे। समझ में आया? सिरों को उनकी कायाओं की ओर तेज़ी से लेकर मत जाना, हालाँकि सिर और धड़ के बीच तू प्रबल आकर्षण अनुभव करेगी; बह चुके रक्त को वापस लौटने और पुनः सोख लिए जाने के लिए समय मिलना आवश्यक है। मुझे आशा है कि तूने मेरी बातों को ध्यान से सुन लिया है। इसके बाद दौड़ लगा देना! लेकिन सब कुछ ठीक से करना, हड़बड़ी में सिरों को इस ढंग से मत रख देना कि उनके चेहरे उलटी तरफ़ हो जाएँ और बाद में उनको देखकर लोग हँसें! चल, जा! अगर तूने कल तक प्रतीक्षा की तो बहुत देर हो जाएगी।"

9

सुंदरी सीता ने फिर कुछ भी नहीं कहा, यहाँ तक कि 'धन्यवाद' भी नहीं; वह तेज़ी से उछली और माता के मंदिर की ओर दौड़ पड़ी, उतनी तेज़ी से जितनी की इजाज़त उसके पैरों में लिपटी साड़ी देती थी। वह सभागृह और दालान से भागती हुई गर्भगृह में पहुँची और देवी की भयावह मुखाकृति के समक्ष उत्तेजना और व्यग्रता से भरकर सौंपे गए उद्यम को पूरा करने बैठ गई। सिरों और धड़ों के बीच का आकर्षण उतना प्रबल नहीं था जितने की उम्मीद देवी के कहे अनुसार की जा सकती थी। वह महसूस भर हो रहा था; फिर भी रक्त को धाराओं के रास्ते वापस बहने के लिए वक़्त था, जैसाकि वह जादुई फुर्ती और लपलप की मधुर आवाज़ के साथ बहा। तलवार के स्पर्श ने भी अचूक रूप से अपना काम किया - उसने और अलौकिक नाम ने भी, जो सीता ने प्रत्येक स्पर्श के साथ तीन बार आनंद से फटी पड़ती अपनी आवाज़ में पुकारा था। दोनों नौजवान अपने यथास्थान सिरों के साथ और बिना किन्हीं घावों के निशानों के उसके समक्ष उठ खड़े हुए। उन्होंने उसकी ओर और फिर झुककर अपनी ओर देखा - बल्कि ऐसा करते हुए उन्होंने एक दूसरे की ओर देखा; क्योंकि उनके पुनर्नवीकरण का रूप कुछ ऐसा था कि ख़ुद को देखने के लिए उनको एक दूसरे की ओर देखना ज़रूरी था।

सीता ये तूने क्या किया? या हुआ क्या? या अपनी घबराहट से भरी हड़बड़ी में ये तूने क्या कर डाला। दो शब्दों में कहें तो (ताकि सवाल को इस तरह रखा जा सके कि वह करने और होने के बीच की अस्थिर सीमा का पूर्ण संज्ञान ले सके) तेरे साथ क्या हुआ? जिस उत्तेजना के साथ तूने ये काम किया है वह समझ में आने योग्य है; लेकिन जब तू यह कर रही थी तब क्या तू अपनी आँखों को कुछ और बेहतर ढंग से नहीं खोल सकती थी? नहीं? तूने सिरों को ग़लत तरीक़े से नहीं रखा - ऐसा बिलकुल भी नहीं हुआ। लेकिन - बात को सीधे तरीक़े से कहें और इस विस्मयकारी सच्चाई को उसके नाम से पुकारें तो - दुर्योग, चूक, गड़बड़ी या जो कुछ भी तुम तीनों इसको कहना चाहो, यह थी : तूने एक के धड़ पर दूसरे का सिर जमाकर उसको तलवार की धार से हमेशा-हमेशा के लिए मज़बूती के साथ जोड़ दिया है। नंद का सिर श्रीदमन पर - बशर्ते कि हम उसके धड़ को उसके मुख्य अंग के बग़ैर श्रीदमन कहकर पुकार सकें तो - और श्रीदमन का सिर नंद

पर, बशर्ते कि सिर विहीन नंद को अभी भी नंद कहा जा सके तो। संक्षेप में वे तेरे समक्ष पति और दोस्त के रूप में नहीं बल्कि उसके उलट रूप में उठ खड़े हुए हैं। तू नंद को देख रही है - बशर्ते कि वह नंद है, जो अपने ऊपर नंद का साधारण सिर धारण किए हुए है - जो श्रीदमन की ढीली, दुर्बल अंगों वाली काया को लपेटती पतलूनों में ढँकी हुई है। तू श्रीदमन को देख रही है - बशर्ते कि इस नाम से उस रूप को पुकारा जा सके जोकि अपने कोमल भद्र सिर को धारण किए हुए है - जो तेरे समक्ष 'अपनी' विशाल ताँबई छाती पर पत्थर के मोतियों में जड़ा हुआ मांगलिक बछड़ा धारण किए नंद के सुडौल पैरों पर खड़ा हुआ है!

क्या हालत है - सब कुछ बेहद हड़बड़ी का नतीजा! जिन्होंने बलि दी वे जीवित हो गए। लेकिन वे रूपांतरित होकर जीवित हुए; पति की काया उसके दोस्त के सिर के साथ, और दोस्त की काया पति के सिर के साथ। अचरज नहीं होना चाहिए कि वह चट्टानी गुफा उन तीनों की चीख़-पुकारों से बारबार गूँज उठी! नंद के सिर वाले ने उन अंगों और उस काया को छुआ जो कभी श्रीदमन के उदात्त सिर के साथ जुड़ी हुई थी; जबकि वह श्रीदमन (बशर्ते कि हम सिर को निर्णायक घटक मान सकें) संकोच से भरा हुआ खड़ा अपनी उस काया को पहचानने की कोशिश कर रहा था जो - जब नंद का साधारण सिर उसके कंधों पर रखा हुआ था तो - सबसे निर्णायक लक्षण रहा था। जहाँ तक उसका सवाल था जो इस नए विन्यास का चलता-फिरता कारण थी, वह उल्लास की चीख़ों के साथ, क्रंदन और पश्चाताप करती एक से दूसरे के पास भाग रही थी; वह कभी एक को गले लगाती तो कभी दूसरे को, और अंत में वह सिसकती और हँसती हुई उनके पैरों पर गिरकर जो कुछ हुआ था उसकी और उस खेदजनक चूक की कैफ़ियत देने लगी।

"अगर हो सके तो मुझे क्षमा कर दो!" वह पुकार उठी। "मुझे क्षमा कर दो प्रिय श्रीदमन" - और ऐसा कहते हुए वह प्रत्यक्ष तौर पर उसके सिर की ओर मुड़ी, जानबूझकर उस नंद-काया को नज़रअंदाज़ करती हुई जिस पर वह रखा हुआ था - "और नंद तुम भी मुझे क्षमा कर दो" - कहते हुए उसने फिर संबंधित सिर को संबोधित किया, उसको अनिवार्य चीज़ मानते हुए, उसकी निरर्थकता के बावजूद उसको महत्त्वपूर्ण और उससे जुड़ी श्रीदमन की काया को एक साधारण अनुषंग की तरह लेते हुए। "ओह, तुम्हें मुझको क्षमा कर देना चाहिए! तनिक उस भयावह कृत्य के बारे में सोचो जिसकी ओर

तुम अपने उस रूप में ख़ुद को ले गए थे, और मेरी उस हताशा के बारे में सोचो जिसमें तुमने मुझे झोंक दिया था। समझो कि मैं अपने आपको फाँसी पर लटकाने वाली थी कि तभी मैंने अगम्य देवी की गर्जना भरी आवाज़ सुनी जिसने लगभग मेरे होश ही छीन लिए थे! तभी तुम समझ सकते हो कि मैं बमुश्किल ही उनकी आज्ञाओं का पालन करने की अवस्था में रह गई थी। चीज़ें मेरी आँखों के आगे तैर रही थीं, मैं केवल साफ़ तौर पर इतना ही देख पा रही थी कि किसका सिर और अंग मेरे हाथ में है और भाग्य के ही भरोसे थी कि सही सिर सही धड़ से मिलेगा। आधा संयोग ही इसके पक्ष में था और आधा इसके विरुद्ध - और ये इस रूप में सामने आया और तुम इस शक्ल में प्रकट हुए। मैं कैसे जान सकती थी कि सिर और धड़ के बीच की आकर्षण शक्ति सही अनुपात में थी, जबकि वह बहुत स्पष्ट और प्रबल थी, हालाँकि निश्चय ही भिन्न संयोजन में वह और भी स्पष्ट और प्रबल होती? और कुछ ग़लती अगम्य देवी को भी स्वीकार करनी होगी; क्योंकि उन्होंने मुझे सिर्फ़ इतनी ही चेतावनी दी थी कि मैं सिरों को उलटी तरफ़ न जोड़ दूँ, और उसको मैंने ध्यान रखा था; वह इस चूक के रूप में सामने आ सकता है, इस ओर महादेवी ने ध्यान ही नहीं दिया! बताओ, क्या तुम्हें अपने पुनर्जीवन के इस रूप को लेकर पश्चाताप है और तुम इसके लिए मुझे हमेशा-हमेशा के लिए धिक्कारोगे? अगर ऐसा है तो मैं जाकर वही कृत्य करूँगी जिसको करने से इस सब कुछ के पहले देवी ने मुझे रोक दिया था। या फिर अगर तुम मुझे क्षमा कर देना चाहते हो, तो क्या तुम्हें यह संभव लगता है कि दुर्योग से घटित इन परिस्थितियों में हम तीनों के बीच एक नई और बेहतर ज़िंदगी की शुरुआत हो - मेरा मतलब है उससे बेहतर ज़िंदगी, जो तब होती यदि पहले जैसी स्थिति प्राप्त कर ली गई होती और जिसमें तमाम मानवीय आकलनों के मद्देनज़र वही दुखद स्थिति बनी रहती? हे सुदृढ़ काया वाले श्रीदमन, बताओ! हे छरहरी देह वाले नंद, कहो!"

उन रूपांतरित नौजवानों ने झुककर उसको उठाया, एक ने दूसरे के हाथों से, और तीनों संकोच में गड़े हुए से खड़े होकर एकसाथ रोने और हँसने लगे। दो चीज़ें तत्काल ही साफ़ थीं : पहली यह कि सीता ने इन पुनर्जीवित दोस्तों के सिरों को संबोधित करके उचित काम किया था; क्योंकि निश्चय ही यही सिर थे जिनकी वजह से मैं - और मेरी अनुभूतियाँ के भाव अनुकूलित थे। वह जो अपने सँकरे, गोरे कंधों पर गर्ग के बेटे का साधारण

सिर धारण किए हुए था वह ख़ुद को नंद समझता था। उसी तरह दूसरा, जो अपने विशाल ताँबई रंग के धड़ पर ब्राह्मणों के पौत्र का सिर धारण किए हुए था, वह ख़ुद को श्रीदमन समझ रहा था और उसी तरह बरत रहा था। लेकिन दूसरी चीज़, यह बात ज़ाहिर थी कि दोनों में से कोई भी सीता की चूक से उसके प्रति न सिर्फ़ नाराज़ नहीं था, बल्कि दोनों ही अपने इन नए वेशों में आनंद ले रहे थे।

श्रीदमन ने कहा, "अगर नंद के भाग्य में जो काया आई है वह उससे लज्जित नहीं है, और उसको छाती पर बने कृष्ण के चिह्न के न होने का कोई दुख नहीं है, जोकि मेरे लिए दुखद होता, तो मैं अपने आपको दुनिया का सबसे सुखी मनुष्य समझता हूँ। मैं हमेशा कामना करता था कि मेरे पास इस तरह की देह-यष्टि होती। जब मैं अपनी भुजाओं की मांसपेशियों को महसूस करता हूँ, अपने कंधों और अपने भव्य पैरों की ओर देखता हूँ, तो मैं अदम्य आह्लाद से भर उठता हूँ, और ख़ुद से कहता हूँ कि अबके बाद से मैं बिलकुल नए ढंग से अपना सिर ऊँचा उठाकर चल सकूँगा; प्रथमतः तो अपनी नई शक्ति और सुंदरता की चेतना से, और दूसरे इसलिए कि मेरी आध्यात्मिक प्रवृत्ति अब मेरी शारीरिक क़द-काठी के सामंजस्य में होगी और सरलता के पक्ष में मेरा बोलना तथा ब्राह्मणीय अनुष्ठानों की बजाय उज्ज्वल शिखर पर्वत की परिक्रमा करते गायों के समूह के पक्ष में वृक्ष के तले अपना मत देना अब ग़लत नहीं होगा, क्योंकि ऐसा करना अब एकदम सही और उचित हो गया है और जो चीज़ अजनबी प्रतीत होती थी वह अब अजनबी नहीं रही। निश्चय ही, मेरे प्यारे दोस्तों, इसमें एक ख़ास तरह का दुख भी है, कि जो अजनबी था वह अब मेरा अपना हो गया है और अब वह मेरी आकांक्षा और सराहना का विषय नहीं रह गया, सिवा इसके कि मैं अब अपनी ही सराहना करता हूँ और इंद्रोत्सव की बजाय पर्वतोत्सव का चुनाव करते हुए मैं अब कुछ और नहीं देता बल्कि वही देता हूँ जोकि मैं ख़ुद हूँ। हाँ - मैं स्वीकार करता हूँ कि मैं इस क़िस्म की उदासी को अनुभव करता हूँ जो इस वजह से है कि अब मैं वह हूँ जो होने की मैं कभी लालसा रखता था। लेकिन मेरी प्रिय सीता, जब मैं तुम्हारे बारे में सोचता हूँ तो वह उदासी पृष्ठभूमि में चली जाती है, क्योंकि तुम मेरे अपने बारे में तमाम ख़यालों से पहले हो, और वह लाभ भी जो मेरी इस नई परिस्थिति से तुमको मिलेगा - जिसको लेकर मैं इतना प्रसन्न और गौरवान्वित महसूस करता हूँ

कि मैं इस समूचे चमत्कार को धन्यवाद देता हूँ और कहता हूँ, स्या, ऐसा ही हो।"

"कम से कम तुम ठीक से तो बोलो और कहो सियात," नंद ने कहा, जिसकी नज़रें उसके दोस्त के अख़िरी शब्दों पर ज़मीन की ओर झुक गई थीं, "अपने किसानी अंगों को अपने मुँह पर शासन मत करने दो। उन अंगों में तुम्हारा स्वागत है, जहाँ तक मेरा संबंध है, मैं उनको लंबे समय तक भोग चुका हूँ। लेकिन, मैं भी तुमसे नाराज़ नहीं हूँ, सीता। मैं भी इस चमत्कार को सियात ही कहता हूँ, क्योंकि मैं हमेशा से इस तरह की छरहरी काया चाहता रहा था, और अब, जब मैं इंद्र की वाकोपासना की बात करूँगा और सरलता के विरुद्ध बोलूँगा, तो वह पहले की तुलना में बेहतर मैं होगा - या कम से अगर वह मेरा चेहरा नहीं तो काया तो होगी ही, जोकि, श्रीदमन, तुम्हारे लिए एक साधारण मसला बन चुकी है, लेकिन मेरे लिए वह मुख्य मुद्दा है। मुझे तनिक भी आश्चर्य नहीं है कि, सीता, जब तुमने हमारे सिरों और कायाओं को मिलाने की कोशिश की तो उनने इतना प्रबल आकर्षण प्रदर्शित किया; वह मैत्री की शक्ति थी जो श्रीदमन और मुझको एक दूसरे से बाँधती थी, और जिसके बारे में मैं आशा ही कर सकता हूँ कि जो कुछ भी हुआ है उससे उस मैत्री में कोई दरार नहीं पड़ेगी। लेकिन एक बात मैं कह सकता हूँ : मेरा दयनीय सिर उस काया के बारे में सोचने से अपने आपको नहीं रोक सकता जो उसके हिस्से में पड़ी है, और न ही यह देखने से कि उसका हक़ कहाँ पड़ा हुआ है; और इसलिए मैं श्रीदमन के कुछ शब्दों से और जिस तरह से वे सीता के भविष्य को मानकर चल रहे हैं उससे चकित और डरा हुआ हूँ। मुझे यहाँ ऐसा कुछ भी दिखाई नहीं देता जिसको मानकर चला जा सकता हो। सिर्फ़ एक ही बड़ा प्रश्न है और उसका जवाब जिस तरह तुम्हारा सिर देता लगता है मेरा सिर उससे भिन्न तरीक़े से देता है।"

"वो कैसे?" श्रीदमन और सीता मानो एक ही स्वर में ज़ोर से बोल उठे।

"वो कैसे?" छरहरे बदन वाले दोस्त ने दोहराया। "तुम ये पूछ भी कैसे सकते हो? मेरे लिए मेरी काया ही मुख्य मुद्दा है और इसी काया से मैं विवाह की धारणा का पालन करता हूँ, क्योंकि काया से ही बच्चों का गर्भाधान किया जाता है, न कि सिर से। मैं देखना चाहूँगा कि कौन है जो मुझे उस संतान का पिता होने से वंचित करता है जो सीता के गर्भ में पल रही है।"

"मज़ाक़ बंद करो, नंद!" श्रीदमन अनजाने ही अपने शक्तिशाली अंगों को मोड़ते हुए चिल्लाया, "और ध्यान दो कि तुम क्या कह रहे हो! तुम नंद हो, या तुम कौन हो?"

"मैं नंद हूँ," उस दूसरे ने जवाब दिया। "लेकिन जितने सच्चे अर्थ में मैं इस विवाहित काया को अपनी कह रहा हूँ और इसके लिए 'मैं' शब्द का उपयोग कर रहा हूँ, उतने ही सच्चे अर्थों में यह सुंदरी सीता मेरी पत्नी है और उसके गर्भ का फल मेरा दिया हुआ है।"

"सचमुच!" श्रीदमन ने प्रत्युत्तर दिया, उसकी आवाज़ काँप रही थी। "क्या वाक़ई ऐसा है? जब तुम्हारी मौजूदा काया मेरी थी और सीता की बग़ल में सोती थी, तब भी मैंने ऐसा कहने का दुस्साहस न किया होता। क्योंकि यह वह काया नहीं थी जिसका वह आलिंगन करती थी, जैसाकि मैंने अपने दुखी मन से तब जाना था जब वह सपने में बड़बड़ाती थी। इसकी बजाय यह वह काया थी जिसको अब मैं अपनी कहता हूँ। यह रुचिकर नहीं है, मेरे दोस्त, कि तुम इन दर्दनाक मसलों को छुओ और मुझको उन पर बोलने के लिए विवश करो। किस तरह तुम अपने सिर पर, बल्कि अपनी काया पर इस तरह का आग्रह कर सकते हो और इस तरह का व्यवहार कर सकते हो जैसे तुम मैं हो गए हो और मैं तुम? निश्चय ही यह बात स्पष्ट है कि अगर इस तरह की अदला-बदली हुई होती और तुम सीता के पति श्रीदमन बन गए होते, और मैं नंद बन गया होता, तो कोई बदलाव ही न आया होता, और सब कुछ पहले जैसा ही रहा होता। सुखद चमत्कार यह है कि केवल सिरों और धड़ों की अदला-बदली सीता के हाथों से हुई है, जिसके परिणामस्वरूप हमारे सिर, निर्णायक कारक होने की वजह से आनंदित हो रहे हैं। इस सबसे ऊपर यह कि हमारा आनंद उस सुख की वजह से है जो सुंदर नितंबा सीता को भविष्य में मिलने वाला है। लेकिन अब तुम हो जो अपनी मौजूदा काया, जो कि एक विवाहित व्यक्ति की काया है, पर आवश्यकता से अधिक बल दे रहे हो, और मुझे एक दोस्त की भूमिका सौंप रहे हो! तुम एक निंदनीय अहंकार का प्रदर्शन कर रहे हो, क्योंकि तुम केवल अपने ही बारे में सोच रहे हो और इस बारे में नहीं सोच रह हो कि इस बदलाव से उसको कितना लाभ होगा।"

"उसको लाभ होगा उन सुविधाओं से जिनको तुम अब अपनी कहने का अभिमान कर रहे हो।" नंद ने प्रत्युत्तर दिया, जिसमें निहित कड़वाहट छिप

नहीं सकी। तुम भी उतने ही अहंकारी हो जितना मैं हूँ। इसके अलावा तुम मुझे ग़लत समझ रहे हो। मैं इस विवाहित काया की ओर इशारा नहीं कर रहा था जोकि अब मेरी है, बल्कि अपने वास्तविक सिर की ओर इशारा कर रहा था, जिसको तुम खुद निर्णायक बता रहे हो, जो मुझे नंद बना रहा है, तब भी जबकि वह मेरी इस नई सुंदर और काया के साथ जुड़ा हुआ है। तुम्हारा यह कहना ग़लत है कि मैं सीता के प्रति कम से कम उतना सजग नहीं हूँ जितने तुम हो। पहले, जब वह मेरी ओर देखती थी – अपनी मधुर थरथराती लयपूर्ण आवाज़ में बोलते हुए जिसको सुनकर मुझे डर लगता था कि कहीं मैं भी उसी स्वर में न बोलने लगूँ – तो मुझे नंद और प्रिय नंद कहकर पुकारती हुई वह सीधे मेरे चेहरे और आँखों में झाँककर देखती थी, और उनमें अपने चेहरे को पढ़ने की कोशिश करती थी। उस समय वह सब अनावश्यक लगता था, लेकिन अब लगता है उसमें गहरी आध्यात्मिक अर्थवत्ता थी। वह दर्शाता था कि उसका लक्ष्य मेरी काया नहीं थी, जो अपने में नाम की हक़दार नहीं होती; यह तुमने खुद ही साबित कर दिया है, क्योंकि अब जबकि वह तुम्हारे पास है तब भी तुम अपने को श्रीदमन कह रहे हो। यह सोचकर कि कहीं मैं भी उसी लयपूर्ण और रोमांचक स्वर का शिकार न हो जाऊँ, मैं उसकी बातों का जवाब नहीं देता था, सिवा तब के जब बहुत ज़रूरी होता था, और ऐसा कभी-कभार ही होता था। मैं उसको उसका नाम लेकर नहीं पुकारता था, मैं अपनी निगाहें नीची रखता था ताकि वह उनमें कुछ पढ़ न सके – यह सब मैं तुम्हारी दोस्ती की ख़ातिर और तुम्हारी वैवाहिक स्थिति का सम्मान रखने के नाते किया करता था। लेकिन अब मेरे पास न केवल वह सिर और वे आँखें हैं जिनमें वह, गहरे और उत्सुकतापूर्वक 'नंद' और 'आह, प्रिय नंद' कहती हुई, झाँकती थी, बल्कि पति वाली काया भी है – और स्थिति मेरे और सीता के पक्ष में बुनियादी रूप से बदल चुकी है। सबसे ऊपर उसके पक्ष में! क्योंकि अगर हम उसके सुख और संतोष को सबसे ऊपर रखना चाहते हैं, तो जो समाधान मैंने प्रस्तुत किया है उससे पवित्र और उत्तम समाधान दूसरा नहीं हो सकता।"

"नहीं," श्रीदमन ने कहा, "मैं तुमसे यह अपेक्षा नहीं करता था। मुझे तो डर था कि कहीं तुम मेरी काया को लेकर लज्जित न होओ; लेकिन अब जबकि तुम इतनी अंतर्विरोधी बातें कर रहे हो, और विवाह के संदर्भ में मनमाने ढंग से कभी सिर को तो कभी काया को महत्त्वपूर्ण चीज़ की तरह ले

रहे हो, ऐसे में उलटे मेरी भूतपूर्व काया तम्हारे सिर के सामने लजा सकती है! तुम हमेशा से एक विनम्र नवयुवक रहे हो; लेकिन अब तुम अचानक ढीठपन की ऊँचाइयाँ पार कर रहे हो, और सीता के सुख को सुनिश्चित करने के लिए अपनी स्थिति को पवित्रतम और सर्वोत्तम समाधान बता रहे हो, जबकि ज़ाहिर-सी बात ये है कि ये मैं हूँ जिसके पास श्रेष्ठतम समाधान है, यानी जो एकसाथ सुखदायी भी है और अधिकतम संभव आश्वस्तिकर भी है। लेकिन अब और बातचीत करने का कोई अर्थ और प्रयोजन नहीं है। सीता यहाँ खड़ी हुई है। उसी को कहना चाहिए कि वह किसकी है और उसी को हमारा और उसके अपने सुख का निर्णय करना चाहिए।"

वह भौंचक होकर एक से दूसरे की ओर देखने लगी। इसके बाद उसने अपनी हथेलियों से अपना मुँह ढँक लिया और रोने लगी।

"मैं नहीं कर सकती," उसने सिसकते हुए कहा। "निर्णय लेने के लिए मेरे ऊपर दबाव मत डालो, मैं तो एक असहाय स्त्री भर हूँ, मेरे लिए यह बहुत कठिन होगा। शुरू में यह बहुत सरल लग रहा था, और हालाँकि मैं अपनी भूल को लेकर लज्जित थी, फिर भी मैं उसको लेकर प्रसन्न थी, विशेष रूप से तब जब मैंने तुम दोनों को प्रसन्न देखा था। लेकिन तुम लोगों की बातों ने मेरा सिर चकरा दिया है और मेरे हृदय को इस तरह दोफाँक कर दिया है कि उसका आधा हिस्सा उसी तरह उसके दूसरे आधे हिस्से का विरोध कर रहा है जिस तरह तुम लोग एक दूसरे का विरोध कर रहे हो। प्रिय श्रीदमन, तुम्हारे शब्दों में ज़्यादा सच्चाई है, और उनको सुनकर मुझे इसमें तनिक भी संदेह की गुंजाइश दिखाई नहीं दी कि मैं केवल उसी पति के साथ घर जा सकती हूँ जो तुम्हारे चेहरे-मोहरे को धारण करता है। नंद की राय से भी मुझे उस समय सहानुभूति होती है जब मैं यह याद करती हूँ कि उसकी काया उसके सिर के बिना कितनी दयनीय और अर्थहीन लगती है। मुझे उसकी इस बात से सहमत होना ही होगा कि जब मैं उसको 'प्रिय नंद' कहकर पुकारती थी तो मेरा अभिप्राय उसकी काया से अधिक उसके सिर से ही कदाचित होता था। लेकिन प्रिय श्रीदमन, तुमने 'आश्वस्तिकर' शब्द का प्रयोग किया; और सचमुच ही यह कहना मुश्किल है कि मेरे पति का सिर मुझे ज़्यादा आश्वस्त करेगा या उसकी काया। मुझे यातना मत दो! मैं इस पहेली को सुलझा पाने में पूरी तरह असमर्थ हूँ, मुझमें इतनी शक्ति नहीं कि मैं यह निर्णय कर सकूँ कि मेरा पति कौन है।"

"अगर मामला ऐसा है," नंद ने एक असहाय ख़ामोशी के बाद कहा, "और सीता हमारे बीच निर्णय करने और तय करने में असमर्थ है, तो निर्णय किसी तीसरे, बल्कि चौथे पक्ष की ओर से होना चाहिए। जब सीता ने अभी-अभी कहा था कि वह केवल उसी आदमी के साथ घर जा सकती है जो श्रीदमन का चेहरा-मोहरा धारण करता है, तब मैं अपने मन में सोच रहा था कि अगर वह एक पति के रूप में मेरे साथ आश्वस्तिकर जीवन पाना चाहती है तो वह और मैं घर नहीं जाएँगे बल्कि किसी एकांत स्थल पर जाकर रहेंगे। एकांतवास और एकाकीपन एक लंबे समय से मुझे आकर्षित करते रहे हैं, क्योंकि जब सीता का स्वर सुनकर मुझे अपनी मित्रता की निष्ठा पर संदेह जागता था, तो मैं सोचा करता था कि मुझे संन्यासी हो जाना चाहिए। और मैंने एक ऐसे आदमी से संपर्क भी स्थापित किया था, कामदमन नाम के व्यक्ति से। मैं इस उम्मीद में उससे मिलता था कि वह मुझे भी उस तरह के जीवन की शिक्षा दे सकेगा। मैं उससे डंकाका वन में जाकर मिला करता था जहाँ वह रहता है, और जहाँ पर और भी बहुत से साधु संन्यासी रहते हैं। उसका पारिवारिक नाम गुह है; लेकिन उसने कामदमन नाम अपनाया, जिस नाम से वह, एक संन्यासी के रूप में पुकारे जाने की इच्छा रखता है। वह कई वर्षों से शुचिता और वाणी से संबंध रखने वाले संकल्पों के साथ डंकाका वन में रह रहा है। मैं तो कहूँगा कि वह अपने कायाकल्प से बहुत दूर नहीं हो सकता। हम इस ज्ञानी के पास चलते हैं जो जीवन को समझता है और उस पर उसने विजय प्राप्त कर ली है। हम चलकर उसको अपना क़िस्सा सुनाते हैं और सीता की ख़ुशी के लिए उसको अपना न्यायाधीश बनाते हैं। अगर तुम सहमत हो तो उसी को फ़ैसला करने दो कि हममें से कौन इसका पति है, और उसका निर्णय सर्वोपरि हो।"

"हाँ, हाँ," सीता राहत के भाव से पुकार उठी, "नंद का कहना सही है, चलो हम इस संन्यासी के पास चलते हैं।"

"मैं देख रहा हूँ," श्रीदमन ने कहा, "कि हमारे सामने वह एक वस्तुपरक समस्या है जिसको उसके अंदर से नहीं सुलझाया जा सकता बल्कि वह बाहरी विवेक की माँग करती है; मैं इस परामर्श से सहमत हूँ और उस ज्ञानी पुरुष के निर्णय को मानने को तैयार हूँ।"

इस हद तक राज़ी हो जाने के बाद वे एकसाथ माता के मंदिर से निकले और वापस नाले में खड़ी अपनी गाड़ी पर जा पहुँचे। यहाँ आकर सवाल यह

उठा कि दोनों दोस्तों में से गाड़ी को कौन हाँकेगा, जोकि शरीर और सिर दोनों का ही मसला था। नंद ज़ाहिर था कि डंकाका वन का रास्ता जानता था, जोकि दो दिन की यात्रा थी। यह सब उसके दिमाग़ में था; जबकि श्रीदमन लगाम को संभालने के लिए बेहतर स्थिति में था। उसने वाहन-चालक का आसन श्रीदमन के लिए सौंप दिया और उसके पीछे सीता की बग़ल में जा बैठा; लेकिन वहाँ बैठे-बैठे अपने दोस्त को रास्ता बताता रहा।

10

तीसरे दिन वे डंकाका वन में पहुच गए, जोकि बारिश से हराभरा था और साधु-संन्यासियों से आबाद था, हालाँकि वह इतना विस्तीर्ण था कि उसमें हरेक के लिए पर्याप्त एकांत और निर्जन जगह उपलब्ध थी। तीर्थयात्रियों के लिए यह आसान नहीं था कि वे एक एकांत स्थल से दूसरे एकांत स्थल तक जाकर उस कामदमन को खोजते जिसने अपनी इच्छाओं पर विजय प्राप्त कर रखी थी। सारे संन्यासी एक दूसरे के बारे में कुछ नहीं जानना चाहते थे और हरेक अपने इस विश्वास पर अडिग था कि वह उस निर्जन जंगल में अकेला था। यहाँ पर पवित्रता का जीवन जीने वाले कई स्तरों के लोग थे : कुछ थे जिन्होंने गृहस्थ जीवन के स्तर को पार कर लिया था और अब, कभी-कभी अपनी धर्म पत्नियों के साथ, अपना बाक़ी बचा हुआ जीवन हल्के-फुल्के चिंतन-मनन में बिता रहे थे। दूसरे थे जो योगी थे : उन्होंने इंद्रियों के अश्वों पर पूरी तरह लगाम कस रखी थी, आत्म-निग्रह और उपवास के माध्यम से अपने शरीर से संघर्ष किया था, और कठिनतम व्रतों का पालन किया था। वे आमरण अनशन कर चुके थे; बारिश में ज़मीन पर नंगे सो चुके थे, और जाड़े के दिनों में उन्होंने गीले वस्त्र पहने थे। गर्मियों में वे अपनी लौकिक देह को जलाने के लिए अग्नि की चार अँगीठियों के बीच लेटे थे, जिस दौरान अंशतः उनकी काया रिसी थी और अंशतः वह ताप के कारण झुलस गई थी। अपने अनुशासन में वृद्धि करते हुए कभी वे दिन में ज़मीन पर लोटते थे, या पैर की अँगुलियों के बल लगातार खड़े रहते, या तेज़ी से उठक-बैठकें लगाते रहते। अगर इन साधनाओं के दौरान उनका स्वास्थ्य गंभीर रूप से बिगड़ जाता और उनके देवलोक गमन का संकेत मिल जाता, तो वे उत्तर

और पूर्व की दिशाओं में अपनी अंतिम तीर्थयात्रा पर निकल जाते, और इस दौरान तब तक न तो कोई जड़ीबूटियाँ लेता और न ही कंदमूल फलों से अपना पेट भरता, बल्कि मात्र पानी और हवा पर जीवित रहते, जब तक कि उनका शरीर उनका साथ न छोड़ देता और उनकी आत्माएँ ब्रह्म में लीन न हो जातीं।

जब हमारे इन खोजियों ने अपनी गाड़ी जंगल के मुहाने पर एक ऐसे वानप्रस्थ परिवार के पास छोड़ दी जो वहाँ पर बाहरी दुनिया से किसी हद तक संपर्क क़ायम रखते हुए किंचित सरल जीवन जी रहा था, तब एक के बाद एक संन्यासियों के बीच भटकते हुए उनको ऐसे कई क़िस्म के साधु-संत मिले। जिस विशेष निर्जन स्थल पर कामदमन रहता था उसके रास्ते का पता पाना, जैसा कि हमने कहा, मुश्किल था। सही है कि नंद एकबार मार्गहीन उजाड़ से गुज़रकर वहाँ जा चुका था। लेकिन यह काम उसने एक दूसरे शरीर से किया था, और यह स्थिति उसके सहज ज्ञान और स्थान-बोध में बाधा डाल रही थी। कंदराओं या वृक्षों के खोलों के बाशिंदों को या तो जानकारी नहीं थी या वे ऐसा बहाना कर रहे थे। अंततः कुछ भूतपूर्व गृहस्थों की बीवियों से मदद मिली जिन्होंने अपने पतियों की निगाहें बचाकर भलमनसाहत के चलते उस रास्ते की ओर इशारा किया, और एक और पूरा दिन और रात जंगल में गुज़ारने के बाद वे अपने वांछित संत के सुरक्षित स्थल तक पहुँच सके, और उनको उस सफ़ेद जटाजूटधारी संन्यासी के दर्शन हुए, जो एक दलदली पोखर में गले तक पानी में डूबा हुआ न जाने कब से अपने सूखी टहनियों जैसे हाथ आसमान की ओर उठाए खड़ा था।

वे अत्यंत उतावले थे लेकिन तब भी उन्होंने उसके प्रति अपनी श्रद्धा के चलते उसको पुकारा नहीं, और धीरज के साथ उसकी साधना से बाहर आने की प्रतीक्षा करने लगे। लेकिन उसने ज़्यादा वक़्त नहीं लिया; या तो इसलिए कि उसने उनको देखा नहीं था या फिर महज़ इसलिए कि देख लिया था। उनको अधिक से अधिक एक घंटे प्रतीक्षा करनी पड़ी, जिस दौरान वे उस पोखर से पर्याप्त दूरी बनाए रहे। फिर वह दलदल से निकला, पूरी तरह नग्न, उसकी दाढ़ी और शरीर और बालों से कीचड़ टपक रहा था। उसके शरीर पर मांस नहीं था, केवल त्वचा थी जो उसकी हड्डियों पर चिपकी हुई थी; इसलिए एक तरह से उसमें नग्नता जैसा कुछ नहीं था। जब वह उन प्रतीक्षारत लोगों के क़रीब बढ़ा तो वह अपने पैरों के आगे उस झाड़ू से बुहारता चल

रहा था जो उसने पोखर के किनारे से उठाई थी। वे लोग जानते थे कि वह ऐसा इसलिए कर रहा था ताकि उसके पैरों से कोई जीवित प्राणी कुचल न जाए। लेकिन इन बिन बुलाए मेहमानों के प्रति वह उतना सौम्य नहीं था : क्योंकि क़रीब पहुँचते हुए उसने उनको झाड़ू उठाकर धमकाया, इसकी परवाह किए बिना कि ऐसा करते हुए वह ज़मीन पर रेंगते प्राणियों को अपूरणीय क्षति पहुँचा सकता है।

"भागो," वह चिल्लाया, "आलसियों! मेरे इस निर्जन में तुम क्या खोज रहे हो?"

"हे कामदमन," नंद ने पूरी विनम्रता के साथ जवाब दिया, "हमें क्षमा करें कि हमने अपनी ज़रूरत के कारण इतने दुस्साहसपूर्वक आपसे संपर्क किया है! आपके आत्मजित होने की प्रसिद्धि हमें यहाँ ले आई है; हम यहाँ अपने सांसारिक जीवन की प्रेरणाओं के चलते खिंचे चले आए हैं। ज्ञानियों के बीच सिंह जैसे हृदय वाले हे संत, हमें उचित परामर्श देने की कृपा करें। प्रार्थना है कि मुझे याद करें। मैं एक बार पहले भी एकाकी जीवन के प्रश्न पर आपकी प्रज्ञा से लाभान्वित होने के लिए आपके समक्ष अपना हृदय खोलकर रख चुका हूँ।"

"मैं तुमको पहचान सकता हूँ," वैरागी ने घनी धमकाती भँवों के तले अपनी आँखों की गहरी गुफा से नंद की ओर झाँकते हुए कहा। "कम से कम मैं तुम्हारे चेहरे से तो तुमको पहचान ही सकता हूँ; लेकिन इस बीच तुम्हारी क़द-काठी किन्हीं ऐसे परिष्कारों की प्रक्रिया से गुज़र चुकी लगती है जो मैं समझता हूँ कि मुझसे हुई तुम्हारी पिछली भेंट का नतीजा है।"

"उस भेंट ने मेरा बहुत भला किया," नंद ने टालने के अंदाज़ में जवाब दिया। "लेकिन जो परिवर्तन आप देख रहे हैं उसका कारण दूसरा है और वह विचित्रताओं और तनाव से भरी एक कहानी से ताल्लुक रखता है, जोकि हम इन तीनों लोगों की कहानी है जो आपके सामने निवेदन करने के लिए प्रस्तुत हैं। इसने हमें एक ऐसे सवाल के सामने ला खड़ा किया जिसको हम स्वयं हल करने में असमर्थ हैं; हमें आपके परामर्श और निर्णय की अनिवार्य आवश्यकता है। हमें आशा है कि आपकी आत्म-विजय में वह महानता है कि आप हमारी बात को ध्यान से सुन सकेंगे।"

"हो सकता है," कामदमन ने जवाब दिया। "कोई नहीं कहेगा कि ऐसा नहीं होगा। निश्चय ही मेरी पहला आवेग तो तुम लोगों को अपने रक्षित

स्थल से बाहर खदेड़ देने का था; लेकिन वह भी एक आवेग ही था जिसका मैं तिरस्कार करता हूँ और उस प्रलोभन का मैं संवरण करना चाहता हूँ। क्योंकि अगर मनुष्य से बचना आत्म-निषेध है, तो उनको सहना और भी बड़ा आत्म-निषेध है। मेरा विश्वास करो, तुम्हारी निकटता और तुम्हारे भीतर से आती जीवन की भभक मेरी छाती पर बहुत भारी पड़ती है और मेरे गालों पर वह अप्रिय लालिमा पैदा करती है, जिसको तुम देख सकते थे अगर उनपर भभूत न पुती होती। लेकिन मैं तुमको और तुम्हारी भाप को सहने को तैयार हूँ, विशेष रूप से इसलिए कि मैंने देख लिया था कि तुम तीनों में से एक वयस्क स्त्री भी है, जिसको इंद्रियाँ आनंदमय पाती हैं; कोमल जंघाओं और उन्नत वक्षस्थलों के साथ, किसी लता की तरह सुकुमार, ओह हाँ, ओह छिः! उसकी नाभि सुंदर है, चकोर जैसी आँखों से युक्त उसका चेहरा प्यारा है, और उसके वक्षस्थल, मैं फिर से कहता हूँ कि भरे हुए और उन्नत हैं। स्वागत है, ओ स्त्री! जब पुरुष तुझको देखते हैं तो क्या उनकी काया के रोयें वासना से खड़े नहीं हो जाते? और तुम तीनों के क्लेश भी क्या तेरे फंदों और आकर्षणों की वजह से ही नहीं हैं? अभिवादन है! संभावना यही थी कि मैंने इन दोनों नवयुवकों को नर्क में भेज दिया होता, लेकिन हे भद्रे, चूँकि तू इनके साथ है, तू जब तक चाहे यहाँ ठहर सकती है! मैं तुझे सहर्ष अपने खोखले वृक्ष में आमंत्रित करता हूँ जहाँ मैं तुझको उन बेरियों की दावत दूँगा जिनको मैंने एकत्र कर रखा है, खाने के लिए नहीं बल्कि उनका त्याग करने के लिए ताकि उनको अपने सामने रखते हुए जड़ों को चबाऊँ, क्योंकि इस लौकिक देह को समय-समय पर खिलाना ज़रूरी होता है। मैं वहाँ तुम्हारी कहानी सुनूँगा, हालाँकि उससे छूटने वाली जीवन की भभक मेरा दम घोंटेगी। मैं उसका एक-एक शब्द सुनूँगा, क्योंकि मैं नहीं चाहता कि कोई कामदमन पर साहस की कमी का लांछन लगाए। निश्चय ही साहस और उत्सुकता के बीच भेद करना कठिन होता है। हो सकता है कि मैं तुम्हारी कहानी को इसलिए सुनूँ कि मैं अपने इस डेरे पर भूखा हो उठा होऊँ, और अपनी नाक में वास्तविक जीवन की भभक को सूँघने की वासना मुझमें जाग उठी हो। लेकिन इस विचार को तजना होगा, और इस संकेत को भी कि उत्सुकता यहाँ भी तिरस्कार को उत्प्रेरित करती है और उसको उसके उद्गम पर ही कुचल देती है, इसलिए असल में यह उत्सुकता है जिसको कुचला जाना चाहिए। लेकिन अगर ऐसा है, तो मेरे साहस का क्या अर्थ रह जाता है?"

"यह वैसा ही जैसा बेरियों के साथ है। यह विचार कदाचित मुझको ललचाता है कि मैं उनको अपने पास रखूँ, उनका त्याग करने के लिए नहीं बल्कि उनके वहाँ होने का आनंद लेने के लिए। जिसके बारे में यह कहने साहस करूँगा कि उनकी ओर ताकने का आनंद उनको खाने के प्रलोभन की रचना करता है। इसलिए अगर मैं उनको अपने पास नहीं रखता तो मैं जीवन को अपने लिए बहुत आसान बना लूँगा। ऐसे में इस संदेह का निराकरण हो जाता है कि यह जवाब मैंने उस प्रलोभनीय दृश्य में साझा करने में सक्षम होने की ख़ातिर तैयार किया था - क्योंकि, अगर मैं उन बेरियों को स्वयं न खाकर तुमको खाने को दे देता हूँ, तब भी मैं तुम्हारे द्वारा उनको खाया जाता देखने का आनंद उठाता हूँ। और, इस पृथ्वी के नानाविध रूपाकारों के भ्रामक चरित्र को देखते हुए, और मेरे और तुम्हारे बीच के किसी भी भेद को देखते हुए, तुम्हारे द्वारा उनका खाया जाना स्वयं मेरे द्वारा उनको खाए जाने के बराबर है। संक्षेप में यह कि संन्यास-आश्रम एक अथाह गर्त है; उसकी गहराई नहीं मापी जा सकती क्योंकि उसमें आत्मा के प्रलोभन देह के प्रलोभनों से परस्पर गुँथे होते हैं, जब तक कि समूची स्थिति उस सर्प जैसी नहीं हो जाती जिसका एक सिर काटते ही वह अपने दो सिर पैदा कर लेता है। लेकिन यह सब एकदम ठीक है, और अंततः मुख्य बात साहस का होना है। इसलिए हे जीवन से गंधाते पुरुषों और स्त्री, मेरे साथ आओ, मेरे साथ मेरे खोखले वृक्ष पर चलो और मुझे समस्त जीवन की नानाविध मालिन्यों के बारे में बताओ; जितना चाहो उतना मुझे बताओ, मैं सुनूँगा, अपने सुधार के लिए और इस विचार से छुटकारा पाने के लिए कि यह सब कुछ मैं अपने मनोरंजन के लिए कर रहा हूँ - जितना छुटकारा मिल सके उतना ही बेहतर है!"

इन शब्दों के साथ वह साधु पुरुष जंगल के रास्ते उन लोगों को कुछ दूर तक ले गया, जिस दौरान वह सावधानी के साथ अपने सामने की ज़मीन को बुहारता चल रहा था। वे उसके अपने स्थल पर पहुँच गए। वह एक विशाल, बहुत पुराना कदंबवृक्ष था, जो हालाँकि अब भी हरा था लेकिन अंदर से खोखला था। कामदमन ने इस काई भरे, दुनियावी घर का चुनाव मौसम से बचाव के लिए नहीं किया था, क्योंकि वह अपनी काया को लगातार आँधियों में खुला छोड़ देता था, ठंड के दिनों में वह गीले वस्त्र पहनता था, और तीव्रतम गर्मी के दिनों में वह अग्निकुंडों के बीच बैठता था। नहीं, इस घर का चुनाव उसने केवल इसलिए किया था ताकि उसको अपना पता मालूम

रहता और वहाँ पर अपने भोजन के लिए एकत्र किए गए कंद, मूल, फलों को, जलाने की लकड़ियों को, और पूजा के फूलों और दूर्वा आदि को सुरक्षित रख सकता।

यहाँ पर उसने अपने मेहमानों को बैठने को कहा, जिसको लेकर वे विनम्रतावश हिचकिचाए। जैसाकि उसने वादा किया था, उसने उनको खाने के लिए बेरियाँ दीं और वे कम ताज़ा नहीं थीं। इस बीच उसने स्वयं एक यौगिक मुद्रा धारण की जिसको कायोत्सर्ग मुद्रा के नाम से जाना जाता था : निश्चल अंग, बाँहें नीचे की ओर तनी हुईं, और घुटनों के लोचहीन जोड़। उसने किसी तरह न सिर्फ़ अपनी अँगुलियों को बल्कि पैरों की अँगुलियों को भी एक दूसरे से अलग रखने का प्रयत्न किया हुआ था; और इस तरह अपनी आत्मा की उच्चतम अवस्था में रहते हुए वह पूरी तरह दिगंबर बना हुआ था, हालाँकि उसकी काया पर मांस के अभाव की वजह से वह दिगंबरता कुछ भी नहीं दर्शाती थी। क़िस्से को बयान करने की ज़िम्मेदारी, श्रीदमन की थी क्योंकि उसी का सिर इस क़ाबिल था; इसलिए वह अपनी भव्य उपस्थिति के साथ खड़ा हुआ और उसने उन घटनाओं का बयान किया जिनकी वजह से उनको वहाँ जाना पड़ा था और उस बेचैन कर देने वाले सवाल का भी जिसका जवाब संत या राजा जैसा कोई चतुर्थ पक्ष ही दे सकता था।

उसने वह क़िस्सा पूरी सच्चाई के साथ सुनाया, जैसाकि हमने सुनाया है, आंशिक रूप से उन्हीं शब्दों में। विवादास्पद मुद्दे को स्पष्ट करने के लिए क़िस्से के अंतिम हिस्से को कह देना भर पर्याप्त था। लेकिन उसने उसको एकदम शुरुआत से, जिस रूप में वह घटित हुआ था, सुनाया ताकि साधु को उस पर अपने एकांत में ठीक से विचार करने का अवसर मिल सकता। उसने नंद के और अपने जीवन के ब्यौरे के साथ शुरुआत की, अपनी परस्पर मित्रता के बारे में बताया, और अपनी पिछली यात्रा के दौरान स्वर्णमक्षिका नदी पर रुकने के बारे में बताया। उसने अपनी प्रेम-पीड़ा का, अपने प्रणय-निवेदन और विवाह का वर्णन किया, जिसमें उसने सीता के साथ नंद के पूर्व परिचय का और उत्सव के दौरान उसको धूप में झुलाए जाने का भी ज़िक्र किया। अपने वैवाहिक जीवन के कड़वे अनुभव जैसे अन्य बिंदु भी उसने हल्के या सतही ढंग से छुए, जिसमें उसने ख़ुद को भी नहीं बख़्शा क्योंकि वे मज़बूत बाँहें अब स्वयं उसकी थीं जिन्होंने सीता को झुलाया था और वह जीता-जागता शरीर भी जिसके सपने वह उसकी बाँहों में रहते हुए देखती थी। नहीं, ये

सारी बातें स्वयं उस सीता को ध्यान में रखते हुए की गई थीं जिसके लिए इसमें से कुछ भी सुखद नहीं था और जो इस समूचे क़िस्से के दौरान अपना छोटा-सा सिर अपने कढ़ाईदार दुपट्टे से ढँके हुई थी।

यह श्रीदमन के सिर का ही कमाल था कि वह एक दक्ष क़िस्सागो साबित हुआ। यहाँ तक कि सीता और नंद ने भी, जोकि सारे फसाने से भलीभाँति वाक़िफ़ थे, अपनी ही उस भयावह कहानी को उसकी जुबानी आनंद लेते हुए सुना, और कामदमन, जो हालाँकि अपनी कायोत्सर्ग मुद्रा में अडिग बना रहा था, को भी वह कहानी आकर्षक महसूस होती लगी। श्रीदमन ने अपने और नंद के भयावह कृत्य का, सीता के प्रति देवी की दया का, और उनके पुनरुद्धार के कर्म के दौरान सीता द्वारा की गई क्षम्य भूल का बयान किया। अंततः उसने क़िस्से को समाप्त किया और प्रश्न को सामने रखा।

"इस तरह यह सब कुछ हुआ," उसने कहा। "पति का सिर उसके दोस्त के धड़ को अर्पित कर दिया गया, दोस्त का सिर पति के धड़ को अर्पित कर दिया गया। हे पवित्र कामदमन, हम पर कृपा करें और हमारी इस किंकर्त्तव्यविमूढ़ अवस्था के बारे में अपनी प्रज्ञा का उच्चारण करें! आप जैसा आदेश करेंगे, उसको हम स्वीकार करेंगे और उसी के अनुरूप आचरण करेंगे, क्योंकि हम स्वयं इस बारे में निर्णय लेने में असमर्थ हैं। कृपा कर बताएँ कि यह सर्वांग सुंदरी किसकी है, और सच्चे अर्थों में इसका पति कौन है?"

"हाँ, बताइए, बताइए, हे त्यागी महात्मा!" नंद भी ज़ोर से और विश्वास से भरकर बोल उठा। सीता ने केवल परदे के भीतर से उतावले भाव से अपनी आँखें बाहर कीं और उम्मीद से भरकर कामदमन की ओर देखा।

कामदमन ने अपने हाथों-पैरों की अँगुलियों को एक दूसरे के क़रीब समेटा और गहरी साँस ली। फिर उसने अपनी झाड़ू उठाकर वध्य जंतुओं को बुहारकर अपने लिए ज़मीन पर एक जगह तैयार की और अपने मेहमानों के साथ बैठ गया।

"उफ़!" उसने कहा। "तुम तीनों मेरे लिए निश्चय ही एकदम सही लोग हो! मैं तो जीवन की प्रचंड भभक से भरी हुई कहानी की आशा कर रहा था। लेकिन तुम्हारी यह कहानी, इसको तो तुम एक चाकू से दो फाँक कर सकते हो। जो गर्म भाप तुम छोड़ रहे हो उसमें साँस लेने से आसान

तो मेरे लिए भीषण गर्मी में चार अग्निकुंडों के बीच बैठना होता। अगर मैंने अपने चेहरे पर यह राख न पोत रखी होती, तो तुम मेरे शिष्टतापूर्वक निस्तेज कर लिए गए गालों पर या उनकी संन्यासियोचित हड्डियों पर उभर आई लालिमा को देख सकते थे। आह, बच्चों! जिस तरह आँखों पर पट्टी बँधा बैल कोल्हू के चारों तरफ़ चक्कर लगाता है, वैसे ही तुम क्षुधा से पीड़ित, आवेगों के शल्यों से बिंधे हुए, जीवन के खंभे के चारों ओर घूम रहे हो। क्या तुम रुक नहीं सकते? क्या तुम्हें अभी भी नैनमटक्का करते, चाटते, लार टपकाते, और छलावे के सामने आते ही वासना से भरकर घुटने मोड़ते हुए, इस चक्र में पड़े रहना ज़रूरी है? हाँ, हाँ, मैं जानता हूँ, मैं यह सब जानता हूँ : कड़वी वासना से तर प्रिय की देह – अंगरागों से युक्त रेशमी चमड़ी के नीचे अंगों का खेल – कंधों से बनती मेहराबें – सूँघती हुई नासिका, खुला हुआ आतुर मुँह – कोमल तारकों से सज्जित मधुर स्तन – पसीने से तर बालों से युक्त काँखों के खोल – ओह, हाथों के भटकने के लिए चरागाह, गोरे नितंब, पतली कमर, लचीली पीठ – बाँहों का आह्लादकारी आलिंगन, पुष्ट जंघाएँ – उष्ण और बू छोड़ते अँधेरे में संभोग-क्रीड़ा के दौरान ये सब वासना से विकल होते हैं, जिसमें हर कोई एक दूसरे से और जकड़न के आह्लाद की भीख माँगते हैं, वे एक दूसरे को फूँक मारकर परमानंद के स्वर्ग में ले जाते हैं – और यह और वह और यहाँ और वहाँ – मैं यह सब जानता हूँ, मैं इस सब के प्रति सजग हूँ!”

“लेकिन जानते तो हम भी हैं – वह सब, हे महापुरुष कामदमन, हम स्वयं जानते हैं और स्वयं अपने बारे में जानते हैं,” नंद ने अपने स्वर में दबी अधीरता के साथ कहा। “क्या आप कृपा कर मुद्दे पर नहीं आ सकते, और हमें यह नहीं बता सकते कि सीता का पति कौन है, ताकि हम इस बात को अंतिम रूप से जान सकें और उसके अनुसार आचरण कर सकें?”

“निर्णय,” संन्यासी ने जवाब दिया, “लगभग दिया हुआ सा ही है। मुझे आश्चर्य है कि सही स्थितियों के ज्ञान के मामले में तुम इतने सक्षम नहीं हो कि एक इतने स्पष्ट और स्वतः सिद्ध मामले में तुमको एक न्यायाधीश की आवश्यकता आन पड़ी है। वह छोटा-सा मुलायम खाद्य, निश्चय ही, उसकी पत्नी है जिसके कंधों पर उसके मित्र का सिर है। क्योंकि विवाह में व्यक्ति अपना दायाँ हाथ वधू की ओर बढ़ाता है; लेकिन हाथ का संबंध काया से होता है; और काया मित्र की है।”

उल्लास से चीख़ता हुआ नंद अपने सुडौल पैरों पर उछल पड़ा। सीता और श्रीदमन सिर झुकाए शांत बैठे रहे।

"लेकिन यह तो मात्र भूमिका है," कामदमन ने ऊँची आवाज़ में कहा। "निष्कर्ष इसके पार और इसको सच्चाई से विभूषित करने में है। पल भर ठहरो।"

इतना कहकर वह उठ खड़ा हुआ और अपने कोटर में गया, वहाँ से एक खुरदरा सा वस्त्र, पतले वल्कल से बना एक तरह का तहबंद लेकर आया और उसको अपनी कमर में लपेटकर उसने अपनी नग्नता को छिपा लिया। फिर वह बोला :

"पति है वह जो धारण करता है पति का सिर।

इसमें नहीं है कोई संदेह, यह कहना अनिवार्य है,

क्योंकि स्त्री होती है सर्वोच्च सुख और गीतों का लक्ष्य,

इसलिए अंगों के बीच यह सिर है जो सबसे ऊँचे स्तर पर प्रतिष्ठित है।"

अब सिर उठाने और आनंद से भरकर एक दूसरे की ओर देखने की बारी सीता और श्रीदमन की थी। नंद ने, जोकि अब तक बेहद प्रसन्न था, हतोत्साहित स्वर में टिप्पणी की :

"लेकिन इसके पहले तो आपने एकदम अलग बात कही थी!"

"जो कुछ मैंने अंत में कहा," कामदमन ने जवाब दिया, "वह निर्णायक है।"

इस तरह अब उनको निर्णय प्राप्त हो चुका था। नंद इसके ख़िलाफ़ कुछ भी नहीं कह सका, क्योंकि वही तो था जिसने इस संन्यासी को निर्णायक बनाए जाने का प्रस्ताव किया था। न ही वह उस अनिंद्य उदारता पर ही कोई आपत्ति कर सका जिसको कामदमन ने अपने आदेश का आधार बनाया था।

उन सबने कामदमन को झुककर प्रणाम किया और वहाँ से चल पड़े। वे ख़ामोश हरे-भरे डंकाका वन में कुछ दूर तक चलते रहे। फिर नंद आधे रास्ते में रुक गया और उसने विदा ली।

"मेरी शुभकामनाएँ," उसने कहा। "अब मैं अपने रास्ते जाऊँगा। मैं अपने लिए कोई निर्जन स्थल तलाश करूँगा और साधु हो जाऊँगा, जैसाकि मेरा पहले भी इरादा था। वैसे भी, अपने इस मौजूदा संयोग में मैं अपने

आपको संसार के लिए कम ही बेहतर महसूस कर रहा हूँ।"

उसके इस फ़ैसले के लिए उनमें से कोई भी उसको दोषी नहीं ठहरा सकता था। हालाँकि इससे उनके मन में कुछ अवसाद ज़रूर जाग रहा था, लेकिन वे उससे सहमत हुए और उन्होंने उसको सहानुभूतिपूर्ण मैत्रीभाव के साथ अलविदा कहा। श्रीदमन ने उत्साहवर्धक ढंग से उसका वह कंधा थपथपाया जो कभी स्वयं उसका हुआ करता था, और कुछ ऐसी चिंता के साथ, जैसी गाहेबगाहे ही कोई कभी किसी के प्रति महसूस करता है, उसको सलाह दी कि वह अपनी देह को अत्यधिक अनुशासन में बाँधकर तक़लीफ़ न पहुँचाए और बहुत ज़्यादा कंदमूल न खाए, क्योंकि वह जानता है कि एकरस क़िस्म का भोजन उसके लिए ठीक नहीं है।

"इसे तुम मुझ पर छोड़ दो," नंद ने भद्दे ढंग से जवाब दिया। जब सीता ने सांत्वना के शब्द बोलने की कोशिश की तो उसने बकरीनुमा नाक वाला अपना सिर कड़वे अवसाद के भाव से हिला दिया।

"इसको बहुत ज़्यादा दिल पर मत लेना," सीता ने कहा। "मत भूलो कि तुम लगभग जीत ही गए थे, और तुम मेरे साथ विवाह के वैधानिक आनंद में साझा करने ही वाले थे। निश्चिंत रहो कि वह सब कुछ जो कभी तुम्हारा था उसके प्रति मैं सिर से पैर तक अत्यंत कोमल भावनाएँ रखूँगी, और मैं अपने आनंद के लिए हाथ और होंठों से वह कृतज्ञता प्रदर्शित करूँगी जैसी केवल शाश्वत देवी माता ही मुझको सिखा सकती हैं!"

"यह सब मेरे किसी काम का नहीं होगा," उसने हठपूर्वक जवाब दिया। यहाँ तक कि सीता ने फुसफुसाकर यह तक कहा : "मैं कभी-कभी तुम्हारे सिर का भी सपना देखूँगी;" लेकिन उसके हावभाव में कोई परिवर्तन नहीं आया, उसने उदास मन से और हठपूर्वक केवल इतना ही कहा : "वह सब मेरे किसी काम का नहीं होगा।"

इस तरह उन्होंने विदा ली, एक और दो ने। लेकिन जब नंद थोड़ा-सा ही दूर गया था, तो सीता वापस मुड़ी और उसने उसको अपनी बाँहों में भर लिया।

"अलविदा," उसने कहा। "आख़िर तुम मेरे पहले पति थे। तुम ही थे जिसने पहली बार मेरे मन में प्रेम जगाया था, मुझे प्रेम करना सिखाया था; और वह सूखा हुआ महात्मा पत्नियों और सिरों के बारे में कुछ भी कहे, मेरे हृदय के तले जो फल पक रहा है वह तुमसे ही आया है!"

इतना कहकर वह हट्टेकट्टे श्रीदमन की ओर भाग गई।

11

गोमंगल गाँव पहुँचने के बाद सीता और श्रीदमन के दिन और रात इंद्रिय सुखों के संपूर्ण आनंद में बीतने लगे; शुरुआत में उनके परम आनंद के निर्मल आकाश पर किसी तरह की काली छाया नहीं पड़ी। उनके निर्मल आकाश में परेशानी का हल्का-सा पूर्वाभास देने वाले 'शुरुआत में' नामक ये दो शब्द उस व्यक्ति द्वारा जोड़े गए हैं जो इस कहानी के बाहर से उसको बयान कर रहा है; जबकि वे लोग जो इस कहानी के भीतर थे, जिनकी यह कहानी है, वे 'शुरुआत में' जैसी कोई चीज़ नहीं समझते थे, उनको तो सिर्फ़ अपने आनंद का ही बोध था, जिसको दोनों ही पक्ष कोई सामान्य वस्तु नहीं मानते थे।

वह दरअसल ऐसा सुख था जो स्वर्ग में ही मिलता है और बमुश्किल ही कभी इस धरती के लोगों को नसीब होता है। नैतिक व्यवस्था और सामाजिक दबावों की तमाम परिस्थितियों में रहने वाले ज़्यादातर मनुष्यों को तो आम सांसारिक सुख या संतोष प्राप्त होता है, वह निश्चय ही परिसीमित होता है। कामचलाऊपन, अस्वीकार और परित्याग आम स्थितियाँ हैं। हमारी लालसाएँ असीमित हैं, उनकी पूर्ति एकदम सीमित है। 'काश कि मेरे लिए मुमकिन होता' हर ओर से 'यह नहीं होगा' से घिरा हुआ है। ज़िंदगी हमें जो है उतने ही से काम चलाने का आदेश देती है। कुछ चीज़ें दे दी गई हैं, लेकिन ज़्यादातर चीज़ें अप्राप्त हैं; वे हमें किसी दिन दे दी जाएँगी यह एक सपना है और सपना ही बना रहता है। निश्चय ही एक स्वर्गिक सपना; क्योंकि स्वर्ग में निश्चय ही, जो कुछ वर्जित है और जो कुछ प्रदत्त है, उसका इस धरती के मुक़ाबले वहाँ एक हो जाना अनिवार्य है। जो प्रिय वस्तु वर्जित है उसका वैधता से विभूषित हो जाना अनिवार्य है, जबकि जो वैधानिक है वह वर्जित के सारे आकर्षणों को हासिल कर लेता है। क्योंकि एक उत्कंठित मनुष्य के समक्ष स्वर्ग और किस रूप में प्रकट हो सकता है?

ख़ैर, यह ऐसा ही ग़ैरसांसारिक क़िस्म का सुख था जिससे एक स्वेच्छाचारी नियति ने इन विवाहित प्रेमियों को उनके गोमंगल लौटने पर

नवाज़ा था। वे उसको प्यासों की भाँति गटागट पीते गए – शुरुआत में। क्योंकि जाग्रत प्रेमी सीता और मित्र दो अलग तरह के लोग रहे थे; लेकिन अब, क्या ही आनंद की बात थी कि वे एक हो चुके थे, और – अपरिहार्य नियति के चलते – दोनों एक दूसरे के लिए सर्वश्रेष्ठ थे। प्रत्येक में जो सर्वाधिक अद्वितीय था उसने मिलकर तमाम लालसाओं को मात देते हुए एक नई अद्वितीयता की रचना कर दी थी।

हर रात वह अपनी विधिसम्मत शैय्या पर श्रीदमन के दोस्त की बलिष्ठ बाँहों में समा जाती और उसके हर्षोन्माद को महसूस करती, उन्हीं बाँहों में जिनका कभी वह अपने पति की कोमल छाती से लगकर अपनी आँखें बंद कर सपना देखा करती थी। तब भी यह उस ब्राह्मण के वंशज का ही सिर था जिसको वह कृतज्ञता से भरकर चूमती थी। वह कृतज्ञ क्यों न होती जबकि वह संसार की सबसे अनुकंपा प्राप्त स्त्री थी जिसको एक ऐसा पति मिला था जो, एक तरह से कहें तो, आदर्शतम गुण-धर्मों से मिलकर बना था।

और श्रीदमन, रूपांतरित पति – वह भी कितना गौरवान्वित और खुश नहीं था! हमें इस बात से सरोकार रखने की ज़रूरत नहीं है कि इस परिवर्तन ने उसके पिता भवभूति पर या उसकी माँ (जिसका नाम इस कहानी में नहीं आया है क्योंकि उसकी कोई ख़ास भूमिका इस कहानी में नहीं है) पर या उस ब्राह्मण व्यापारी के परिवार के अन्य सदस्यों पर या उस गाँव के अन्य निवासियों पर किस तरह का अप्रिय प्रभाव डाला था। श्रीदमन के शारीरिक सुधार में कोई चीज़ ग़लत या अस्वाभाविक थी यह ख़याल उस सूरत में आसानी से पैदा हो सकता था यदि कायांतरित नंद भी वहाँ होता। लेकिन वह तो कहीं दूर संन्यासी का जीवन बिता रहा था। उसमें आया बदलाव, जो उसके दोस्त को साथ रखकर देखने पर चौंकाने वाला हो सकता था, किसी को ज्ञात नहीं था; वहाँ तो सिर्फ़ श्रीदमन था जिसके तांबई और आकर्षक अंगों का श्रेय उसके मर्दाना विकास पर पड़े वैवाहिक जीवन के अच्छे प्रभाव को दिया जा सकता था। सीता का यह स्वामी और पति, निश्चय ही, नंद की तरह की धोती, बाँहों के कड़े और पत्थर के मोतियों का बना हार नहीं पहनता था। वह तो पहले की ही तरह पायजामा और कुर्ता पहनता था, जो हमेशा से उसकी वेशभूषा रही थी, और जो उसके सिर को भाती थी। इस सब में हमें इस तर्क का अकाट्य प्रमाण देखना चाहिए कि मनुष्य की पहचान को स्थापित

करने में सिर सबसे महत्त्वपूर्ण घटक होता है। ज़रा अपने बेटे या भाई या किसी अन्य परिचित को उसके कंधों पर रखे हुए उसके सर्वथा चिरपरिचित सिर के साथ कमरे में प्रवेश करते देखने की कल्पना कीजिए; उसके बाक़ी व्यक्तित्व में जो कुछ भी गड़बड़ होगी, उसके आधार पर क्या आप इसपर ज़रा भी संदेह करेंगे कि वह आपका बेटा या भाई या वही परिचित व्यक्ति है?

इस क़िस्से में सीता के आनंद के वर्णन को श्रीदमन के आनंद के वर्णन पर उसी तरह प्राथमिकता दी गई है जिस तरह स्वयं उसने, अपने रूपांतरण के बाद, किया था, जैसाकि हमने देखा था। लेकिन उसका सुख सीता के सुख के बराबर ही था और उसमें भी वही स्वर्गिकता थी। दरअसल, मैं अपने श्रोता से पर्याप्त रूप से यह आग्रह नहीं कर सकता कि वह अपने आपको श्रीदमन की जगह पर रखकर देखे। यहाँ एक ऐसा प्रेमी था जो अपनी प्रिया से मिले गहन अवसाद में सिकुड़ गया था, और उसको यह अहसास हो चुका था कि वह एक अन्य व्यक्ति के आलिंगन के लिए उत्कंठित थी। अब वह उसके लिए वह सब कुछ प्रदान करने की अप्रतिम स्थिति में था जिसके लिए वह इतने प्रचंड रूप से लालायित रहा करती थी। उसके सौभाग्य को मोहक सीता के सौभाग्य के ऊपर रखकर देखने का मन करता है। सुमंत्र की इस स्वर्णिम बालिका के प्रति वह प्रेम जिसने उसको उसके आनुष्ठानिक स्नान के वक़्त जकड़ लिया था - इस क़दर गहन और प्रबल था वह प्रेम कि उसको लगता था कि वह उसको सह न पाने की वजह से मर जाएगा और जिसपर नंद के गँवारू दिमाग़ को इतना कौतुक हुआ था; उस मनमोहक छवि द्वारा, जिसपर वह मानवीय गरिमा को तत्काल न्यौछावर करने को उतावला हो उठा था, उसके द्वारा जगाया गया अनुरक्ति का वह हिंसक, पीड़क आक्रमण; संक्षेप में, वह आनंदातिरेक जो निश्चय ही अंतःकरण और इंद्रियों के संयोग से और उसके समूचे व्यक्तित्व से जन्मा था - वह प्रेम सबसे ऊपर और तात्त्विक रूप से उसके उस ब्राह्मण मस्तिष्क का मसला था जो उसको विचार और कल्पना-शक्ति की प्रबलता के साथ वाग्देवी सरस्वती ने प्रदान किया था। उस सिर का छोटा-सा अनुषंग, श्रीदमन का शरीर उसका बराबर का भागीदार नहीं था, और इस तथ्य ने निश्चय ही वैवाहिक संबंध के साथ छल किया होगा। क्या हम उस स्थिति में एक ऐसे व्यक्ति के आनंद और संतोष को अनुभव कर सकते हैं, जबकि इस तरह के प्रतिभासंपन्न, उद्दीप्त, सूक्ष्म सिर के साथ एक भले, प्रफुल्ल और साधारण शरीर को जोड़ दिया गया हो, एक साधारण

और बलिष्ठ शरीर, जो एकदम सही ढंग से सिर द्वारा परिकल्पित आध्यात्मिक संवेगों के अनुरूप काम कर रहा हो? इस परिपूर्णता की छवि से इतर स्थिति में स्वर्गिक आनंद क़ी - दूसरे शब्दों में 'आनंद' नामक सुख-वाटिका में रहने वाले जीवन की - कल्पना करना व्यर्थ है।

यहाँ तक कि वे 'शुरुआत में' जैसे निराशाजनक शब्द भी ऊपर के वर्णन में नहीं आते; और वे निश्चय ही वहाँ उचित भी नहीं हैं क्योंकि वे संबंधित व्यक्तियों की चेतना में नहीं हैं, बल्कि वे पूरी तरह से क़िस्सागो के दिमाग़ के नियंत्रक हिस्से में वास करते हैं और इस तरह वे महज़ एक वस्तुपरक और निर्वैयक्तिक छाया भर डालते हैं। लेकिन अब निश्चय ही यह बताया जाना ज़रूरी है कि बहुत जल्द ही इन शब्दों ने निजी क्षेत्र में फिसलना शुरू कर दिया; हाँ, शायद शुरुआत से ही उन्होंने सीमित और अनुकूलित करने की वह सांसारिक भूमिका निभानी शुरू कर दी थी जो निश्चय ही स्वर्ग के संदर्भ में नहीं जानी जाती। हमें स्वीकार करना होगा कि सुंदर नितंबों वाली सीता ने उस समय एक बड़ी ग़लती कर दी थी जब उसने देवी के कृपापूर्ण आदेश का उस तरह पालन किया था : वह ग़लती इस बात में भर नहीं थी कि उसने वह काम नितांत हड़बड़ी में किया था, बल्कि इस बात में भी थी कि उसने वह काम सर्वथा नितांत हड़बड़ी में नहीं किया था। इस वाक्य पर पर्याप्त सोचविचार किया गया है और इसको ठीक से समझा जाना ज़रूरी है।

परिरक्षक माया, जोकि भ्रम, छलावे और कल्पना का बुनियादी नियम है, जोकि समस्त प्राणियों को नियंत्रित करती है, वह माया अपने जादू का, अपनी छलना की सामर्थ्य का प्रदर्शन सबसे ज़्यादा प्रेम में करती है - एक प्राणी की दूसरे के प्रति उस नाज़ुक लालसा में, जो समस्त लगावों का, समस्त जुड़ावों और उलझावों का प्रतिमान और अंतर्वस्तु है, उन समस्त छलावों का जिनसे जीवन पोषण पाता है और जिसके द्वारा वह स्वयं को जारी रखने के लिए फुसलाया जाता है। यह अकारण नहीं कि रति को कामदेव की चालाक संगिनी कहा जाता है; न ही यह अकारण है कि इस देवी को 'माया की प्रतिभा से संपन्न' बताया जाता है; क्योंकि उसके लिए यही चीज़ है जो किसी भी संघटना को आकर्षक और आकांक्षा के योग्य बनाती है, या कहें ऐसा बनाती प्रतीत होती है; इंद्रिय का तत्त्व इस शब्द में ही प्रकट है जो इसको दीप्ति और सौंदर्य से जोड़ता है।

यह रति ही थी, देवी और छलना, जिसने सीता के रूप को दुर्गा के उस स्नान-स्थल पर मौजूद नौजवानों के लिए इस क़दर विस्मयकारी ढंग से आकर्षक, और पूजा के योग्य बना दिया था, ख़ासतौर से अतिसंवेदनशील श्रीदमन के लिए। लेकिन ध्यान दें कि जब उस सद्यःस्नाता ने अपना सिर मोड़ा और उन लोगों ने उसके चेहरे को देखा तो ये दोनों दोस्त यह देखकर कितने ख़ुश और कृतज्ञ हो उठे थे कि वह चेहरा भी बेहद प्रीतिकर था, छोटी-सी नाक और होंठ, और भँवें और आँखें; ताकि उसकी माधुर्य से युक्त देहयष्टि असुंदर चेहरे-मोहरे की वजह से मूल्य और अर्थ से वंचित न रह जाए। हमें केवल इतना याद रखना ज़रूरी है कि यह समझने के लिए कि कोई इंसान कितना आसक्त हो सकता है, आकांक्षित व्यक्ति के प्रति ही नहीं बल्कि स्वयं आकांक्षा के प्रति, कि वह मानसिक संतुलन की नहीं बल्कि उन्माद और तड़प की खोज करता है, और न छले जाने से ज़्यादा और किसी चीज़ से नहीं डरता, यानी वह अपने विभ्रम से मुक्त होने से सबसे ज़्यादा डरता है।

अब देखिए कि यह सरोकार कि वह छोटा-सा चेहरा भी सुंदर होता जिसे वे दोस्त खुफ़िया निगाहों से देख रहे थे, यह सरोकार काया की उस सिर पर निर्भरता को प्रमाणित करते हैं जिसके साथ उस काया का संबंध है! यह ठीक ही था कि कामदमन ने सिर को देह के सारे अंगों में सर्वोपरि घोषित किया था और इसी के आधार पर अपना निर्णय दिया था। निश्चय ही यह सिर ही है जो प्रेम के लिए देह के मूल्य और उसके द्वारा उत्पन्न प्रभाव का निर्णय करता है। इतना कह देना भर काफ़ी नहीं है कि अगर उस काया पर कोई दूसरा सिर होता तो वह काया वैसी ही न होती। चेहरे के मात्र एक लक्षण को, उसकी एक व्यंजक रेखा को बदलने दीजिए, और सब कुछ बदल जाएगा। इसी में वह चूक निहित है जो अनजाने में सीता कर बैठी थी। इस भूल के लिए वह अपने को सुखी मान रही थी, क्योंकि पति के सिर के साथ उसके दोस्त की काया को हासिल करना उसको स्वर्गिक प्रतीत हो रहा था - और शायद शुरुआत में वह वैसा लगता भी था। लेकिन उसने यह अनुमान नहीं किया था - न ही अपनी सुख की अवस्था में वह इसको स्वीकार कर सकी थी - कि एकबारगी सँकरी नाक वाले श्रीदमन के सिर के साथ, उसकी चिंतनशील, सौम्य आँखों और कोमल पंखनुमा दाढ़ी से युक्त उसके गालों के साथ संयोजित हो जाने के बाद नंद की काया, उसकी वैसी ही जीवंत काया नहीं रह जाएगी, बल्कि वह पूरी तरह से दूसरी ही काया बन जाएगी।

वह दूसरी ही काया थी, तत्काल और उसकी माया के पहले मिनट से ही। लेकिन मैं सिर्फ़ इसी की बात नहीं कर रहा हूँ। क्योंकि समय के साथ - वह समय जो सीता और श्रीदमन ने 'शुरुआत में,' प्रेम के अनुपम आह्लाद में, अपने ऐंद्रिक आनंद के संपूर्ण जोश में बिताया - उस समय के साथ दोस्त की काया जिसकी इस क़दर व्यग्रता के साथ आकांक्षा की गई थी और जो अंततः जीत ली गई थी (बशर्ते कि श्रीदमन के सिर के साथ नंद की काया को इस रूप में देखा जा सके तो, जबकि वास्तव में दूरवर्ती पति की काया उसके दोस्त की काया बन चुकी थी); समय के साथ, तब, और सचमुच लंबे समय में नहीं, पति के सम्मानित सिर से विभूषित नंद की काया ख़ुद ही, किसी भी माया से अलग, सर्वथा भिन्न काया बन चुकी थी। सिर के प्रभाव और सिर के नियमों के अधीन वह धीरे-धीरे पति की काया जैसी बनती गई। यह आम बात है, वैवाहिक जीवन का सामान्य प्रभाव। सीता का अवसादपूर्ण अनुभव इस बिंदु पर किसी ऐसी स्त्री से बहुत ज़्यादा भिन्न नहीं था जो अब अपने आरामतलब जीवन-साथी में उस छरहरे वासनामय नौजवान को नहीं देख पाती जिसने उससे कभी प्रेम-निवेदन किया था। तब भी आम स्थिति का यहाँ विशेष महत्त्व और हेतु था।

श्रीदमन के सिर ने अपना प्रभाव तब दिखाना शुरू किया जब इस विवाहित पति ने अपनी नई काया को नंद की तरह की वेशभूषा से नहीं बल्कि उसी तरह की वेशभूषा से सज्जित करना शुरू किया जैसी वेशभूषा से वह अपनी पुरानी काया को किया करता था। उसने शरीर पर सरसों का तेल मलने की नंद की आदत का अनुसरण नहीं किया। उसका सिर अपने शरीर पर उस तेल की गंध को बर्दाश्त नहीं कर सकता था; उसने तेल का इस्तेमाल करना बंद कर दिया और इससे सीता को मायूसी हुई। एक और मायूसी का सबब यह था कि जब श्रीदमन ज़मीन पर बैठता तो उसकी मुद्रा उसके शरीर से नहीं बल्कि उसके सिर से अनुकूलित होती थी। उसके मन में बैठने के उस गँवारू अंदाज़ को लेकर नफ़रत थी जो नंद का प्रिय अंदाज़ हुआ करता था, और वह हमेशा की तरह एक ओर झुककर बैठता था। लेकिन ये सब तुच्छ चीज़ें थीं और शुरुआती दिनों से ताल्लुक रखती थीं। उस ब्राह्मण के पोते श्रीदमन ने नंद की काया के साथ भी उसी तरह होना जारी रखा जैसा वह पहले था और उसी तरह जीवन जीना जारी रखा जिस तरह वह पहले जिया करता था। वह न तो लोहार था न गड़ेरिया।

वह बनिया था और एक बनिये का बेटा था, जो अपने सम्माननीय कारोबार में अपने पिता की मदद करता था; जब पिता का स्वास्थ्य कमज़ोर हो गया, तो बेटे ने उसके व्यापार को संभाल लिया। वह न तो भारी हथौड़ा चलाता था न पहाड़ पर गायों को चराने जाता था; वह मलमल और सिल्क और सूती वस्त्र ख़रीदता-बेचता था, साथ ही मूसल और आग जलाने के उपकरण, जिनको वह गोमंगल के ज़रूरतमंद लोगों को बेचता था। बीच के समय में वह वेदों का अध्ययन किया करता। इसलिए यह कोई चमत्कार नहीं था, भले ही इससे यह कहानी कितनी ही चमत्कारपूर्ण क्यों न लगे, कि नंद की बाँहें जल्दी ही अपनी शक्ति खोने लगीं और दुबली होने लगीं; उसकी छाती सँकरी और ढीली पड़ने लगी और उसकी हल्की-सी तोंद निकल आई। यहाँ तक कि उस मांगलिक बछड़े के चिह्न ने भी उसको निराश कर दिया; वह महज़ इतना कमज़ोर पड़ गया कि बमुश्किल ही कृष्ण के संकेत के रूप में पहचानने लायक़ रह गया। उसकी पत्नी सीता इस सब को दुखी मन से देखती रही। इससे इंकार नहीं किया जा सकता कि एक ख़ास क़िस्म का परिष्कार, आंशिक रूप से ब्राह्मणोचित, आंशिक रूप से हस्तलिपिकोचित, जिसको आप चाहें तो उदात्तीकरण कह लें, इस बदलाव के साथ आया, और वह उसके चेहरे-मोहरे तक फैला जो किसी हद तक और कोमल हो गए; उसके हाथ और पैर कुछ छोटे और कोमल हो गए, उसकी हड्डियाँ और घुटनों के जोड़ ज़्यादा नाज़ुक हो गए। संक्षेप में वह आनंददायी मित्र-काया, जो अपने पिछले जीवन में मुख्य चीज़ हुआ करती थी, सिर के एक पालतू पिछलग्गू में बदल गई, उस सिर के पिछलग्गू में जिसके उदात्त आवेगों में जल्दी ही वह काया किसी स्वर्गिक संपूर्णता के साथ प्रवेश करने लायक़ नहीं रह गई, यहाँ तक वह उन संवेगों का बेमन से ही साथ दे पाती थी।

यह था सीता और श्रीदमन का वैवाहिक अनुभव। सुहागरातों का सच्चा अतुलनीय आनंद अतीत की वस्तु हो चुका था। स्थितियाँ उस हद तक नहीं पहुँचीं जहाँ नंद की काया पूरी तरह से श्रीदमन की काया में बदल जाती, जिस सूरत में सबकुछ सचमुच पहले जैसा हो जाता। हमारा क़िस्सा बात को बढ़ाचढ़ाकर नहीं कहेगा, इसकी बजाय इसका इरादा उन उन तथ्यों पर ज़ोर देना है जो शारीरिक बदलाव और उसके अचूक संकेतों के प्रतिबंधों तक सीमित हैं, ताकि हम इस तथ्य को समझने में कामयाब हो सकें कि जो प्रभाव पड़ रहा था वह सिर और धड़ के बीच पारस्परिक था; क्योंकि मैं-और

मेरी-अनुभूति को अनुकूलित करता श्रीदमन का सिर भी अनुकूलन की प्रक्रिया से गुज़रा था। कुदरती आधारों पर इसकी कैफ़ियत उन स्रावों में पाई जा सकती है जो सिर और काया दोनों में एक जैसे होते हैं; लेकिन दार्शनिक आधारों पर इसकी कैफ़ियत अपेक्षाकृत उच्च सोच-विचार में पाई जा सकती है। एक होता है बुद्धि का सौंदर्य और एक वह होता जो इंद्रियों से ताल्लुक रखता है। कुछ लोग ऐसा मानते हैं कि सौंदर्य का संबंध केवल इंद्रियों से होता है; वे बुद्धि को उससे पूरी तरह अलग रखते हैं, जिससे हमारी दुनिया दोनों के बीच एक अंतराल की तसवीर पेश करती है। यह वैदिक चिंतन का आधार है; "समस्त विश्व में अनुभव किया जाने वाला आनंद केवल दो ही प्रकार का होता है : काया के माध्यम से प्राप्त किए गए आनंद और वे आनंद जो आत्मा की मुक्तिदायक शांति के माध्यम से प्राप्त किए जाते हैं।" लेकिन इस सिद्धांत से सीधे-सीधे यही निष्कर्ष निकलता है कि आत्मा का सुंदर के साथ वैसा ही संबंध नहीं होता जैसा कुरूप के साथ होता है और इसलिए दोनों अनिवार्यतः एक और समान नहीं हैं। आत्मा और मस्तिष्क से संबंध रखने वाली चीज़ें कुरूप की समानार्थक नहीं होतीं, न ही उनका वैसा होना ज़रूरी है; क्योंकि वे सुंदर के ज्ञान और उसके प्रति प्रेम के रास्ते सौंदर्य हासिल करती हैं, और उस प्रेम को आध्यात्मिक सौंदर्य के रूप में व्यक्त करती हैं। इसलिए उनका प्रेम किसी भी तरह से अप्रासंगिक और निराशाजनक नहीं होता; क्योंकि विरुद्धों के परस्पर आकर्षण के नियम से सुंदर आध्यात्मिक की ओर आकर्षित होता है, उसको सराहता है और उसके प्रणय-निवेदन का स्वागत करता है। यह दुनिया इस तरह बनी हुई नहीं है कि उसमें आत्मा केवल आत्मा से और सुंदर केवल सुंदर से प्रेम करने की नियति से बँधा हो। दरअसल दोनों के बीच की विषमता ही, एकसाथ बौद्धिक और सुंदर स्पष्टता के साथ, इस बात की ओर संकेत करती है कि संसार का लक्ष्य आत्मा और सौंदर्य के बीच एकत्व स्थापित करना है, एक ऐसा आनंद जो विभाजित नहीं बल्कि समग्र और संपूर्ण हो। हमारी यह कहानी उस लक्ष्य तक पहुँचने की विफलता और ग़लत शुरुआत का एक निदर्शन है।

भवभूति के पुत्र श्रीदमन को भूलवश एक सुंदर और बलिष्ठ काया दे दी गई थी, उसके उस उदात्त सिर के साथ रहने के लिए जिसपर सौंदर्य के प्रति प्रेम का साम्राज्य था। उसके दिमाग़ ने तत्काल ही इस तथ्य में एक उदास कर देने वाली चीज़ पाई कि जो वैचित्र्य उसका अपना बन गया था

वह अब उसकी सराहना का विषय नहीं रह गया था - दूसरे शब्दों में, वह स्वयं अब वह नहीं था जिसकी कभी उसने लालसा की थी। यह 'उदासी' दुर्भाग्यवश समूचे परिवर्तनों के दौरान बनी रही जिसको उसका सिर इस नई काया के साथ जुड़कर भोगता रहा; क्योंकि ये परिवर्तन ऐसे थे जो उस सिर में जारी रहते हैं जो सुंदर के स्वामित्व के माध्यम से कमोबेश उसके प्रति प्रेम को और उसके साथ अपने स्वयं के आध्यात्मिक सौंदर्य को खो देता है। यह सवाल अपनी जगह बना हुआ है कि महज़ इसलिए कि सुंदरी सीता अब श्रीदमन के स्वामित्व में थी, क्या यह प्रक्रिया वैसे भी, कायिक परिवर्तन के बिना भी घटित न हुई होती। हम पहले ही कह चुके हैं कि सामान्य तौर पर यह प्रकरण आम प्रकरणों जैसा ही था, भले ही उसने विशेष परिस्थितियों की वजह से अतिरंजित शक्ल क्यों न ले ली हो। एक वस्तुनिष्ठ श्रोता के लिए, यह महज़ एक दिलचस्प तथ्य है, लेकिन सुंदरी सीता के लिए यह निश्चय ही एक तक़लीफ़देह और संजीदगी से भर देने वाला दृश्य रहा होगा कि उसके पति के पतले होंठ उसकी कोमल दाढ़ी में उस वक़्त तक भरते और मोटे होते गए थे जब तक कि वे मांस की एक बेलनाकार शक्ल में मुड़ नहीं गए; कि उसकी नाक, जो कभी चाकू की धार की तरह पतली हुआ करती थी, भी मांसल हो उठी थी, और असंदिग्ध रूप से नीचे टपक पड़ने की ओर उन्मुख थी। समय के साथ-साथ उसकी आँखों में अपेक्षाकृत भारी विनोदप्रियता का भाव आता गया। अपने अंतिम रूप में वह ऐसा श्रीदमन था जो अपेक्षाकृत कोमल नंद-काया और अपेक्षाकृत खुरदरे श्रीदमन-सिर से मिलकर बना था; अब उसमें कुछ भी ऐसा नहीं रह गया था जिसको उचित कहा सकता। इस बिंदु पर क़िस्सा सुनाने वाला अपने श्रोताओं की सहानुभूति उस सीता की भावनाओं के प्रति जगाना चाहेगा जो इन बदलावों को देख रही थी और इस अपरिहार्य नतीजे पर पहुँच रही थी कि दूर कहीं बैठे उसके दोस्त में भी इसी के अनुरूप परिवर्तन घटित हो रहे होंगे।

उसने अपनी पति की काया के बारे में सोचा, जिसको उसने आनंददायी नहीं बल्कि पवित्रीकृत और खिजा देने वाली वैवाहिक रातों में आलिंगनबद्ध किया था, और जो अब उसके अख़्तियार में नहीं रह गई थी - या जो, आप चाहें तो कह लें, इसलिए उसके अख़्तियार में नहीं रह गई थी क्योंकि अब वह उसके दोस्त की काया थी। इसके अतिरिक्त उसको निश्चय ही यह संदेह था कि परिष्कार की एक प्रक्रिया उस वफ़ादार मित्र-सिर में भी घटित हो

चुकी होगी जो अब पति-काया के ऊपर स्थित था, उसी तरह जिस तरह वह मित्र-काया पति-सिर से विभूषित थी। किसी भी दूसरी अटकल के मुक़ाबले यही वह अटकल थी, जो उसको विचलित करती थी। जल्द ही ऐसी स्थिति बन गई कि वह रात-दिन बेचैन रहने लगी, अपने पति की नरम बाँहों में भी। वह अकेली और निश्चय ही सुंदर पति-काया, दर्दनाक रूप से परिष्कृत नंद-सिर धारण किए, और इस अलगाव को आध्यात्मिक स्तर पर भोगती हुई, उसकी आँखों के सामने मँडराती रहती। सुदूर कहीं बैठे उस व्यक्ति के प्रति उसके मन में तड़प और दया जागने लगती, और वह श्रीदमन के वैवाहिक आलिंगन में अपनी आँखें बंद कर संताप से पीली पड़ जाती।

12

जब उसका समय पूरा हो गया, तो सीता ने श्रीदमन को अपने गर्भ में पल रहा फल प्रदान किया। वह एक बालक था जिसका नाम उन्होंने समाधि रखा जिसका अर्थ होता है 'संग्रह।' जैसा कि उचित ही था, उन्होंने नवजात शिशु को हर तरह की विपत्तियों से मुक्त रखने के लिए उसके ऊपर गाय की पूँछ से पंखा झला और उसके सिर पर गाय का गोबर रखा। माँ-पिता बेहद आनंदित थे, क्योंकि शिशु न तो पांडु था और न ही अंधा। यह सही है कि उसकी चमड़ी बहुत पतली थी; लेकिन यह उसकी माँ के क्षत्रिय रक्त का परिणाम हो सकती थी। बाद में वह दूर की चीज़ों को देखने के मामले में उसकी आँखें कमज़ोर साबित हुईं। इस तरह भविष्यवाणियाँ और कहावतें, किसी हद तक अव्यक्त और अपूर्ण रूप से चरितार्थ हुईं। 'चरितार्थ हुईं' या कह लें नहीं हुईं, जैसा आप ठीक समझें।

कुछ दिनों बाद समाधि का उपनाम, उसकी कमज़ोर आँखों की वजह से, अंधक पड़ गया, और धीरे-धीरे उसका यही नाम चल पड़ा। लेकिन इस कमज़ोरी ने उसकी हिरणनुमा आँखों को एक कोमल आकर्षक चमक प्रदान की और उनको सीता की उन आँखों से ज़्यादा सुंदर बना दिया जिनसे वे मिलती-जुलती थीं। कुल मिलाकर उसके नाक-नक़्श उसके दोनों पिताओं में से किसी के भी मुक़ाबले सीता पर ज़्यादा गए थे। वह किसी तसवीर की मानिंद सुंदर था; और एकबारगी शैशवावस्था को पार कर लेने के बाद वह सौष्ठव

और बल का मानक साबित हुआ। श्रीदमन उसको अपने ही रक्त और मांस की तरह प्यार करता था; और उसकी आत्मा में गद्दी त्याग देने की भावनाएँ पैदा होने लगीं, अपना कारोबार अपने बेटे के हाथों में सौंप देने की आकांक्षा।

लेकिन जिन वर्षों के दौरान समाधि-अंधक अपनी माँ का दूध पीता अपने पालने में बड़ा हो रहा था उन्हीं वर्षों के दौरान श्रीदमन के सिर और काया में परिवर्तन घटित हो रहे थे, जिन्होंने उसके पूरे व्यक्तित्व को इतने निर्णायक ढंग से पति-रूप में बदल दिया कि स्थिति सीता के बर्दाश्त के बाहर हो गई। वह उस दूर कहीं बैठे मित्र के प्रति अपार सहानुभूति महसूस करने लगी जिसमें वह अपने पुत्र के पिता होने की कल्पना करती थी। उसको एकबार फिर से देख लेने की आकांक्षा, यह देखने की आकांक्षा कि समीकरण के उस नियम के चलते उसने किस तरह का रूप ले लिया होगा; उसको उसकी आनंददायी संतान का मुँह दिखाने की आकांक्षा ताकि वह भी उसका सुख प्राप्त कर सके, इस आकांक्षा ने उसकी आत्मा को अंदर से भर दिया, फिर भी यह आकांक्षा वह अपने पति-सिर के सामने ज़ाहिर नहीं कर पाती थी। इसलिए जब समाधि चार का हो गया और उसको उसके नाम की बजाय ज़्यादातर अंधक कहकर पुकारा जाने लगा, जब वह दौड़ने लगा लेकिन दौड़ते हुए अक्सर गिर जाता, तो तभी संयोग से श्रीदमन का अपने कारोबार के सिलसिले में बाहर जाना हुआ, और सीता ने संन्यासी नंद को खोजकर उसको सांत्वना प्रदान करने का मन बना लिया।

वसंत ऋतु की एक सुबह, पौ फटने से पहले मुँह अँधेरे उसने तीर्थयात्रियों वाले जूते पहने, एक हाथ में लाठी और दूसरे में कालीकट के सूत से बनी कमीज़ पहने अपने बेटे को संभाल लिया। अपनी पीठ पर भोजन की सामग्री की पोटली बाँधकर, सबकी नज़रें बचाकर वह चुपचाप चल पड़ी, और सौभाग्य से जल्द ही अपने घर और गाँव से बाहर निकल गई।

यात्रा की मुश्किलों और जोख़िमों को देखते हुए उसका यह साहस उसकी आकांक्षा की प्रबलता को ही दर्शाता था। शायद उसकी शिराओं में बहता क्षत्रियों का ख़ून, जो भले ही पतला पड़ गया हो, उसकी मदद कर रहा था; और उसकी तथा उसके बेटे की सुंदरता भी निश्चय ही उसकी मददगार साबित हो रही थी; क्योंकि हर कोई अपने शब्दों और कृत्यों से इस ख़ूबसूरत तीर्थयात्री की मदद करता था। वह लोगों को बताती थी कि वह अपने पति, अपने बेटे के पिता, की तलाश में यात्रा पर निकली थी, जो संसार की प्रकृति

पर चिंतन की अदम्य अभिलाषा के चलते संन्यासी हो गया था। वह कहती कि वह अपने बेटे को उसके पास ले जाना चाहती है ताकि उसका पिता उसको आशीर्वाद और शिक्षा दे सके; और यह सुनकर भी लोगों के दिल पिघल जाते, और वे उसके प्रति आदर और कृपा भाव से भर जाते। लगभग हर बार जब भी वह किसी फूस की झोपड़ी में रात को शरण लेती, गाँवों और पड़ाव-स्थलों पर उसको अपने बच्चे के लिए दूध मिल जाता। अक्सर चावल और पटसन उपजाने वाले किसान उसको अपनी गाड़ियों में दूर-दूर तक ले जाते, और जब कभी ऐसी कोई सवारी न होती, तो वह धूलभरे राजमार्गों पर अपनी लाठी लिए हुए निडरतापूर्वक तेज़ी से चलती जाती। वह अंधक का हाथ थामे रहती और अंधक उसके एक क़दम को दो क़दमों में पार करता और उसकी चमकीली आँखों को अपने सामने की सड़क का छोटा-सा हिस्सा ही दिख पड़ता था। लेकिन सीता की निगाहें लंबी दूरी तक देखती रहतीं, उसकी आँखों के सामने उसकी करुणा और आकांक्षा का लक्ष्य बना रहता।

इस तरह भटकती हुई वह अंततः डंकाका वन में जा पहुँची, क्योंकि उसका अनुमान था कि उसके दोस्त ने इसी स्थल पर अपने लिए एकांत तलाशा होगा। लेकिन वहाँ के वानप्रस्थों से उसे पता चला कि वह वहाँ पर नहीं था। बहुत से वानप्रस्थ इससे ज़्यादा कुछ या बता नहीं सके या बताना नहीं चाहते थे; लेकिन कुछ वानप्रस्थों की भली स्त्रियों ने, जिन्होंने बालक समाधि को भोजन कराया और उसके सिर पर हाथ फेरा था, बताया कि नंद कहाँ पर था। क्योंकि वानप्रस्थ की दुनिया दूसरी दुनियाओं जैसी ही होती है : जब आप उसमें शामिल होते हैं तभी आपको उसमें चलने वाली तमाम कानाफूसियों और ईर्ष्याओं और दुश्मनियों और चुग़लख़ोरियों का पता चलता है। एक वानप्रस्थ को दूसरे वानप्रस्थ के निवास-स्थान और कार्यकलापों की निश्चय ही जानकारी होती है। इसलिए इन भली स्त्रियों ने सीता को चुपचाप जानकारी दी कि नंद ने गोमती नदी के निकट पड़ाव डाल रखा था, जो दक्षिण-पश्चिम की दिशा में सात दिन की यात्रा की दूरी पर था। उन स्त्रियों ने बताया कि वह हृदय को प्रसन्न कर देने वाला स्थल था जो तमाम तरह के वृक्षों, पुष्पों, लताओं, पक्षियों के कलरव और पशुओं से भरा हुआ था; नदी के तट पर बड़ी मात्रा में कंदमूल और फल थे। कुल मिलाकर नंद ने अपने निवास के लिए एक बहुत ही आनंददायी स्थल चुना था, और कठोर तपस्या

का जीवन जीने वाले अधिकांश संत नंद के संन्यास को गंभीरता से नहीं लेते थे, ख़ासतौर इसलिए कि वह स्नान और मौन के अलावा किन्हीं और व्रतों का पालन नहीं करता था, और जंगल में जो भी फल हाथ लग जाते उनको खा लेता था, और बरसात के दिनों में जंगली चावल और जब कभी भुना हुआ पक्षी तक खा जाता था। संक्षेप में, वह एक हताश इंसान से ज़्यादा चिंतनशील नहीं था। जहाँ तक उस जगह पहुँचने के मार्ग का प्रश्न था, वह बहुत ज़्यादा कठिनाइयों से भरा हुआ नहीं था, सिवा इसके कि रास्ते में डकैतों का दर्रा, बाघों की घाटी और साँपों का दर्रा पड़ता था, जहाँ आपको थोड़ी सावधानी और पूरा साहस बरते की ज़रूरत थी।

इस तरह के निर्देशों के साथ सीता ने डंकाका की उन दोस्ताना स्त्रियों से विदा ली और नई उम्मीदों से भरकर पूर्ववत अपनी यात्रा जारी रखी। वह रोज़-रोज़ आने वाली मुश्किलों पर विजय प्राप्त करती गई, और कामदेव उसको सही राह दिखाते रहे। वह डकैतों का आक्रमण झेले बिना दर्रा पार कर गई; बाघों की घाटी को उसने चक्कर लगाकर पार किया, और साँपों के दर्रे को पार करते समय वह समाधि-अंधक को पूरे समय अपनी गोद में उठाए रही।

लेकिन जब वह गोमती नदी पर पहुँची तो उसने उसको गोद से उतार दिया और उसका हाथ पकड़कर चलने लगी। वह ओस से भरी एक सुबह थी। कुछ देर तक वह फूलों से भरे तट के किनारे-किनारे चलती रही; इसके बाद जैसा कि उसको बताया गया था वह मैदान को पार कर जंगल के एक टुकड़े तक पहुँची जिसके पीछे से सूरज उदित हो रहा था। लाल अशोक और किंशुक के वृक्षों से वह वनैली भूमि आग की तरह चमकती लग रही थी। उसकी आँखें सूरज की चमक से चौंधिया रही थीं; लेकिन जब उसने अपनी हथेली से उनपर छाया की, तो उसको खुली जगह में एक झोपड़ी दिखाई दी, जिसपर फूस और वृक्ष की छालों का छप्पर तना हुआ था, और उस झोपड़ी के पीछे वल्कलों की छाल धारण किए एक नौजवान कुल्हाड़ी से झोपड़ी पर कुछ काम कर रहा था। वह जैसे ही कुछ और क़रीब पहुँची उसने देखा कि उसकी भुजाएँ उन्हीं भुजाओं की तरह बलिष्ठ थीं जिन्होंने कभी उसको झुलाया था; लेकिन उसकी नाक उसके हल्के-से मोटे होंठों की ओर जिस तरह झुकी हुई थी उसको देखकर उस नाक को बकरीनुमा नहीं कहा जा सकता था। वह केवल परिष्कृत थी।

"नंद!" वह पुकार उठी। उसका हृदय आनंद से सुलग रहा था। वह उसे कृष्ण जैसा प्रतीत हो रहा था, जो अपार कोमलता के रस से सराबोर था। "नंद, देखो, यह सीता है जो तुम्हारे पास आ रही है।"

उसने अपनी कुल्हाड़ी गिरा दी और उसको ओर भागा, और उसकी छाती पर मांगलिक बछड़े का चिह्न था। स्वागत के सैकड़ों शब्दों और सैकड़ों घरेलू नामों से उसने उसको पुकारा, क्योंकि वह अपनी देह और आत्मा से उसके लिए बेतरह लालायित रहा था। "तुम आख़िर आ गईं," वह पुकार उठा, "तुम चंद्रमुखी, चकोरनयना, सर्वांगसुंदरी, गौरवर्णा सीता, मेरी पत्नी! कितनी रातें बिताई हैं मैंने सपना देखते हुए कि तुम इस बहिष्कृत और एकाकी के पास लौट आई हो, और अब तुम सचमुच ही सामने हो, और तुमने डकैतों के उस दर्रे को, बाघों की उस घाटी को, साँपों के उस दर्रे को पार कर लिया जिनको मैंने क्रोध में भरकर अपने और तुम्हारे बीच खड़ा कर रखा था। आह, क्या ही वैभवशाली स्त्री हो तुम! और यह कौन है जिसको तुम अपने साथ लाई हो?"

"ये वो फल है," उसने कहा, "जो तुमने मुझे पहली पवित्र सुहागरात के दिन दिया था, जब तुम नंद नहीं थे।"

"इसका क्या नाम है?"

"इसका नाम समाधि रखा गया है," उसने जवाब दिया, "लेकिन अब इसको ज़्यादातर अंधक कहकर पुकारा जाने लगा है।"

"ऐसा क्यों?" उसने पूछा।

"ऐसा मत सोचना कि यह अंधा है," उसने जवाब दिया। "अपने गोरेपन के बावजूद वह जितना पीला है उतना अंधा नहीं है। लेकिन इसको सचमुच दूर का इतना कम दिखता है कि यह अपने आगे के तीन क़दम दूरी तक का ही देख सकता है।"

"ये इसका अच्छा पक्ष है," नंद ने कहा। उन्होंने बालक को झोपड़ी से थोड़ी दूरी पर, हरी घास पर बिठा दिया और उसको खेलने के लिए फूल दे दिए। इस तरह वह व्यस्त हो गया; और आम्र मंजरियों की मादक ख़ुशबू तथा कोकिलों की कुहू-कुहू के संगीत से उद्दीप्त होकर जो खेल उन लोगों ने खेला वह बच्चे की दृष्टि-सीमा के बाहर था।

13

क़िस्सा यह है कि इन प्रेमियों का वैवाहिक आनंद पूरे दिन और एक रात तक ही जारी रहा। नंद की झोपड़ी के बग़ल के पलाश से दहकते जंगल के ऊपर दूसरी बार सूर्योदय हो पाता इसके पहले ही श्रीदमन दृश्य में नमूदार हो गया। वह जैसे ही अपने सूने घर में वापस लौटा, उसको यह समझते देर नहीं लगी कि उसकी बीवी कहाँ गई हो सकती थी। उसके परिवार के लोगों ने काँपती जुबान से सीता के ग़ायब हो जाने की सूचना दी। उनको निश्चय ही उम्मीद थी कि उसका क्रोध घी से भड़की आग की तरह भड़क उठेगा। लेकिन ऐसा नहीं हुआ; उसने सिर्फ़ हल्के से सिर हिला दिया, उस आदमी की तरह जिसको सब कुछ पहले से मालूम था। न ही वह अपनी बीवी के पीछे क्रोध और वासना से भरकर बदला लेने को निकला; वह निश्चय ही बिना आराम किए नंद के पड़ाव की ओर चल पड़ा, लेकिन उसमें हड़बड़ी नहीं थी। उसको नंद के ठिकाने की ठीक-ठीक जानकारी थी, लेकिन उसने भाग्य के चक्र को गति न देने की नियति से यह जानकारी सीता से छिपा कर रखी थी।

सिर लटकाए हुए वह एक याक पर सवार होकर विनम्रतापूर्वक पहुँचा। वह भोर के तारे के तले झोपड़ी के सामने उतरा, और उसने झोपड़ी के अंदर मौजूद उस युगल के आलिंगन में भी कोई बाधा नहीं डाली, उसकी बजाय वह दिन उगने और उनके बाहर निकलने की प्रतीक्षा करता हुआ वहीं बैठ गया। उसकी ईर्ष्या वैसी सामान्य क़िस्म की नहीं थी जैसी जुदा कर दिए प्रेमी आहें भरते हुए भोगते हैं। वह ईर्ष्या इस बोध से हल्की हो गई थी कि यह उसी की भूतपूर्व काया थी जिसके साथ सीता अपने वैवाहिक वचन को फिर से नया कर रही थी - एक ऐसा कर्म जिसको वफ़ादारी और उसका उलटा दोनों कहा जा सकता था। संसार की प्रकृति के श्रीदमन के ज्ञान ने उसको यह सिखाया था कि यह बात सिद्धांततः ग़ैरमहत्त्वपूर्ण थी कि सीता किसके साथ सोती थी, उसके साथ या उसके दोस्त के साथ, क्योंकि भले ही उनमें से किसी एक को उससे कुछ न मिलता हो, सीता को हमेशा दोनों से मिलता था।

इसी के चलते उसकी यात्रा में हड़बड़ी नहीं रही थी और इसी में उसका वह धैर्य और आत्म-संयम था जिसके साथ वह झोपड़ी के सामने बैठा दिन के उगने की प्रतीक्षा कर रहा था। लेकिन हम देखेंगे कि तब भी वह स्थितियों

को उनकी गति पर छोड़ने को लेकर परेशान नहीं था। क़िस्सा यह बताता है कि दिन की पहली किरण के फूटने के साथ, जिस वक़्त छोटा अंधक अभी भी सोया हुआ था, सीता और नंद अपने गले में तौलिये डाले, पास की नदी में नहाने जाने के लिए, झोपड़ी से बाहर निकले; इस तरह उन्होंने मित्र और पति को देखा, जो उनकी ओर पीठ किए बैठा था और जब वे प्रकट हुए तो वह मुड़ा नहीं। वे उसके सामने आए, पूरी विनम्रता के साथ उन्होंने उसका अभिवादन किया, और अंत में वह रास्ते भर उनकी समस्या और उसके समाधान को लेकर जो कुछ सोचता आया था उसको अपरिहार्य स्थिति के रूप में पहचानते हुए उन्होंने अपनी इच्छाओं को उसकी इच्छा के साथ पूरी तरह एकाकार कर दिया।

"श्रीदमन, मेरे स्वामी और पति-सिर," सीता ने उसके सामने झुकते हुए कहा, "तुम्हें प्रणाम करती हूँ - और ऐसा ज़रा भी मत सोचो कि तुम्हारा आना हमें बुरा और चौंकाने वाला लगा है। क्योंकि जहाँ कहीं भी हम दो होते हैं, तीसरे की कमी हमेशा खटकती है; इसलिए मुझे क्षमा करो कि मैं तुम्हारे साथ देर तक नहीं टिक सकी और करुणा से भरकर इस अकेले मित्र-सिर की खोज में निकल आई।"

"और पति-काया," श्रीदमन ने जवाब दिया। "मैं तुम्हें क्षमा करता हूँ। मैं तुम्हें भी क्षमा करता हूँ, नंद, जैसा कि तुम भी मुझे क्षमा कर दोगे कि मैंने उस साधु पुरुष के निर्णय पर चलते हुए सीता को अपने साथ ले लिया। मैंने मैं - और मेरी भावना पर ही विचार किया और तुम्हारी भावनाओं को समझने का कष्ट नहीं उठाया। अगर उस साधु का निर्णय तुम्हारे पक्ष में गया होता, तो तुमने भी वैसा ही किया होता। क्योंकि इस जीवन के पागलपन और विभाजन में एक दूसरे की रोशनी में खड़े होना मनुष्य की नियति है और जो बेहतर ढंग से निर्मित है वह एक ऐसे अस्तित्व की विफल कामना करता है जिसमें एक व्यक्ति की हँसी दूसरे के रोने का कारण न हो। मैं अपने उस सिर पर बहुत बल देता रहा हूँ जो अब तुम्हारी काया में आनंद ले रहा है। क्योंकि इन किसी हद तक कमज़ोर पड़ गए हाथों से तुमने सीता को झुलाया था और अपने इस नए बँटवारे में मैं ख़ुद को यह कहकर बहलाता था कि मैं उसको वह सब कुछ दे सकता हूँ जिसकी वह लालसा किया करती थी। लेकिन प्रेम संपूर्ण की माँग करता है। इसलिए मुझे यह दुख सहना पड़ा कि सीता ने तुम्हारे सिर के प्रति निष्ठा बनाए रखी और मेरा घर त्याग दिया।

अगर अब मैं इस बात पर विश्वास कर सकता कि वह तुममें अपना स्थायी सुख और संतोष पा सकती है, तो मैं यहाँ से चला जाता और अपने पिता के घर में अपना बसेरा बना लेता। लेकिन मुझे इसपर विश्वास नहीं है। दोस्त की काया से युक्त पति के सिर को पाकर वह पति की काया से युक्त दोस्त के सिर की लालसा करती रही।"

"उसी तरह निश्चय ही वह मित्र-काया पर पति-सिर के प्रति करुणा और सहानुभूति महसूस करेगी, न ही उसको कभी शांति और संतोष मिल सकेंगे, दूर बैठा पति हमेशा वह दोस्त होगा जिसको वह प्यार करती है, उसी के पास वह अपने पुत्र अंधक को ले जाएगी, क्योंकि वह उसी में बच्चे के पिता को देखती है। लेकिन हम दोनों के साथ भी वह रह नहीं सकती, क्योंकि उच्च प्राणियों की दुनिया में एक से अधिक पति रखने की इजाज़त नहीं है। क्या मैं ठीक कह रहा हूँ सीता?"

"जैसा तुमने कहा है, आह, वैसा ही है, मेरे स्वामी और मित्र," उसने जवाब दिया। "लेकिन मेरा पश्चाताप, जिसके लिए मैंने 'आह' शब्द का इस्तेमाल किया है, तुम्हारे कहे हुए के आंशिक हिस्से से ही ताल्लुक रखता है, और उसका कोई संबंध बहुपति प्रथा के प्रति घृणा से नहीं है, क्योंकि मैं इस बात को लेकर दुःख नहीं मना सकती कि यह चीज़ मेरे जैसी एक स्त्री के संदर्भ में विचारणीय नहीं है। इसकी बजाय मुझे इसपर गर्व है। मेरी शिराओं में अब भी क्षत्रिय का रक्त बह रहा है, और बहुपतित्व जैसी किसी भी चीज़ के विरुद्ध मेरे अंदर की हर चीज़ उठ खड़ी होती है। देह की तमाम कमज़ोरियों और संभ्रमों के बावजूद एक उच्च प्राणी के रूप में मेरा अपना दर्प और आत्म-सम्मान है।"

"मैंने इससे भिन्न बात की उम्मीद नहीं की थी," श्रीदमन ने जवाब दिया। "तुम इस बात को लेकर निश्चिंत हो सकती हो कि मैंने शुरू से ही तुम्हारी स्त्रियोचित दुर्बलता से पूरी तरह से अलग इसी रुख को विचारणीय बनाया है। अब चूँकि तुम हम दोनों के साथ नहीं रह सकती, मैं पक्के तौर पर कह सकता हूँ कि यह नौजवान नंद, मेरा दोस्त, जिसके साथ मैंने सिर की, या चाहो तो कह लो काया की, अदलाबदली की है, यह नंद मेरी इस बात से सहमत होगा कि हम दोनों ही जीवित नहीं रह सकते, और अब इसके सिवा और कुछ नहीं बचता कि हम इस विभाजन को निरस्त करें और अपने अस्तित्वों को एकबार फिर से अखिल के साथ एकाकार कर दें। क्योंकि जहाँ

कहीं इकलौता अस्तित्व इस क़िस्म की टकराहट का शिकार हो जैसा कि हमारे मामले में है, वहाँ यही श्रेष्ठ है कि वह जीवन की आग में उसी तरह पिघल जाए जिस तरह यज्ञ की अग्नि में घी पिघलता है।"

"एकदम ठीक कहते हो, श्रीदमन, मेरे बंधु," नंद ने कहा, "मैं तुम्हारी बात से बिलकुल सहमत हूँ। इसमें किंतु-परंतु की कोई गुंजाइश नहीं है। अब मैं यह जानता हूँ कि हम इस शरीर में अब क्या ढूँढ़ सकते हैं, क्योंकि हम दोनों ने ही अपनी इच्छाओं को संतुष्ट कर लिया है और सीता की बग़ल में सोकर देख लिया है। मेरी काया उसमें तुम्हारे सिर की चेतना का आनंद ले सकती है और तुम्हारी काया मेरी चेतना का। लेकिन हमारा आत्म-सम्मान सुरक्षित माना जा सकता है, क्योंकि मैंने केवल तुम्हारे सिर को तुम्हारी काया के साथ छला है, और उसका हिसाब एक अर्थ में चुकता हो गया इस बात से कि सुनितंबा सीता ने मेरे सिर को तुम्हारी काया से छला है। ब्रह्म ने हमें बदतर स्थिति से बचा लिया है; कि मैं जो कभी तुम्हारे प्रति निष्ठा के तौर पर अपने ताम्बूल तुम्हारे साथ साझा किया करता था उसने सिर और काया दोनों ही स्तरों पर नंद के रूप में सीता के मामले में तुम्हारे साथ छल किया है! लेकिन इसके बाद भी हम सम्मानपूर्वक इस तरह जीवन नहीं जी सकते, क्योंकि हममें इतना विवेक है कि हम बहुपतित्व और असंयम की ओर नहीं जा सकते; इतना विवेक सीता में भी है, और तुम में भी है, बावजूद इसके कि तुम्हारे पास मेरी काया है; और स्वयं मुझमें भी है क्योंकि मेरे पास तुम्हारी काया है। इसलिए हमारे अस्तित्वों को विलीन कर देने को लेकर तुमने जो कुछ कहा है, उससे मैं बिना शर्त सहमत हूँ। ये रहीं वे बाँहें जो इस वनैले जीवन में मज़बूत हुई हैं, मैं चिता तैयार करने के लिए इन बाँहों को समर्पित करता हूँ। तुम जानते हो कि मैं पहले भी इनको इस काम के लिए समर्पित कर चुका हूँ। तुम यह भी जानते हो कि मेरा हमेशा से संकल्प रहा है कि मैं तुम्हारे बिना जीवित नहीं रहूँगा, और जब तुमने देवी के लिए अपनी बलि चढ़ा दी थी तब भी मैंने बिना हिचकिचाए तुम्हारा अनुसरण किया था। मैंने तुम्हें केवल तभी धोखा दिया था जब मेरी पति-काया ने मुझे कुछ अधिकार दिए थे और सीता मेरे पास समाधि को लेकर आई थी, जिसका कि मैं अपने को कायिक पिता मानता हूँ, हालाँकि मैं इच्छापूर्वक और सम्मानपूर्वक सिर के अनुसार उसका अभिभावकत्व तुम्हारा मानता हूँ।"

"अंधक कहाँ है?" श्रीदमन ने पूछा।

"वह झोपड़ी में है," सीता ने जवाब दिया, "अपनी नींद में अपने आने वाले दिनों के लिए शक्ति और सुंदरता जुटा रहा है। अब वक़्त आ गया है जब हम उसके बारे में बात करें; क्योंकि उसका भविष्य हमारे लिए कहीं ज़्यादा महत्त्वपूर्ण होना चाहिए, बजाय इस सवाल के कि हम इन मुश्किलों से किस तरह सम्मानपूर्वक बाहर आ सकते हैं। लेकिन हमारा और उसका मामला बहुत घनिष्ठ रूप से जुड़ा हुआ है, और अपने सम्मान के लिए आचरण करते हुए हम उसके सम्मान के लिए आचरण कर रहे होंगे। अगर तुम लोगों के अखिल में विलीन हो जाने के बाद मुझे उसके साथ रुकना पड़ता है, जोकि मेरा ख़याल है मुझे करना ही होगा, तो वह सम्मान और सुख से वंचित एक दयनीय अनाथ बच्चे की ज़िंदगी जिएगा। उसकी ज़िंदगी सम्मानजनक बनी रहे और लोग उसकी भलाई कर सकें, इसकी केवल एक ही सूरत है और वह यह है कि मैं उन सतियों के उदाहरण का अनुसरण करूँ जो अपने मृत पतियों के शवों के साथ चिता में जल जाती हैं और उनकी स्मृति में उनकी समाधियाँ बनाई जाती हैं। इसलिए मैं, सुमंत्र की बेटी, माँग करती हूँ कि नंद तीन लोगों के लिए चिता तैयार करे। चूँकि मैंने तुम दोनों के साथ जीवन की शैय्या में साझा किया है, इसलिए मृत्यु की अग्निमय शैय्या भी हम तीनों को एकीकृत करेगी। क्योंकि आख़िरकार दूसरी शैय्या पर भी हम हमेशा तीन ही तो होते थे।"

"मैंने इससे भिन्न किसी बात की उम्मीद तुमसे न की होती," श्रीदमन ने कहा, "क्योंकि मैं शुरू से ही तुम्हारे उदात्त अंतःकरण और स्वाभिमान से परिचित हूँ, और इस बात से भी कि ये चीज़ें तुममें तुम्हारी वासनागत कमज़ोरी के बावजूद मौजूद हैं। मैं अपने बेटे के नाम पर तुम्हें तुम्हारे इस संकल्प के लिए धन्यवाद देता हूँ कि हमें इस पर ठीक से विचार करना चाहिए कि हमारी वासना ने हमें जिस तबाही के सामने ला खड़ा किया है उससे हम अपने आत्म-सम्मान और स्वाभिमान का उद्धार किस तरह करें। यह उद्धार क्या रूप ले हमें इसका बहुत ध्यान रखना होगा; और इस मामले में मेरे वे विचार और योजनाएँ, जिनपर मैंने यहाँ आते हुए रास्ते भर सोचा है, तुम्हारे विचारों और योजना से किसी हद तक भिन्न हैं। उदात्त हृदय वाली विधवा अपने मृत पति की बग़ल में अपने आपको राख में बदलती है। लेकिन जब तक हम दोनों में से एक भी जीवित है, तब तक तुम विधवा नहीं हो; और

यह एक प्रश्न है कि क्या तुम हम जीवितों के साथ चिता में बैठोगी और हमारे साथ ही मरोगी।"

"तुमको विधवा बनाने के लिए मुझे और नंद को अपने आपको मारना होगा, मेरा मतलब है हमें एक दूसरे को मारना होगा; हमें उस तरह लड़ना होगा जिस तरह हिरण हिरणी के लिए लड़ते हैं; मैंने दो तलवारों का इंतज़ाम किया है, जो मेरे याक की पेटी में लटक रही हैं। लेकिन ऐसा नहीं होना चाहिए कि एक जीत जाए और बच जाए और सुनितंबा सीता को अपने साथ ले जाए। इससे कोई भला नहीं होगा, क्योंकि मर चुका व्यक्ति हमेशा वह दोस्त होगा जिसके प्रति अपनी लालसा में वह उस समय तक अपने आपको नष्ट करती रहेगी जब तक कि वह अपने पति की बाँहों में दम नहीं तोड़ देगी। नहीं, हम दोनों को ही गिरना होगा, एक के हृदय में दूसरे की तलवार के घोंपे जाने के साथ – क्योंकि केवल तलवार ही 'दूसरे की' है, हृदय नहीं। तब यही बेहतर होगा कि हममें से प्रत्येक अपनी-अपनी तलवार को अपने ही मौजूदा विभाजन के ख़िलाफ़ तान दे। निश्चय ही यह एक पीड़ादायक संघर्ष होगा; क्योंकि हममें से प्रत्येक के सिर और धड़ को इस बात का ध्यान रखना होगा कि वे अपनी ख़ातिर और सीता के स्वामित्व के लिए न लड़ें, बल्कि प्राणघातक वार करने और झेलने के दोहरे कर्त्तव्य को याद रखें। तब भी हममें से प्रत्येक को अपना ख़ुद का सिर काटने को तैयार होना होगा – इस पारस्परिक आत्म-घात से ज़्यादा मुश्किल और कुछ नहीं होगा।"

"तलवारें लाओ," नंद पुकार उठा। "मैं इस लड़ाई के लिए तैयार हूँ, और अपनी दुश्मनी के लिए इसे एक न्यायसंगत समाधान मानता हूँ। यह न्यायसंगत है क्योंकि अपने सिरों के लिए अपनी कायाओं को अपनाने की प्रक्रिया में हमारे हाथ लगभग समान रूप से सामर्थ्यवान हो गए हैं – मेरी काया पर तुम्हारे हाथ अपेक्षाकृत मज़बूत हैं, तुम्हारी काया पर मेरे हाथ अपेक्षाकृत कमज़ोर हैं। मैं तुम्हारी तलवार के लिए अपना हृदय सहर्ष समर्पित कर दूँगा। लेकिन तुम्हारे हृदय को भी मैं भेदूँगा ताकि सीता तुम्हारी बाँहों में मेरे प्रेम के लिए पीली न पड़ने पाए, बल्कि वह दोहरी विधवा होकर अपने आपको हमारे साथ आग के हवाले कर दे।"

सीता ने इस व्यवस्था से अपने लिए संतुष्ट महसूस किया, उसने कहा कि वे उसके क्षत्रिय रक्त को आकर्षित करते हैं। इसलिए वह इस लड़ाई से दूर नहीं हटेगी बल्कि निर्भीकतापूर्वक उसको देखेगी। इस तरह वह प्राणघातक

मुक़ाबला तत्काल गोमती नदी और लाल पुष्पों से दहकती वन्य भूमि के बीच के हरे मैदान में उस झोपड़ी के सामने घटित हुआ जिसमें अंधक सोया हुआ था; और दोनों नवयुवक एक दूसरे के हृदयों को चीरते हुए फूलों के बीच ढेर हो गए। सती के धार्मिक अनुष्ठान से जुड़े होने की वजह से उनका दाह-संस्कार एक बहुत बड़े उत्सव के रूप में संपन्न हुआ। अंधक नाम से जाने जाने वाले समाधि को देखने हज़ारों लोग श्मशान में एकत्र हुए। अंधक चूँकि मृतकों का निकटतम पुरुष संबंधी था इसलिए उसी ने उस चिता को आग दी जो आम और चंदन की लकड़ियों से बनी थी और जिसमें शीघ्र आग पकड़ने के लिए घास और घी झोंके गए थे। चिता में सीता अपने पति और दोस्त के बीच बैठी थी।

चिता में असाधारण ऊँचाई तक लपटें उठीं; और अगर सीता कुछ देर के लिए चीख़ी भी होगी - क्योंकि जीवित इंसान के लिए आग भयानक रूप से दर्दनाक होती है - तो भी उसकी आवाज़ शंखनाद और नगाड़ों की गड़गड़ाहट में सुनाई नहीं दी। लेकिन कहानी बताती है, और हम इसपर विश्वास करेंगे, कि अपने दोहरे प्रेमियों से एकात्म हो जाने के आनंद में चिता का ताप उसके लिए ठंडा साबित हुआ था।

सीता के उत्सर्ग की स्मृति में उस स्थल पर एक स्मारक बनाया गया। उन तीनों की अस्थियों को एकत्र कर, उनको दूध और शहद में भिगोकर और एक घड़े में बंद कर, पवित्र गंगा में प्रवाहित कर दिया गया।

लेकिन सीता के गर्भ का छोटा-सा फल, समाधि, जिसको जल्द ही केवल अंधक के नाम से जाना जाने लगा था, धरती पर यशस्वी हुआ। उसको एक स्मरणीय विधवा के पुत्र के रूप में ख्याति और लोगों का अनुग्रह प्राप्त हुआ, और उसकी उत्तरोत्तर बढ़ती हुई सुंदरता के लिए प्रेम भी मिला। बारह साल की आयु में भी वह अपनी मोहकता और लोचयुक्त शक्ति की वजह से गंधर्व का अवतार मालूम पड़ता था; और इन्हीं दिनों उसकी छाती पर मांगलिक बछड़े का चिह्न दिखाई देने लगा। उसकी कमज़ोर नज़रों ने उसको ज़्यादातर शरीर संबंधी सरोकारों से दूर रखा और उसके मस्तक को दिमाग़ी चीज़ों की ओर आकर्षित किया। एक पंडित और ज्ञानी ब्राह्मण ने इस बालक को सात वर्ष की आयु में ही अपने पास रख लिया, और उसको उचित और परिष्कृत वाणी की, व्याकरण और ज्योतिष की और चिंतन की कला की शिक्षा दी। बीस बरस की उम्र ही में वह बनारस के राजा के यहाँ सह-आचार्य नियुक्त

हो गया। वह भव्य राजमहल की बारादरी में सफ़ेद रेशमी छत्र के नीचे सुंदर परिधान धारण कर बैठता और पुस्तक को अपनी चमकती हुई आँखों के निकट रखकर प्रीतिकर स्वर में धार्मिक और ग़ैर-धार्मिक लेखन राजकुमार को पढ़कर सुनाता।

अध्यापिका

स्टीफ़न ज़्वाइग (ऑस्ट्रिया)

दोनों लड़कियाँ अपने कमरे में अकेली थीं। बत्तियाँ बुझा दी गई थीं, और उनके दोनों बिस्तरों की ओर से आती हल्की-सी झिलमिलाहट के सिवा हर ओर अँधेरा था। वे दोनों इतने धीरे-धीरे साँस ले रही थीं कि लग सकता था जैसे वे सोई हुई हों।

"सुनो," एक बिस्तर से एक हल्की-सी, हिचकिचाती-सी फुसफुसाहट आई। बारह साल की लड़की बोल रही थी।

"क्या?" उसकी बहन ने पूछा, जो एक साल बड़ी थी।

"कितना अच्छा है कि तुम अभी भी जाग रही हो। मैं तुमसे कुछ कहना चाहती हूँ।"

शब्दों में कोई जवाब नहीं दिया गया, सिर्फ़ दूसरे बिस्तर पर एक हलचल सुनाई दी। बड़ी लड़की उठकर बैठ गई थी, और इंतज़ार करने लगी, उसकी आँखें मद्धिम रोशनी में चमक रही थीं।

"यहाँ देखो, मैं तुमसे यह कहना चाहती हूँ। लेकिन सबसे पहले, ये बताओ कि क्या तुमने हाल के दिनों में मिस मन में किसी विचित्र-सी चीज़ की ओर ग़ौर किया है?"

"हाँ," दूसरी ने पल भर की ख़ामोशी के बाद कहा। "कोई चीज़ है, लेकिन क्या है ये मैं समझ नहीं पाती। वह इन दिनों पहले की तरह सख़्त नहीं है। पिछले दो दिनों से मैंने अपना सबक़ नहीं किया, और उसने इस बारे में मुझे एक बार भी डपटा नहीं। मैं नहीं जानती कि क्या हुआ है, लेकिन लगता है उसको अब हमारी परवाह नहीं रही। वह अपने में डूबी बैठी रहती है, और पहले की तरह हमारे खेलों में हिस्सा नहीं लेती।"

"मुझे लगता है कि वह दुखी है, और कोशिश करती है कि यह बात सामने न आए। अब वह पियानो भी कभी नहीं बजाती।"

कुछ पल ख़ामोशी रही, और फिर बड़ी लड़की एक बार फिर बोली :

"तुम कह रही थीं कि तुम मुझसे कुछ कहना चाहती थीं।"

"हाँ, लेकिन ये बात तुम्हें अपने तक ही रखनी होगी। ध्यान रहे कि तुम इस बारे में माँ से एक भी शब्द नहीं कहोगी, या अपनी दोस्त लोती से।"

"निश्चित ही मैं नहीं कहूँगी," दूसरी ने चिढ़कर जवाब दिया। "बताओ!"

"बिस्तर पर आने के बाद मुझे अचानक लगा कि मैंने मिस मन को कभी गुड नाइट नहीं कहा। मैंने फिर से जूते पहनने की ज़हमत नहीं उठाई, और मैं दबे पाँव उसके कमरे तक चली गई; मेरा इरादा उसको चौंकाने का था। इसलिए मैंने धीरे से उसका दरवाज़ा खोला, और पल भर को मुझे लगा जैसे वह अपने कमरे में नहीं थी। बत्ती जल रही थी लेकिन मैं उसको नहीं देख सकी। तभी अचानक - मैं एकदम चौंक पड़ी - मैंने किसी को रोते हुए सुना, और मैंने देखा कि वह अपनी पोशाक पहने हुए बिस्तर पर औंधी पड़ी थी, और उसका सिर तकिये में धँसा हुआ था। वह इतनी बुरी तरह से सिसक रही थी कि मुझे एकदम अजीब-सा लगा, लेकिन उसका ध्यान मेरी ओर ज़रा भी नहीं गया। इसके बाद मैं धीरे से बाहर निकल आई और जितना आहिस्ता मुमकिन था उतना आहिस्ता मैंने दरवाज़ा बंद कर दिया। मैं पल भर दरवाज़े के बाहर खड़ी रही, क्योंकि मुझसे चला नहीं जा रहा था, और दरवाज़े के पीछे से मैं अभी भी उसकी सिसकियाँ सुन पा रही थी। फिर मैं वापस आ गई।"

पल भर के लिए दोनों में से किसी ने भी कुछ नहीं कहा। फिर बड़ी लड़की ने एक गहरी साँस लेते हुए कहा :

"बेचारी मिस मन!" और फिर चुप्पी छा गई।

"मैं सोचती हूँ कि आख़िर वह क्यों रो रही होगी," छोटी लड़की ने कहा। "इधर उनके साथ कोई झगड़ा भी नहीं हुआ, क्योंकि इधर माँ भी उनपर नहीं बिगड़ीं जैसा कि वे अक्सर किया करती हैं, और मैं पक्के तौर पर जानती हूँ कि हमने भी उसको कोई तक़लीफ़ नहीं पहुँचाई है। फिर क्या चीज़ हो सकती है जो उसको रुला रही है?"

"मेरा ख़याल है, मैं अंदाज़ा लगा सकती हूँ," बड़ी ने कहा।

"तो बोलो!" जवाब देर से आया, लेकिन आख़िरकार वह आया :

"मेरा ख़याल है, उसको प्रेम हो गया है।"

"प्रेम?" छोटी लड़की उछल पड़ी। "प्रेम? किससे?"

"तुमने ध्यान नहीं दिया?"

"तुम्हारा मतलब ओटो से तो नहीं?"

"बिलकुल, मेरा मतलब उसी से है! और उसको भी उससे प्रेम है। पूरे तीन साल से जबसे वह हमारे साथ रह रहा है वह पिछले दो या तीन महीनों को छोड़कर हमारे साथ कभी सैर के लिए नहीं गया। लेकिन अब वह एक दिन भी नहीं चूकता। मिस मन के आने के पहले तक उसने हमारी तरफ़ कभी ध्यान तक नहीं दिया था। अब वह हमेशा हमारे आसपास भटकता रहता है। जब भी हम बाहर जाते हैं, वह हम से टकरा जाता है, या तो पार्क में या बग़ीचों में या कहीं न कहीं - जहाँ कहीं भी मिस मन हमें ले जाती है। निश्चय ही, तुमने ध्यान दिया होगा?"

"हाँ, सचमुच मैंने ध्यान दिया है," छोटी ने जवाब दिया। "लेकिन मैं सोचती थी कि बस यूँ ही..." उसने अपना वाक्य पूरा नहीं किया।

"ओह, मैं भी इसका कोई बतंगड़ नहीं बनाना चाहती थी। लेकिन एक समय के बाद मुझे निश्चित लगने लगा कि वह हमें उनसे मिलने के एक बहाने की तरह बरत रहा है।"

काफ़ी देर तक चुप्पी छाई रही, जिस दौरान लड़कियाँ स्थितियों का जायज़ा लेती रहीं। फिर छोटी ने बातचीत को फिर से शुरू किया।

"लेकिन अगर ऐसा है, तो उसको रोने की क्या ज़रूरत है? वह उनको बहुत चाहता है। मैं तो हमेशा सोचती रही हूँ कि प्रेम में होना बहुत मज़ेदार होता होगा।"

"वह तो मैं भी सोचती हूँ," बड़ी ने स्वप्निल ढंग से कहा। "मैं समझ नहीं पा रही हूँ।"

एक बार फिर उनींदे स्वर में ये शब्द उभरे : "बेचारी मिस मन!"

इस तरह उस रात उनकी बातचीत समाप्त हुई।

सुबह उन्होंने इस मामले का पुनः ज़िक्र नहीं किया, लेकिन उनमें से हरेक जानती थी कि दूसरे के दिमाग़ में वही बात चल रही थी। यह नहीं कि वे एक दूसरे की तरफ़ अर्थपूर्ण ढंग से देख रही थीं, लेकिन जब भी उनकी नज़रें अध्यापिका पर टिकतीं वे अनजाने ही एक दूसरे की ओर देखने लगतीं। खाने के दौरान वे अपने कज़िन ओटो को चुपचाप ध्यान से देखती रहीं, जैसे वह कोई अजनबी हो। उन्होंने उससे बात नहीं की, लेकिन चोरी छिपे उसको

बारीक़ी से जाँचती रहीं, यह पता लगाने की कोशिश करती हुई कि क्या मिस मन के साथ उसकी कोई गुप्त सहमति थी। इन कौतुकों पर उनका कोई वश नहीं था, क्योंकि इस पहेली के सिवा वे कुछ भी और सोच ही नहीं पा रही थीं। शाम को, उदासीनता के भाव से, उनमें से एक ने दूसरी से पूछा :

"क्या तुमने आज कोई और चीज़ लक्ष्य की?"

"नहीं," बहन ने संक्षिप्त से ढंग से कहा।

वे सचमुच इस मसले पर बात करने से डर रही थीं। इस तरह मसला कई दिनों तक ज़ारी रहा। दोनों लड़कियाँ चुपचाप चीज़ों पर ध्यान देती रहीं, दिमाग़ी तौर पर असहज बनी रहती हुई फिर भी इस अहसास के साथ कि वे कोई बहुत बड़ा रहस्य हाथ लगने की कगार पर थीं।

आख़िरकार, यह रात के खाने के दौरान हुआ कि बड़ी लड़की ने ध्यान दिया कि अध्यापिका ने ओटो की ओर एक लगभग सूक्ष्म-सा संकेत किया, और उसके जवाब में उसने सिर हिलाया। उत्तेजना से काँपते हुए उसने मेज़ के नीचे से अपनी बहन के पैर पर हल्की-सी ठोकर मारी। बड़ी ने छोटी की तरफ़ सवालिया निगाह से देखा जिसने जवाब में उसकी ओर अर्थपूर्ण नज़रों से देखा। बाक़ी भोजन के दौरान दोनों असहज बनी रहीं। खाने के बाद अध्यापिका ने लड़कियों से कहा :

"पढ़ाई के कमरे में जाओ और कोई काम करो। मेरा सिर दर्द कर रहा है, मुझे आधा घंटे के लिए लेटना होगा।

जैसी ही लड़कियाँ अकेली हुईं, छोटी के मुँह से छूटते ही निकला :

"देखना, ओटो उनके कमरे में जाएगा!"

"निश्चय ही," दूसरी ने कहा, "इसीलिए उन्होंने हमें यहाँ भेज दिया है।"

"हमें दरवाज़े के बाहर से सुनना चाहिए।"

"लेकिन अगर कोई आ गया तो..."

"कौन?"

"माँ।"

"वो भयानक होगा," छोटी ने चौकन्ना होते हुए चौंककर कहा।

"देखो, मैं सुनती हूँ, तुम गलियारे में निगाह रखना।"

छोटी ने मुँह फुला लिया।

"लेकिन फिर तुम मुझे सारी बातें नहीं बताओगी।"

"चिंता मत करो!"

"वादा करो?"

"वादा! अगर तुम किसी को आते देखो तो खाँस देना।"

वे गलियारे में इंतज़ार करने लगीं, उत्तेजना के मारे उनके दिल तेज़ी से धड़क रहे थे। क्या होने वाला था? उन्हें क़दमों की आहट सुनाई पड़ी और वे अध्ययन-कक्ष में छिप गईं। हाँ, वो ओटो था। वह मिस मन के कमरे में गया और उसने दरवाज़ा बंद कर लिया। बड़ी लड़की अपनी चौकी की ओर लपकी, और साँस रोककर चाबी के छेद पर कान लगाकर सुनने लगी। छोटी ईर्ष्या से देख रही थी। कौतुहल के मारे वह ख़ुद भी धीरे से दरवाज़े की ओर बढ़ी, लेकिन उसकी बहन ने उसको परे धकेल दिया और गुस्से से उसको गलियारे के दूसरे छोर पर जाकर निगाह रखने का इशारा किया। इस तरह वे कई मिनटों तक इंतज़ार करती रहीं, जो छोटी लड़की के लिए अनंत काल की तरह लग रहा था। वह बेसब्री के बुखार में तप रही थी, और इस तरह अकुला रही थी जैसे गर्म अंगारों पर खड़ी हो। वह बमुश्किल अपने आँसुओं को रोक पा रही थी क्योंकि उसकी बहन सब कुछ सुन रही थी। आख़िरकार एक आवाज़ ने उसको चौकन्ना कर दिया, और उसने खाँस दिया। दोनों लड़कियाँ अध्ययन-कक्ष में भाग गईं, और कुछ पल लगे जब उनकी साँस थम सकी और वे बोलने लायक़ हो सकीं। फिर छोटी ने उतावलेपन से कहा :

"अब मुझे सब कुछ बताओ।"

बड़ी परेशान दिखी, और यूँ बोली जैसे वह ख़ुद से बात कर रही हो :

"मेरी समझ में नहीं आता।"

"क्या?"

"बड़ी ही अजीब बात है।"

"क्या? क्या?" दूसरी ने बौखलाते हुए कहा।

बड़ी ने कहने की कोशिश की :

"वह अजीब ही बात थी, उससे एकदम अलग जिसकी मैंने उम्मीद की थी। मेरा ख़याल है जब वह कमरे में गया था तो वह उसको अपनी बाँहों में भरना चाहता था, या चूमना चाहता था, क्योंकि मिस मन ने कहा : 'अभी नहीं, मुझे तुमसे एक गंभीर बात कहनी है।' मैं कुछ देख नहीं सकी क्योंकि

चाबी रास्ता रोके हुए थी, लेकिन मैं सुन सकती थी। 'क्या बात है?' ओटो ने पूछा, उसका लहज़ा ऐसा था जैसा मैंने उसको इस्तेमाल करते कभी नहीं सुना था। तुम तो जानती हो कि वह आम तौर से किस तरह बात करता है, ख़ासा ज़ोर की आवाज़ में और गुस्ताख़ ढंग से, लेकिन अब मैं अच्छी तरह से जानती हूँ कि वह डरा हुआ था। मिस मन का ध्यान इस ओर गया होगा कि वह पाखंड कर रहा था, क्योंकि उसने इतना ही कहा, 'मैं समझती हूँ कि तुम अच्छी तरह से जानते हो।' 'बिलकुल नहीं।' – 'अगर ऐसा है,' मिस मन ने बेहद उदास स्वर में कहा, 'तो तुम मुझसे दूर क्यों रहने लगे हो? एक हफ़्ता होने को है, तुमने मुझसे शायद ही बात की हो; तुमको जब भी मौक़ा मिलता है तुम मुझसे बचते हो; तुम अब लड़कियों के साथ भी नहीं होते हो; तुम हमसे मिलने पार्क में नहीं आते। क्या तुमने अचानक मेरी परवाह करना बंद कर दिया है? ओह, तुम अच्छी तरह से जानते हो कि तुम मुझसे इस तरह दूरी क्यों बना रहे हो।' कुछ देर तक कोई जवाब नहीं मिला। फिर ओटो ने कहा : 'तुम्हें निश्चय ही इस बात का अहसास होगा कि मेरे इम्तिहान कितने पास आ गए हैं। मेरे पास अपने काम के अलावा और किसी चीज़ के लिए वक़्त ही नहीं है। मैं इसमें क्या कर सकता हूँ?' वह रोने लगी, और सिसकते हुए उसने उससे कोमल स्वर में कहा : 'ओटो, सच बोलो। मैंने ऐसा क्या किया है जो तुम मुझसे इस तरह का व्यवहार कर रहे हो? मैंने तुम पर कोई दावा नहीं किया है, लेकिन हमें चीज़ों पर खुलकर बात करनी चाहिए। तुम्हारा चेहरे का भाव मुझे साफ़ तौर पर यह जताता है कि तुम सब कुछ जानते हो...' लड़की काँपने लगी और अपना वाक्य पूरा नहीं कर सकी। सुनने वाली और क़रीब आ गई, और उसने पूछा :

"सब कुछ क्या?"

'हमारे बच्चे के बारे में सब कुछ!'

"उनका बच्चा!" छोटी बीच में ही बोल पड़ी। "बच्चा! असंभव!"

"उसने यही कहा था।"

"तुमने ठीक से नहीं सुना होगा।"

"लेकिन मैंने सुना था। मुझे पूरा यक़ीन है। ओटो ने उसको दोहराया था : 'हमारा बच्चा!' कुछ देर बाद मिस मन फिर से बोली : "अब हम क्या करें?" फिर..."

"फिर?"

"फिर तुमने खाँस दिया, और मुझे भागना पड़ा।" छोटी बेहद हक्कीबक्की थी।

"लेकिन उसके बच्चा हो ही नहीं सकता। बच्चा कहाँ से आ सकता है?"

"मुझे भी तुम्हारी ही तरह समझ में नहीं आता।"

"हो सकता है वह उसके घर पर हो। ज़ाहिर है माँ उसको यहाँ नहीं लाने देंगी। इसी वजह से वह इतनी दुखी होगी।"

"अरे, बेवकूफ़, तब वह ओटो को जानती भी नहीं थी!"

वे लाचार भाव से विचार करती रहीं। फिर से छोटी लड़की ने कहा :

"बच्चा, ये नामुमकिन है। उसके बच्चा कैसे हो सकता है? उसकी शादी नहीं हुई है, और सिर्फ़ शादीशुदा लोगों के ही बच्चे होते हैं।"

"शायद वह शादीशुदा है।"

"बेवकूफ़ी की बात मत करो। उसने ओटो से कभी शादी नहीं की, किसी भी सूरत में।"

"तब, फिर?"

उन्होंने एक दूसरे की ओर देखा।

"बेचारी मिस मन।" उनमें से एक ने दुखी स्वर में कहा।

वे बारबार इन शब्दों पर वापस लौटती प्रतीत होती थीं, जो करुणा का निश्वास जैसे थे। लेकिन हर बार उनका कौतुहल सुलग उठता।

"तुम्हें क्या लगता है, वह लड़का है या लड़की?"

"मैं कैसे बता सकती हूँ?"

"अगर मैं ही उनसे चतुराईपूर्वक पूछ लूँ, तो कैसा रहेगा?"

"चुप रहो!"

"क्यों न पूछूँ? वे हमारे प्रति कितनी अच्छी हैं।"

"इससे फ़ायदा क्या होगा। लोग हमें इस तरह की बातें कभी नहीं बताते। अगर वे इस तरह की बातें कर रहे हों और हम कमरे में पहुँच जाएँ, तो वे तुरंत चुप लगा जाते हैं, और हमसे यहाँ-वहाँ की बातें करने लगते हैं जैसे हम अभी भी बच्चे हों - जबकि मैं तेरह की हो चुकी हूँ। उनसे पूछने का क्या फ़ायदा, वे हमें बेवकूफ़ ही बनाएँगीं।"

"लेकिन मैं जानना चाहती हूँ।"

"बेशक! जानना तो मैं भी चाहती हूँ।"

"जो चीज़ मुझे परेशान कर रही है वह ये है कि ओटो इस बारे में कुछ भी न जानने का दिखावा कर रहा था। अगर किसी का बच्चा है तो उसको यह बात मालूम होनी चाहिए, जैसे कि हम जानते हैं कि हमारे पिता और माँ हैं।"

"अरे, वह महज़ बहाना कर रहा था। वह हमेशा मज़ाक़ के मूड में होता है।"

"लेकिन इस तरह की चीज़ के बारे में नहीं। वैसा तो वो तभी करता है जब किसी को बेवकूफ़ बनाना चाहता है।"

अध्यापिका अंदर आ रही थी जिससे उनकी बातचीत में रुकावट पैदा हुई, और उन्होंने अपने काम में मन लगा रहने का बहाना किया। लेकिन उनसे यह बात छिपी नहीं रह सकी कि उसकी पलकें लाल हो रही थीं, और उसकी आवाज़ उसके बिना चाहे ही गहन जज़्बाती हो रही थी। वे उसके प्रति एक नए सम्मान का भाव लिए एकदम चुपचाप बैठी रहीं। "उसका कोई बच्चा है," वे लगातार सोच रही थीं; "यही वजह है कि वह इतनी दुखी है।"

लेकिन दुख उनके मन पर भी छा रहा था।

अगले दिन डिनर पर उनको एक चौंका देने वाली ख़बर मिली। ओटो बाहर जा रहा था। उसने अपने अंकल को बता दिया था कि इम्तिहान के पहले उसको अतिरिक्त मेहनत करने की ज़रूरत थी, और घर में बहुत सारी बाधाएँ थीं। वह अगले दो महीनों के लिए हॉस्टल में रहने जा रहा था।

लड़कियाँ उत्तेजना से खदबदा रही थीं। उनको पक्के तौर पर लग रहा था कि उनके कज़िन का जाना पिछले दिन की बातचीत से किसी न किसी रूप में अवश्य ही ताल्लुक रखता था। उनकी सहज बुद्धि से उनके दिमाग़ में यह बात बैठ गई कि यह एक कायरता-भरा पलायन था। जब ओटो उसको विदा कहने आया तो वे जानबूझ कर रूखी बनी रहीं, और उसकी ओर पीठ करके बैठ गईं। तब भी उन्होंने मिस मन के साथ उसकी विदाई को ध्यान देखा। मिस मन ने उसके साथ आहिस्ता से हाथ मिलाया, लेकिन उसके होंठ फड़क रहे थे।

लड़कियाँ इन दिनों बदली हुई थीं। वे कभी-कभार ही हँसा करतीं, किसी भी चीज़ में आनंद न ले पातीं, उनकी आँखों में उदासी भरी रहती। वे संदिग्ध

ढंग से भटकती रहतीं, अपने से बड़ों पर अविश्वास करने लगीं, उनको संदेह होता कि सरल से सरल बात के पीछे भी कोई छल छिपा हुआ होता था। हर वक़्त निगरानी रखती हुई वे हर कहीं छायाओं की तरह चुपके से आतीं-जातीं, और दरवाज़ों के पीछे छिपकर बातें सुनतीं। वे उस जाल को तोड़ना चाहती थीं जिसने उनको उस रहस्य के बाहर रोक रखा था - या कम से कम उस जाल के छिद्रों के पार सच्चाई की दुनिया की एक झलक पाने को व्याकुल रहतीं। भरोसा, बचपन का संतुष्ट अज्ञान, जाता रहा था। उनके आसपास के छल-कपट भरे वातावरण ने उनको छल-कपट बरतना सिखा दिया। जब कभी उनके माँ-बाप पास में होते, वे बचकाने कामों में बुरी तरह व्यस्त होने का बहाना करतीं। बड़ों की दुनिया के ख़िलाफ़ एकजुटता ने उनको एक दूसरे के और भी क़रीब ला दिया था। जब कभी वे अपने अज्ञान और लाचारी के अहसास से भर उठतीं, तो दुलार के आवेग से भरकर वे अक्सर एक दूसरे को गले से लगा लेतीं, और कभी-कभी उनके आँसू फूट पड़ते। बिना किसी ज़ाहिर वजह के उनकी ज़िंदगियाँ एक नाज़ुक दौर से गुज़र रही थीं।

उनकी बहुत-सी परेशानियाँ थीं जिनमें से एक बाक़ी के मुक़ाबले बदतर थी। एक दूसरे से पूरी तरह स्वतंत्र रूप से, यत्नपूर्वक उन्होंने अपना मन बना लिया था कि वे मिस मन को कम से कम परेशान करेंगी, क्योंकि वह पहले से ही इतनी दुखी थीं। वे बहुत मेहनती थीं, और पढ़ाई में एक दूसरे की मदद करती थीं; वे हमेशा शांत रहतीं और ठीक से पेश आतीं; अपनी अध्यापिका की इच्छाओं का अनुमान लगाने की कोशिश करतीं। लेकिन अध्यापिका का ध्यान इस ओर गया हो ऐसा कभी नहीं लगता था, और यह चीज़ उनको सबसे ज़्यादा चोट पहुँचाती थी। मिस मन अब बदल चुकी थीं। जब उनमें से कोई लड़की उससे बात करती, तो वह नींद से जागी हुई-सी लगतीं और उनकी ओर उसकी नज़रें यूँ उठतीं जैसे वे लंबी दूरी पार करके आ रही हों। वह घंटों अपने ख़यालों में डूबी रहतीं, और लड़कियाँ उसके आसपास दबे पाँव चलतीं ताकि वे उसके ख़यालों में कोई ख़लल पैदा न कर दें, क्योंकि उनको लगता था कि वह अपने अनुपस्थित बच्चे के बारे में सोच रही होंगी। अपने स्वयं के जागते हुए स्त्रीत्व में अपनी अध्यापिका के प्रति उनका लगाव और ज़्यादा बढ़ गया था, जो उनके प्रति अब बहुत ही सौम्य ढंग से पेश आती थीं। मिस मन, जो बहुत प्रफुल्ल रही थीं, और कभी-कभी हल्की-सी उद्धत भी हो जाया करती थीं, अब बहुत विचारशील और दूसरे का ध्यान रखने

वाली हो गई थीं, और लड़कियों को लगता था कि उसके सारे कार्यकलापों के पीछे कोई गुप्त पीड़ा झाँकती थी। उन्होंने उसको कभी वास्तव में रोते हुए नहीं देखा था, लेकिन उसकी पलकें अक्सर लाल रहा करती थीं। ज़ाहिर था कि वह अपनी तक़लीफ़ को अपने तक रखना चाहती थी, और लड़कियों को इस बात का गहरा दुख था कि वे उसकी मदद नहीं कर सकती थीं।

एक दिन, जब अध्यापिका अपनी आँखें पोंछने के लिए खिड़की ओर मुड़ी, तो छोटी लड़की ने उसका हाथ थामकर उससे यह कहने का साहस बटोरा :

"मिस मन, आप बहुत उदास हैं। हमसे तो कोई ग़लती नहीं हुई है?"

अध्यापिका ने बच्ची की ओर स्नेह-भरी नज़रों से देखा, उसके बाल थपथपाए, और जवाब दिया :

"नहीं, डियर। निश्चय ही तुम्हारी कोई ग़लती नहीं है।" उसने छोटी बच्ची का माथा चूम लिया।

इस तरह लड़कियाँ लगातार निगाह रखे हुए थीं, और उनमें से किसी एक ने, अनपेक्षित ढंग से बैठक-कक्ष में पहुँचकर, ऐसे एक-दो शब्द सुन लिए जो उसके सुनने के लिए नहीं थे। उनके माँ-बाप ने अचानक बातचीत बदल दी, लेकिन बच्ची इतना पर्याप्त सुन चुकी थी कि उसने सोचना शुरू कर दिया।

"हाँ, मैं भी इसी चीज़ के बारे में परेशान हूँ," माँ कह रही थीं। "मुझे उससे बात करनी होगी।"

लड़की ने ख़ुद सोचविचार किया और अपनी बहन से मशविरा करने भागी।

"तुम्हें क्या लगता है, ये क्या चक्कर हो सकता है?"

लेकिन डिनर के वक़्त उन्होंने ध्यान दिया कि किस तरह उसके माँ-बाप अध्यापिका को ग़ौर से देख रहे थे, और किस तरह उसके बाद उन्होंने एक दूसरे की तरफ़ अर्थपूर्ण निगाहों से देखा था। डिनर के बाद, उनकी माँ ने मिस मन से कहा :

"क्या तुम प्लीज़ मेरे कमरे में आओगी? मैं तुमसे कुछ बात करना चाहती हूँ।"

लड़कियाँ उत्तेजना के मारे काँप रही थीं। कुछ होने वाला था! अब तक, ताकझाँक करना एक स्वाभाविक चीज़ बन चुकी थी। अब उनको इसमें शर्म

नहीं आती थी; उनके मन में एक ही बात थी, किसी तरह यह पता लगाना कि उनसे क्या छिपाया जा रहा था। वे झटके से उस दरवाज़े पर पहुँच गईं जिसमें मिस मन ने प्रवेश किया था। उन्होंने सुना, लेकिन उनको बातचीत की अस्पष्ट-सी आवाज़ ही सुनाई दे सकी। क्या उन्हें अंततः कुछ भी पता चलने वाला नहीं था? फिर एक आवाज़ ऊँची हुई। उनकी माँ ने गुस्से से कहा :

"क्या तुम्हारा ख़याल था कि हम सब अंधे थे – कि हमें तुम्हारी हालत का कभी पता ही नहीं चलेगा? ये चीज़ इसपर ख़ासी रोशनी डालती है कि एक अध्यापिका के कर्त्तव्यों को लेकर तुम्हारी क्या धारणा है। मैं यह सोचकर काँप उठती हूँ कि मैंने अपनी बेटियों की पढ़ाई की ज़िम्मेदारी ऐसे हाथों में सौंपी है। इसमें कोई शक नहीं कि तुमने शर्मनाक तरीक़े से उनके प्रति लापरवाही बरती है..."

लगा कि इस बात पर अध्यापिका ने अपना विरोध जताना चाहा, लेकिन वह धीमे स्वर में बोली जिससे लड़कियाँ सुन न सकीं।

"बोलो, बोलो! हर कुलटा को कोई न कोई बहाना मिल ही जाता है। तुम्हारे जैसी औरत अपने सामने पड़ने वाले पहले शख़्स को ख़ुद को सौंप देती है, नतीजे की परवाह किए बिना। ईश्वर भला करे! तुम जैसी चरित्रहीन स्त्री का अध्यापिका होना भयानक है। लेकिन मेरा ख़याल है कि तुम इस ख़ुशफ़हमी में नहीं होगी कि मैं तुम्हें इस घर में अब और टिकने दूँगी।"

बातचीत को सुन रही लड़कियाँ काँप उठीं। वे बात को पूरी तरह समझ तो न सकीं, लेकिन उनकी माँ का लहज़ा उनको भयानक लग रहा था। उसका जवाब केवल मिस मन की सिसकियाँ दे रही थीं। ख़ुद उनकी आँखों से भी आँसू बह निकले। उनकी माँ इतनी नाराज़ कभी नहीं हुई थीं।

"अब तुम यही कर सकती हो, रोना और सिसकना! तुम्हारे आँसू मुझे ज़रा भी पिघला नहीं सकेंगे। तुम जैसे व्यक्ति से मुझे कोई सहानुभूति नहीं है। मुझे इससे कोई लेना-देना नहीं है कि तुम्हारा क्या होगा। तुम्हें मालूम है कि तुम मदद के लिए कहाँ जा सकती हो, और वो तुम्हारा मामला है। मैं तो इतना भर जानती हूँ कि अब तुम मेरे इस घर में एक दिन भी नहीं रह सकती।"

मिस मन के हताश आँसू अभी भी एकमात्र जवाब थे। उन्होंने कभी किसी को इस तरह रोते हुए नहीं सुना था। उनको ऐसा लगता था कि कोई भी व्यक्ति जो इतनी बुरी तरह से रो रहा हो कभी ग़लत हो ही नहीं

सकता। उनकी माँ कुछ देर ख़ामोश इंतज़ार करती रहीं, और फिर तीखे ढंग से बोलीं :

"बहरहाल, मुझे तुमसे इतना ही कहना था। अभी दोपहर में अपना सामान बाँधो और कल सुबह अपनी पगार लेने मेरे पास आओ। अब तुम जा सकती हो।"

लड़कियाँ भागकर अपने कमरे में आ गईं। क्या हुआ हो सकता था? इस आकस्मिक आँधी का क्या मतलब था? एक धुँधलके के भीतर उन्होंने सच्चाई का कुछ अनुमान करना शुरू किया। पहली बार उनके मन में अपने माँ-बाप के प्रति विद्रोह की भावनाएँ जाग रही थीं।

"क्या माँ का उससे इस तरह बात करना भयानक बात नहीं थी?" बड़ी ने कहा। छोटी इतनी दो टूक आलोचना को लेकर थोड़ी शंकित थी, और वह हकलाती हुई बोली :

"लेकिन... लेकिन... हमें यह भी तो नहीं पता है कि उसने क्या किया है।"

"कुछ भी ग़लत नहीं किया है, मुझे यक़ीन है। मिस मन कभी कुछ ग़लत कर ही नहीं सकती। माँ उसको उतने बेहतर ढंग से नहीं समझतीं जितना हम समझते हैं। वह जिस तरह रो रही थी, क्या वह आश्चर्यजनक नहीं था? मुझे बहुत बुरा लगा।"

"हाँ, वह भयानक था। लेकिन माँ उस पर जिस तरह चिल्ला रही थीं वह घिनौना था, निश्चय ही घिनौना था!"

बोलने वाली ने गुस्से से पैर पटके और उसकी आँखों में आँसू छलछला आए।

तभी मिस मन अंदर आई, लुटी-पिटी-सी।

"लड़कियों, मुझे आज शाम बहुत-सा काम करना है। मैं जानती हूँ कि अगर मैं तुम लोगों को तुम्हारे ही ज़िम्मे पर छोड़ दूँगी तो तुम लोग अच्छे से रहोगी। शाम हम लोग साथ बिताएँगे।"

वह मुड़ी और बच्चियों की असहाय निगाहों को लक्ष्य किए बिना कमरे से बाहर चली गई।

"तुमने देखा, उसकी आँखें किस तरह लाल हो रही थीं? मेरी समझ से परे है कि माँ उसके प्रति इतनी निर्दयी कैसे हो सकती हैं।"

"बेचारी मिस मन!"

एकबार फिर यही विलाप, आँसुओं से भीगी हुई आवाज़ में। फिर उनकी माँ आईं और उन्होंने पूछा कि क्या वे उनके साथ टहलने जाना चाहती हैं।

"नहीं, माँ, आज नहीं।"

असल में उनको अपनी माँ से डर लग रहा था, और वे नाराज़ थीं क्योंकि उन्होंने उनको यह नहीं बताया था कि वह मिस मन को हटा रही थीं। उनको अकेले रहना ही बेहतर लग रहा था। छलावे और ख़ामोशी के माहौल से त्रस्त वे पिंजरे में बंद अबाबीलों की तरह फड़फड़ा रही थीं। उन्होंने इसपर भी सोचा कि क्या वे मिस मन के पास जाकर उससे पूछतीं कि आख़िर बात क्या थी; उनसे कहतीं कि वे चाहती थीं कि वह जाएँ नहीं, कि उनका मानना था कि माँ का व्यवहार उसके प्रति भयानक रूप से नाजायज़ था। लेकिन उनको भय था कि ऐसा करके वे उसको दुखी कर सकती थीं। इसके अलावा, वे शर्मिंदा भी थीं, क्योंकि वे उस मामले में एक भी शब्द कैसे बोल सकती थीं जबकि वे जो कुछ भी जानती थीं वह सब उनको ताकझाँक की मार्फ़त पता चला था? उनको दोपहर के बाद का वह अनंत समय अकेले ही रोते और आँसू पोछते हुए बिताना पड़ा, और बारबार उनके दिमाग़ में वही सब बातें आती रहीं जो उनने बंद दरवाज़े के पीछे से सुनी थीं - माँ का बेरहम गुस्सा और मिस मन की हताश सिसकियाँ।

शाम को अध्यापिका उनसे मिलने आई, लेकिन सिर्फ़ गुड नाइट कहने। जब वह कमरे से जाने लगी तो लड़कियों ने ख़ामोशी को तोड़ना चाहा, लेकिन वे एक भी शब्द नहीं बोल सकीं। दरवाज़े पर पहुँचकर, मानो मूक उत्कंठा की पुकार सुनकर, मिस मन ने मुड़कर देखा। उसकी आँखें स्नेह से चमक रही थीं। उसने दोनों लड़कियों को गले से लगा लिया और वे दोनों रो पड़ीं। अध्यापिका एकबार फिर उनको चूमकर तेज़ी से कमरे से निकल गईं।

बच्चियों के सामने यह बात ज़ाहिर हो चुकी थी कि यह आख़िरी विदाई थी।

"अब हम उनसे कभी नहीं मिल पाएँगे," एक ने सिसकते हुए कहा।

"मैं जानती हूँ कि कल हम जब स्कूल से लौटेंगे तब तक वह जा चुकी होंगी।"

"हो सकता है, कुछ समय बाद हम उससे मिलने जा सकें। तब वह हमें बच्चा दिखाएँगी।"

“हाँ, वह हमेशा से बहुत प्यारी रही हैं।”

“बेचारी मिस मन!”

इन दुख भरे शब्दों में मानो उनकी अपनी नियति का पूर्वाभास था।

“मैं सोच भी नहीं सकती कि उसके बिना हमारा क्या होगा!”

“मैं उसके बाद किसी दूसरी अध्यापिका को बर्दाश्त नहीं कर पाऊँगी।”

“न मैं।”

“मिस मन जैसी कोई हो ही नहीं सकती। इसके अलावा...”

उसने वाक्य को पूरा करने की कोशिश नहीं की। उनके अवचेतन स्त्रीत्व ने उनके भीतर मिस मन के प्रति एक श्रद्धा का भाव जगा दिया था, ख़ास तौर से तब से जबसे उनको यह मालूम पड़ा था कि उसका कोई बच्चा था। यह बात उनके दिमाग़ में बराबर बनी हुई थी, और उनको बहुत गहरे छू गई थी।

“सुनो” एक ने कहा।

“क्या?”

“मुझे एक चीज़ सूझती है। क्या हम मिस मन के जाने के पहले उसके लिए कोई अच्छा-सा काम नहीं कर सकते, कोई ऐसा काम जिससे उसको पता चले कि हम उससे कितना प्यार करते हैं, और हम माँ की तरह नहीं हैं? क्या तुम मेरा साथ दोगी?”

“बिलकुल।”

“तुम जानती हो, उसको सफ़ेद गुलाब कितने पसंद हैं। हम कल सुबह स्कूल जाने के पहले जल्दी से जाकर कुछ गुलाब ख़रीद लाते हैं। हम वे गुलाब उसके कमरे में रख देंगे।”

“लेकिन कब?”

“स्कूल के बाद।”

“लेकिन उससे क्या फ़ायदा, तब तक वह जा चुकी होगी। देखो, मैं नाश्ते के पहले जल्दी से खिसक जाऊँगी, और फूल यहाँ ले आऊँगी। फिर हम उनको उनके पास ले जाएँगे।”

“ठीक है, हमें जल्दी उठना होगा।”

उन्होंने अपने गुल्लकों की तलाशी ली। इस चीज़ ने उनको एक बार फिर लगभग ख़ुशी से भर दिया था कि वे मिस मन के सामने यह ज़ाहिर कर सकेंगी कि वे उसको कितना प्यार करती थीं। एकदम सुबह, हाथ में गुलाब

लिए उन्होंने मिस मन का दरवाज़ा खटखटाया। कोई जवाब नहीं मिला। यह सोचकर कि अध्यापिका सो रही होगी, उन्होंने अंदर झाँककर देखा। कमरा ख़ाली था; बिस्तर को देखकर लगता था कि उस पर रात में कोई सोया नहीं था। मेज़ पर दो ख़त रखे हुए थे। लड़कियाँ भौंचक थीं। क्या हुआ था?

"मैं सीधे माँ के पास जाऊँगी," बड़ी लड़की ने कहा।

उद्धत ढंग से, रत्ती भर भी डरे बिना, उसने अपनी माँ को इन शब्दों के साथ संबोधित किया :

"मिस मन कहाँ हैं?"

"मेरा ख़याल है, अपने कमरे में होगी।"

"कमरे में कोई नहीं है; वे रात में वहाँ सोई भी नहीं हैं। वे कल रात में ही कहीं चली गई होंगी। आपने हमें इस बारे में कुछ भी क्यों नहीं बताया?"

माँ ने उसके चुनौती भरे स्वर को शायद ही लक्ष्य किया हो। वह पीली पड़ गईं और उसने अपने पति को बुलाया, जो मिस मन के कमरे में गया।

वह कुछ देर वहीं रुका रहा, जिस दौरान लड़कियाँ अपनी माँ को उदास क्षोभ के भाव से देखती रहीं, और लगा जैसे वह उनसे नज़रें नहीं मिला पा रही थीं।

अब उनका पिता हाथ में एक खुला हुआ ख़त लिए वापस आया। वह भी क्षुब्ध था। माता-पिता अपने कमरे में चले गए और धीमे स्वर में बतियाने लगे। इस बार लड़कियाँ उनकी बातचीत सुनने की कोशिश करते हुए डर रही थीं। उन्होंने अपने पिता को उस रूप में कभी नहीं देखा था।

जब उनकी माँ बाहर आईं, तो उन्होंने देखा कि वह रो रही थीं। वे उससे सवाल करना चाहती थीं, लेकिन उसने तीख़े ढंग से कह दिया :

"तुरंत स्कूल जाओ, तुम्हें देर हो जाएगी।"

उनको जाना पड़ा। वे चार घंटे तक एक भी शब्द पर ध्यान दिए बिना कक्षा में बैठी रहीं। फिर वे घर की ओर भागीं। लगता था वहाँ हर किसी के दिमाग़ में कोई डरावना ख़याल बसा हुआ था। यहाँ तक कि नौकरों के चेहरों पर भी अजीब-सा भाव था। उनकी माँ उनसे मिलने आईं और सावधानी के साथ पहले से सोचे-विचारे गए लफ़्ज़ों में बोलने लगीं : "बच्चों, अब तुम मिस मन से कभी नहीं मिल पाओगी; उसने..." वाक्य अधूरा छोड़ दिया गया था। लड़कियों के चेहरे का भाव इतना उग्र, इतना धमकाने वाला

था कि उनकी माँ उनसे झूठ नहीं बोल सकीं। वह मुड़ीं और उन्होंने अपने कमरे जाकर पनाह ली।

उस दोपहर, ओटो सहसा प्रकट हुआ। उन दो ख़तों में से एक उसके लिए संबोधित था, और उसको तलब किया गया था। वह भी पीला पड़ा हुआ था और बेचैन था। उससे किसी ने बात नहीं की। हर किसी ने उससे किनारा कर लिया। कमरे के एक कोने में उदास बैठी लड़कियों को देखकर वह उनके पास गया। "तुम हमारे पास मत आना!" दोनों उसको आतंक के भाव से देखती हुई चीख़ीं।

कुछ देर वह वहीं आगे-पीछे होता रहा, और फिर ग़ायब हो गया। न तो लड़कियों से किसी ने बात की न वे ख़ुद भी एक दूसरे से बोलीं। वे इस कमरे से उस कमरे में निरुद्देश्य भटकती रहीं, और जब भी एक दूसरे के क़रीब से गुज़रतीं उनके आँसुओं से भीगे चेहरे एक दूसरे को ताकने लगते। वे अब सब कुछ जानती थीं। वे जानती थीं कि उनके साथ छल किया गया था; वे जानती थीं कि लोग कितने ओछे हो सकते थे। उनके मन में अपने माँ-बाप के प्रति प्रेम नहीं रह गया था। पिता या माँ पर अब उनका कोई भरोसा नहीं रह गया था। उनको यक़ीन था कि अब वे किसी पर भी भरोसा नहीं करेंगी। जीवन का सारा बोझ उनके नाज़ुक कंधों पर आ पड़ा था। उनका निश्चिंत, सुखद बचपन पीछे छूट गया था; अज्ञात भय उनकी प्रतीक्षा कर रहे थे। जो कुछ हो चुका था उसका पूरा अर्थ अभी भी उनकी पकड़ से बाहर था, लेकिन वे उसकी ख़तरनाक संभावनाओं से जूझ रही थीं। अपने अलगाव की इस घड़ी में वे एक दूसरे के क़रीब आ गई थीं, लेकिन यह एक गूँगा सहचर्य था, क्योंकि वे ख़ामोशी के उस तिलिस्म को नहीं तोड़ पा रही थीं। वे अपने बड़ों से पूरी तरह कट चुकी थीं। कोई नहीं था जो उन तक पहुँच बना सकता, क्योंकि उनकी आत्माओं के कपाट बंद हो चुके थे - शायद आने वाले कई वर्षों के लिए। अपने चारों ओर की हर चीज़ से उनकी लड़ाई जारी थी। क्योंकि, एक छोटे-से दिन में ही वे सहसा बड़ी हो गई थीं। देर शाम को जब तक वे अपने शयन-कक्ष में अकेली नहीं हो गईं, तब तक उनके भीतर एकाकीपन का बालसुलभ भय, उस मृत स्त्री का मँडराता हुआ भय, भयावह संभावनाओं का आतंक नहीं जागा। बेहद ठंड थी; अफ़रातफ़री के उस माहौल में गर्म करने वाले उपकरणों को चालू करने का किसी को ध्यान ही नहीं रहा था। एक दूसरे को ढाँढस बँधाने और गर्मी

की ख़ातिर वे दोनों एक ही बिस्तर पर एक दूसरे से सटकर लेट गईं। वे अभी भी अपनी तक़लीफ़ों पर बात करने में असमर्थ थीं। लेकिन आख़िरी में छोटी लड़की के दबे हुए जज़्बातों को उसकी आँखों से धाराप्रवाह बह निकले आँसुओं में राहत मिली, और फिर बड़ी का शरीर भी हिचकियों से काँपने लगा। इस तरह वे रोती हुईं एक दूसरे की बाँहों में लिपटी पड़ी रहीं। अब वे मिस मन के दुनिया से चले जाने पर विलाप नहीं कर रही थीं, न ही उनका विलाप अपने माँ-बाप से विलग हो जाने के कारण था। वे अंदर से हिली हुई थीं इस बात की संभावना से कि इस अज्ञात दुनिया में उनके साथ कुछ भी घटित हो सकता था - उस दुनिया में जिसकी वास्तविकता को उन्होंने पहली बार क़रीब से देखा था। वे उस जीवन से सहम उठी थीं जिसमें वे बड़ी हो रही थीं; उस जीवन से जो उनको अब डरावनी आकृतियों से भरे उस जंगल जैसा लग रहा था, जिसको उनको पार करना था। पर धीरे-धीरे उनकी यह उद्विग्नता उनके ख़यालों का विषय बनती गई; उनकी सिसकियाँ भी अब उतनी बेक़ाबू नहीं रहीं, और उनके बीच लंबे अंतराल आने लगे। अब उनकी साँसें समरस लय में शांत ढंग से चलने लगीं। फिर वे सो गईं।

बोर्डिंग हाउस

जेम्स जॉइस (आयरलैंड)

श्रीमती मूनी एक क़साई की बेटी थी। वह एक ऐसी स्त्री थी जो अपने दिल की बात दिल तक ही सीमित रखने में माहिर थी : मज़बूत इरादे वाली महिला। उसने अपने पिता के फ़ोरमेन से विवाह कर लिया था और स्प्रिंग गार्डन्स के क़रीब मांस बेचने की अपनी दुकान खोल ली थी। लेकिन जैसे ही उसके ससुर की मृत्यु हुई मिस्टर मूनी का नैतिक पतन शुरू हो गया। वह पीने लगा, तिज़ोरी से चोरी करने लगा, सिर से पैर तक क़र्ज़ में डूब गया। उससे शराब छोड़ देने की क़सम लेने का कोई अर्थ नहीं रह गया : कुछ ही दिन न होते और वह क़सम तोड़ देता। ग्राहकों की मौजूदगी में अपनी बीवी से झगड़ते हुए और ख़राब मांस की ख़रीदी करके उसने कारोबार को चौपट कर दिया। एक रात वह अपनी बीवी के पास मांस काटने का छुरा लेकर पहुँच गया और उसको पड़ोसी के घर में रात बितानी पड़ी। इसके बाद से वे अलग रहने लगे। वह पादरी के पास गई और उससे तलाक़ ले लिया। बच्चों की परवरिश की ज़िम्मेदारी भी उसने अपने हाथ में ले ली। वह उसके लिए न पैसे देती, न खाना देती और न घर में रहने के लिए जगह। वह सफ़ेद चेहरे और सफ़ेद मूँछ और गुलाबी डोरों से युक्त, सूखी छोटी-छोटी आँखों पर लकीर की तरह उभरी सफ़ेद भँवों वाला एक फटीचर झुककर चलता मामूली-सा पियक्कड़ होकर रह गया; और वह दिन भर किसी काम के इंतज़ार में सरकारी नाज़िर के कमरे में बैठा रहता।

श्रीमती मूनी बड़ी रौबदार महिला थी। उसने मांस बेचने के अपने कारोबार से बची रह गई रक़म की मदद से हार्डविक स्ट्रीट पर एक बोर्डिंग हाउस खोल लिया। उसका बोर्डिंग हाउस लिवरपूल और आइल ऑफ़ मेन से आने वाले पर्यटकों और, कभी-कभी, म्यूज़िक हाल्स से आने वाले कलाकारों से आबाद रहता। इसके स्थायी रहवासियों में शहर के क्लर्क शामिल थे। वह

अपने बोर्डिंग हाउस को चतुराई पूर्वक और दृढ़ता के साथ संचालित करती थी, जानती थी कि कब उधारी करना है, कब सख़्ती बरतना है, कब कोई आपत्ति नहीं करना है। सारे स्थायी आवासी नौजवान उसको मैडम कहकर पुकारते थे।

श्रीमती मूनी के नौजवान निवासी आवास और भोजन के लिए पंद्रह शिलिंग प्रति सप्ताह भुगतान करते थे (जिसमें डिनर के दौरान ली गई बियर या मदिरा का शुल्क शामिल नही होता था)। वे अपनी रुचियों और व्यवसाय में साझा करते थे और इसलिए वे एक दूसरे से गहरी अंतरंगता रखते थे। वे अपने प्रिय और बाहरी लोगों से हुई मुलाक़ातों की आपस में चर्चा करते। मैडम का बेटा जैक मूनी फ़्लीट स्ट्रीट में एक कमीशन एजेंट के यहाँ क्लर्क था, और उसकी एक सख़्त क़िस्म के आदमी के रूप में ख्याति थी। उसको सैनिकों की फूहड़ताओं का इस्तेमाल करने में आनंद आता था : सामान्य तौर पर वह देर रात को घर लौटता था। वह मिट्स में भी सिद्धहस्त था और हास्यपूर्ण गीत गाता था। इतवार की रातों को अक्सर श्रीमती मूनी के सामने वाले बैठक-कक्ष में मंडली जमा करती थी। म्यूज़िक हॉल के कलाकार शिरकत करते; और शेरीडन वाल्ट्ज़ और पोल्का और दूसरे गढ़े गए साज़ बजाता। मैडम की बेटी पोली मूनी भी गाया करती थी। उसने गाया :

आय एम अ नॉटी गर्ल
यू नीड नॉट शेम
यू नो आय एम।

पोली उन्नीस बरस की एक दुबली-पतली लड़की थी; उसके हल्के रेशमी बाल थे और छोटा भरा हुआ मुँह था। जब वह किसी से बात करती थी तो एक हरीतिमा लिए उसकी भूरी आँखें आदतन ऊपर की ओर उठ जाती थीं, जिससे वह एक छोटी-सी विकृत मैडोना जैसी लगती थी। श्रीमती मूनी ने पहले तो अपनी बेटी को टाइपिंग सीखने एक आढ़तिया के कार्यालय में भेजा लेकिन चूँकि उस कार्यालय में एक बदनामशुदा हाकिम का आदमी आया करता था जो उसकी बेटी से बतियाना चाहता था, इसलिए उसने अपनी बेटी को वहाँ से हटाकर घर के कामकाज में लगा दिया। चूँकि पोली काफ़ी चंचल स्वभाव की थी, इरादा यह था कि उसको नौजवानों का पूरा फ़ायदा उठाने का मौक़ा दिया जाए। इसके अलावा, नौजवानों को यह अहसास अच्छा लगता था कि

उनके क़रीब एक नवयौवना थी। पोली ज़ाहिर है नौजवानों को नखरे दिखाती थी, लेकिन श्रीमती मूनी एक कुटिल पारखी थी और वह जानती थी कि ये नौजवान महज़ अपना वक़्त काटते थे : उनमें से किसी की दिलचस्पी उसमें नहीं थी। लंबे समय तक ऐसा ही चलता रहा और श्रीमती मूनी पोली को एक बार फिर से टाइपराइटिंग के लिए भेजने के बारे में सोचने लगी लेकिन तभी उसने लक्ष्य किया कि पोली और एक नौजवान के बीच कुछ चल रहा था। उसने इस जोड़े पर निगाह रखनी शुरू कर दी और अपनी योजनाओं को गुप्त रखा।

पोली जानती थी कि उस पर निगाह रखी जा रही थी, लेकिन तब भी उसकी माँ की निरंतर ख़ामोशी को ग़लत नहीं समझा जा सकता था। माँ और बेटी के बीच कोई ज़ाहिरा मिलीभगत, कोई स्पष्ट सहमति नहीं रही थी लेकिन, बावजूद इसके कि बोर्डिंग हाउस के लोगों ने इस रिश्ते को लेकर बतियाना शुरू कर दिया था, श्रीमती मोनी ने कोई दख़लंदाज़ी नहीं की। पोली के व्यवहार में कुछ विचित्रता आने लगी और वह नौजवान साफ़ तौर पर परेशान दिखने लगा। आख़िरकार, जब श्रीमती मूनी को लगा कि सही वक़्त आ चुका है, तो उसने दख़ल दिया। वह नैतिक समस्याओं को उसी तरह बरतती थी जिस तरह क़साई माँस से बरतता है; और इस मामले में भी उसने अपना मन बना लिया।

वह शुरुआती गर्मियों के इतवार की एक चमकीली सुबह थी जो आने वाली गर्मी का संदेश दे रही थी, लेकिन ताज़ा हवा चल रही थी। बोर्डिंग हाउस की सारी खिड़कियाँ खुली हुई थीं और उनके खुले हुए पल्लों से लेसदार परदे गुब्बारों की तरह बाहर सड़क की ओर हल्के-हल्के तैर रहे थे। जॉर्ज की चर्च का घंटाघर लगातार झनझना रहा था और भक्तगण अकेले या समूह में चर्च के सामने के छोटे-से वृत्त में घूमते हुए जितना अपने दस्ताने युक्त हाथों में थमी छोटी-छोटी पुस्तिकाओं से उतना ही अपने संयमित व्यवहार से अपने उद्देश्य को उजागर कर रहे थे। बोर्डिंग हाउस में नाश्ता समाप्त हो चुका था और नाश्ते के कक्ष की मेज़ उन प्लेटों से ढँकी हुई थीं जिनपर सूअर के मांस की चर्बी और छिलकों के साथ अंडों की पीली धारियाँ पड़ी हुई थीं। श्रीमती मूनी बेंत की हत्थेदार कुर्सी पर बैठी नौकरानी मेरी को नाश्ते से संबंधित चीज़ें हटाती देख रही थी। उसने मेरी से छिलके और ब्रेड के टुकड़े हटवाए ताकि उनसे मंगलवार की ब्रेड पुडिंग तैयार की जा सके। जब मेज़ साफ़ हो

गई, ब्रेड के टुकड़े समेट लिए गए, शक्कर और मक्खन को ताले में बंद कर दिया गया, तो उसने पोली के साथ पिछली रात हुई बातचीत को मन ही मन दोहराना शुरू कर दिया। स्थितियाँ वैसी ही थीं जैसी उसने उनका अनुमान किया था : उसने बहुत स्पष्ट ढंग से सवाल किए थे और पोली भी अपने जवाबों के मामले में स्पष्ट रही थी। निश्चय ही दोनों ही थोड़ा असहज महसूस कर रहे थे। वह इस ख़बर को पर्याप्त लापरवाही के साथ लेने या उसके प्रति अनजान बने रहने की अपनी अनिच्छा के चलते असहज थी, तो पोली की असहजता की वजह मात्र यह नहीं थी कि इस क़िस्म के संकेत उसको हमेशा ही असहज बना देते थे बल्कि यह भी थी कि वह नहीं चाहती थी कि इस तरह सोचा जाता कि उसने अपनी अक़्लमंदी भरी मासूमियत में अपनी माँ की सहिष्णुता के परे जाकर उसके इरादे को भाँप लिया था।

जैसे ही श्रीमती मूनी को इस बात का अहसास हुआ कि जॉर्ज की चर्च की घंटियाँ बजनी बंद हो गई हैं, उसने सहज ही अग्निकोष्ठ की पट्टी पर रखी छोटी-सी सुनहरी घड़ी की ओर देखा। ग्यारह बजकर सतरह मिनट हो रहे थे : उसके पास इस मसले पर मि. डोरेन के साथ बातचीत करने के लिए ढेर सारा वक़्त होगा और फिर बारह बजे तक मार्लबोरो स्ट्रीट पर पहुँच जाएगी। उसको यक़ीन था कि उसकी जीत होगी। सबसे पहली बात तो यह थी कि सार्वजनिक मत का पूरा वज़न उसके पक्ष में था : वह एक उग्र माँ थी। उसने उसको अपनी छत के नीचे रहने की इजाज़त दी थी, यह मानकर कि वह एक सम्मानित व्यक्ति था, और उसने उसके आतिथ्य का दुरुपयोग किया था। वह चौंतीस या पैंतीस बरस की उम्र का था, इसलिए जवानी के जोश की आड़ नहीं ली जा सकती थी; न ही नादानी का बहाना किया जा सकता था क्योंकि वह एक मर्द था जिसने दुनिया का तजुरबा हासिल किया हुआ था। उसने महज़ पोली की नौजवानी और अनाड़ीपन का फ़ायदा उठाया था; यह बात साफ़ थी। सवाल ये था : अब वह इसकी क्षतिपूर्ति कैसे करेगा?

इस तरह के मामलों में क्षतिपूर्ति अनिवार्य है। मर्द के लिए यह बहुत आसान है : वह मज़े लूटने के बाद इस तरह कन्नी काटकर निकल जा सकता है जैसे कुछ हुआ ही न हो, लेकिन भोगना तो लड़की को पड़ेगा। कुछ माँएँ कुछ रक़म लेकर मामले को रफ़ा-दफ़ा करने में संतोष पा लेती हैं; उसे ऐसे मामलों की जानकारी रही है। लेकिन वह ऐसा नहीं करेगी। उसके लिए तो उसकी बेटी की इज़्ज़त की क्षति की भरपाई एक ही चीज़ से हो सकती है : शादी।

मेरी को मि. डोरेन के कमरे में भेजकर उसे यह संदेश देने के पहले कि वह उससे कुछ ज़रूरी बात करना चाहती थी उसने अपने पत्तों का अच्छी तरह हिसाब लगा लिया। उसको यक़ीन था कि उसकी जीत होगी। वह एक संजीदा नौजवान था, वह कोई अय्याश या दूसरों की तरह का बड़बोला इंसान नहीं था। अगर उसकी जगह मि. शेरिडन या मि. मीड या बेंटम होते तो उसका काम कहीं ज़्यादा मुश्किल होता। उसको नहीं लगता था कि वह सार्वजनिक प्रचार का सामना करना चाहेगा। बोर्डिंग हाउस में रहने वाले सारे लोग इस रिश्ते के बारे में किसी हद तक जानते थे; कुछ लोगों ने इसके ब्यौरे गढ़ लिए थे। इसके अलावा, वह एक बहुत बड़े कैथोलिक वाइन-मर्चेंट के ऑफ़िस में पिछले तेरह साल से नौकरी कर रहा था और इस मामले के सार्वजनिक प्रचार से शायद उसकी नौकरी भी जा सकती थी। जबकि अगर वह राज़ी हो जाता है तो सब कुछ ठीक हो जा सकता है। वह जानती थी कि सबसे पहले तो उसकी पगार अच्छी ख़ासी थी और उसका अनुमान था कि उसने कुछ बचत भी कर रखी होगी।

क़रीब आधा घंटा! वह उठ खड़ी हुई और आईने के सामने अपना मुआयना किया। अपने भव्य चेहरे की निर्णायक भंगिमा ने उसको संतुष्ट किया और उसने उन कुछ माँओं के बारे में सोचा जिनको वह जानती थी जो अपनी बेटियों को अपने हाथ से नहीं निकल जाने दे सकती थीं।

मि. डोरेन निश्चय ही इस इतवार की सुबह बहुत उद्विग्न था। उसने अपनी हज़ामत बनाने की दो बार कोशिश की थी लेकिन उसके हाथ इतने अस्थिर हो रहे थे कि उसको इरादा त्याग देना पड़ा था। तीन दिन की ललछौंही दाढ़ी उसके जबड़ों पर फैली हुई थी और हर दूसरे तीसरे मिनट पर उसके चश्मे पर धुंध जमा हो रही थी जिससे उसको उसे उतारकर अपनी जेब के रूमाल से साफ़ करना पड़ रहा था। पिछली रात उसने जो पाप-स्वीकार किया था उसकी याद उसके लिए गहरी पीड़ा का सबब बनी हुई थी; पादरी ने इस रिश्ते का एक-एक ब्यौरा उसके मुँह से उगलवा लिया था और अंत में उसके पाप को इतना बढ़ाचढ़ा कर पेश किया था कि वह इस बात के लिए क़रीब-क़रीब शुक्रगुज़ार था कि बचाव के रास्ते के तौर पर उसने उसको क्षतिपूर्ति का सुझाव दिया था। क्षति तो हो चुकी थी।

अब वह सिवा इसके और क्या कर सकता था कि या तो उससे विवाह कर लेता या भाग खड़ा होता? वह इस तरह आचरण नहीं कर सकता था

कि वह अपनी इस करतूत से लज्जित नहीं था। मामले की सार्वजनिक चर्चा होनी तय थी और जिस व्यक्ति ने उसको नौकरी पर रखा हुआ था उसके कानों तक यह ख़बर पहुँचना निश्चित था। डब्लिन बहुत छोटा-सा शहर है : हर कोई हर किसी के मामलों की जानकारी रखता है। उसका कलेजा उछलकर उसके गले में अटक गया जब उसने अपनी उत्तेजित कल्पना में मि. लियोनार्द को कर्कश आवाज़ में पुकारते सुना कि मि. डोरेन को यहाँ भेजिए, प्लीज़।

उसकी नौकरी के इतने बरस यूँ ही बरबाद हो गए! जवानी के दिनों में उसने बेशक बहुत गुलछर्रे उड़ाए थे; उसने अपने उन्मुक्त विचारों की डींगें हाँकी थीं और अपने साथियों के सामने ईश्वर के अस्तित्व तक से इंकार किया था। लेकिन वे बीते हुए ज़माने की बातें हो चुकी थीं... क़रीब-क़रीब। वह अभी भी हर हफ़्ते *रेमंड्स न्यूज़पेपर* की प्रति ख़रीदा करता था लेकिन वह अपने धार्मिक कर्त्तव्य भी पूरे करता था और साल के ज़्यादातर दिन एक नियमित जीवन जीता था। उसके पास मामले को रफ़ा-दफ़ा करने के लिए पर्याप्त पैसा था; ऐसी बात नहीं थी। लेकिन उस लड़की का परिवार उसको नीची नज़रों से देखेगा। सबसे पहले तो उसका बदनाम बाप था और फिर उसकी माँ का बोर्डिंग हाउस एक ख़ास तरह की कुख्याति हासिल कर रहा था। उसके मन में यह धारणा बन गई थी कि उसको ठगने की कोशिश की जा रही थी। वह कल्पना कर सकता था कि किस तरह उसके दोस्त इस मसले की चर्चा कर रहे होंगे और हँस रहे होंगे। वह थोड़ी गँवारू थी; कभी-कभी वह व्याकरण की अशुद्धियाँ करती थी। लेकिन अगर वह उसको वाक़ई प्रेम करता था, तो व्याकरण से क्या फ़र्क़ पड़ता था? वह अपना मन नहीं बना पा रहा था कि उसने जो कुछ किया था उसके चलते वह उसको पसंद करे या उससे नफ़रत करे। बेशक, किया तो उसने भी था। उसकी सहज बुद्धि उससे कहती थी कि आज़ाद रहो, विवाह मत करो; एक बार तुमने विवाह कर लिया तो फिर बरबाद हो जाओगे।

जिस वक़्त वह कमीज़ और पतलून पहने अपने बिस्तर के एक कोने में असहाय बैठा था उसने उसके दरवाज़े को हल्का-सा थपथपाया और अंदर आ गई। उसने उसको सब कुछ बता दिया, कि उसने अपनी माँ के सामने अपना दिल खोकर रख दिया था और यह कि उसकी माँ उसी सुबह उससे बात करने वाली थी। वह रो पड़ी और अपनी बाँहें उसके गले में लपेटती हुई बोली :

"ओ बॉब! बॉब! मैं क्या करूँ? मैं आख़िर क्या करूँ?"

वह अपने आपको ख़त्म कर देगी, उसने कहा। उसने उसको कमज़ोर से ढंग से सांत्वना देते हुए कहा कि वह रोये न, कि सब कुछ ठीक हो जाएगा, डरने की ज़रूरत नहीं। वह अपने सीने पर उसके वक्ष-स्थल के आलोड़न को महसूस कर रहा था।

जो कुछ हो गया था उसमें पूरी तरह से उसकी ग़लती नहीं थी। उसे अच्छी तरह से याद था कि किस तरह लापरवाह ढंग से उसकी पोशाक ने, उसकी साँसों ने, उसकी अँगुलियों ने उसको अक्सर छुआ था। फिर एक रात जब वह बिस्तर पर जाने के पहले अपने कपड़े उतार रहा था, उसने उसके दरवाज़े को हल्के-से थपथपाया था। उसकी मोमबत्ती हवा के झोंके से बुझ गई थी और इसलिए वह उसको अपनी मोमबत्ती से जलाना चाहती थी। वह उसके नहाने की रात थी। उसने छापे के फ़लालेन की एक ढीली ढाली-सी जैकेट पहन रखी थी। उसकी रोयेंदार चप्पलों से उसके पैर के ऊपरी हिस्से झाँक रहे थे और उसकी सुगंधित त्वचा अपनी रक्तिम आभा में चमक रही थी। जब वह अपनी मोमबत्ती जला रही थी तब उसकी हथेलियों और कलाइयों से भी भीनी-भीनी ख़ुशबू आ रही थी।

किन्हीं रातों को जब वह देर से लौटता था तो वही थी जो उसका खाना गरम करती थी। उस उनींदे बोर्डिंग हाउस में रात के समय उसको अपनी बग़ल में बैठा हुआ महसूस करते हुए उसे होश ही नहीं रहता था कि वह क्या खा रहा होता था। और उसकी चिंता! अगर रात किसी तरह ठंडी, या नम या हवादार होती तो पक्के तौर पर वहाँ उसके लिए मदिरा का एक गिलास तैयार रहता। मुमकिन है कि वे साथ-साथ सुख से रह सकें...

वे अपने-अपने हाथों में मोमबत्तियाँ थामे दबे पाँव सीढ़ियाँ चढ़ते थे और तीसरी मंज़िल पर पहुँचकर बेमन से गुडनाइट कहा करते थे। वे एक दूसरे का चुंबन लिया करते थे। उसे अच्छी तरह याद थी उसकी आँखों की, उसके हाथों की छुअन की और अपनी बेसुधी की... लेकिन बेसुधी बीत जाती है। उसने उसके द्वारा बोले गए शब्दों को अपने ऊपर लागू करते हुए दोहराया : मैं क्या करूँ? उसके कौमार्य की सहज बुद्धि उसको अपने क़दम रोकने की चेतावनी देती थी। लेकिन पाप वहाँ मौजूद था; यहाँ तक कि उसके आत्म-सम्मान का बोध उससे यही कहता था कि इस पाप की क्षतिपूर्ति अनिवार्य है।

वह उसके साथ बिस्तर की बग़ल में बैठा हुआ था कि तभी मेरी ने दरवाज़े पर आकर उससे कहा कि मालकिन उससे बैठक-कक्ष में मिलना चाहती थीं। वह पहले से भी ज़्यादा लाचार भाव से अपना कोट और वेस्टकोट पहनने उठ खड़ा हुआ। जब उसने कपड़े पहन लिए तो वह सांत्वना देने उसके क़रीब गया। सब ठीक हो जाएगा, डरो मत। वह उसको बिस्तर पर रोता हुआ और हल्की आवाज़ में 'हे ईश्वर!' की पुकार लगाता छोड़कर चला गया।

सीढ़ियों से नीचे उतरते हुए उसका चश्मा नमी की वजह से इतना धुँधला हो गया कि उसको उसे उतारकर साफ़ करना पड़ा। उसका मन कर रहा था कि वह छत से कूदकर किसी दूसरे देश में भाग जाए जहाँ उसको फिर कभी इस मुश्किल का सामना न करना पड़े। तब भी कोई शक्ति थी जो उसको एक-एक सीढ़ी नीचे की ओर धकेलती जा रही थी। उसको नौकरी देने वाले उसके मालिक और मैडम के कठोर चेहरे उसकी घबराहट को घूर रहे थे। आख़िरी सीढ़ियों पर वह जैक मूनी की बग़ल से होकर गुज़रा जो बास की दो बोतलें थामे रसोईघर से ऊपर जा रहा था। उन्होंने उदासीन ढंग से एक दूसरे का अभिवादन किया; और इस प्रेमी की निगाहें एक-दो पलों के लिए एक भारीभरकम बुलडॉग चेहरे और एक जोड़ा मोटी नाटी बाँहों पर टिकी रहीं। जब वह सीढ़ी के नीचे पहुँच गया तो उसने मुड़कर ऊपर देखा और पाया कि जैक कमरे के दरवाज़े पर खड़ा उसको घूर रहा था।

सहसा उसे उस रात की याद हो आई जब म्यूज़िक हॉल के एक कलाकार, एक नाटे ब्लॉण्ड लंदनवासी, ने पोली की ओर किंचित अश्लील इशारा किया था। वह जमावड़ा जैक के उत्पात की वजह से ही क़रीब-क़रीब भंग हुआ था। हर किसी ने उसको शांत करने की कोशिश की थी। म्यूज़िक हॉल का वह कलाकार, जो सामान्य से कुछ ज़्यादा पीला पड़ गया था, बराबर मुस्कराते हुए कहे जा रहा था कि उसका इरादा बुरा नहीं था; लेकिन जैक उस पर चिल्लाए जा रहा था कि अगर किसी ने भी उसकी बहन के साथ उस तरह का खिलवाड़ करने की जुर्रत की तो वह उसकी जान ले लेगा।

पोली कुछ देर बिस्तर के एक कोने में रोती हुई बैठी रही। फिर उसने अपनी आँखें पोंछीं और आईने के सामने जा खड़ी हुई। उसने तौलिये के छोर को पानी के जग में डुबाया और ठंडे पानी से अपनी आँखें साफ़ कीं। उसने अपने चेहरे को बग़ल से देखा और अपने कान के ऊपर के एक हेयरपिन को ठीक से लगाया। इसके बाद वह फिर से बिस्तर पर वापस चली

गई और उसके पायताने बैठ गई। वह देर तक तकियों को देखती रही और उनको देखकर उसके दिमाग़ में गुप्त प्रिय स्मृतियाँ जाग उठीं। उसने अपनी गर्दन का पिछला भाग पलंग की लोहे की ठंडी पट्टी पर टिका दिया और ख़यालों में खो गई। अब उसके चेहरे पर किसी तरह का क्षोभ दिखाई नहीं दे रहा था।

वह धीरज के साथ, बिना किसी चेतावनी के लगभग ख़ुशनुमा ढंग से इंतज़ार करने लगी। उसकी स्मृतियाँ धीरे-धीरे उम्मीदों और भविष्य की कल्पनाओं को जगह देने लगीं। उसकी उम्मीदें और कल्पनाएँ इस क़दर पेचीदा थीं कि उसे अब वे सफ़ेद तकिये दिखाई नहीं दे रहे थे जिनपर उसकी निगाहें टिकी हुई थीं। न ही उसको यह याद रह गया था कि वह किसी चीज़ की प्रतीक्षा कर रही थी। अंत में उसको अपनी माँ की पुकार सुनाई दी। वह उठ खड़ी हुई और जंगले की ओर भागी।

"पोली! पोली!"

"हाँ मामा?"

"नीचे आओ, डियर। मि. डोरेन तुमसे बात करना चाहते हैं।"

तब उसे याद आया कि वह किस चीज़ का इंतज़ार कर रही थी।

विधि के समक्ष

फ़्रांत्ज़ काफ़्का (वर्तमान चेक रिपब्लिक)

विधि के समक्ष एक द्वारपाल खड़ा है। इस द्वारपाल के पास एक ग्रामीण आता है और उससे विधि के भीतर प्रवेश के लिए प्रार्थना करता है। लेकिन द्वारपाल कहता है कि वह उसे फ़िलहाल प्रवेश की अनुमति नहीं दे सकता। वह आदमी उसकी बात पर विचार करता है और फिर पूछता है कि क्या बाद में उसे अंदर जाने दिया जाएगा। "हो सकता है," द्वारपाल कहता है, "लेकिन अभी नहीं।" चूँकि दरवाज़ा, हमेशा की तरह, खुला हुआ है और द्वारपाल एक ओर को हट जाता है, वह आदमी अंदर की झलक पाने के लिए झुककर दरवाज़े में झाँकता है। यह देख द्वारपाल हँसता है और कहता है : "अगर यह तुम्हें इतना ही आकर्षित कर रहा है तो मेरे मना करने के बावजूद ज़रा भीतर जाकर देखो। लेकिन ध्यान रहे : मैं शक्तिशाली हूँ। मैं तो सबसे छोटा द्वारपाल हूँ। एक हॉल से दूसरे हॉल तक एक के बाद दूसरा द्वारपाल मौजूद है जिनमें से प्रत्येक पिछले के मुक़ाबले ज़्यादा शक्तिशाली है। तीसरा ही द्वारपाल इतना भयानक है कि मुझ तक में उसकी ओर देखने का साहस नहीं है।"

ग्रामीण को इन कठिनाइयों का अंदाज़ा नहीं रहा है; उसका ख़याल है कि विधि को हर समय हर व्यक्ति की पहुँच में होना चाहिए, किंतु अब जबकि वह फ़र का कोट पहने, बड़ी तीख़ी नाक और लंबी, पतली, काली तातारी दाढ़ी वाले इस द्वारपाल को क़रीब से देखता है तो फ़ैसला करता है कि जब तक उसे प्रवेश की अनुमति नहीं मिलती तब तक इंतज़ार करना ही बेहतर होगा। द्वारपाल उसे एक स्टूल देता है और उसको दरवाज़े के एक ओर बैठ जाने देता है। वहाँ वह वर्षों बैठा रहता है। वह प्रवेश पाने की अनेक कोशिशें करता है और बारबार के अपने आग्रह से द्वारपाल को परेशान कर देता है। द्वारपाल उससे छोटे-मोटे सवाल करता रहता है, उससे उसके घर और कई दूसरी चीज़ों के बारे में पूछता रहता है, लेकिन ये सवाल तटस्थ भाव से पूछे गए होते हैं, जैसे महान लोग पूछते हैं, और जिनकी तान हमेशा इस बात पर

टूटती है कि उसको अभी प्रवेश नहीं दिया जा सकता। यह आदमी जो अपनी यात्रा के लिए बहुत-सी चीज़ें साथ बाँधकर लाया है, अपनी हर क़ीमती से क़ीमती चीज़ द्वारपाल को घूस देने में गँवा डालता है। यह कर्मचारी सब कुछ लेता जाता है, हमेशा यह कहते हुए : “मैं यह सब इसलिए स्वीकार किए ले रहा हूँ ताकि तुम यह न सोचो कि तुमने कोई कसर तो नहीं रख छोड़ी है।”

इन तमाम वर्षों में यह आदमी लगभग निरंतर अपना ध्यान द्वारपाल पर केंद्रित रखता है। दूसरे द्वारपालों को वह भूल जाता है, और यह पहला ही उसे विधि तक पहुँचने से रोकने वाली एकमात्र बाधा प्रतीत होता है। शुरुआती वर्षों में वह अपने दुर्भाग्य को बेबाक और मुखर रूप से कोसता है, बाद में, जब वह बूढ़ा हो जाता है, भीतर ही भीतर बुड़बुड़ाता रहता है। वह बच्चों जैसा हो जाता है, और चूँकि द्वारपाल पर वर्षों ध्यान गड़ाए रखने के कारण वह उसके फ़र कोट के कॉलर के पिस्सुओं तक को जानने लगा है, वह इन पिस्सुओं तक से गुज़ारिश करता है कि वे उसकी मदद करें और द्वारपाल के निश्चय को बदल दें। आख़िरकार उसकी दृष्टि का कमज़ोर होना शुरू हो जाता है और वह समझ नहीं पाता कि संसार में वाक़ई अँधेरा है या उसकी आँखें उसे धोखा दे रही हैं। फिर भी अपनी इस अंधता में वह उस दीप्ति के प्रति सजग है जो विधि के दरवाज़े से अच्युत प्रवाहित हो रही है। अब वह ज़्यादा वक़्त तक जीवित रहने वाला नहीं है। मरने से पहले, इन लंबे वर्षों के उसके तमाम अनुभव एक बिंदु पर आकर ठहर जाते हैं, एक प्रश्न पर जो उसने अब तक द्वारपाल से नहीं पूछा है। क्योंकि अपनी अकड़ती हुई देह को खड़ा कर पाना उसके लिए संभव नहीं रह गया है, वह उसे इशारे से अपने क़रीब बुलाता है। द्वारपाल को उसकी ओर झुकना पड़ता है क्योंकि दोनों के बीच की लंबाई का फ़र्क़ ग्रामीण के दुर्भाग्य से काफ़ी उलटा हो गया है। “अब तुम क्या जानना चाहते हो?” द्वारपाल पूछता है, “तुम कभी संतुष्ट नहीं हो सकते।” आदमी कहता है, “हर कोई विधि तक पहुँचने के लिए व्यग्र रहता है, फिर ऐसा क्यों है कि इन तमाम वर्षों में मेरे सिवा किसी ओर ने प्रवेश के लिए याचना नहीं की?” द्वारपाल जान जाता है कि आदमी का अंत आ गया है, और इसलिए कि उसकी विफल होती इंद्रियाँ शब्दों को ग्रहण कर सकें, वह उसके कान में चीख़ता है : “किसी दूसरे आदमी को यहाँ कभी प्रवेश दिया ही नहीं जा सकता था, क्योंकि यह दरवाज़ा केवल तुम्हारे लिए ही बनाया गया था। अब मैं इसे बंद करने जा रहा हूँ।”

सफ़ेद हाथियों जैसी पहाड़ियाँ

अर्नेस्ट हेमिंग्वे (अमेरिका)

एब्रो घाटी के उस तरफ़ की पहाड़ियाँ लंबी और सफ़ेद थीं। इस तरफ़ न कोई छाया थी, न पेड़ और स्टेशन धूप में दो रेल लाइनों के बीच था। क़रीब ही स्टेशन की बग़ल में उससे लगी हुई इमारत की ऊष्म छाया थी और बाँस के गुटकों की लड़ियों से बना एक परदा था, जो मक्खियों से बचाने के लिए बार के खुले दरवाज़े पर लटक रहा था। वह अमेरिकी और उसके साथ वाली लड़की इमारत के बाहर की छाया में एक टेबल के पास बैठे हुए थे। बहुत गर्मी थी और बार्सिलोना से आ रही एक्सप्रेस को आने में अभी चालीस मिनट बाक़ी थे। वह इस जंक्शन पर दो मिनट रुकती थी और फिर मैड्रिड के लिए रवाना हो जाती थी।

"हम क्या पिएँ?" लड़की ने पूछा। उसने अपना टोप उतार लिया था और उसको टेबल पर रख दिया था।

"ख़ासी गर्मी है," आदमी ने कहा।

"हम बियर पीते हैं।"

"दो बियर," आदमी ने स्पेनी भाषा में कहा।

"बड़ी?" दरवाज़े से एक औरत ने पूछा।

"हाँ, दो बड़ी।"

औरत बियर के दो गिलास और दो फ़ेल्ट पैड लेकर आ गई। उसने फ़ेल्ट पैड और गिलास टेबल पर रख दिए और आदमी तथा लड़की की ओर देखा। लड़की पहाड़ियों की क़तार की ओर देख रही थी। वे धूप में सफ़ेद चमक रही थीं और देहात भूरा और सूखा था।

"वे सफ़ेद हाथियों जैसी दिखती हैं," लड़की ने कहा।

"मैंने ऐसा हाथी कभी नहीं देखा," आदमी ने अपनी बियर पी।

"नहीं, तुमने नहीं देखा होगा।"

"मैंने देखा हो सकता था," आदमी ने कहा। "महज़ इसलिए कि तुम्हारा कहना है मैंने नहीं देखा होगा, इससे कुछ भी सिद्ध नहीं होता।"

लड़की ने गुटकों के परदे की ओर देखा। "उन्होंने इस पर कुछ लिखा हुआ है," उसने कहा। "इसका क्या मतलब है?"

"एनीस डि टोरो। यह एक पेय है।"

"क्या हम लेकर देखें?"

आदमी ने परदे के पीछे से आवाज़ लगाई, "सुनिए।" औरत बार से निकल कर आई।

"चार रियल्स हुए।"

"हमें दो एनीस डेल टोरो चाहिए।"

"पानी के साथ?"

"तुम पानी के साथ लेना चाहती हो?"

"मैं नहीं जानती," लड़की ने कहा। "क्या पानी के साथ ठीक रहेगी?"

"ठीक रहेगी।"

"आप पानी के साथ लेना चाहते हैं?" औरत ने पूछा।

"हाँ, पानी के साथ।"

"इसका स्वाद मुलैठी जैसा है," लड़की ने कहा और गिलास नीचे रख दिया।

"ऐसा हर चीज़ के साथ होता है।"

"हाँ," लड़की ने कहा। "हर चीज़ मुलैठी का स्वाद देती है। ख़ासतौर से वे तमाम चीज़ें जिनका तुमने बहुत लंबा इंतज़ार किया होता है, जैसे कि चिरायता।"

"ओह, अब इसे बंद करो।"

"शुरुआत तुमने की," लड़की ने कहा। "मैं तो आनंद ले रही थी। मेरा वक़्त मज़े में बीत रहा था।"

"ख़ैर, हम कोशिश करते हैं और मज़े लेते हैं।"

"ठीक है। मैं कोशिश कर रही थी। मैंने कहा था कि पहाड़ सफ़ेद हाथियों जैसे दिख रहे हैं। क्या वह अच्छा नहीं था?"

"वह अच्छा था।"

"मैं इस नई शराब को पीकर देखना चाहती थी। बस हम वही करें, नहीं - चीज़ों को देखें और नई शराब पीकर देखें?"

"मेरा भी यही ख़याल है।"

लड़की ने सिर उठाकर पहाड़ियों की ओर देखा।

"ये बहुत ख़ूबसूरत पहाड़ियाँ हैं।" लड़की ने कहा। "वे दरअसल सफ़ेद हाथियों जैसी नहीं दिखतीं। मेरा इशारा पेड़ों के रास्ते दीखते उनके रंग की ओर था।"

"हम एक ड्रिंक और लें?"

"ठीक है।"

गुटकों से बना परदा गर्म हवा में हिलकर टेबल से टकरा रहा था।

"बियर अच्छी और ठंडी है," आदमी ने कहा।

"बहुत प्यारी है," लड़की ने कहा।

"ये बहुत ही सरल ऑपरेशन है, जिग," आदमी ने कहा। "सच पूछो तो ये ऑपरेशन है ही नहीं।"

लड़की उस ज़मीन की ओर देखने लगी जिसपर टेबल के पाये टिके हुए थे।

"मैं जानता हूँ तुम इसका बुरा नहीं मानोगी, जिग। ये वाक़ई कुछ भी नहीं है। ये महज़ हवा को अंदर आने देना है।"

लड़की ने कुछ नहीं कहा।

"मैं तुम्हारे साथ चलूँगा और पूरे वक़्त तुम्हारे साथ रहूँगा। वे महज़ हवा को अंदर आने देंगे और इसके बाद सब कुछ एकदम सहज होगा।"

"फिर इसके बाद हम क्या करेंगे?"

"इसके बाद हम मज़े में होंगे। जैसे हम पहले थे।"

"तुमको ऐसा क्यों लगता है?"

"ये एकमात्र चीज़ है जो हमको परेशान करती है। ये अकेली चीज़ है जिसने हमारा सुख छीन रखा था।"

लड़की गुटकों से बने परदे को ताकने लगी, उसने अपना हाथ बढ़ाया और उसकी दो लड़ियों को थाम लिया।

"और तुम सोचते हो कि इसके बाद हमारे साथ सब कुछ ठीक हो जाएगा और हम सुखी होंगे?"

"मैं हम दोनों को ठीक से समझता हूँ। तुमको डरने की ज़रूरत नहीं है। मैं ढेरों ऐसे लोगों को जानता हूँ जिन्होंने यह (गर्भपात) कराया है।"

"जानती तो मैं भी हूँ," लड़की ने कहा। "और बाद में वे सब कितने सुखी थे।"

"बहरहाल," आदमी ने कहा, "अगर तुम नहीं चाहती तो कोई ज़रूरत नहीं है। अगर तुम नहीं चाहती तो मैं तुम्हारे ऊपर दबाव नहीं डालूँगा। लेकिन इतना मैं जानता हूँ कि यह एकदम आसान है।"

"और तुम वाक़ई चाहते हो?"

"मैं समझता हूँ कि यही सबसे अच्छा होगा। लेकिन अगर तुम वाक़ई नहीं चाहती तो मैं नहीं चाहता कि तुम कराओ।"

"और अगर मैं कराती हूँ तो तुम ख़ुश होगे और सब कुछ पहले जैसा होगा और तुम मुझे प्रेम करोगे?"

"मैं तुम्हें अब भी प्रेम करता हूँ। तुम जानती हो मैं तुम्हें प्रेम करता हूँ।"

"मैं जानती हूँ। लेकिन अगर मैं ये करती हूँ, और मैं कहती हूँ कि चीज़ें सफ़ेद हाथियों जैसी हैं तो ये फिर से ठीक होगा, और तुम इसको पसंद करोगे?"

"मैं इसे बहुत पसंद करूँगा। मुझे ये अभी भी पसंद है लेकिन मैं इसके बारे में सोच भी नहीं सकता। तुम जानती हो कि जब मैं परेशान होता हूँ तो मेरे साथ क्या होता है।"

"अगर मैं यह कर लेती हूँ तो फिर तुम कभी परेशान नहीं होगे?"

"मैं इसको लेकर परेशान नहीं हूँ क्योंकि यह एकदम आसान है।"

"फिर मैं यह करूँगी। क्योंकि मुझे अपनी परवाह नहीं है।"

"मतलब?"

"मुझे अपनी परवाह नहीं है।"

"पर, मैं तुम्हारी परवाह करता हूँ।"

"ओह, हाँ। लेकिन मुझे अपनी परवाह नहीं है। मैं इसे करूँगी और सब कुछ ठीक हो जाएगा।"

"अगर तुम इस तरह सोचती हो तो मैं नहीं चाहता कि तुम करो।"

लड़की खड़ी हो गई और स्टेशन के छोर तक चली गई। उस पार, दूसरी तरफ़ अनाज के खेत और इब्रो के किनारे-किनारे पेड़ थे। दूर, नदी से परे, पर्वत थे। बादलों की छाया अनाज के खेतों पर से गुज़र रही थी और लड़की वृक्षों के रास्ते नदी को देखने लगी।

"और हमारे पास यह सब कुछ हो सकता था," लड़की ने कहा। "और हमारे पास हर चीज़ हो सकती थी। हर दिन हम इसको और भी नामुमकिन करते जाते हैं।"

"क्या कहा तुमने?"

"मैंने कहा हमारे पास हर चीज़ हो सकती थी।"

"हमारे पास हर चीज़ हो सकती है।"

"नहीं, नहीं हो सकती।"

"हमारे पास पूरी दुनिया हो सकती है।"

"नहीं, नहीं हो सकती।"

"हम हर कहीं जा सकते हैं।"

"नहीं, हम नहीं जा सकते। अब यह हमारा नहीं रहा।"

"ये हमारा है।"

"नहीं, नहीं है। एकबारगी वे जैसे ही उसको छीन लेते हैं, वह तुमको कभी वापस नहीं मिलेगा।"

"लेकिन उन्होंने उसको छीना नहीं है।"

"हम इंतज़ार करेंगे और देखेंगे।"

"छाया में वापस आ जाओ। तुमको इस तरह महसूस नहीं करना चाहिए।"

"मैं किसी तरह भी महसूस नहीं करती," लड़की ने कहा। "मैं चीज़ों को समझती भर हूँ।"

"मैं नहीं चाहता कि तुम ऐसा कुछ भी करो जो तुम नहीं चाहती-"

"न ही यह मेरे लिए ठीक है," लड़की ने कहा। "मैं जानती हूँ। क्या हम एक और बियर ले सकते हैं?"

"ठीक है। लेकिन तुम्हें समझना चाहिए-"

"मैं समझती हूँ," लड़की ने कहा। "क्या ये मुमकिन नहीं कि हम बात करना बंद कर दें?"

वे मेज़ पर बैठ गए और लड़की पहाड़ियों के पार घाटी के सूखे हिस्से की ओर देखने लगी और आदमी उसको और टेबल को देखने लगा।

"तुमको यह समझना चाहिए," आदमी ने कहा, "कि अगर तुम नहीं चाहती तो मैं नहीं चाहता कि तुम ये करो। अगर तुम्हारे लिए इसका कोई मतलब है तो मैं इसके लिए पूरी तरह से तैयार हूँ।"

"क्या तुम्हारे लिए इसका कोई मतलब नहीं है? हम जारी रख सकते थे।"

"बेशक मतलब है। लेकिन मैं तुम्हारे अलावा और किसी को नहीं चाहता। मैं और किसी को नहीं चाहता। मैं जानता हूँ कि यह एकदम आसान है।"

"हाँ, तुम जानते हो कि यह एकदम आसान है।"

"तुम्हारे लिए यह कहना एकदम ठीक है, लेकिन मैं इसे समझता हूँ।"

"क्या तुम मेरे लिए एक काम करोगे?"

"मैं तुम्हारे लिए कुछ भी करूँगा।"

"क्या तुम प्लीज़ प्लीज़ प्लीज़ प्लीज़ प्लीज़ प्लीज़ प्लीज़ बात करना बंद करोगे?"

उसने कुछ नहीं कहा, सिर्फ़ स्टेशन की दीवार से टिके हुए बैगों को देखता रहा। उनपर उन तमाम होटलों के लेबल चिपके हुए थे जहाँ पर उन्होंने रातें बिताई थीं।

"लेकिन मैं नहीं चाहता कि तुम करो," आदमी ने कहा। "मुझे इसकी कोई परवाह नहीं।"

"मैं चिल्लाने लगूँगी," लड़की ने कहा।

औरत बियर के दो गिलास लिए हुए परदे के पीछे से आई और उनको उसने नम फ़ेल्ट पैडों पर रख दिया। "ट्रेन पाँच मिनट में आने वाली है," उसने कहा।

"उसने क्या कहा?" लड़की ने पूछा।

"ये कि ट्रेन पाँच मिनट में आने वाली है।"

लड़की औरत को धन्यवाद देने उसकी ओर देखकर उल्लसित ढंग से मुस्कराई।

"बेहतर होगा कि मैं बैगों को स्टेशन के दूसरी तरफ़ ले जाऊँ," आदमी ने कहा। वह उसकी ओर देखकर मुस्कराई।

"ठीक है। फिर वापस आ जाओ और हम अपनी बियर ख़त्म करेंगे।"

उसने दोनों भारी बैग उठाए और उनको स्टेशन को घेरता हुआ दूसरी पटरी तक ले गया। उसने पटरियों की ओर देखा लेकिन उसको ट्रेन दिखाई नहीं दे सकी। वापस आते हुए, वह बाररूम से होकर गुज़रा जहाँ लोग ट्रेन का इंतज़ार करते हुए पी रहे थे। उसने बार में एक एनिस पी और लोगों की ओर देखा। वे सब के सब ट्रेन का बेसब्री से इंतज़ार कर रहे थे। वह गुटकों के परदे से होकर बाहर आ गया। वह टेबल पर बैठी हुई थी और उसकी ओर देखकर मुस्कराई।

"तुम बेहतर महसूस कर रही हो?" उसने पूछा।

"मैं अच्छा महसूस कर रही हूँ," उसने कहा। "मेरे साथ कुछ भी गड़बड़ नहीं है। मैं अच्छा महसूस कर रही हूँ।"

बड़े भाई साहब

प्रेमचंद (भारत)

1

मेरे भाई साहब मुझसे पाँच साल बड़े थे, लेकिन केवल तीन दरजे आगे। उन्होंने भी उसी उम्र में पढ़ना शुरू किया था जब मैंने शुरू किया था; लेकिन तालीम जैसे महत्त्व के मामले में वह जल्दबाजी से काम लेना पसंद न करते थे। इस भावना की बुनियाद ख़ूब मज़बूत डालना चाहते थे जिस पर आलीशान महल बन सके। एक साल का काम दो साल में करते थे। कभी-कभी तीन साल भी लग जाते थे। बुनियाद ही पुख़्ता न हो, तो मकान कैसे पायेदार बने!

मैं छोटा था, वह बड़े थे। मेरी उम्र नौ साल की थी, वह चौदह साल के थे। उन्हें मेरी तंबीह और निगरानी का पूरा जन्मसिद्ध अधिकार था। मेरी शालीनता इसी में थी कि उनके हुक्म को क़ानून समझूँ।

वह स्वभाव से बड़े अध्ययनशील थे। हरदम क़िताब खोले बैठे रहते और शायद दिमाग़ को आराम देने के लिए कभी कॉपी पर, कभी क़िताब के हाशियों पर चिड़ियों, कुत्तों, बिल्लियों की तसवीरें बनाया करते थे। कभी-कभी एक ही नाम या शब्द या वाक्य दस-बीस बार लिख डालते। कभी एक शेर को बार-बार सुंदर अक्षरों में नक़ल करते। कभी ऐसी शब्द-रचना करते, जिसमें न कोई अर्थ होता, न कोई सामंजस्य! मसलन एक बार उनकी कॉपी पर मैंने यह इबारत देखी - स्पेशल, अमीना, भाइयों-भाइयों, दर-असल, भाई-भाई, राधेश्याम, श्रीयुत राधेश्याम, एक घंटे तक - इसके बाद एक आदमी का चेहरा बना हुआ था। मैंने चेष्टा की कि इस पहेली का कोई अर्थ निकालूँ; लेकिन

असफल रहा और उनसे पूछने का साहस न हुआ। वह नवीं जमात में थे, मैं पाँचवीं में। उनकी रचनाओं को समझना मेरे लिए छोटा मुँह बड़ी बात थी।

मेरा जी पढ़ने में बिलकुल न लगता था। एक घंटा भी क़िताब लेकर बैठना पहाड़ था। मौक़ा पाते ही होस्टल से निकलकर मैदान में आ जाता और कभी कंकरियाँ उछालता, कभी काग़ज़ की तितलियाँ उड़ाता, और कहीं कोई साथी मिल गया तो पूछना ही क्या? कभी चारदीवारी पर चढ़कर नीचे कूद रहे हैं, कभी फाटक पर सवार, उसे आगे-पीछे चलाते हुए मोटरकार का आनंद उठा रहे हैं। लेकिन कमरे में आते ही भाई साहब का रौद्र रूप देखकर प्राण सूख जाते। उनका पहला सवाल होता – "कहाँ थे?" हमेशा यही सवाल, इसी ध्वनि में पूछा जाता था और इसका जवाब मेरे पास केवल मौन था। न जाने मुँह से यह बात क्यों न निकलती कि ज़रा बाहर खेल रहा था। मेरा मौन कह देता था कि मुझे अपना अपराध स्वीकार है और भाई साहब के लिए इसके सिवा और कोई इलाज न था कि स्नेह और रोष से मिले हुए शब्दों में मेरा सत्कार करें।

"इस तरह अंग्रेज़ी पढ़ोगे, तो ज़िंदगी-भर पढ़ते रहोगे और एक हर्फ़ न आएगा। अंग्रेज़ी पढ़ना कोई हँसी-खेल नहीं है कि जो चाहे पढ़ ले, नहीं, ऐरा-गैरा नत्थू-खैरा सभी अंग्रेज़ी के विद्वान हो जाते। यहाँ रात-दिन आँखें फोड़नी पड़ती है और ख़ून जलाना पड़ता है, तब कहीं यह विधा आती है। और आती क्या है, हाँ, कहने को आ जाती है। बड़े-बड़े विद्वान भी शुद्ध अंग्रेज़ी नहीं लिख सकते, बोलना तो दूर रहा। मैं कहता हूँ, तुम कितने घोंघा हो कि मुझे देखकर भी सबक़ नहीं लेते। मैं कितनी मेहनत करता हूँ, तुम अपनी आँखों देखते हो, अगर नहीं देखते, तो यह तुम्हारी आँखों का कसूर है, तुम्हारी बुद्धि का कसूर है। इतने मेले-तमाशे होते है, मुझे तुमने कभी देखने जाते देखा है, रोज़ ही क्रिकेट और हाकी मैच होते हैं। मैं पास नहीं फटकता। हमेशा पढ़ता रहता हूँ, उस पर भी एक-एक दरजे में दो-दो, तीन-तीन साल पड़ा रहता हूँ फिर तुम कैसे आशा करते हो कि तुम यों खेल-कूद में वक़्त गँवाकर पास हो जाओगे? मुझे तो दो-ही-तीन साल लगते हैं, तुम उम्र-भर इसी दरजे में पड़े सड़ते रहोगे। अगर तुम्हें इस तरह उम्र गँवानी है, तो बेहतर है, घर चले जाओ और मज़े से गुल्ली-डंडा खेलो। दादा की गाढ़ी कमाई के रुपये क्यों बरबाद करते हो?"

मैं यह लताड़ सुनकर आँसू बहाने लगता। जवाब ही क्या था। अपराध तो मैंने किया, लताड़ कौन सहे? भाई साहब उपदेश की कला में निपुण थे। ऐसी-ऐसी लगती बातें कहते, ऐसे-ऐसे सूक्ति-बाण चलाते कि मेरे जिगर के टुकड़े-टुकड़े हो जाते और हिम्मत छूट जाती। इस तरह जान तोड़कर मेहनत करने की शक्ति मैं अपने में न पाता था और उस निराशा में ज़रा देर के लिए मैं सोचने लगता - क्यों न घर चला जाऊँ। जो काम मेरे बूते के बाहर है, उसमें हाथ डालकर क्यों अपनी ज़िंदगी ख़राब करूँ। मुझे अपना मूर्ख रहना मंजूर था; लेकिन उतनी मेहनत! मुझे तो चक्कर आ जाता था। लेकिन घंटे-दो घंटे बाद निराशा के बादल फट जाते और मैं इरादा करता कि आगे से ख़ूब जी लगाकर पढ़ूँगा। चटपट एक टाइम-टेबल बना डालता।

बिना पहले से नक़्शा बनाए, बिना कोई स्कीम तैयार किए काम कैसे शुरू करूँ? टाइम-टेबल में, खेल-कूद की मद बिलकुल उड़ जाती। प्रातःकाल उठना, छः बजे मुँह-हाथ धो, नाश्ता कर पढ़ने बैठ जाना। छः से आठ तक अंग्रेज़ी, आठ से नौ तक हिसाब, नौ से साढ़े नौ तक इतिहास, फिर भोजन और स्कूल। साढ़े तीन बजे स्कूल से वापस होकर आधा घंटा आराम, चार से पाँच तक भूगोल, पाँच से छः तक ग्रामर, आधा घंटा होस्टल के सामने टहलना, साढ़े छः से सात तक अंग्रेज़ी कम्पोजीशन, फिर भोजन करके आठ से नौ तक अनुवाद, नौ से दस तक हिंदी, दस से ग्यारह तक विविध विषय, फिर विश्राम।

मगर टाइम-टेबल बना लेना एक बात है, उस पर अमल करना दूसरी बात। पहले ही दिन से उसकी अवहेलना शुरू हो जाती। मैदान की वह सुखद हरियाली, हवा के वह हल्के-हल्के झोंके, फ़ुटबाल की उछल-कूद, कबड्डी के वह दाँव-घात, बालीबाल की वह तेज़ी और फुरती मुझे अज्ञात और अनिवार्य रूप से खींच ले जाती और वहाँ जाते ही मैं सब कुछ भूल जाता। वह जानलेवा टाइम-टेबल, वे आँखफोड़ पुस्तकें किसी की याद न रहतीं, और फिर भाई साहब को नसीहत और फ़जीहत का अवसर मिल जाता। मैं उनके साये से भागता, उनकी आँखों से दूर रहने की चेष्टा करता। कमरे में इस तरह दबे पाँव आता कि उन्हें ख़बर न हो। उनकी नज़र मेरी ओर उठी और मेरे प्राण निकले। हमेशा सिर पर एक नंगी तलवार-सी लटकती मालूम होती। फिर भी जैसे मौत और विपत्ति के बीच में भी आदमी मोह और माया के बंधन में जकड़ा रहता है, मैं फटकार और घुड़कियाँ खाकर भी खेल-कूद का तिरस्कार न कर सकता।

2

सालाना इम्तहान हुआ। भाई साहब फ़ेल हो गए, मैं पास हो गया और दरजे में प्रथम आया। मेरे और उनके बीच केवल दो दरजे का अंतर रह गया। जी में आया, भाई साहब को आड़े हाथों लूँ - आपकी वह घोर तपस्या कहाँ गई? मुझे देखिए, मज़े से खेलता भी रहा और दरजे में अव्वल भी हूँ। लेकिन वह इतने दुःखी और उदास थे कि मुझे उनसे दिली हमदर्दी हुई और उनके घाव पर नमक छिड़कने का विचार ही लज्जास्पद जान पड़ा। हाँ, अब मुझे अपने ऊपर कुछ अभिमान हुआ और आत्म-सम्मान भी बढ़ा। भाई साहब का वह रोब मुझ पर न रहा। आज़ादी से खेल-कूद में शरीक होने लगा। दिल मज़बूत था। अगर उन्होंने फिर मेरी फ़जीहत की, तो साफ़ कह दूँगा - आपने अपना ख़ून जलाकर कौन-सा तीर मार लिया। मैं तो खेलते-कूदते दरजे में अव्वल आ गया। जबान से यह हेकड़ी जताने का साहस न होने पर भी मेरे रंग-ढंग से साफ़ ज़ाहिर होता था कि भाई साहब का वह आतंक अब मुझ पर नहीं है। भाई साहब ने इसे भाँप लिया - उनकी सहज बुद्धि बड़ी तीव्र थी और एक दिन जब मैं भोर का सारा समय गुल्ली-डंडे की भेंट करके ठीक भोजन के समय लौटा, तो भाई साइब ने मानो तलवार खींच ली और मुझ पर टूट पड़े - "देखता हूँ, इस साल पास हो गए और दरजे में अव्वल आ गए, तो तुम्हें दिमाग़ हो गया है; मगर भाईजान, घमंड तो बड़े-बड़े का नहीं रहा, तुम्हारी क्या हस्ती है? इतिहास में रावण का हाल तो पढ़ा ही होगा। उसके चरित्र से तुमने कौन-सा उपदेश लिया? या यों ही पढ़ गए? महज इम्तहान पास कर लेना कोई चीज़ नहीं, असल चीज़ है बुद्धि का विकास। जो कुछ पढ़ो, उसका अभिप्राय समझो। रावण भूमंडल का स्वामी था। ऐसे राजाओं को चक्रवर्ती कहते हैं। आजकल अंग्रेज़ों के राज्य का विस्तार बहुत बढ़ा हुआ है, पर इन्हें चक्रवर्ती नहीं कह सकते। संसार में अनेकों राष्ट्र अंग्रेज़ों का आधिपत्य स्वीकार नहीं करते। बिलकुल स्वाधीन हैं। रावण चक्रवर्ती राजा था। संसार के सभी महीप उसे कर देते थे। बड़े-बड़े देवता उसकी गुलामी करते थे। आग और पानी के देवता भी उसके दास थे; मगर उसका अंत क्या हुआ? घमंड ने उसका नाम-निशान तक मिटा दिया, कोई उसे एक चिल्लू पानी देनेवाला भी न बचा। आदमी जो कुकर्म चाहे करे पर अभिमान न करे, इतराए नहीं। अभिमान किया और दीन-दुनिया से गया।"

"शैतान का हाल भी पढ़ा ही होगा। उसे यह अभिमान हुआ था कि ईश्वर का उससे बढ़कर सच्चा, भक्त कोई है ही नहीं। अंत में यह हुआ कि स्वर्ग से नरक में ढकेल दिया गया। शाहेरूम ने भी एक बार अहंकार किया था। भीख माँग-माँगकर मर गया। तुमने तो अभी केवल एक दरजा पास किया है और अभी से तुम्हारा सिर फिर गया, तब तो तुम आगे बढ़ चुके। यह समझ लो कि तुम अपनी मेहनत से नहीं पास हुए, अंधे के हाथ बटेर लग गई। मगर बटेर केवल एक बार हाथ लग सकती है, बार-बार नहीं। कभी-कभी गुल्ली-डंडे में भी अंधा-चोट निशाना पड़ जाता है। उससे कोई सफल खिलाड़ी नहीं हो जाता। सफल खिलाड़ी वह है, जिसका कोई निशान ख़ाली न जाए। मेरे फ़ेल होने पर न जाओ। मेरे दरजे में आओगे, तो दाँतों पसीना आ जाएगा। जब अलजबरा और जामेट्री के लोहे के चने चबाने पड़ेंगे और इंगलिस्तान का इतिहास पढ़ना पड़ेगा! बादशाहों के नाम याद रखना आसान नहीं। आठ-आठ हेनरी ही गुज़रे हैं। कौन-सा कांड किस हेनरी के समय हुआ, क्या यह याद कर लेना आसान समझते हो? हेनरी सातवें की जगह हेनरी आठवाँ लिखा और सब नंबर ग़ायब! सफाचट। सिफ़र भी न मिलेगा, सिफ़र भी! हो किस ख़याल में! दरजनों तो जेम्स हुए हैं, दरजनों विलियम, कौड़ियों चार्ल्स! दिमाग़ चक्कर खाने लगता है। आँधी रोग हो जाता है। इन अभागों को नाम भी न जुड़ते थे। एक ही नाम के पीछे दोयम, सोयम, चहारुम, पंजुम लगाते चले गए। मुझसे पूछते, तो दस लाख नाम बता देता। और जामेट्री तो बस ख़ुदा की पनाह! अ ब ज की जगह अ ज ब लिख दिया और सारे नंबर कट गए। कोई इन निर्दयी मुमतहिनों से नहीं पूछता कि आखिर अ ब ज और अ ज ब में क्या फ़र्क़ है और व्यर्थ की बात के लिए क्यों छात्रों का ख़ून करते हो। दाल-भात-रोटी खाई या भात-दाल-रोटी खाई, इसमें क्या रखा है; मगर इन परीक्षकों को क्या परवाह! वह तो वही देखते हैं, जो पुस्तक में लिखा है। चाहते हैं कि लड़के अक्षर-अक्षर रट डालें। इसी रटंत का नाम शिक्षा रख छोड़ा है और आख़िर इन बे-सिर-पैर की बातों के पढ़ने से क्या फ़ायदा?"

"इस रेखा पर वह लंब गिरा दो, तो आधार लंब से दुगुना होगा। पूछिए, इससे प्रयोजन? दुगुना नहीं, चौगुना हो जाए, या आधा ही रहे, मेरी बला से, लेकिन परीक्षा में पास होना है, तो यह सब ख़ुराफ़ात याद करनी पड़ेगी। कह दिया – 'समय की पाबंदी' पर एक निबंध लिखो, जो चार पन्नों से कम न

हो। अब आप कापी सामने खोले, क़लम हाथ में लिए, उसके नाम को रोइए। कौन नहीं जानता कि समय की पाबंदी बहुत अच्छी बात है। इससे आदमी के जीवन में संयम आ जाता है, दूसरों को उस पर स्नेह होने लगता है और उसके कारोबार में उन्नति होती है लेकिन इस ज़रा-सी बात पर चार पन्ने कैसे लिखें? जो बात एक वाक्य में कही जा सके, उसे चार पन्ने में लिखने की ज़रूरत? मैं तो इसे हिमाकत समझता हूँ। यह तो समय की किफ़ायत नहीं, बल्कि उसका दुरुपयोग है कि व्यर्थ में किसी बात को ठूँस दिया। हम चाहते हैं, आदमी को जो कुछ कहना हो, चटपट कह दे और अपनी राह ले। मगर नहीं, आपको चार पन्ने रंगने पड़ेंगे, चाहे जैसे लिखिए। और पन्ने, भी पूरे फुलस्केप आकार के। यह छात्रों पर अत्याचार नहीं तो और क्या है? अनर्थ तो यह है कि कहा जाता है, संक्षेप में लिखो। समय की पाबंदी पर संक्षेप में एक निबंध लिखो, जो चार पन्नों से कम न हो। ठीक! संक्षेप में चार पन्ने हुए, नहीं शायद सौ-दो सौ पन्ने लिखवाते। तेज़ भी दौड़िए और धीरे-धीरे भी। है उल्टी बात या नहीं? बालक भी इतनी-सी बात समझ सकता है, लेकिन इन अध्यापकों को इतनी तमीज़ भी नहीं। उस पर दावा है कि हम अध्यापक हैं। मेरे दरजे में आओगे लाला, तो ये सारे पापड़ बेलने पड़ेंगे और तब आटे-दाल का भाव मालूम होगा। इस दरजे में अव्वल आ गए हो, तो ज़मीन पर पाँव नहीं रखते। इसलिए मेरा कहना मानिए। लाख फ़ेल हो गया हूँ, लेकिन तुमसे बड़ा हूँ, संसार का मुझे तुमसे ज़्यादा अनुभव है। जो कुछ कहता हूँ, उसे गिरह बाँधिए नहीं तो पछताइएगा।"

स्कूल का समय निकट था, नहीं ईश्वर जाने, यह उपदेश-माला कब समाप्त होती। भोजन आज मुझे निःस्वाद-सा लग रहा था। जब पास होने पर यह तिरस्कार हो रहा है, तो फ़ेल हो जाने पर तो शायद प्राण ही ले लिए जाएँ। भाई साहब ने अपने दरजे की पढ़ाई का जो भयंकर चित्र खींचा था; उसने मुझे भयभीत कर दिया। कैसे स्कूल छोड़कर घर नहीं भागा, यही ताज्जुब है; लेकिन इतने तिरस्कार पर भी पुस्तकों में मेरी अरुचि ज्यों-की-त्यों बनी रही। खेल-कूद का कोई अवसर हाथ से न जाने देता। पढ़ता भी था, मगर बहुत कम। बस, इतना कि रोज़ का टास्क पूरा हो जाए और दरजे में जलील न होना पड़े। अपने ऊपर जो विश्वास पैदा हुआ था, वह फिर लुप्त हो गया और फिर चोरों का-सा जीवन कटने लगा।

3

फिर सालाना इम्तहान हुआ, और कुछ ऐसा संयोग हुआ कि मैं फिर पास हुआ और भाई साहब फिर फ़ेल हो गए। मैंने बहुत मेहनत न की पर न जाने कैसे दरजे में अव्वल आ गया। मुझे ख़ुद अचरज हुआ। भाई साहब ने प्राणांतक परिश्रम किया था। कोर्स का एक-एक शब्द चाट गए थे; दस बजे रात तक इधर, चार बजे भोर से उधर, छः से साढ़े नौ तक स्कूल जाने के पहले। मुद्रा कांतिहीन हो गई थी, मगर बेचारे फ़ेल हो गए। मुझे उन पर दया आती थी। नतीजा सुनाया गया, तो वह रो पड़े और मैं भी रोने लगा। अपने पास होने वाली ख़ुशी आधी हो गई। मैं भी फ़ेल हो गया होता, तो भाई साहब को इतना दुःख न होता, लेकिन विधि की बात कौन टाले।

मेरे और भाई साहब के बीच में अब केवल एक दरजे का अंतर और रह गया। मेरे मन में एक कुटिल भावना उदय हुई कि कहीं भाई साहब एक साल और फ़ेल हो जाएँ, तो मैं उनके बराबर हो जाऊँ, फिर वह किस आधार पर मेरी फ़ज़ीहत कर सकेंगे, लेकिन मैंने इस कमीने विचार को दिल से बलपूर्वक निकाल डाला। आख़िर वह मुझे मेरे हित के विचार से ही तो डाँटते हैं। मुझे उस वक़्त अप्रिय लगता है अवश्य, मगर यह शायद उनके उपदेशों का ही असर हो कि मैं दनादन पास होता जाता हूँ और इतने अच्छे नंबरों से।

अब भाई साहब बहुत कुछ नर्म पड़ गए थे। कई बार मुझे डाँटने का अवसर पाकर भी उन्होंने धीरज से काम लिया। शायद अब वह ख़ुद समझने लगे थे कि मुझे डाँटने का अधिकार उन्हें नहीं रहा; या रहा तो बहुत कम। मेरी स्वच्छंदता भी बढ़ी। मैं उनकी सहिष्णुता का अनुचित लाभ उठाने लगा। मुझे कुछ ऐसी धारणा हुई कि मैं तो पास ही हो जाऊँगा, पढ़ूँ या न पढ़ूँ मेरी तक़दीर बलवान है, इसलिए भाई साहब के डर से जो थोड़ा-बहुत पढ़ लिया करता था, वह भी बंद हुआ। मुझे कनकौए उड़ाने का नया शौक़ पैदा हो गया था और अब सारा समय पतंगबाजी की ही भेंट होता था, फिर भी मैं भाई साहब का अदब करता था, और उनकी नज़र बचाकर कनकौए उड़ाता था। माँझा देना, कन्ने बाँधना, पतंग टूर्नामेंट की तैयारियाँ आदि समस्याएँ अब गुप्त रूप से हल की जाती थीं। भाई साहब को यह संदेह न करने देना चाहता था कि उनका सम्मान और लिहाज मेरी नज़रों से कम हो गया है।

एक दिन संध्या समय होस्टल से दूर मैं एक कनकौआ लूटने बेतहाशा दौड़ा जा रहा था। आँखें आसमान की ओर थीं और मन उस आकाशगामी पथिक की ओर, जो मंद गति से झूमता पतन की ओर चला जा रहा था, मानो कोई आत्मा स्वर्ग से निकलकर विरक्त मन से नए संस्कार ग्रहण करने जा रही हो। बालकों की एक पूरी सेना लग गई; और झाड़दार बाँस लिए उनका स्वागत करने को दौड़ी आ रही थी। किसी को अपने आगे-पीछे की ख़बर न थी। सभी मानो उस पतंग के साथ ही आकाश में उड़ रहे थे, जहाँ सब कुछ समतल है, न मोटरकारें हैं, न ट्राम, न गाड़ियाँ।

सहसा भाई साहब से मेरी मुठभेड़ हो गई, जो शायद बाज़ार से लौट रहे थे। उन्होंने वहीं मेरा हाथ पकड़ लिया और उग्र भाव से बोले - "इन बाज़ारी लौंडों के साथ धेले के कनकौए के लिए दौड़ते तुम्हें शर्म नहीं आती? तुम्हें इसका भी कुछ लिहाज नहीं कि अब नीची जमात में नहीं हो, बल्कि आठवीं जमात में आ गए हो और मुझसे केवल एक दरजा नीचे हो। आख़िर आदमी को कुछ तो अपनी पोजीशन का ख़याल करना चाहिए। एक ज़माना था कि लोग आठवाँ दरजा पास करके नायब तहसीलदार हो जाते थे। मैं कितने ही मिडलचियों को जानता हूँ, जो आज अव्वल दरजे के डिप्टी मजिस्ट्रेट या सुपरिटेंडेंट हैं। कितने ही आठवीं जमात वाले हमारे लीडर और समाचार-पत्रों के संपादक हैं। बड़े-बड़े विद्वान उनकी मातहती में काम करते है और तुम उसी आठवें दरजे में आकर बाज़ारी लौंडों के साथ कनकौए के लिए दौड़ रहे हो। मुझे तुम्हारी इस कमअक़्ली पर दुःख होता है। तुम जहीन हो, इसमें शक नहीं; लेकिन वह जेहन किस काम का, जो हमारे आत्म-गौरव की हत्या कर डाले? तुम अपने दिल में समझते होगे, मैं भाई साहब से महज एक दर्जा नीचे हूँ और अब उन्हें मुझको कुछ कहने का हक़ नहीं है; लेकिन यह तुम्हारी ग़लती है। मैं तुमसे पाँच साल बड़ा हूँ और चाहे आज तुम मेरी ही जमात में आ जाओ - और परीक्षकों का यही हाल है, तो निस्संदेह अगले साल तुम मेरे समकक्ष हो जाओगे और शायद एक साल बाद तुम मुझसे आगे निकल जाओ - लेकिन मुझमें और तुममें जो पाँच साल का अंतर है, उसे तुम क्या, ख़ुदा भी नहीं मिटा सकता। मैं तुमसे पाँच साल बड़ा हूँ और हमेशा रहूँगा। मुझे दुनिया का और ज़िंदगी का जो तजरबा है, तुम उसकी बराबरी नहीं कर सकते, चाहे तुम एम. ए., डी. फ़िल. और डी. लिट्. ही क्यों न हो जाओ। समझ क़िताबें पढ़ने से नहीं आती है। हमारी अम्माँ ने कोई दरजा

पास नहीं किया, और दादा भी शायद पाँचवीं-छठी जमात के आगे नहीं गए, लेकिन हम दोनों चाहे सारी दुनिया की विद्या पढ़ लें, अम्माँ और दादा को हमें समझाने और सुधारने का अधिकार हमेशा रहेगा। केवल इसलिए नहीं कि वे हमारे जन्मदाता है, बल्कि इसलिए कि उन्हें दुनिया का हमसे ज़्यादा तजरबा है और रहेगा। अमेरिका में किस तरह की राज्य-व्यवस्था है और आठवें हेनरी ने कितने विवाह किए और आकाश में कितने नक्षत्र हैं, यह बाते चाहे उन्हें न मालूम हो, लेकिन हज़ारों ऐसी बातें हैं, जिनका ज्ञान उन्हें हमसे और तुमसे ज़्यादा है।"

"दैव न करे, आज मैं बीमार हो जाऊँ, तो तुम्हारे हाथ-पाँव फूल जाएँगे। दादा को तार देने के सिवा तुम्हें और कुछ न सूझेगा; लेकिन तुम्हारी जगह पर दादा हों, तो किसी को तार न दें, न घबराएँ, न बदहवास हों। पहले ख़ुद मरज पहचानकर इलाज करेंगे, उसमें सफल न हुए, तो किसी डाक्टर को बुलाएँगे। बीमारी तो ख़ैर बड़ी चीज़ है। हम-तुम तो इतना भी नहीं जानते कि महीने भर का ख़र्च महीने भर कैसे चले। जो कुछ दादा भेजते हैं, उसे हम बीस-बाईस तक ख़र्च कर डालते हैं और पैसे-पैसे को मोहताज हो जाते हैं। नाश्ता बंद हो जाता है, धोबी और नाई से मुँह चुराने लगते हैं; लेकिन जितना आज हम और तुम ख़र्च कर रहे हैं, उसके आधे में दादा ने अपनी उम्र का बड़ा भाग इज़्ज़त और नेकनामी के साथ निभाया है और एक कुटुंब का पालन किया है, जिसमें सब मिलाकर नौ आदमी थे। अपने हेडमास्टर साहब ही को देखो। एम.ए. हैं कि नहीं और यहाँ के एम.ए. नहीं, आक्सफ़ोर्ड के। एक हज़ार रुपये पाते हैं, लेकिन उनके घर इंतज़ाम कौन करता है? उनकी बूढ़ी माँ। हेडमास्टर साहब की डिग्री यहाँ आकर बेकार हो गई। पहले ख़ुद घर का इंतज़ाम करते थे। ख़र्च पूरा न पड़ता था। क़रज़दार रहते थे। जब से उनकी माताजी ने प्रबंध अपने हाथ में ले लिया है, जैसे घर में लक्ष्मी आ गई हैं। तो भाईजान, यह गरूर दिल से निकाल डालो कि तुम मेरे समीप आ गए हो और अब स्वतंत्र हो। मेरे देखते तुम बेराह नहीं चल पाओगे। अगर तुम यों न मानोगे, तो मैं (थप्पड़ दिखाकर) इसका प्रयोग भी कर सकता हूँ। मैं जानता हूँ, तुम्हें मेरी बातें ज़हर लग रही हैं..."

मैं उनकी इस नई युक्ति से नत-मस्तक हो गया। मुझे आज सचमुच अपनी लघुता का अनुभव हुआ और भाई साहब के प्रति मेरे मन में श्रद्धा

उत्पन्न हुई। मैंने सजल आँखों से कहा – “हरगिज़ नहीं। आप जो कुछ फ़रमा रहे हैं, वह बिलकुल सच है और आपको कहने का अधिकार है।”

भाई साहब ने मुझे गले लगा लिया और बोले – “मैं कनकौए उड़ाने को मना नहीं करता। मेरा जी भी ललचाता है, लेकिन क्या करूँ, ख़ुद बेराह चलूँ तो तुम्हारी रक्षा कैसे करूँ? यह कर्तव्य भी तो मेरे सिर पर है!”

संयोग से उसी वक़्त एक कटा हुआ कनकौआ हमारे ऊपर से गुज़रा। उसकी डोर लटक रही थी। लड़कों का एक गोल पीछे-पीछे दौड़ा चला आता था। भाई साहब लंबे हैं ही, उछलकर उसकी डोर पकड़ ली और बेतहाशा होस्टल की तरफ़ दौड़े। मैं पीछे-पीछे दौड़ रहा था।

लेखकों का संक्षिप्त परिचय

वॉल्तेयर (1694-1778) पेरिस, फ़्रांस में जन्म। इतिहासकार, दार्शनिक, उपन्यासकार, कहानीकार। कैथोलिक चर्च की तीख़ी आलोचना के लिए और धर्म तथा अभिव्यक्ति की स्वतंत्रता की वकालत के लिए प्रसिद्ध। फ़्रांसीसी भाषा में लेखन।

एड्गर ऐलन पो (1809-1849) बोस्टन, अमेरिका में जन्म। कवि, साहित्यिक पत्रकार और आधुनिक कहानी के आविष्कारक। अँग्रेज़ी भाषा में लेखन।

एमिल ज़ोला (1840-1902) पेरिस, फ़्रांस में जन्म। उपन्यासकार, कहानीकार। प्रख्यात 'प्रकृतिवादी।' दो बार नोबेल पुरस्कार के लिए नामांकित। फ़्रांसीसी भाषा में लेखन।

गी दा मोपासौं (1850-1893) कॉसल मिग़ोमेनील, फ़्रांस में जन्म। कहानीकार, उपन्यासकार, कवि। फ़्रांसीसी भाषा में लेखन।

क्नुत हाम्सुन (1859-1952) लोम, नॉर्वे में जन्म। उपन्यासकार, कहानीकार। 1920 में नोबेल पुरस्कार प्राप्त। नार्वेजी भाषा में लेखन। अनेक कृतियों पर फ़िल्में निर्मित।

अंतोन चेख़व (1860-1904) तगनरोग, रूस में जन्म। कहानीकार, नाटककार। नाटक के क्षेत्र में आधुनिकतावाद के एक जनक के रूप में प्रख्यात। रूसी भाषा में लेखन।

इडिथ वॉरटन (1862-1937) न्यू यॉर्क, अमेरिका में जन्म। उपन्यासकार, कहानीकार। अँग्रेज़ी भाषा में लेखन।

लुईजी पिरंडेल्लो (1867-1936) अग्रिजेंतो, सिसली, इटली में जन्म। नाटककार, उपन्यासकार कवि और कहानीकार। एब्सर्ड थिएटर के अग्रदूत के रूप में ख्याति। 1934 में नोबेल पुरस्कार प्राप्त। इतालवी भाषा में लेखन।

टॉमस मान (1875-1955) ल्यूबेक, जर्मनी में जन्म। बाद में अमेरिकी नागरिकता। उपन्यासकार, कहानीकार। जर्मन भाषा में लेखन।

स्टीफ़न ज़्वाइग (1881-1942) वियना, ऑस्ट्रिया में जन्म। उपन्यासकार, कहानीकार, नाटककार। बीसवीं सदी के तीसरे-चौथे दशक के विश्व के सर्वाधिक लोकप्रिय लेखक रहे। जर्मन भाषा में लेखन।

जेम्स जॉइस (1882-1941) डब्लिन, आयरलैंड में जन्म। उपन्यासकार, कहानीकार। बीसवीं सदी के एक अत्यंत प्रभावशाली और महत्त्वपूर्ण लेखक के रूप में प्रतिष्ठित। *यूलीसीज़* प्रख्यात उपन्यास। अँग्रेज़ी भाषा में लेखन।

फ़्रांत्ज़ काफ़्का (1883-1924) प्राग, वर्तमान चेक रिपब्लिक में जन्म। उपन्यासकार, कहानीकार। डायरी और पत्र भी लिखे। जर्मन भाषा में लेखन। बीसवीं सदी के लेखकों, आलोचकों, कलाकारों और दार्शनिकों पर लेखन का गहरा प्रभाव।

अर्नेस्ट हेमिंग्वे (1899-1961) इलिनॉय, अमेरिका में जन्म। उपन्यासकार, कहानीकार। प्रथम विश्वयुद्ध के दौरान एम्बुलेंस ड्राइवर के रूप में काम किया। 1954 में नोबेल पुरस्कार प्राप्त। अँग्रेज़ी भाषा में लेखन।

प्रेमचंद (1880-1936) उत्तर प्रदेश, भारत में जन्म। हिंदी और उर्दू के महानतम भारतीय लेखकों में से एक। हिंदी कहानी और उपन्यास की एक ऐसी परंपरा विकसित की जिसने पूरी सदी के साहित्य का मार्गदर्शन किया। आगामी एक पूरी पीढ़ी को गहराई तक प्रभावित कर साहित्य की यथार्थवादी परंपरा की नींव रखी।

अनुवादक के बारे में

मदन सोनी हिन्दी के लेखक हैं जो मुख्यतः साहित्यालोचना और अनुवाद के क्षेत्र में सक्रिय हैं। आलोचना पर केन्द्रित उनकी अनेक पुस्तकें प्रकाशित हैं तथा उन्होंने विश्व के कई शीर्षस्थ लेखकों और चिन्तकों की रचनाओं के अनुवाद किये हैं जिनमें शेक्सपीयर, लोर्का, नीत्शे, एडवर्ड बॉण्ड, मार्ग्रेट ड्यूरास, ज़ाक देरिदा, एडवर्ड डब्ल्यू सईद आदि शामिल हैं। उनके द्वारा अनूदित अम्बर्टो ईको का विश्वविख्यात उपन्यास *द नेम ऑफ़ द रोज़ (ख़ाली नाम गुलाब का)* प्रकाशित किया जा चुका है। उनके द्वारा किये गए अन्य अनुवादों में वनमाली द्वारा रचित *श्री शिव लीला,* नीरज कुमार की पुस्तक *डायल डी फ़ॉर डॉन* और एस. हुसैन ज़ैदी की पुस्तकें *डोंगरी टू दुबई (डोंगरी से दुबई तक)* तथा *बायकला टू बैंकॉक* शामिल हैं।

भोपाल स्थित राष्ट्रीय कला-केन्द्र भारत भवन के मुख्य प्रशासनिक अधिकारी के पद से सेवा-निवृत्त सोनी को अनेक सम्मान और पुरस्कार प्राप्त हुए हैं जिनमें मानव संसाधन विकास मंत्रालय, संस्कृति विभाग की वरिष्ठ अध्ययन वृत्ति और रज़ा फ़ाउण्डेशन पुरस्कार शामिल हैं। वे नान्त (फ़्रांस) के उच्च अध्ययन संस्थान के फ़ेलो भी रहे हैं।